Love Lessons - Nachhilfe fürs Herz

von

Karin Koenicke

Erstausgabe im September 2018

Primelstr. 9 85386 Eching
Cover: Rebecca Wild
www.karinkoenicke.com

Inhalt

1. Er ist heiß!

Universität Köln, Cafeteria, nach einer Vorlesung in Psychologie

Marina

Mittelmies gelaunt balancierte Marina ihr Plastiktablett mit Kaffee und sahnehäubigem Apfelkuchen durch die Cafeteria der Uni. Lauter junges Gemüse saß hier herum, was natürlich nicht anders zu erwarten war. Sie war selbst schuld. Wenn man erst jenseits der 25 auf die Schnapsidee kam, alles hinzuwerfen und als Spätberufene die Uni-Schulbank zu drücken, hatte man eben die Position der Oma inne. Gab Schlimmeres. Zum Beispiel diese schrecklich theoretische Vorlesung eben, bei der sie sich gefragt hatte, ob die Dozentin schon jemals im Leben mit Patienten aus Fleisch und Blut in Berührung gekommen war.

Marina seufzte leise vor sich hin. War es die falsche Entscheidung gewesen, sich in ihrem biblischen Alter von fast dreißig durch ein Psychologie-Studium zu quälen?

Sie fand einen leeren Tisch, setzte sich und schlürfte das, was sich hier Kaffee nannte, aber nur entfernt mit ihrem Lieblingsgetränk zu tun hatte. Immerhin der Kuchen schmeckte und hob ihre Laune um ungefähr acht Grad an.

Ein helles Klimpern in diversen Tonlagen ließ sie herumfahren. Es gab hier nur eine einzige Person, die klang wie eines dieser Windspiele aus Altmetall: ihre Studienkollegin Willie. Und genau die kam mit hochroten Wangen und geräuschvoll baumelnden Ohrringen auf sie zu.

„Der Typ ist heiß!“, raunte Willie ihr zu, glitt auf den Stuhl neben ihr und drehte verträumt an ihrem Nasenpiercing herum, ohne eine nähere Erklärung abzugeben.

Marina hob gouvernantenhaft die Augenbrauen. „Hast du dir wieder einen Sportstudenten aufgerissen? Bist du nicht langsam zu alt, um mit einem Erstsemester das Kamasutra durchzuturnen, statt in der Vorlesung zu sitzen? Obwohl – so richtig viel hast du nicht verpasst. Nur graue Theorie.“

Willie ging ebenfalls mit mächtigen Schritten auf die dreißig zu, hatte aber nicht vor, das lockere Studentenleben in absehbarer Zeit zu beenden. Ganz zum Leidwesen ihrer Familie, eines alten Adelsgeschlechts, dem sie einiges an Kleingeld und ihren verhassten Vornamen Wilhelmine verdankte.

„Quatsch, ich rede von diesem Prof!“ Sie zog ein Buch aus ihrer Lederumhängetasche, in die die Umrisse eines Hanfblattes geprägt waren, und legte es auf den Tisch.

Marina drehte sich zu ihr. „Bist du verrückt? Du kannst doch keinen Dozenten flachlegen! Du fliegst endgültig von der Uni und dann bin ich die einzige Oma, das kannst du mir nicht antun.“

Überhaupt übertrieb es Willie mit ihrem Liebesleben, fand sie. Okay, man war nur einmal jung, blabla, aber es musste doch nicht ständig in der Kiste rappeln. Sie selbst war doch das beste Beispiel, dass man auch ohne Matratzensport gut über die Runden kam.

„Hey, komm mal runter vom Moralpodest und lies seinen

Namen.“ Sie schob ihr das Fachbuch zu. Marina beugte sich darüber und entzifferte den Autorennamen.

„Professor Garrett Featherstone“ Sie sah überrascht auf. „Moment mal – Ist das Buch hier nicht die weiterführende Lektüre zum Thema ‚Wahrnehmungsstörungen‘?“

Willie nickte verträumt. „Der Mann ist der Hammer. Wie der schreibt! Absolut auf den Punkt gebracht, der erkennt völlig neue, geniale Zusammenhänge und hat innovative Ansätze. Besser als jeder Krimi, ich schwör‘s dir. Und dann schau dir mal sein Foto an!“

Sie drehte das Buch um, sodass Marina das Bild betrachten konnte.

„Okay, hässlich ist er nicht“, gab sie zu. Dieser Featherstone trug zwar auf dem Foto eine Brille, sah dabei aber aus, als wäre er ein Model für Armani-Accessoires. Kantiges Gesicht, dunkle Haare und ein Blick aus eisblauen Augen, als könnte er einem selbst von der Rückseite des Buchs aus tief in der Seele herumwühlen.

„Lies es. Du wirst hingerissen sein.“ Willie schob das Buch mitsamt dem Model-Professor auf Marinas Tablett. „Ich hab mir schon weitere Publikationen von ihm heruntergeladen. Der hat nämlich jede Menge Preise gewonnen. Weißt du, was ich glaube?“

Sie fummelte am Ring in ihrer Augenbraue herum, was Marina immer ganz kribbelig machte. „Verrat es mir, aber lass bitte dein Metall in Ruhe!“

Willie nahm die Hand aus dem Gesicht und strich stattdessen zärtlich über das Buch beziehungsweise über das Foto ihres neuen Stars. Genauer gesagt, über seine Denkerstirn und dann durch den sicher sehr gut gepflegten und wohlriechenden

Haaransatz. „Ich glaube, bei diesem Dozenten würde ich mein Studium richtig schnell durchziehen. Der könnte mich total motivieren, davon bin ich überzeugt."

Marina lachte. „Du hast wirklich einen Vogel. Der unterrichtet in Oxford!"

Wobei der Gedanke durchaus etwas hatte. Nicht in allen Ländern büffelte man in den ersten Semestern nur Mathe und Statistiken, statt sich damit zu beschäftigen, wie man wirklich Menschen helfen konnte. An einer Elite-Uni wie Oxford lernte man bestimmt hundertmal besser, eine richtige Psychologin zu sein.

„Ich weiß. Schätze, meine Familie wäre begeistert, wenn ich in England studiere." Willie hielt inne, legte eine Hand auf Marinas Unterarm. „Aber keine Angst. Das ist natürlich eine dumme Idee. Ich bin so froh über die WG mit dir und überhaupt. Ich will unsere Freundschaft nicht aufs Spiel setzen, nicht mal für den genialsten Kopf und heißesten Sixpack aller britischen Elite-Unis."

Nachdenklich schob Marina ihre Tasse zur Seite. Sie wollte Willie nicht verlieren. Die ausgeflippte Blaublütlerin war in den letzten beiden Jahren zu ihrer engsten Vertrauten geworden.

„Na ja, wenn deine Familie es hinkriegt, dass du in Oxford studierst, dann mach das! Ich will dir da bestimmt nicht im Weg stehen", presste sie heraus. Womöglich wäre eine englische Elite-Uni wirklich keine schlechte Wahl für Willie. Die würden sie dort sicher auf Trab halten. „Soweit ich weiß, haben die immer ganz kleine Kurse", fuhr Marina fort, weil sie es Willie trotz allem gönnte. „Nur eine Handvoll Leute und ganz eng betreut von tollen Dozenten. Ich wette auch, die machen nicht so theoretischen Kram wie wir, sondern unterrichten die wirklich wichtigen Inhalte."

Mit ernster Miene wickelte Willie eine ihrer Dreadlocks um den Finger, die derzeit in sattem Orange leuchteten. „Bewirb dich auch!", schlug sie vor. „Dir stinkt doch sowieso, dass bei uns so wenig Praxisbezug ist und du deine Mutter-Teresa-Ambitionen nicht ausleben darfst. Wenn du dich anstrengst, kriegst du die Noten vielleicht hin."

„Vergiss es." Marina trank den letzten Rest Kaffeeimitat aus. „Die nehmen nur die Besten aus x-tausend Bewerbern. Da habe ich überhaupt keine Chance." Sie hatte ein herausragendes Gespür für Menschen, aber mit Stochastik stand sie auf Kriegsfuß. Und genau das hatte ihr die Noten verhagelt, denn Empathie wurde leider nicht bewertet.

Doch Willie ließ nicht locker. „Hey, wir schauen einfach nach Stipendien! Die gibt es doch für alles Mögliche. Weil man gut rudern kann zum Beispiel."

„Sehe ich aus, als würde ich jeden Morgen um halb sechs auf dem Rhein entlang paddeln?", fragte Marina und leckte Sahne von ihrem Löffel. Sportlerin war sie nun wirklich keine, eher der Typ Genießerin mit ausgeprägten weiblichen Rundungen.

Nein, es war völlig ausgeschlossen. Sie hatte weder die Noten noch die Beziehungen, um über ein Englandstudium auch nur nachdenken zu dürfen. Bei Willie war das anders, die alten Seilschaften aus Adel und Macht funktionierten auch noch im Jahr 2018. Ein paar Anrufe bei britischen Verwandten oder Freunden aus dem Lions Club und schon würde Wilhelmine von Schwarzenburg-Nöningen in einem College sitzen. Das stellte sicher kein Problem dar. Nur die Dreadlocks würde sie eventuell opfern müssen, aber das konnte sie bestimmt verkraften.

„Mist.“ Willie zog eine Schnute. „Allein mag ich da nicht rüber, da kann dieser Professor noch so ein toller Kopf sein. Willst du nicht doch einen Schnellkurs im Rudern oder Orgelspielen machen? Ah, übrigens – heute Abend spielt diese coole Band, *Bob Harley*, du weißt schon. Mischung aus Reggae und Mitgröl-Rock, du kommst doch mit? *Born to be wild* mit Steeldrum, das darfst du dir echt nicht entgehen lassen.“

Marina gelang es nicht ganz, sich diese Mischung vorzustellen, was vielleicht auch besser war. Sie schob sich ein Stück vom Kuchen in den Mund, damit sie nicht gleich antworten musste. Willie war schnell zu begeistern, insbesondere wenn es um männliche Musiker ging. Sie selbst hielt sich in dieser Hinsicht vornehm zurück.

„Muss mal sehen. Habe noch einiges zu tun“, versuchte sie eine Ausrede. „Jetzt geht‘s erst mal weiter mit dem nächsten Kurs. Wir sind spät dran.“ Sie stand auf und nahm ihr Tablett. Das Buch verstaute sie in ihrem Rucksack.

Erst als sie gemeinsam die Treppen hochstiegen, fiel ihr wieder ein, dass in diesem einen Satz von Willie ein Wort quer gelegen hatte. Deshalb fragte sie schließlich nach.

„Wieso hast du vorher als Beispiel aufgezählt, ich soll Rudern oder Orgelspielen lernen? Also dass die mit Cambridge um die Wette paddeln, weiß ich, aber wie bitteschön kommst du auf Orgel?“

War sicher nur so dahingesagt gewesen, wie so oft bei Willie. Marina wunderte sich selbst, warum sie darauf herumritt.

Willie drückte ihr ihre Ledertasche in die Hand. „Halt das mal, ich muss vor der Vorlesung noch schnell für kleine Psychologinnen.“ Sie machte ein paar Schritte auf die Toiletten zu, drehte sich dann aber um. „Na, weil diese altehrwürdigen

Colleges doch alle eine Kapelle dabei haben und immer wie verrückt Studenten suchen, die da orgeln. Aber wer kann das schon, so schrecklich spießig ist doch kein junger Mensch!" Sie lachte und steuerte jetzt endgültig das WC an.

Versteinert starrte Marina ihr nach, bis die Tür hinter ihr zufiel. Ihr Herzschlag trommelte so heftig, dass der Steeldrum-Spieler von *Bob Harley* sicher vor Neid erblassen würde.

Nein, so schrecklich spießig war ganz sicher kein junger Mensch, da hatte Willie recht. Doch erstens vergaß die, dass Marina nicht jung war, sondern zu den Omas zählte. Und zweitens hatte Willie nicht die leiseste Ahnung, dass es ein paar Dinge in Marinas Leben gab, von denen sie noch nicht mal ihrer besten und blaublütigsten Freundin erzählt hatte.

2. Altehrwürdige Hallen

Oxford, einige Monate später, St. Ambrose College

Marina

„Du bist dir wirklich sicher, dass du dieses komische Tastenmonster bedienen kannst?“, flüsterte Willie die rhetorische Frage zum dritten Mal und hörte sich erstaunlich kleinlaut an. Offenbar schüchterte die Atmosphäre in der eindrucksvollen Kapelle des St. Ambrose Colleges sie ein oder womöglich die Anwesenheit des ernst dreinschauenden Mesners, der Marina einen antik wirkenden Schlüsselbund in die Hand drückte.

„Der große Schlüssel ist für die Kapelle, mit dem kleinen sperren Sie die Orgel auf und der hier ist für die Kammer an der Seite, da werden Noten und Ähnliches aufbewahrt. Sie kommen zurecht?“

Marina nickte und versuchte ein Lächeln – in der Hoffnung, dass er ihr die Unsicherheit nicht anmerken würde. Es war Jahre her, wenn nicht sogar ein Jahrzehnt, dass sie an einer Orgel gesessen hatte. Und das alte Ding in Onkel Quirins Landkirche war im Vergleich zu dieser hier eine Blockflöte gewesen. Um den Mesner zu überzeugen, kein vollständiger Laie zu sein, zog sie zwei Register heraus und begann ein Bach-Präludium, mit dem ihr Onkel sie monatelang gequält hatte, bis es saß. Nach anfänglicher Zitterpartie fassten ihre Finger mehr Mut und fanden die richtigen Tasten, spielten von ganz allein die verschiedenen Melodiebögen. Mit jedem Takt, den sie anschlug, wurde Marina ruhiger, irgendwann schloss sie die

Augen und gab sich ganz der Musik hin, die von allen Seiten auf sie einströmte, als würde nicht sie selbst die Töne erzeugen, sondern diese auf magische Weise aus den Wänden der Kapelle herauskriechen, sich umschauen und dann munter im ganzen Kirchenschiff herumflitzen.

Es wirkte. Der missmutige Mesner machte ein zufriedenes Gesicht und schlurfte schließlich von dannen, was Marina aufatmen ließ. Die erste Hürde war geschafft! Und auch Willie sah sie mit einem bisher unbekannten Blick an, fast ein bisschen ehrfürchtig, kam es ihr vor.

Marina entspannte sich aber nicht vollständig, sie vermutete weiterhin, dass spätestens am dritten Tag irgendjemand dahinterkommen würde, welch Fake sie war, und sie hochkant vom altehrwürdigen College flog. Okay, sie war nicht total dumm, hatte aber keineswegs so herausragende Noten oder graue Zellen, dass sie an eine Eilte-Uni gehörte. Und ob ein bisschen Orgelklimperei wirklich reichte, um hier dauerhaft geduldet zu werden, wusste sie nicht.

„Ich fasse es immer noch nicht, dass du so ein Kirchen-Keyboard spielen kannst“, sagte Willie mitten in die letzten Bach-Takte hinein. „Dass jemand Schlagzeug lernen mag, versteh ich vielleicht noch. Von mir aus auch E-Gitarre. Aber Orgel?“

Marina nahm die Hände von den Tasten. „Habe ich dir doch schon erklärt, du Großstadt-Göre. Bei uns auf dem Land war das nicht unüblich. Sei meinem Onkel Quirin lieber dankbar dafür, sonst wärst du jetzt nämlich ohne mich hier und dürftest dein Zimmer mit einer dieser versnobten Jura-Ladies teilen.“ Sie hatte ihrer Freundin wohl oder übel verraten müssen, wo ihre Wurzeln waren.

„Jaja, ich schreibe ihm eine Dankeskarte. Aber ernsthaft – wieso hast du nie erwähnt, dass du in einem Kaff aufgewachsen bist? Ich dachte immer, du kommst auch aus der Stadt."

Marina blätterte in einem Buch mit anglikanischen Kirchenliedern herum. Allzu schwierig waren die Harmonien zum Glück nicht, das sollte sie hinbekommen. „Weil du und die anderen coolen Studenten mich ausgelacht hätten", antwortete sie schließlich. „Ihr seid doch alle entweder aus reichem Haus oder kommt aus der linkslastigen Ecke. Über eine, die den Großteil ihrer Kindheit im Heuboden herumgehüpft ist, hättet ihr die Nase gerümpft. Dabei ist mein Stallgeruch längst verflogen."

„Schleppst du noch mehr solcher Geheimnisse mit dir herum?" Willie neigte den Kopf zur Seite und sah ihr tief in die Augen. „Hast du eigenhändig Schweine geschlachtet, bist CSU-Mitglied oder warst schon drei Jahre im Jugendknast?"

Nette Auflistung. Marina überlegte für einen Moment, was von diesen drei Dingen wohl für Willie am Schwersten wiegen würde. Eine Knastvergangenheit würde sie mit Sicherheit spannend finden und womöglich sogar bei ihren Verwandten damit angeben, sich das Zimmer mit einer verurteilten Verbrecherin zu teilen.

„Wirst du vielleicht noch herausfinden", entschied sie sich für eine kryptische Antwort und sah auf die Uhr. „Wir sollten uns auf die Socken machen, die Kurseinteilung fängt gleich an."

Gemeinsam mit Willie verließ sie die Kapelle, sperrte die Tür ordentlich ab und ging über den Innenhof des Colleges. Noch immer kam es ihr unwirklich vor, in Oxford zu sein, wo Efeu die alten Mauern hinaufkroch und man ständig den Eindruck hatte, in einer Harry Potter-Kulisse gelandet zu sein. Die Gebäude sahen aus, als wäre vor hundert Jahren die Zeit stehen geblieben. Wuchtige, dunkle Holztüren führten vom Innenhof aus in die Räume, Steintafeln mit lateinischen Inschriften wiesen den Weg zu den Fakultäten und der knorrige Apfelbaum neben der Kapelle war garantiert älter als die Mehrheit der Studenten. Alles atmete Geschichte, jede Stufe, jedes bunte Glasfenster, jedes Dielenbrett, über das sie jetzt gingen. Marina war fast froh, als ihr ein paar Kommilitonen in kurzen Hosen und Flip Flops entgegenkamen, die wohl den sonnigen Herbsttag genießen wollten, denn sonst hätte sie schon Angst gehabt, eine Zeitreise unternommen zu haben.

„Wir müssen in die große Halle." Willie klang ebenfalls ehrfürchtig. Sie, die sich normalerweise von niemandem den Mund verbieten ließ, hatte sogar ihre klimpernden Ohrgehänge abgelegt und zu schlichten Perlen gegriffen. Das war wohl der Oxford-Effekt, da wurden sogar die wildesten Adels-Punks zu zahmen Schulmädchen.

„Und dann werden wir ihn endlich sehen!", fügte Willie hinzu, zog einen erstaunlich farbschwachen Lippenstift heraus und schminkte sich nach.

Marina musste lachen. Es waren also gar nicht die altehrwürdigen Gemäuer, die Willie kleinlaut gemacht hatten! Klar eigentlich, in ihrer Familie gab es wahrscheinlich Clans, die selbst in irgendwelchen Schlössern oder Burgen hausten. Nein, es war die Aussicht, endlich Mister Brain in die hochintelligenten Augen zu schauen!

Von allen Seiten strömten Studenten in den Flur und weiter in Richtung Halle. Größtenteils weibliche Bildungswütige, stellte

Marina fest. Sie hoffte, das lag nicht an Professor Superstar, sondern einfach daran, dass generell mehr Frauen als Männer Psychologie studierten.

Eindrucksvoll knarzend öffnete sich die Doppeltür. Anschließend hielt Marina den Atem an. Die Halle war schlichtweg überwältigend! Riesige Kronleuchter hingen von einer intarsienverzierten Decke, auch die Wände waren mit edlem Holz getäfelt, dazu mit Ölgemälden geschmückt. Die antiken Tische waren zu langen Reihen aufgestellt und selbst die Stühle, auf denen sich die Studenten nun niederließen, sahen aus, als gehörten sie in ein Museum. Natürlich bestanden die Fenster nicht aus einfachem Glas, sondern aus bunten Mosaikscheiben. Marina legte den Kopf in den Nacken, weil sie die Motive eingehend betrachten wollte, da kniff Willie sie unsanft in den Arm.

„Da muss er dabei sein! Bei den Professoren," stammelte Willie, als Marina sich entrüstet zu ihr umdrehte, und starrte nach vorne. Marina folgte ihrem Blick. Etwas erhöht saßen vier Männer, einer davon trug einen langen Bart, daneben war ein Stuhl frei.

„Kommt jetzt der Sprechende Hut und teilt uns ein?", neckte Marina ihre Freundin.

Doch Willie reagierte nicht auf den Witz. Dafür bekamen ihre Augen einen eigenartigen Glanz. Ungefähr so, wie bei einem Kind, das den hell erleuchteten Christbaum plus kinnhohen Geschenkeberg sieht. „Schau doch, der jetzt nach vorne geht! Das ist er. Oh Mann, der sieht in echt mindestens genauso gut aus. Klasse Anzug, garantiert maßgeschneidert. Und erst der Inhalt!" Sie tastete nach einem Stuhl und ließ sich verzückt niedersinken, Marina tat es ihr gleich, allerdings etwas weniger betört als ihre blaublütige Freundin.

Tatsächlich gesellte sich ein weiterer Mann zu den anderen. Groß war er, und Willie hatte recht, seine breiten Schultern und schmalen Hüften wurden von dem anthrazitfarbenen Anzug noch betont. Als er sich umdrehte, um sich hinzusetzen, stockte Marina dann doch der Atem. Das war unverkennbar Professor Garrett Featherstone, sie erkannte die markanten Züge und die graublauen Augen hinter der randlosen Brille sofort. Aber mehr noch, seine Ausstrahlung legte sich über den gesamten Saal, als hätte er heimlich einen Zauberspruch gemurmelt. Alle Gespräche erstarben, weil er seinen ernsten Blick über die Köpfe der Studenten gleiten ließ.

Marina ertappte sich dabei, sich ungewohnt aufrecht hinzusetzen. Um ein Haar hätte sie noch brav die Hände auf den Tisch gelegt. Ihr war klar, dass er zu der seltenen Gattung Lehrer gehörte, die niemals um Ruhe bitten mussten. Sein Charisma ließ es schlichtweg nicht zu, dass jemand nicht aufpasste, Kaugummi kaute oder eine Hausarbeit vergaß. Ihr Nacken kribbelte mehr und mehr, je länger sie ihn ansah. Und eine Sache stand jetzt schon fest: Bei ihm als Dozenten würde sie genau das lernen, was sie in Deutschland vermisst hatte! Das spürte sie mit jeder Faser ihres angespannten Körpers.

Der Bärtige ergriff das Wort. „Mein Name ist Reginald Osbert Strathan, ich bin der Dekan Ihres Colleges. Ich begrüße Sie bei uns und werde Ihnen erst einmal einiges über unser Haus erzählen, bevor wir zur Einteilung Ihrer Kurse und Dozenten kommen."

„Ach nee, immer diese langweiligen Geschichtsreferate", maulte Willie und Marina musste ihr ausnahmsweise Recht geben. Sie hatte die historischen Details über das College längst nachgelesen und wollte auch am liebsten erfahren, ob ihre Bewerbung für den Kurs bei Professor Featherstone erfolgreich gewesen war. Der ließ weiterhin seinen aufmerksamen Blick über die Studenten wandern. Als Marina aufsah, fixierte er sie. Wahrscheinlich nur für den Bruchteil einer Sekunde, doch sie hatte das Gefühl, seine gletschergrauen Augen würden in ihr Innerstes schauen. Keine Ahnung, was genau er tat, aber ihr Puls raste und ihre Hände wurden feucht. Vom Vortrag des Dekans bekam sie nichts mehr mit, obwohl Featherstone keinen Blickkontakt mehr mit ihr aufnahm. Oh Mann, der Kerl war wirklich etwas Besonderes! Wenn sein Unterricht auch so intensiv war wie seine Ausstrahlung, sollte sie jetzt zu sämtlichen niederbayrischen Heiligen beten, dass sie in seinen Kurs kam.

Nach einer halben Stunde war es endlich soweit.

„Wir verkünden nun die Zuteilung", schloss Dekan Strathan seine Rede. „Bitte finden Sie sich im Anschluss im entsprechenden Raum ein. Vorab aber noch eine Ankündigung: Alle Studenten, die im Kurs von Professor Featherstone sind, dürfen sich auf eine besondere Herausforderung freuen. Sie werden nämlich an seinem aktuellen Forschungsprojekt mitarbeiten. Garrett, möchten Sie kurz davon erzählen und dann Ihre neuen Studenten aufrufen?"

„Selbstverständlich."

Featherstone stand auf und ließ seinen Blick erneut über die Zuhörer gleiten. Es war mucksmäuschenstill im Saal. Marina musste sich daran erinnern, das Atmen nicht zu vergessen, so aufgeregt war sie. Natürlich nur wegen der Kurseinteilung, versuchte sie sich selbst einzureden.

„In meinem Projekt werden wir uns mit suchtkranken Jugendlichen beschäftigen“, hallten seine ersten Worte selbstbewusst durch den Saal. „Ziel ist, einen objektiven Analysebogen zu entwickeln, mithilfe dessen auch weniger spezialisierte Ärzte und Therapeuten eine erfolgversprechende Behandlung verordnen können. Sind Sie in meinem Kurs, werden Sie also einen deutlich höheren Einsatz bringen müssen als bei anderen Dozenten, denn das Forschungsprojekt läuft natürlich neben dem normalen Vorlesungsalltag. Ich habe Aussichten auf den renommierten Wellspring-Preis. Wenn Sie also nicht gewillt sind, mit maximaler Energie zu arbeiten, sollten Sie sich zu diesem Zeitpunkt bei einem anderen Dozenten anmelden.“

„Wow“, hauchte Willie und auch Marina musste zugeben, dass sie begeistert war. Nicht nur von der dunklen Stimme des Professors, die ihr unter die Haut kroch und sich direkt unterm Zwerchfell einnistete, sondern vor allem vom Inhalt. Er stellte in Aussicht, mit echten Menschen statt mit Theoriebüchern zu arbeiten! Das war ja besser, als sie zu träumen gewagt hatte.

„Endlich ein Dozent, der Studenten was Sinnvolles beibringt!“ Sie strahlte Willie an. „Jetzt müssen wir nur noch bei ihm landen.“

Auch wenn das kindisch war und man als angehende Psychologin besser nicht zum Aberglauben neigte, presste sie die Daumen fest in die Fäuste. „Bitte bitte, ich will in diesen Kurs“, flehte sie innerlich, denn etwas Besseres als Professor Featherstone konnte ihr garantiert nicht passieren.

„Hier also die Namen der Studenten, die mir dann bitte in meinen Raum folgen: Edward Holovan, Neema Patil ….“

Sie hielt die Anspannung kaum mehr aus. Nach welchem

Prinzip waren die Namen sortiert? Alphabetisch offenbar nicht. Womöglich nach Notendurchschnitt – die Inderin mit Designerbrille, die gerade aufstand, sah jedenfalls sehr schlau aus. Wahrscheinlich hatte man als Orgelquälerin sowieso keine Chance beim Wunderprofessor und sie sollte …

„… Marina Thalhammer", riss er sie aus ihren Gedanken und hängte auch noch ein völlig akzentfreies „Wilhelmine von Schwarzenburg-Nöningen" an.

„Wir sind drin!" Willie sprang auf. „Das wird bombastisch hier in Oxford!"

„Garantiert!", war Marina sich sicher und fühlte sich wie im Märchen. Nicht nur, dass sie in dieser traumhaften Umgebung studieren durfte, sie hatte auch noch einen Prof abgekriegt, der mit extrem viel Praxisbezug arbeitete. Das Leben konnte wirklich magisch sein!

Mit dynamischen Schritten ging Featherstone voran, die Gruppe von zwölf Studenten folgte. Einen Gang entlang, die Treppe hinauf in den zweiten Stock, um die Ecke und schließlich öffnete er eine Tür. Marina trat gemeinsam mit den anderen ein und sah sich erstaunt um. Mit einem Hörsaal hatte der Raum ungefähr so viel zu tun wie ein Yogastudio mit einer Dreifachturnhalle. Die einzige Gemeinsamkeit war eine Tafel, aber statt übereinander angeordneter Reihen mit Klappstühlen gab es hier ein paar kleine Tischchen, vor denen Holzstühle mit Samtsitzfläche einladend auf die Studentenhintern warteten. Selbst das Lehrerpult stand im Abseits, Zentrum war ein wuchtiger Stuhl, auf dem sich der Professor niederließ. Die Wände ringsherum waren vollgestellt mit schweren Bücherregalen, und beide Fenster wurden von edlen Brokatvorhängen flankiert. Hier unterrichtet zu werden, war ein wahres Privileg, das wurde ihr so richtig bewusst.

„Nur zu, nehmen Sie Platz", forderte er sie auf. „Wie Sie sehen, wird hier im kleinen Rahmen unterrichtet, so erzielen wir seit vielen Generationen die besten Ergebnisse. Falls Sie sich wundern, warum so viele ausländische Studenten hier in der Gruppe sind: Das ist kein Zufall. Ich halte viel davon, verschiedene Kulturen und Herkunftsländer zu mischen, so befruchtet man sich gegenseitig und kann seinen Horizont erweitern."

Er war wirklich toll!

Marinas Aufregung nahm noch mehr zu, während er sprach. Aber nicht, weil sie wie bisher fürchtete, nicht nach Oxford zu passen, sondern weil Garrett Featherstone alles hatte, was sie sich von einem Dozenten erträumte. Er war aufgeschlossen, schlug neue Wege ein und vor allem würde es garantiert keinen trockenen Theorieunterricht bei ihm geben! Ganz abgesehen davon war er eine Augenweide, als er jetzt aus seinem Jackett schlüpfte und es mit einer geschmeidigen Bewegung über eine Stuhllehne warf. Der Mann hatte den Körper eines Athleten, das sah man durch das figurnah geschnittene Hemd deutlich. Bei diesen Brustmuskeln vermutete sie, dass er jeden Morgen auf der Themse herumruderte. Sie sah ihn förmlich vor sich, in kurzen Hosen trotz dichten Morgennebels, der seine vollen Haare benetzen und noch dunkler färben würde, während seine hellen Augen mit der aufgehenden Sonne um die Wette leuchteten und er sich mit diesen herrlichen Unterarmen den Schweiß von der Denkerstirn …

„Er gefällt dir, ich sehe es deutlich", raunte Willie ihr zu und hatte ein fettes Grinsen im Gesicht.

Widerwillig musste Marina nicken. „Stimmt. Aber

hauptsächlich, weil er unfassbar gute Psychologinnen aus uns machen wird und wir Hunderten von Kranken helfen werden!"

Sie konnte es kaum erwarten, dass er mit dem Unterricht loslegte. Sicher würde er von Anfang an richtigstellen, dass man ein Gefühl für Patienten entwickeln musste, dass nur Idioten sich an grauer Theorie festhielten und die moderne Wissenschaft viel mehr auf feine Antennen setzte.

„Lassen Sie uns keine Zeit vergeuden", tönte seine volle Stimme auch schon durch den Raum. Irrsinn, welche Präsenz dieser Mann hatte! Marina musste sich wirklich anstrengen, ihn nicht verzückt anzustrahlen wie ein Groupie ihren auf der Bühne herumwirbelnden Popstar.

„Als Erstes eine Frage an Sie, meine Herrschaften. Welches ist die wichtigste Eigenschaft eines Psychologen?"

Blätter raschelten, weil jedem in der Gruppe inzwischen aufgefallen war, dass die erste Lektion just in diesem Moment startete. Auch Marina legte Block und Kuli zurecht, doch dann hob sie den Kopf und suchte Featherstones Blick. Das war ihre Chance, gleich am Anfang bei ihm zu punkten!

„Sie wissen die Antwort, Miss Thalhammer beziehungsweise …" Er stockte, sah auf seine Liste, und korrigierte in ein weiches „Marina, wenn ich hier richtig lese."

Sie musste schlucken. Klar, es war in England üblich, dass die Professoren ihre Studenten mit Vornamen ansprachen, trotzdem kribbelte es ameiseneifrig in ihrem Nacken, als er ihren Namen so wundervoll melodisch aussprach.

„Ja, ich denke schon", sagte sie und hielt seinem interessierten Blick stand, was gar nicht so einfach war. „Ein guter Psychologe besitzt zwei wichtige Eigenschaften: Er hat den

Wunsch, Menschen zu helfen. Vor allem aber verfügt er über viel Empathie, denn feine Antennen und ein gutes Gespür für die Patienten sind Voraussetzung, um sich in sie hineinfühlen zu können und die richtige Behandlung zu finden."

Stolz auf ihren flüssigen Vortrag sah sie ihn an. Doch das zufriedene Lächeln rutschte ihr aus dem Gesicht, als sie sah, wie eine Ader an seiner Schläfe unheilverheißend anschwoll. Nach der erhofften Begeisterung sah das irgendwie nicht aus.

„Was für ein Unfug! So ein Blödsinn wird meines Wissens selbst in Deutschland nicht gelehrt, wie kommen Sie bitte zu dieser völligen Fehleinschätzung?" Featherstone sprang von seinem Thron auf, so sehr echauffierte er sich. „Bauchgefühl! Wenn ich dieses Wort schon höre, kommt mir das Frühstück hoch. Das ist die Ausrede aller faulen und völlig unbegabten Studenten. Das Einzige, was einen hervorragenden Psychologen ausmacht, ist Wissen! Lückenfreie, sorgsam angeeignete und tief verinnerlichte Theorie! Alles andere dulde ich nicht in meinem Kurs."

Er marschierte zum Wandregal und nahm fünf Bücher heraus. Würdigte Marina keines Blickes mehr, sondern sprach die anderen Studenten an. „Das hier wird Ihre Lektüre für die nächsten beiden Wochen sein, Sie arbeiten diese wichtigen Werke durch, exzerpieren für sich selbst die grundlegenden Inhalte und wir besprechen in jeder Stunde einige Kapitel. Schreiben Sie sich die Titel auf, bei Blackwell`s in der Broad Street sind die Bände alle vorrätig."

Vollkommen erstarrt umklammerte Marina ihren Kugelschreiber. Was war gerade passiert? Hatte ihr Fleischgewordener Professorentraum tatsächlich gesagt, dass er nur trockenes Wissen gelten ließ?

Als sie mit viel Mühe und wackligen Buchstaben die Titel aufschrieb und feststellte, dass vier der fünf Lehrbücher als Autor seinen Namen trugen, war ihr Hals wie zugeschnürt. Irgendein unsichtbarer Collegegeist hatte ihr offenbar die Kordeln des Brokatvorhangs um die Kehle gewickelt. Und es dämmerte ihr allmählich, dass ein Studium in Oxford möglicherweise eine noch größere Schnapsidee gewesen war als vor fünfzehneinhalb Jahren ihr ehrgeiziges Vorhaben, Onkel Quirins Zuchtstier zum Springpferd zuzureiten.

3. Whiskey in the jar

Garrett

Professor Garrett Featherstone ließ die Tür seines Wohnhauses hinter sich zufallen, hängte seinen Mantel ordentlich an die Garderobe und stellte seine Schuhe exakt parallel nebeneinander. So viel Zeit musste sein, selbst wenn ihn seine Kopfschmerzen heute fast umbrachten. Das Hämmern zog sich vom Nacken großflächig bis nach vorne zu seinen Augen, sodass er die Brille abnahm und sich die Schläfen massierte. Obwohl er heute noch kaum etwas gegessen hatte, verspürte er keinerlei Appetit. In die Küche ging er trotzdem, aber nur, um ein Glas mit altem schottischen Whisky zu befüllen. Er wusste, dass das den Kopfschmerz eher noch verstärken würde, aber es war eines der zwei Dinge, die ihm halfen, ein wenig abzuschalten.

Das zweite war Sex. Im Vergleich zum Whisky, der rotgolden im Glas schimmerte und sich seines exorbitanten Preises offenbar bewusst war, stellte Sex eine deutlich kostengünstigere Alternative dar. Sogar leichter herbeizuschaffen war sie, denn der Whisky wurde nur direkt in der Destillerie und in ein paar ausgewählten Läden verkauft, während Garrett keine Probleme hatte, ein Wissenschaftsgroupie in sein Bett zu holen.

Aber Frauen konnten anstrengend sein. Nicht der Sex an sich natürlich, für den hatte er immer genügend Energie. Aber das Außenrum! Schlaue Fragen beantworten, auf die neusten Veröffentlichungen aus eigener Feder hinweisen, ein paar lateinische Redewendungen bemühen. Mehr brauchte es nicht, um dieses Leuchten in den Augen zu erzeugen, was kurz danach garantiert Spitzendessous oder neckische Strumpfbänder zum Vorschein brachte.

Doch heute war ihm nicht danach. Er wollte einfach nur seine Ruhe haben.

Zusammen mit dem Whiskyglas wanderte er hinüber ins Wohnzimmer und ließ sich auf das schwarze Ledersofa fallen. Er drückte den Kopf gegen die Lehne und spürte die Kühle des Leders an seinem Rücken. Für einen Moment schloss er die Augen. Eigentlich wartete noch jede Menge Arbeit auf ihn, es galt, zwei Artikel fertigzustellen, eine Aufstellung für den Dekan anzufertigen und ein absolut laienhaftes Fachbuch eines sogenannten Kollegen zu rezensieren. Doch das Pochen hinter der Stirn war so stark, dass er sich sowieso nicht konzentrieren konnte.

Ausnahmsweise durfte er doch mal die Fachbücher in den zahlreichen Regalen seines Wohnzimmers sein lassen und sich mit irgendetwas Sinnfreiem beschäftigen. Ja, das war ein guter Plan! Andere Menschen taten das ständig, warum sollte er nicht auch einmal „einfach herumhängen“, wie es so schön hieß. Allerdings war er recht ungeübt darin.

Garrett öffnete die Augen und sah sich um. Leichte Lektüre würde er vergeblich suchen auf den Bücherboards oder in dem ordentlichen Stapel an wissenschaftlichen Zeitschriften auf dem Tisch. Ein Film vielleicht? Er stand auf, öffnete die Klappe unter dem Fernsehgerät und durchstöberte seine Sammlung.

Setzte sich anschließend wieder auf die Couch, ohne eine DVD ausgewählt zu haben. Alle Filme hatten etwas mit psychischen Störungen oder Pädagogik zu tun, auf beides hatte er wenig Lust. Lieber noch ein Schluck Whisky, vielleicht machte der ihn irgendwann müde.

Sein Handy blinkte. Widerwillig nahm er es in die Hand und rief die Nachricht auf.

„Ich habe in den Ferien viel gelernt, schätze aber, eine Nachhilfestunde kann nicht schaden. Habe die Zeit in London genutzt, um einzukaufen. Auch was Schickes zum Anziehen bzw. Ausziehen. Falls du Lust hast, einer kleinen (und sehr dankbaren) Studentin auf die Sprünge zu helfen, melde dich. Kisses, Vanessa"

Auf dem Foto steckte ihr Prachtkörper in purpurfarbenen Dessous, die sicher ein Vermögen gekostet hatten. Soweit er wusste, stieg der Preis nach oben, je weniger Stoff im Spiel war. Aber so genau kannte er sich nicht damit aus. Garrett hatte sich nie für die Preise von Reizwäsche interessiert, denn die Frauen erwarteten von ihm etwas anderes als monetäre Leistungen. Was sie dahinschmelzen ließ, waren nicht teure Geschenke, sondern sein überragender Intellekt.

Wenn er das Foto genauer betrachtete, gesellte sich zum Pochen in seinem Kopf jetzt noch ein leichtes Pulsieren in seiner Hose oder besser gesagt im Schritt dazu. Trotzdem rief er Vanessa nicht an, um sie einzuladen. Er wollte mit niemandem reden.

Noch ein Schluck Whisky, das Glas war fast leer. Ganz langsam wurde alles dumpfer um ihn.

Er nahm die Fernbedienung für die teure Stereoanlage und drückte auf einen Knopf. Bachs Cello Suiten ertönten. Ein sprödes Solo-Instrument mit klaren Harmonien, das war nach seinem Geschmack. Besonders viel hatte er nie mit Musik anfangen können, aber manchen schien sie zu helfen, den Geist zu leeren. Garrett versuchte, sich auf den Melodieboden zu konzentrieren, um all die anderen Dinge aus seinem Kopf zu bekommen, die ihn ständig belasteten.

Es dauerte lang, aber irgendwann setzte tatsächlich eine kleine Entspannung ein. Zumindest wurde sein Kopf schwer, die Augen müde und der Geist träge.

Gerade als er eine leise Hoffnung schöpfte, dass es heute ausnahmsweise klappen könnte mit dem Einschlafen, schreckte ihn das schrille Klingeln des Telefons auf.

„Featherstone“, meldete er sich, mit recht wenig Begeisterung in der Stimme.

„Du klingst, als hättest du schon geschlafen. Arbeitet man heutzutage nichts mehr als Professor?“ Na wunderbar, sein Vater. Der hatte ihm noch gefehlt, um seine Kopfschmerzen endgültig in einen Presslufthammer zu verwandeln.

„Ich sitze gerade über der Planung der nächsten Vorlesung. Die neuen Studenten scheinen nicht gerade die Crème de la Crème der europäischen Schulen zu sein.“

„Zu meiner Zeit gab es strengere Auswahlverfahren. Heute scheint Oxford ja jeden dahergelaufenen Hilfsschüler anzunehmen. Nun gut, es kann sich nicht jedes College leisten, so wohlüberlegte Kriterien wie Cambridge anzuwenden.“

Garrett presste die Backenzähne aufeinander. Dad und sein ach so ehrwürdiges Cambridge, an dem er studiert und unterrichtet hatte! Manchmal hatte Garrett das Gefühl, wenn er als Straßenkehrer oder bei der Müllabfuhr arbeiten würde, wäre es auch nicht schlimmer für seine Eltern. Sein Vater tat seit jeher so, als wäre Oxford nicht eine weltweit anerkannte wissenschaftliche Einrichtung, sondern eine Fish-and-Chips-

Bude. Und man müsste sich schämen, dass das eigene Fleisch und Blut dort sein klägliches Gehalt verdiente. Dabei konnte Garrett absolut nicht klagen, er gehörte zu den bestbezahlten Professoren aller Colleges. Für Dad war das natürlich nicht genug.

„Hast du deinem Bruder schon gratuliert?", kam schon das nächste leidige Thema daher. „Gregory ist sicher schwer zu erreichen bei all den Interviews, die er geben muss. Und gesellschaftliche Verpflichtungen hängen natürlich auch an so einem Preis. Ich kenne das ja. Aber du wirst ihn doch bestimmt trotz der Zeitverschiebung erreicht haben, oder nicht?"

„Selbstverständlich habe ich das", log Garrett und bedauerte, dass er nicht noch mehr Whisky im Glas hatte. Er trank den letzten Rest aus. „Ich habe natürlich sofort Kontakt aufgenommen, als Mom mir davon erzählt hat."

Mitten in der Nacht hatte sie ihn aus dem Bett gerissen mit ihrem Anruf. Genauer gesagt um zwei Uhr nachts, nachdem er erst eine halbe Stunde vorher endlich eingeschlafen war. Alles nur, um ihm mitzuteilen, dass Gregory wie erwartet den begehrten Shepard-Prize für medizinische Forschung abgeräumt hatte. In den USA, wo Gregory die meiste Zeit über lebte, war das einer der berühmtesten Preise, hoch dotiert und extrem prestige-trächtig. Kam gleich nach dem Nobelpreis. Oder sogar davor, so wie seine Mutter sich am Telefon angehört hatte.

Garrett hatte seinem Bruder, zu dem er noch nie viel Bezug gehabt hatte, eine Nachricht per Whatsapp geschickt, um ihm zu gratulieren. Das musste doch wohl genügen.

„Ein Lehrstuhl in Harvard!", schwärmte sein Vater und

Garrett sah förmlich, wie seine hellgrauen Augen stolz leuchteten. „Artikel in allen namhaften Fachjournalen. Und unser Name steht jetzt für alle Zeit in den medizinischen Lehrbüchern."

„Ja, als Darmbakterium", stellte Garrett trocken fest. In diesem Bereich verdiente Gregory nämlich seine Lorbeeren und man hatte ihm zu Ehren einer Bakterienart den Namen Featherstone verliehen. „Jeder künftige Dickdarm-Untersucher wird unseren Namen mit großer Ehrfurcht aussprechen", konnte er sich nicht verkneifen.

„Spar dir diesen lächerlichen Zynismus!", kam sofort zurück. „Es würde dir auch nicht schaden, ein bisschen Ehrgeiz zu entwickeln. Was wurde denn aus diesem Wellspring-Preis, den du anstrebst? Hast du da überhaupt irgendwelche Chancen oder verläuft das wieder mal im Sande?"

Garrett umschloss das Whisky-Glas so fest mit seiner Hand, dass seine Fingerknöchel weiß hervortraten. „Ich bin da noch im Rennen", zischte er. „Wir entwickeln einen Analysebogen, der die Behandlung von suchtkranken Jugendlichen revolutionieren wird."

„Aha", sagte sein Dad nur und klang so uninteressiert, als würde sein Sohn ihm ein Rezept für Rosenkohlsouflé vortragen. Er war Physiker und natürlich zählten nur Naturwissenschaften etwas. Die Psychologie war für ihn gleichbedeutend mit Esoterik, vermutete Garrett. Wahrscheinlich wäre er nicht überrascht gewesen, wenn bei diesem Forschungsprojekt seines Sohnes noch die Sternzeichen der Probanden miteinbezogen und Medikamentengaben mit den Mondphasen abgestimmt würden, von Voodoo-Püppchen ganz zu schweigen.

„Hast du ihm schon von Juliette erzählt?“, hörte er die spitze Stimme seiner Mutter im Hintergrund.

„Nein“, brummte Dad. „Das kannst du ja gleich selbst machen.“ Er reichte ihr den Hörer weiter, kurz darauf bohrte sich eine hohe Frequenz in Garretts Ohr.

„Garrett, my darling!“, flötete sie. „Wir haben Gregorys Braut kennengelernt, weil er gerade in England ist mit ihr, sie ist ein ganz wunderbarer Mensch. Und so attraktiv! Schlau auch noch, sie schreibt gerade an ihrer Doktorarbeit.“

„Eine echte Traumfrau also, das hat mein Bruder perfekt hingekriegt.“

„Ja, das ist sie!“ An seiner Mom prallte jede Ironie ab, er sollte es langsam wissen. Sie nahm aus ihrem Umfeld nur das wahr, was ihr genehm war. Das galt insbesondere für ihre Mitmenschen.

„Die beiden haben uns ins `Ivy` eingeladen, als sie in London waren. Wirklich großartig!“, plapperte sie ohne Rücksicht auf Verluste weiter. „Und stell dir vor, Juliette wird sogar bei meinem Charity-Event im nächsten Monat eine kleine Rede halten!“

„Das ist ja ganz phantastisch von Juliette!“, brummte er, doch wieder blieb sein Sarkasmus unbeachtet.

„Magst du nicht auch vorbeikommen? Es ist am dreißigsten November, da können wir doch gleich deinen Geburtstag feiern! Ich bestelle einen Kirschkuchen für dich, den mochtest du doch immer so gerne.“

Er setzte das Glas klirrend auf den Wohnzimmertisch. Seine Nackenmuskeln waren so steinhart, dass eine neue Woge stechender Kopfschmerzen ihm das Denken vernebelte.

„Das war Gregory“, erklärte er tonlos. „Du hast uns

verwechselt. Er mochte Kirschen. Ich hingegen konnte sie nie leiden, nicht mal als Kind. Da gab es mal einen Vorfall."

Aber natürlich wusste seine Mutter nicht, was damals passiert war. Sie war wieder einmal auf einem ihrer Bälle unterwegs gewesen oder beim Shopping, und hatte die Kinder der Nanny überlassen. Francesca war es gewesen, die pummelige Italienerin mit der schönen Singstimme, der aber bald gekündigt wurde, weil sie die Kinder angeblich verweichlichte. Oder weil ihre Bildung und der Wortschatz nicht angemessen waren für den noblen Nachwuchs von Professor Doktor Kent Featherstone.

Garrett erinnerte sich detailliert an das Geschirr, weißes Porzellan mit Goldrand, auf dem das Kirschtörtchen gelegen hatte. Wie alt er gewesen war, wusste er nicht mehr genau. Fünf Jahre? Oder sechs? Das Gebäck sah er jedenfalls genau vor sich, schmeckte die Süße der aufplatzenden Kirsche in seinem Mund und spürte auch jetzt noch die Panik, als er den Kern in die Luftröhre bekam. Er hatte wirklich gedacht, er würde ersticken! Seine Hände hatten das Tischtuch erwischt und daran gezogen, sodass das gesamte Geschirr auf dem Fußboden zerschellte, während er keine Luft mehr bekam. Doch plötzlich war Francesca hinter ihm gewesen und hatte ihre Arme um seinen Bauch geschlungen. Ein kräftiger Ruck – er musste husten und der Kern flog über das zerbrochene Porzellan.

„Ich esse nie mehr Kirschen", hatte er unter Tränen geschluchzt und sich sein Leben lang darangehalten.

Garrett schloss die Augen, atmete für einen winzigen Moment in seiner Erinnerung Francescas Duft ein. Sie hatte ihn an ihren üppigen Busen gezogen, ihm über die Haare gestrichen, eines dieser weichen italienischen Lieder für ihn gesummt. Während er stumm geweint und ihr Aroma von Lavendel und Maiglöckchen eingesogen hatte. Ein seltener Moment, in dem ein Hauch von Geborgenheit über ihn gekommen war. Natürlich hatte er am nächsten Tag seiner Mom davon erzählt, aber es hatte sie kaum berührt. Wie so vieles nicht.

Einen Monat später war Francesca weg gewesen und irgendeine herbe Deutsche mit Nickelbrille, hartem Akzent und noch härteren Regeln angerückt. Gesungen hatte die kein einziges Mal.

„Ach, ist doch egal. Dann eben Apfeltorte mit Marzipan, das sind doch Kleinigkeiten." Seine Mutter lachte schrill. „Aber sag mal, Garrett, weil wir ja gerade von Juliette gesprochen haben: Was macht denn dein Liebesleben? Gibt es eine Frau, die du uns vorstellen möchtest? Als Mutter interessiert mich natürlich, was in deinem Herzen vor sich geht."

„Das ist aus Stein", erwiderte er kühl. Fast hätte er „so wie deines" angefügt, entschied sich aber dagegen. Er war einfach nur müde und sein Kopf machte ihn fast wahnsinnig.

„Ich muss noch was tun, Mom. Wir plaudern mal wieder, wenn ich mehr Zeit habe. Sag meinem Vorzeigebruder und seiner engelsgleichen Freundin Grüße. Gute Nacht."

Er legte auf und presste die Hände gegen seine Schläfen.

Das Telefon hielt er unschlüssig in der Hand. Sollte er Vanessa anrufen? Sie würde sicher sofort herkommen. Womöglich bräuchte er ihr nicht mal von seinen neusten Veröffentlichungen zu erzählen, sie war schon längst sein Groupie.

Er tippte ihre Nummer ein. Auf richtigen Sex hatte er gar keine Lust, aber sie hatte geübte Lippen und bei einem

Blowjob würde er sicher ein wenig Stress loswerden können. Sich einfach hinlegen, den Reißverschluss öffnen und ihre talentierte Zunge genießen – das würde sogar seine Verspannungen lindern.

Es tutete.

Nach dem zweiten Mal legte er auf.

Nein, es ging nicht. Er wollte jetzt niemanden in seiner Wohnung haben, nicht mal eine kleine, willige Studentin.

Garrett schenkte sich noch einmal vom Whisky nach. Das tat ihm nicht gut, wie er wusste, aber egal. Würde er eben morgen mit einem dicken Kopf ins College gehen. Aber wenigstens mit ein paar Stunden Schlaf.

Er zog sich aus, putzte sich die Zähne und legte sich ins Bett. Knetete seinen Nacken. Starrte an die Decke.

„Schluss damit!", murmelte er sich selbst zu. Er würde jetzt sofort aufhören, sich in Selbstmitleid zu suhlen. Meine Güte, seine Kindheit war vielleicht ein wenig kühl gewesen, aber er hatte jetzt ein großartiges Leben. Einen tollen Job, der ihn erfüllte und gut bezahlt war, Kollegen, die ihn bewunderten, das Aussehen eines Unterwäsche-Models und zehnmal mehr Sex als der durchschnittliche Japanologie-Student. Außerdem würde er in nicht allzu ferner Zukunft den Wellspring-Preis gewinnen und ebenso wie sein unerträglicher Bruder in allen Fachgazetten abgelichtet sein! Daran gab es nicht den geringsten Zweifel.

Er warf sich auf die andere Seite und presste die Augen zusammen. Sein Kopf war dumpf, die Schultern hart, aber wenn er sich anstrengte, würde das mit der Nachtruhe klappen. Ein Garrett Featherstone ließ sich nämlich nicht unterkriegen, nicht mal von der Schlaflosigkeit!

4. Archetypen-Bingo

Marina

„Ich nehme an, Sie alle haben Grundkenntnisse in Analytischer Psychologie, denn C.G. Jung dürfte wohl selbst an Ihren Universitäten bereits Stoff gewesen sein. Wir werden uns heute mit dem Strukturprinzip der Archetypen beschäftigen."

Widerwillig machte sich Marina ein paar Notizen. Mit Jung hatte sie sich natürlich schon auseinandergesetzt. Wenn man seine Lehre mal verinnerlicht hatte, konnte das sicher eine Hilfe sein im Umgang mit Patienten. Sie wollte die Hoffnung nicht aufgeben, dass Professor Featherstone – wenn er erst einmal die Grundlagen der Theorie abgehakt hatte – noch ein toller Dozent für sie sein würde.

Müde sah er heute aus, fand sie. Seine Haltung war natürlich trotzdem aufrecht, wie es sich für die britische Oberschicht gehörte, die Stimme durchdringend und die Sätze wohlformuliert. Aber da war etwas in seinen Augen, sie bohrten sich heute nicht wie ein Laserstrahl in die Köpfe seiner Studenten, sondern glommen eher wie ein Dynamo-betriebenes Fahrradlicht vor sich hin. Verdammt attraktiv war der Kerl immer noch, musste sie zugeben. Also wenn man auf so intellektuelle Typen mit Athletenkörper stand, quasi auf den Archetyp des Sixpack-Mentors, um annähernd bei C.G. Jung zu bleiben.

„Wilhelmine, erklären Sie uns die Etymologie des Wortes Archetypus!", sagte er und fixierte Willie mit seinem Blick, der nun doch wie ein Xenon-Scheinwerfer daherkam.

Willie ließ vor Schreck ihren Füller fallen. „Äh, ich glaube, Latein war noch nie meine Stärke", brachte sie schließlich heraus und lief rot an.

Featherstone verdrehte die Augen und murmelte irgendetwas Unverständliches, was ziemlich genervt klang. Auf Marinas rechter Seite schoss ein Arm in die Höhe. Sie brauchte nicht den Kopf zu drehen, denn dass ihre Nachbarin eine Miss Superschlau war, wusste sie inzwischen.

„Neema, Sie kennen die Antwort?", rief der Prof die eifrige Inderin auf.

„Das Wort kommt aus dem Griechischen", referierte sie und rückte sich die Brille zurecht. „*Arche* steht für Ursprung und *Typus* für Abdruck, man kann es am besten mit dem Wort Grundprägung übersetzen."

Na wunderbar, die indische Primadonna konnte offenbar nicht nur jedes psychologische Lehrbuch auswendig, und zwar sowohl vorwärts als auch rückwärts, sondern verfügte auch über eine humanistische Grundausbildung. Marina kam sich vor wie eine Erstklässlerin.

„Das ist korrekt." Er schenkte Neema ein zustimmendes Lächeln, das sicher jeder einzelnen Studentin des Colleges weiche Knie verpassen konnte. Auch an der ehrgeizigen Inderin ging es nicht spurlos vorbei. Marina beobachtete, wie sie instinktiv mit ihrem glänzenden Schwarzhaar spielte. Ein deutliches Flirtzeichen!

Oh Mann, dieser Featherstone war sich seiner Ausstrahlung vollkommen bewusst. Und das war eine Sache, die sie bei Männern ganz schrecklich fand. Sie mochte viel lieber die etwas Schüchternen, die sich nicht so viel auf sich selbst einbildeten, aber dafür andere Menschen wahrnahmen. Und zwar auch, wenn die nicht das große Latinum oder Graecum besaßen.

„Wie Sie sicher wissen, umfasst der Archetyp des Selbsts das Ichbewusstsein und auch das Unbewusste. Jung spricht hier von der zentralen Steuerungs- und Entwicklungsinstanz, also somit dem Zentrum der menschlichen Psyche. Ich habe das in meinem Buch `Zugang zum Unbewussten – Eine Gegenüberstellung der gängigsten Methoden und deren Kritik` eingehend beschrieben," redete der Prof hochgestochen daher.

Er drehte sich zur Tafel um und schrieb ein paar der wissenschaftlichen Ausdrücke auf.

Willie hatte sich offenbar von der Schmach erholt und beugte sich zu Marina herüber. „Du siehst aus, als hättest du in eine Grapefruit gebissen", flüsterte sie. „Magst du C.G. Jung nicht?"

„Schon, aber ich sehe nicht, wie uns das alles beim Behandeln von Kranken helfen soll."

„Kannst unseren Garrett ja fragen. Falls dich sein sexy Hintern nicht zu sehr durcheinanderbringt." Willie grinste und nahm dann wieder ihren Füller in die Hand, denn der Dozent drehte sich gerade um.

Ob seine Kehrseite der von Christiano Ronaldo Konkurrenz machte oder nicht, war Marina völlig egal. Okay, ein kurzer Blick hatte ihr verraten, dass er tatsächlich mit einem unverschämt knackigen Hinterteil ausgestattet war, aber darum ging es nicht. Sie war schließlich als Studentin hier und nicht eine Bachelor-Teilnehmerin. Und in dieser Eigenschaft war es doch ihre Aufgabe, Fragen zu stellen, oder nicht?

„Herr Professor", begann sie und musste kurz schlucken, als sein Gletschereis-Blick sie traf. „Mich würde interessieren, in wieweit die Theorien von Jung uns in der täglichen Praxis helfen können. Wie setzen wir sie ein, wenn uns Klienten gegenübersitzen?"

Gespannt schaute sie ihn an.

Auf seiner Stirn bildete sich eine steile Falte. „Diese Frage kommt einige Semester zu früh!", erwiderte er barsch. „Der einzig nützliche Grundstock für die Behandlung von Patienten ist das genaue Studium der Theorie. Wissen ist das Einzige, was Menschen helfen kann! An dieser unumstößlichen Wahrheit kommen auch Sie nicht vorbei, Marina."

Er sprach ihren Namen völlig akzentfrei aus und wenn sie sich nicht gerade so fürchterlich über ihn aufregen würde, hätte seine dunkle Stimme womöglich eine Gänsehaut bei ihr hervorgerufen. Im Moment allerdings war die einzige Gefühlsregung, die sie für ihn empfand, der Wunsch, ihn zum Mond zu schießen.

„So ein Unsinn!", raunte sie Willie zu, als er sich über ein Lehrbuch – sicher wieder eines aus seiner eigenen Feder – beugte, um dem Kurs etwas zu diktieren.

Wo blieb da das Gefühl? Ohne ein großes Maß an Einfühlungsvermögen kam man doch nicht weiter, wenn man mit Menschen zu tun hatte! Insbesondere mit seelisch kranken Menschen. War der berühmte Professor Featherstone, Vorzeigedozent und Aushängeschild des St. Ambrose-College, wirklich nur der Archetyp `staubtrockener Theoretiker`? Aber wie würde dann sein Projekt mit den drogensüchtigen Jugendlichen laufen? Marina war sich sicher, dass da noch andere Fähigkeiten mitspielen würden. Hoffentlich stellte er das bald vor im Unterricht, sie war nämlich mehr als gespannt darauf.

„Gut“, beendete der Prof die Lehreinheit. „Wir machen dreißig Minuten Pause. Danach geht es weiter mit Einzelheiten zum Kollektiven Unterbewussten, darüber werden Sie Ihre erste Arbeit verfassen.“ Kerzengerade stand er da, während Marina mit den anderen Studenten aus dem Zimmer ging.

Als sie bei den Stehtischen neben dem Kaffeeautomat ankam, musste sie zweimal niesen und hatte kein Taschentuch dabei. Also lief sie zurück in den Raum. Überrascht blieb sie in der Tür stehen. Professor Featherstone saß an seinem Pult, hatte den Kopf auf die Hände gestützt und massierte mit den Fingern kräftig seine Schläfen. Seine Miene verriet, dass er Schmerzen hatte. Nein, nicht nur seine Miene. Marinas feine Sensoren meldeten deutlich, dass mehr dahintersteckte. Sie fühlte nicht mehr den autoritären, vor Selbstbewusstsein strotzenden Professor, sondern einen erschöpften Menschen, der sich ein paar Augenblicke Ruhe gönnte. Und den offenbar einiges belastete, das spürte sie ebenfalls. War die Ausstrahlung des starken Wissenschaftlers nur eine Maske, hinter der sich noch ein ganz anderer Garrett Featherstone verbarg?

„Geht es Ihnen nicht gut?“, rutschte ihr heraus.

Sein Kopf schoss nach oben. „Was tun Sie hier?“, fuhr er sie an und hatte seine Gesichtszüge sofort unter Kontrolle. Wie auf Knopfdruck war er wieder zum beherrschten und überlegenen Dozenten geworden, dessen Gehirn so genial war, dass da selbstredend kein Platz für Kopfschmerzen war.

Sie hätte ihn nicht ansprechen sollen! Männer wie er hassten es natürlich, in einem schwachen Moment von jemandem ertappt zu werden.

„Ich brauche nur ein Taschentuch", erklärte Marina schnell. „Bin gleich wieder weg."

Es fühlte sich falsch an, ihn gestört zu haben. So, als hätte sie heimlich einen Vorhang zur Seite geschoben und in ein geheimes Zimmer gespäht. Andererseits – so mürrisch, wie er sich den gesamten Vormittag schon benahm, geschah es ihm recht, dass er Schädelbrummen hatte.

Sie suchte das Päckchen Tempos heraus und eilte zu den anderen. Als Erstes lief ihr Cormac o`Neill über den Weg. Der rothaarige Ire sah aus, als wäre er ein Mitglied des weit verstreuten Weasley-Clans, und wohnte mit seinem Kumpel im Nachbarzimmer von Marina und Willie. Er trug eine Tasse Tee in der Hand und gesellte sich zu den anderen Studenten. Marina ging hinter ihm her und ihr fiel etwas auf.

„Hast du Probleme mit deinem Knie", fragte sie ihn.

Erstaunt sah er sich um und nickte. „Hab mich im Sommer beim Bergsteigen verletzt. Verheilt ist alles gut, sagen die Docs, aber manchmal macht es mir trotzdem ein wenig Probleme."

„Darf ich mal?" Unter den erstaunten Blicken der anderen Studenten beugte sich Marina nach unten und legte ihre Hand an Cormacs Knie. „Winkle es mal an … und jetzt streck es durch …", gab sie ihm Anweisungen.

Während sie sein Bein abtastete und ihm zeigte, wie er die Heilung gymnastisch unterstützen konnte, kam Willie dazu.

„Du liebe Zeit, Marina! Jetzt fängst du hier auch schon an, Mutter Teresa zu spielen!" Sie schüttelte lachend den Kopf.

Marina zuckte mit den Schultern. „Ist doch kein Problem. Ich zeige Cormac nur ein paar Übungen, wie er sein Knie wieder fit bekommt."

„Woher kennst du dich da aus?", wollte der Ire wissen.

„Meine Mutter ist Krankengymnastin. Und ich habe nach dem Abitur eine Zeit lang bei ihr in der Praxis gearbeitet. Pass auf, ich zeig dir noch ein paar einfache Übungen."

Sie machte ihm vor, wie er sein Knie vollends fit kriegen konnte. Cormac probierte die Bewegungen aus und nickte ihr dankbar zu, während Neema mit arrogantem Blick die Augenbrauen hochzog.

„Echt klasse von dir, dass du mir einfach so hilfst", sagte Cormac. Seine unzähligen Sommersprossen tanzten fröhlich.

„Ist doch kein Ding." Marina ging zum Automaten, stellte einen Becher hinein und drückte auf den Knopf. „Wir sind schließlich alle hier, weil wir helfen wollen."

„Wie man`s nimmt." Neema biss mit lautem Krachen in ihren Apfel.

„Was meinst du damit?", fragte Marina.

Die Inderin zuckte mit den Schultern. „Na ja, ich bin hier, weil man mit einer psychotherapeutischen Praxis gut verdient. Habe mir schon vor dem Abschluss angesehen, wo man das beste Einkommen erzielen kann. Medizin mochte ich nicht, ich kann kein Blut sehen. Aber mit der entsprechenden Klientel ist eine Seelenklempner-Praxis eine wahre Goldgrube."

Marina ließ fast ihren befüllten Becher fallen. „Ernsthaft? Du bist nur hier, weil der Job dann gut bezahlt ist?"

Neema grinste. „Fast. In Oxford habe ich mich beworben wegen Lewis Caroll. Ich bin ein riesiger Fan! Und stellt euch vor, genau hier hat er Alice in Wonderland geschrieben, das ist doch wunderbar! Nur blöd, dass die psychologische Fakultät im Christchurch College keinen so guten Ruf hat. Das war das College von Carroll. Professor Featherstone sollte dort unterrichten, dann wäre alles perfekt."

Völlig entsetzt starrte Marina sie an. Hatte die Inderin von irgendeinem seltsamen Pilz gegessen oder eine Pille geschluckt wie Alice? Oder meinte die das wirklich ernst?

Sie wandte sich an Cormac. Der war die Bodenständigkeit in Person, sicher war ihm Geld überhaupt nicht wichtig. „Aber du hast dich sicher für Psychologie beworben, weil du Gutes tun willst?", fragte sie hoffnungsvoll.

„Ach, mein Dad leitet eine Unternehmensberatung in Dublin, die ist `ne große Nummer dort. Das ganze Wirtschaftszeug interessiert mich nicht besonders, aber die machen auch Personalentwicklung. Na ja, wenn ich hier fertig bin, kann ich direkt einsteigen als Abteilungsleiter der Personaler. Coole Sache, nicht wahr?" Er grinste und freute sich offenbar über Neemas zustimmendes Lächeln. Willie nickte eifrig und schob sich ungerührt ein Eiersandwich zwischen die Zähne.

Marina konnte es nicht fassen. War denn außer ihr selbst kein Student hier, der den Wunsch hatte, Menschen zu heilen? Oder der schon von klein auf besonders viel Empathie in sich gespürt hatte?

Nein, das konnte sie beim besten Willen nicht glauben. „Kommt schon, es müssen doch ein paar Idealisten unter uns Studenten sein!", rief Marina in die Runde. „Es sind doch nicht alle wegen Geld und sicheren Jobs hier!"

„Stimmt." Neema deutete mit ernstem Gesicht auf zwei Kommilitoninnen, die aus dem Klo kamen. Die eine hatte ihren auffälligen Lippenstift nachgezogen, die andere schob ihren Push-up-BH zurecht, damit die üppigen Brüste noch besser zur Geltung kamen. „Die beiden sind aus einem anderen Grund hier. Die wollen Gespielinnen von Mister Brain werden."

Dummerweise hatte Marina gerade getrunken, als Neema völlig ungerührt diesen Satz aussprach. Jetzt hatte sie sich verschluckt und musste wie verrückt husten. „Du willst doch wohl nicht sagen, unser Prof holt sich Studentinnen ins Bett?"

Die Inderin nickte. „Er ist bekannt dafür. Hat eine Menge Wissenschafts-Groupies, die seine Bücher verschlingen und jeden Satz von ihm feiern."

„Ist ja auch sexy, wenn ein Mann so schlau ist", mischte Willie sich ein. „Wenn der adrette Garrett mir bei einem Glas Rotwein die Theorien von Siegmund Freud näherbringen würde, hätte ich auch schnell einen feuchten Slip."

Willie fand die Vorstellung offenbar sehr anregend, denn ihr Lächeln stand dem der berühmten Grinsekatze aus Carrolls Buch in nichts nach

„Moment mal, er ist Professor! So was lässt ihm der Dekan doch nicht durchgehen, er wird dafür Ärger bekommen." Das hier war immerhin eines der renommiertesten Institute des Landes!

„Glaub ich nicht", erwiderte Neema. „Er ist das Aushängeschild des Colleges. Da wird schon mal ein Auge zugedrückt. Oder auch zwei."

Ungläubig schüttelte Marina den Kopf. Das konnte nur ein Joke sein! Vielleicht war sie unabsichtlich in eine Carroll-Adaption gerutscht und gleich würde der Verrückte Hutmacher um die Ecke kommen. Denn normal war das alles keinesfalls.

„Schätze, wir sollten zurückgehen", säuselte die Blonde der beiden Groupies und schob sich an den anderen vorbei. Ihre Absätze klapperten über den altehrwürdigen Steinboden. „Richtig, wir wollen doch Garrett nicht warten lassen", hörte

Marina die Rothaarige sagen.

Sie ging hinter dem frisch einparfümierten Duo her und betrat unmittelbar nach den beiden den Unterrichtsraum. Featherstone stand in lässiger Pose an der Tafel, seine Augen glitten über die Fan-Girls und saugten sich an der Oberweite der Blonden fest.

Marina ließ sich auf ihren Stuhl fallen. Ganz egal, ob der zum Ensemble von C.G. Jung gehörte: Featherstone war eindeutig der Archetypus `notgeiler Uni-Snob`!

*

In den nächsten Tagen paukten sie weiterhin Stoff. Da es sich um eine überschaubare Studiengruppe handelte, fanden im Unterricht eine Menge spannender Diskussionen statt, das war natürlich ein großer Vorteil von Oxford.

Dass es auch Nachteile gab, erfuhr Marina am Mittwochabend. Der Mesner tauchte nämlich überraschend an der Zimmertür auf, als sie und Willie gerade ihren Aufsätzen den vorletzten Schliff verpassten.

„Morgen ist Frühmesse“, begrüßte er sie wortkarg. „Finden Sie sich um Viertel vor sechs in der Kapelle ein.“

Ohne auf ihre Antwort zu warten, drehte er sich um und schlurfte den Gang hinunter.

„Heilige Scheiße“, meldete sich Willie zu Wort. „Hat der gemeint, um sechs Uhr am Morgen? Wer geht denn da in die Kirche? Studenten ganz bestimmt nicht.“

Marina fand das ebenfalls nicht besonders prickelnd. „Ich denke, die Kapelle ist auch für die Öffentlichkeit zugänglich. Und irgendwelche alten Leute, die immer brav mit den

Hühnern ins Bett gehen, wollen da eben ihren Segen."

„Stell den Wecker nicht so laut", war Willies Kommentar dazu. „Ich brauche meinen Schönheitsschlaf.

Marina versprach es und machte sich seufzend wieder über den Aufsatz her. Adelig müsste man sein! Oder indische Musterschülerin. Dann könnte man ein wahrhaftes Studentenleben führen.

Als sie am nächsten Tag zum Unterricht erschien, musste sie sich die Hand vor den Mund halten, um ihr Gähnen zu verbergen. Verflucht, das war echt wenig Schlaf gewesen! Weil sie sich nicht mehr sicher gewesen war wegen einiger Stücke aus dem Gesangbuch, war sie spät abends noch in die Kapelle marschiert, um sich die Akkorde einzuprägen. Sie hatte sogar mit dem leisesten Register ein Lied durchgespielt, da das komplizierte Harmonien hatte. An Soforteinschlafen war anschließend nicht zu denken gewesen. Zum Glück hatte es in der Messe dann gut geklappt, aber ganz schön aufregend war das schon.

Wenn Featherstone heute wieder nur Theorie durchging, musste sie aufpassen, nicht irgendwann mit dem Kopf auf dem Tisch zu liegen und zu schnarchen, das würde Mister Arrogant sicher nicht gefallen.

Doch das Schicksal meinte es heute gut mit ihr, er teilte den Studenten nämlich Schnellhefter aus.

„Das ist eine Übersicht über mein Projekt für den Wellspring-Preis. Wie Sie wissen, ist es mir ein Anliegen, die Behandlung von suchtkranken Jugendlichen zu revolutionieren."

Schlagartig war Marina so hellwach, als hätte sie sich den Espresso intravenös verabreicht. Das Projekt! Endlich ging es um die praktische Anwendung des lästigen Wissens.

Er stellte das Konzept in einführenden Sätzen vor. Hier in Oxford gab es eine Klinik, die auch mehrere Wohngruppen und ambulante Einrichtungen für junge Menschen betrieb, die Drogenprobleme hatten.

„Unser College möchte sich aktiv an der Behandlung dieser Patienten beteiligen", erklärte der Prof. „Natürlich auch in Zusammenarbeit mit den medizinischen Psychiatern. Bei meinem Forschungsprojekt geht es darum, einen detaillierten Analysebogen zu entwickeln. Der soll zukunftsweisend sein und natürlich auch in allen anderen Einrichtungen genutzt werden."

Wow! In Marinas Bauch kribbelte es. Sie würden vielleicht die Behandlung von Suchtkranken revolutionieren! In die medizinische Geschichte eingehen, künftig in allen Lehrbüchern stehen und von der Presse gefeiert werden! Okay, wohl eher Featherstone selbst. Aber egal – es war irre spannend, Teil von so wichtigen Neuentwicklungen sein zu dürfen. Das Beste aber – sie würden mit Patienten arbeiten!

„Es ist mir seit langer Zeit ein Dorn im Auge", fuhr er fort, „dass man Süchtige mitsamt ihrer häufigen psychischen Störungen mehr oder weniger aufs Geratewohl behandelt. Ohne vernünftige Strukturen können keine guten Erfolge erzielt werden."

Marina strahlte. „Diese jungen Leute in ihrem Leid liegen ihm richtig am Herzen", flüsterte sie Neema zu. Mit einem Mal konnte sie viel tiefer durchatmen. Alles war gut! Featherstone war kein kaltherziger Wissenschaftsklotz. Auch wenn er es gut verbarg – er wollte Gutes tun! Also war es doch kein Fehler gewesen, nach Oxford zu kommen und bei ihm zu studieren. Für jemanden, der sich um Jugendliche mit Problemen kümmerte, stand sie doch gerne jede Woche vor sechs Uhr morgens auf und beschallte eine Handvoll faltiger Betschwestern mit Orgelklängen, keine Frage!

„Du bist herrlich naiv.“ Neema verdrehte die Augen.

„Wieso?“ Verständnislos starrte Marina ihre Nachbarin an.

„Wissenschaftler suchen sich ihre Forschungsprojekte doch nicht nach Herzensangelegenheiten aus, sag mal, wo lebst du denn? Featherstone hat geprüft, welches Feld noch möglichst unerforscht ist, so machen das alle. Denn da rechnet er sich die größten Chancen aus für einen Preis.“

„Was?“ Das durfte einfach nicht wahr sein!

„Marina, haben Sie ein Problem?“, dröhnte Featherstones dunkle Stimme durchs Zimmer. „Dass Sie sich mit Respekt offenbar schwertun, habe ich inzwischen bemerkt. Aber uninspirierte Zwischenrufe können Sie sich sparen. Ebenso Ihr Gähnen. Wenn Ihnen mein Unterricht zu langweilig ist, steht es Ihnen frei, zurück nach Deutschland zu gehen. Es warten noch einige willige Studenten auf freie Plätze.“

Sie fuhr zusammen und kochte innerlich. Ja, willige Studentinnen warteten sicher auf ihn!

„Tut mir leid, Herr Professor, alles in Ordnung“, quetschte sie heraus, und beugte sich mit rotem Kopf wieder über die Aufzeichnungen.

„Also gut“, sagte er und sie spürte seine Augen vorwurfsvoll auf ihr, auch wenn sie nicht aufsah. Vielleicht war sein Archetypus doch eher der `Hexer`, denn sein Blick schien heiß auf ihrer Haut zu brennen.

„Sie werden Interviews mit den Probanden führen.“ Er ging zur Tafel, wie immer mit den geschmeidigen Bewegungen einer Raubkatze. „Und jede Antwort auf die vorgefertigten Fragen gewissenhaft notieren. Das A und O des Projektes ist, vergleichbare Interviewsituationen zu schaffen. Also müssen Sie so sachlich wie möglich bleiben."

Marina biss sich auf die Unterlippe, um ruhig zu bleiben. Okay, sie wusste natürlich, dass Forschung nichts mit Bauchgefühl zu tun hatte. Aber blieb denn gar kein Raum für persönliche Beobachtungen?

„Selbstverständlich ist der Analysebogen noch im Wandel", erklärte er und schrieb ein paar Gliederungspunkte an. „Wir gehen ihn gemeinsam durch. Sicher haben Sie Gedanken dazu. Hier in Oxford halten wir nicht viel von Frontalunterricht, der Vorteil unserer kleinen Gruppen ist natürlich der Austausch."

Na immerhin. Erleichtert legte Marina den Stift zur Seite und lehnte sich zurück. Sicher konnte sie ein paar Pluspunkte beim Prof sammeln, wenn sie sich eifrig an den Diskussionen beteiligte.

In den nächsten beiden Stunden besprachen sie ausführlich die ersten Fragen des Bogens. Es ging um die Aufnahme der Personalien, Herkunft, Familie und Verwandtschaftsverhältnisse. Insbesondere über das Feld „Geschwister" ergab sich eine rege Diskussion, denn das konnte ein wichtiger Punkt werden.

Neema, deren safrangelbe Bluse ihre schwarzen Haare und den Milchkaffee-Teint gut zur Geltung brachte, hatte einige Anregungen. „… macht es durchaus einen Unterschied, ob jemand das älteste Geschwisterkind oder das jüngste ist. Ein Sandwichkind zu sein, wirkt sich vollkommen anders auf die Entwicklung aus." Sie zitierte aus einem bekannten Lehrbuch zu dem Thema.

Featherstone wirkte seltsamerweise nicht besonders begeistert.

Dabei konnte Neema jede Feststellung perfekt belegen. Marina beobachtete ihn genau. War da nicht eine steile Falte zwischen seinen Augen, wenn sie über Geschwister sprach?

„Wenden wir uns nun den Fragen zur Wohnsituation der Eltern zu", ging er zum nächsten Punkt über. „Sie notieren bitte, ob es sich um eine Stadt oder um ländliches Umfeld handelt, das benötigen wir für die Auswertung."

Ein Stoß in die Seite ließ Marina nach links herumfahren. „In Sachen Land kennst du dich ja aus", flüsterte Willie grinsend.

„Ja, und du in Sachen Sandwich. Du bist ja ein Big Mac-Kind, bei all deinen adligen Geschwistern und Verwandten."

Die gesamte Unterrichtseinheit feilten sie an Details der ersten Gliederungspunkte. Marina bemühte sich darum, die Vorzeigestudentin zu spielen. Hatte aber weiterhin das Gefühl, dass der Prof ihr nicht wohlgesonnen war. Die dämlichen Antworten der beiden großbusigen Fangirls nickte er jedenfalls ab, während er bei ihren Beiträgen keinerlei Reaktion zeigte.

Cormac meldete sich zu Wort. „In wieweit geht die psychische Konstellation in die Analyse ein?", fragte er. „Also ob jemand eher ruhig ist oder lebhaft, zu Aggressionen neigt oder jedem Streit aus dem Weg geht?"

Kluge Frage. Marina bewunderte den Ed Sheeran-Verschnitt für seinen Mut.

Featherstone machte einen Schritt auf Cormac zu. „Wie wollen Sie das testen? Sie können den Probanden natürlich Fragen beantworten lassen, jedoch ist die Selbsteinschätzung oftmals völlig falsch."

Aber sie waren doch Psychologen und keine Metzger, sie würden das erkennen! Um ein Haar hätte Marina das laut ausgesprochen, doch sie hielt sich zurück. Auf gar keinen Fall würde sie den Prof erneut gegen sie aufbringen.

„Sind Sie mit meiner Antwort nicht einverstanden, Marina?"

Verdammt.

Featherstone stand unmittelbar vor ihr und sah ihr in die Augen. Ungefähr mit der Freundlichkeit einer dieser grimmigen Steinfratzen auf den gotischen Kathedralen.

„Nein, alles richtig", bemühte sie sich um eine Antwort.

Sie hatte es noch nie gut beherrscht, ihre Gesichtszüge zu kontrollieren. Aber jetzt galt es! Sie musste es hinbekommen, ihm ehrliche Zustimmung vorzugaukeln.

„Ich hatte da ein Aufblitzen von Abwehr bemerkt", bohrte er nach.

„Mich hat nur die Nase gejuckt", log sie.

Er blieb jedoch weiterhin vor ihr stehen und fixierte sie. Das war ja schlimmer als bei einer Kariesbehandlung!

„Jetzt bin ich fast enttäuscht. Ich dachte schon, Sie kommen wieder mit Ihrem Vorschlag, dass man doch ein Gespür haben sollte für die Patienten." Sein Lächeln wirkte boshaft, und das helle Auflachen seiner beiden Groupies und von ein paar anderen Studenten stach Marina wie ein Messer in die Brust. „Gibt es in Deutschland Kurse für Gedankenlesen und Hellseherei?" Das Lachen der anderen wurde lauter.

Featherstone machte sich lustig über sie? Und stellte sie sogar vor den anderen Studenten bloß? Er war ja ein richtiger Mistkerl! Eiskalte Psychologen wie er konnten verdammt viel Unheil anrichten, das wusste sie. Marina musste sich an der Tischkante festkrallen, ihr wurde schwindlig. Bilder tauchten vor ihrem inneren Auge auf. Die offen stehende Tür zu einem Badezimmer. Ein Messer auf dem Wannenrand. Die falsche Farbe des Wassers, viel zu dunkel, schrecklich dunkel sogar, mitten darin ein leblos wirkender Körper. Ihr eigener entsetzter Schrei klang ihr in den Ohren, ganz deutlich, obwohl das alles schon so viele Jahre her war. Und das blasse Gesicht von Sabine, ihrer Schulfreundin, die man jahrelang nach dem Lehrbuch behandelt hatte. Genau wie dieser Featherstone es auch heute noch tun würde. Sie hätte ihm am liebsten ins Gesicht gespuckt!

„Ja, diese Kurse habe ich alle besucht", konnte sie sich nicht verkneifen. „Und ein Diplom erhalten. Wollen Sie es sehen?"

Willie trat ihr gegen das Schienbein und starrte sie entsetzt an, aber sie konnte so eine Unverschämtheit nicht einfach hinnehmen, das Bild von Sabines im Wasser liegenden Körpers war viel zu präsent!

„Ich kenne Studenten wie Sie." Featherstones Stimme war mit einem Mal kalt wie ein Eiszapfen. Er kam näher, der Duft seines herben Rasierwassers stieg Marina in die Nase. „Sie halten uns Wissenschaftler für Idioten, glauben nur an irgendein ominöses Bauchgefühl. Aber damit haben Sie keine Chance bei mir. Weil das blanker Unfug ist."

Jetzt reichte es! „Seit tausenden von Jahren überleben Menschen nur deshalb, weil sie sich auf ihre Intuition verlassen", platzte sie heraus. „So ist es heute noch in ganz vielen Ländern. Nur wir in der westlichen Zivilisation sind so arrogant, uns ausschließlich auf den Kopf zu verlassen! Wissen Sie, ich habe erlebt, was passiert, wenn man Dinge ausschließlich wissenschaftlich …"

Weiter kam sie nicht.

„Sie wagen es, mich arrogant zu nennen?", dröhnte seine Stimme wie ein Kampfjet über ihren Kopf und wummerte in ihrem Bauch. Die Falte über seiner Nase grub sich in Grand

Canyon-Tiefe in die Haut und seine Augen schossen Blitze ab. „Dann ist es wohl besser, Sie verlassen meinen Kurs! Ich stehe nicht in dem Ruf, meine Studenten ein ach so verhasstes Gedankengut aufzuzwingen. Am Besten ist es wohl …“

Ein Klopfen an der Tür unterbrach seinen wütenden Redeschwall.

Marina war völlig versteinert. Er warf sie aus dem Kurs oder womöglich von der Uni? Verflucht noch mal, warum hatte sie ihr vorlautes Mundwerk nicht halten können! Ihre Gedanken fuhren Karussell in ihrem Gehirn, während sich die Tür öffnete und eine Sekretärin den Kopf hereinsteckte.

„Entschuldigen Sie die Störung, Herr Professor, aber Lord Branson ist am Apparat und hätte eine kurze Frage zur Bewerbung für den Wellspring-Preis. Er sitzt im Komitee, wie Sie sicher wissen.“

Featherstone wischte sich mit der Hand übers Gesicht.

„Wir sprechen morgen weiter über den Bogen“, wandte er sich an die Studenten, ohne Marina auch nur im Entferntesten anzuschauen. Dann marschierte er mit seinen raumgreifenden Schritten nach draußen.

Alle räumten ihre Sachen ein, nur Marina blieb reglos sitzen.

„Sag mal, sind dir jetzt alle Ackergäule durchgegangen?“, fragte Willie. „Du kannst später die empathischste aller Therapeutinnen sein, dir jedes Jahr die Medaille für exorbitante Hilfsbereitschaft verleihen lassen und eine Selbsthilfegruppe für sensible Menschenbeobachter gründen – aber erst mal brauchst du einen Abschluss, verdammt noch mal!“

Über Marinas Rücken lief es eiskalt hinunter. „Meinst du, ich hab`s vergeigt?“ Sie sah ihre Freundin angstvoll an. „Jagt er mich jetzt vom College?“

Willie hob die Hände und ließ sie wieder fallen. „Ich bin leider keine Wahrsagerin. Aber einen Rat kann ich dir geben, vielleicht hörst du ausnahmsweise ja mal auf mich. Mach dich auf die Socken und such ihn! Und dann entschuldige dich. Aber richtig! Vielleicht gibt er dir noch eine Chance."

Endlich kam Leben in Marina. Willie hatte ja so recht! Sie musste sich auf den Weg machen und ihn abfangen, am besten gleich, noch bevor er mit dem Dekan oder irgendjemandem reden konnte.

„Wo wird er wohl telefonieren?", fragte sie laut.

Neema kam heran. „Sicher nicht im Verwaltungsbüro, sondern in seinem Zimmer. Drüben im Nebengebäude, ich glaube, da gibt es Wegweiser."

„Okay!" Im Eiltempo stopfte Marina ihre Sachen in den Rucksack, dann lief sie los. Die Treppe runter, raus aus dem Gebäude, über den gepflegten Rasen und durch die Tür. Mit der Tafel hielt sie sich nicht auf, ihr kam nämlich der Pförtner des Colleges entgegen.

„Ich suche das Büro von Professor Featherstone", rief sie atemlos.

„Das ist im zweiten Stock, Raum Nummer Siebzehn. Aber da werden Sie ihn nicht finden." Der Mann in dunkler Uniform wollte weitergehen, doch Marina baute sich vor ihm auf.

„Haben Sie ihn gesehen? Wo ist er denn?" Flehend schaute sie ihn an.

„Er hat soeben das Gelände verlassen, ich bin ihm begegnet. Wenn ich mich nicht irre, ist er in Richtung Lewis-Park gegangen."

„Danke!", rief Marina dem Mann zu und sprintete los. Den Park kannte sie, er war der kürzeste Weg in die City, wo man einkaufen konnte. Neema hatte sie vorgestern in die Grünanlage geschleift, weil die Stadt ihrem berühmtesten Sohn zu Ehren Statuen aufgestellt hatte, und ihr zu jeder Romanfigur eine ausschweifende Lobeshymne präsentiert.

Raus aus dem College, um die Ecke gerannt. Wo zum Teufel war er?

Sie hatte sich noch keine Entschuldigung überlegt, aber sie würde improvisieren. Sicher kamen die richtigen Worte wie von selbst, denn es gab nichts Wichtigeres als am College bleiben zu dürfen.

Da! Ein Mann im Anzug, der sich anschickte, die Straße zu überqueren. Diese Schritte, die dunklen Haare – ja, das war zweifellos Featherstone.

Marina lief los. Er war nicht weit entfernt, gleich würde sie bei ihm sein.

„Professor Featherstone!“, rief sie, aber er schien sie nicht zu hören, machte schon die ersten Schritte über die Fahrbahn.

Ein kurzer Blick nach links, die Straße war frei, Marina sprintete ihm hinterher, denn er war schon zur Hälfte drüben. „Ich muss mit Ihnen reden!“

Jetzt hörte er sie. Drehte sich um, seine Miene verfinsterte sich. „Kommen Sie morgen“, erwiderte er.

„Bitte, nur eine Minute!“ Sie war fast bei ihm.

„Jetzt hören Sie mir mal zu, Sie Nervensäge …“ Mit entschlossenem Ausdruck machte er einen Schritt in ihre Richtung.

Ein dröhnendes Motorengeräusch näherte sich. Marina fuhr herum, nach rechts. Bremsen quietschten ohrenbetäubend, sie schrie auf, ein Wagen schlingerte auf sie zu. Voller Entsetzen schloss Marina die Augen, jetzt war alles aus!

5. Die zerkratzte Grinsekatze

Garrett

Endlich war der Unterricht vorbei! Garrett hatte Lord Bransons Frage schnell beantworten können und war jetzt auf den Weg zur Apotheke. Er wollte seine Vorräte an Kopfschmerztabletten auffüllen und das ging zu Fuß am einfachsten, so musste man sich nicht um einen Parkplatz prügeln. Die lächerlichen Statuen, die die Stadt vor Kurzem aufgestellt hatte, würde er einfach ignorieren, wenn er am Parkeingang vorbeiging. Den Kult um das Kinderbuch dieses Lewis Carrolls hatte er noch nie nachvollziehen können. Aber gut, sollten die Menschen eben das Kaninchen und die bezopfte Alice feiern. Dass man ihm aber direkt vor die Nase die Abbilder eines rauchenden Raupenviehs oder einer Katze mit anatomisch fragwürdigem Gebiss gepflanzt hatte, regte ihn auf. Für solche „Kunstwerke" verschleuderte der Staat also Steuergelder?

Garrett ging über die Straße und versuchte, den Statuen keine Beachtung zu schenken. Er war noch nicht auf der anderen Seite angekommen, da hörte er eine Stimme.

„Professor Featherstone!", rief jemand, aber er drehte sich nicht um. Das war garantiert eine der neuen Studentinnen und die sollten sich gefälligst angewöhnen, ihn nur innerhalb der Arbeitszeiten anzusprechen. Wenn das Projekt erst am Laufen war, würden diese sowieso bis in den späten Abend hineinreichen.

„Ich muss mit Ihnen reden!"

Lief diese Stalkerin ihm tatsächlich hinterher? Er fuhr herum. Grundgütiger, das war diese impertinente Deutsche mit dem Hang zur Esoterik und zum Gutmenschentum! Garrett kannte diesen Typ Frau, die tauchten immer mal wieder an seiner Fakultät auf. Meist waren es rehäugige Wesen in veganen Strickkleidern, die sich sowieso nur für Feelgood-Psychologie interessierten. Sie waren überzeugt davon, mit einem sogenannten „offenen Ohr" alles heilen zu können, pochten auf ihr berühmtes Bauchgefühl und würden sogar einem krampfenden Akutpatienten ein paar Lakritz-Globuli statt Diazepam verschreiben, falls man das zuließe. Zum Glück erhielten die nie einen verantwortungsvollen Job, sondern landeten in der Regel in einem Vorort, wo sie sich die Klagen der ortsansässigen gelangweilten Hausfrauen über ihre ebenso langweiligen Ehemänner anhörten und kaum Schaden anrichten konnten.

„Kommen Sie gefälligst morgen", rief er ihr zu. Völlig unausstehlich, diese Marina!

„Bitte, nur eine Minute!", wagte sie tatsächlich nachzusetzen. Hatte die Frau keine Ohren? Er hasste es wie die Pest, wenn man seinen Anweisungen nicht sofort Folge leistete. Wie kam diese lästige Studentin nur auf die Idee, ihn außerhalb des Colleges so aufdringlich anzusprechen?

Garrett blieb mitten auf der Fahrbahn stehen. Das würde er ihr jetzt ein für alle mal austreiben! Zu allem entschlossen machte er ein paar Schritte auf sie zu.

„Jetzt hören Sie mir mal zu, Sie Nervensäge …", begann er, dann erst nahm er das heranrasende Auto wahr.

Verflucht!

Bremsen quietschten, ein gellender Schrei, er sprang zur Seite

– und sah den Wagen an sich vorbeischießen. Das Auto holperte über die Bordsteinkante, pflügte durch die Rasenfläche am Parkeingang und rammte am Ende die Säule, auf der eine der Caroll-Statuen thronte. Da der Fahrer schon auf die Bremse gestiegen war, hatte der Wagen nicht mehr viel Fahrt drauf und touchierte den Sockel nur, bevor er stehen blieb. Aber es reichte, dass die Grinsekatze mächtig ins Schwanken geriet, wackelnd auf der Kippe stand und schließlich mit völlig unkatzenmäßiger Plumpheit auf den Boden krachte. Dort blieb sie liegen, ihr Lächeln sah inzwischen reichlich schief aus.

„Um Gottes Willen!" Die Studentin lief, wie nicht anders zu erwarten, zum Fahrer, der gerade ausstieg. Zwei Passanten von der anderen Seite schlossen sich ihr an.

Garrett hatte es nicht so eilig, es war klar, dass dem Insassen nichts passiert war, der Kleinwagen hatte kaum mehr Tempo draufgehabt, als er gegen die Säule gekracht war.

„Ist Ihnen etwas passiert?" Mit besorgter Miene, die sie sicher schon seit Jahren trainierte, half sie dem Fahrer aus dem Auto. Nein, es war gar kein Fahrer, es war eine Fahrerin, eine grauhaarige Dame im lavendelfarbenen Kostüm mit Hut im gleichen Farbton. Und die kam ganz schön zittrig daher.

„Oh mein Gott." Ihre Stimme überschlug sich fast. „Ich musste ausweichen und bin von der Straße abgekommen."

Garrett gesellte sich dazu. „Sie waren aber auch reichlich schnell dran, Ma`am", stellte er fest.

Ein dicklicher Mann im Trainingsanzug meldete sich zu Wort. „Na, so schnell auch wieder nicht. Die Polizei ist schon informiert, sollte gleich da sein. Ich kann bestimmt als Zeuge aussagen."

Du liebe Zeit, das war einer dieser Wichtigtuer.

„Es tut mir wirklich leid, dass ich einfach so über die Straße gerannt bin“, redete Marina auf die alte Lady ein. „Wissen Sie, ich komme aus Deutschland und bin den Linksverkehr nicht gewöhnt. Habe auf die falsche Seite geschaut beim Losgehen.“

Gut so, sie nahm die ganze Schuld auf sich. Das entsprach ja auch der Wahrheit. Garrett nickte zufrieden.

„Eigentlich bin ich dem Mann im Anzug ausgewichen“, plapperte die Alte. „Der hat sich plötzlich umgedreht und lief in die andere Richtung, das hat mich verwirrt, ich wusste nicht, an welcher Seite ich vorbeifahren soll.“

Wie bitte? Garrett traute seinen Ohren nicht. Jetzt sollte er plötzlich damit zu tun haben?

Marina zauberte aus ihrem Rucksack eine Flasche Wasser und hielt sie der Lavendel-Lady hin. „Möchten Sie einen Schluck? Sie sehen ganz blass aus. Ich bin wirklich untröstlich.“ War ja klar, Miss Gutmensch aus Germany musste sich gleich als Florence Nightingale aufspielen. Wie er so was hasste!

Dankbar nahm die alte Dame ihr die Plastikflasche ab und hielt dann inne. „Sagen Sie, kenne ich Sie? Waren Sie nicht heute Morgen in der Frühmesse um sechs Uhr?“

Na das fehlte noch. Eine Katholikin, die schon früh morgens brav die Kirchenbank drückte und wahrscheinlich die Bibel unterm Spitzen-verzierten Kopfkissen liegen hatte.

„Das stimmt“, gab die Studentin zu. „Ich spiele da Orgel.“

„Orgel?“, entfuhr ihm lautstark. Das wurde ja immer besser!

Beide Frauen sahen ihn überrascht an.

„Was stört Sie daran?“, fragte die Alte, reckte ihr Kinn nach oben und klang irgendwie kampfeslustig. „Die Orgel ist ein phantastisches Instrument und ich finde es bewundernswert, wenn junge Menschen sich dafür begeistern. Das gibt Hoffnung, finden Sie nicht?"

Garrett verkniff sich die Antwort, insbesondere, da gerade ein Streifenwagen vorfuhr. Die Polizisten stiegen aus, verschafften sich einen Überblick und blieben eine ganze Weile vor der selten dämlichen Katze mit vertikalem Grinsen stehen.

„Das ist Gemeindeeigentum", stellte der eine fest, während der andere alle Beteiligten plus die Zeugen befragte und die Daten aufnahm. Wobei der Trainingsanzugsmann ein Totalausfall war, er hatte in die falsche Richtung geschaut und die Jugendliche auf ihr Handy. Also stützte sich alles auf die Aussage der pastellfarbenen Fahrerin.

„Die junge Frau habe ich nicht direkt auf der Straße gesehen", gab die zu Protokoll. „Aber dieser Herr Professor, der lief wirr auf der Fahrbahn herum. Ihm musste ich ausweichen, weil er plötzlich seine Richtung änderte."

„Aber doch nur, weil Marina mir nachgelaufen ist und mir was zugerufen hat!", explodierte er. „Hätte die mich in Ruhe gelassen, wäre überhaupt nichts passiert."

Er sah, wie die empört nach Luft schnappte. Sie wollte offenbar etwas sagen, aber die Alte kam ihr zuvor. „So etwas gehört sich nicht für einen Gentleman! Wo ist denn nur der britische Anstand hinverschwunden? Sie machen sich selbst schuldig und wollen es dieser braven, gottesfürchtigen jungen Frau in die Schuhe schieben?"

Garrett ballte die Fäuste. Er würde ihr am liebsten die spitze Feder aus dem Hut ziehen und sonstwohin schieben, konnte sich aber in letzter Sekunde beherrschen, das nicht auszusprechen.

„Nein, nein", mischte Marina sich ein. „Ich war auch auf der

Straße, da hat Professor Featherstone schon recht."

Hach, wie großzügig. Sie gab es also zu, wahrscheinlich sollte er jetzt vor Dankbarkeit auf die Knie fallen. Dabei wäre das alles gar nicht passiert, wenn sie ihm nicht hinterhergelaufen wäre!

„Dann notiere ich, dass beide Personen auf der Straße waren", sagte der Polizist nüchtern. „Der Schaden an der Statue ist sicher nicht unerheblich, der muss beglichen werden. Der am Auto von Mrs. Spencer natürlich auch. Da kommt einiges auf Sie beide zu. Sie sind also eine der Studentinnen des Professors?"

Die Nervensäge schaute betreten auf den Boden. „Na ja, wir hatten ein paar Probleme, deshalb wollte ich mit ihm reden. Weil er mich vielleicht vom College werfen wollte."

Garrett schnaubte. Die Lavendellady namens Mrs. Spencer reckte erneut ihr Kinn in die Höhe, baute sich vor ihm auf und sah ihn finster an. „So einer sind Sie also? Sie werfen nette, christliche Mädchen von der Uni, verursachen Unfälle und übernehmen am Ende wohl nicht mal die gesamten Kosten? Unterrichten Sie hier am Ambrose College? Der Dekan ist ein Cousin zweiten Grades von mir, ich werde wohl ein Wörtchen mit ihm reden müssen."

Auch das noch. Garrett verfluchte sich, dass er die Kopfschmerztabletten nicht schon gestern besorgt hatte. Nicht nur, weil das Hämmern in seinem Schädel ihn schon wieder verrückt machte, sondern weil er sich diese ganze Farce hier gespart hätte. Wenn die schrullige Alte ihn tatsächlich bei Dekan Strathan anschwärzte, würde er Probleme bekommen. Der hatte ihn nämlich schon mehrmals mit hochgezogenen Augenbrauen auf seine Beziehung mit Studentinnen angesprochen. Wäre wohl besser, die Alte zu besänftigen.

„Selbstverständlich bleibt Marina in meinem Kurs", bestätigte er und zwang sich zu einem freundlichen Lächeln, auch wenn es schwerfiel. „Und ich übernehme natürlich die gesamten Kosten für die Restaurierung der Statue. Die Grinsekatze ist schließlich eine meisterliche Figur unseres geschätzten Lewis Carroll und mir ganz besonders ans Herz gewachsen."

Er zog seine Brieftasche hervor und holte zwei Visitenkarten heraus. Eine gab er Mrs. Spencer, die andere dem Polizisten. „Hier ist meine Adresse, schicken Sie mir die Rechnung, Officer. Damit ist die Angelegenheit sicher erledigt. Ich muss noch einige Besorgungen machen."

Gerade wollte er den unglückseligen Ort verlassen, da packte ihn der zweite Polizist am Ärmel. „Nicht so schnell, Herr Professor. Sie haben sich schuldig gemacht, Gemeindeeigentum zu beschädigen. Das bedeutet mehr, als nur den Schaden zu ersetzen. Ihnen droht eine persönliche Strafe."

„Wie bitte?" Er starrte den Polizisten an. „Sie wollen uns für so eine lächerliche Sache vor Gericht zerren?" Das fehlte ihm gerade noch. Machte sich nicht gut, wenn man als Anwärter für den Wellspring-Preis auf einer Anklagebank saß.

„Sie haben Glück, Fälle wie dieser fallen in unser Pilotprojekt `Instant Sentence`. Wir fahren am besten sofort zum zuständigen Richter. Steigen Sie bitte beide in den Streifenwagen."

Marina sah ihn entsetzt an, als sie sich neben ihn auf die Rückbank quetschte.

„Das ist eine Neueinführung der Oxforder Polizei", erläuterte er widerwillig. „Kleine Fälle werden im Schnellverfahren von einem Richter plus zwei erfahrenen Police Officers als Beisitzer entschieden. Das Urteil wird sofort gesprochen, man gilt nicht als vorbestraft. Dadurch werden die überfüllten Gerichte entlastet."

„Und welche Strafen gibt es?", wollte sie wissen und sah blass um die zugegebenerweise recht niedliche Nase aus.

Er zuckte mit den Schultern und lehnte sich seufzend an der Rückbank an.

Eine Stunde später erfuhren sie, was auf die motorisierte Entthronung einer Grinsekatze stand.

„Ich verurteile Sie beide zu jeweils dreißig Sozialstunden", verkündete der Richter. „Abzuleisten im Lewis-Park, melden Sie sich bei der städtischen Parkverwaltung." Er schlug mit einem winzigen Hammer auf den Tisch und rief den nächsten Fall auf, irgendwelche Punks mit fünf Hunden, die hinter ihnen saßen und die Luft verpesteten.

„Puh, da haben wir ja Glück gehabt", freute sich Marina und strahlte. Sie machte einen Schritt auf ihn zu. Das Sonnenlicht, das durch das Fenster fiel, ließ ihre hellbraunen Augen funkeln wie den teuren schottischen Whisky, den er für besondere Gelegenheiten im Schrank stehen hatte.

„Es ist wirklich nett von Ihnen, Professor, dass Sie mir noch eine Chance geben in Ihrem Kurs. Sie werden niemals wieder nur den kleinsten Ärger mit mir haben, das verspreche ich Ihnen!"

„Würde ich Ihnen auch dringend raten", brummte er.

„Sollen wir gleich gemeinsam zur Parkverwaltung gehen und uns sagen lassen, wann wir anfangen? Ist ja glimpflich abgegangen. Dreißig Stunden sind nicht viel."

Klar. Gemeinsam antreten. Am besten noch Hand in Hand. Er presste seine Backenzähne aufeinander und ging voraus. Im Gegensatz zu dieser Marina wusste er wenigstens, wo sich die Verwaltung befand. Er hörte ihre Schritte hinter sich, sie klangen seltsam munter.

Es war gut, dass er absolut nicht an Bauchgefühl glaubte. In ihm blitzte nämlich die eigenartige Gewissheit auf, dass noch eine ganze Wagenladung Ärger auf ihn zukommen würde. Aber Marina hatte ihm versichert, keine Schwierigkeiten zu machen, und für die Existenz von Vorahnungen gab es selbstredend keinen einzigen wissenschaftlichen Beweis.

6. Regen im Park

Marina

„Du gräbst mit Mister Superhirn nach Regenwürmern?“ Willie sah aus, als würden ihr die Augen im nächsten Moment aus den Höhlen springen. „Das ist nicht dein Ernst!“

Sie saßen auf Marinas Bett, weil Willies Schlaflager wie immer mit mehreren Schichten Klamotten bedeckt war, und aßen Sourcream Crisps. Wobei Willie vor lauter Aufregung die Hälfte der Kartoffelchips ins Bett bröselte, was sich nachts nicht gut anfühlen würde, fürchtete Marina jetzt schon.

„Ich bin total froh, dass es so ausgegangen ist!“, sagte sie und versuchte, einen Teil der Brösel mit der Hand auf den Fußboden zu fegen. „Vor allem, weil ich weiterhin am College bleiben darf.“

„Aber ist er nicht stinksauer, dass du ihm nachgelaufen bist?“

„Klar.“ Marina nickte. „Andererseits hätte er ja nicht gleich so auf mich losgehen müssen dort auf der Straße. Na ja, es ist, wie es ist. Im Park zu arbeiten finde ich nicht schlimm.“

Willie riss die Augen noch mehr auf. „Nicht schlimm? Ach ja, ich vergesse immer, dass du vom Land kommst. Ich würde ja lieber in der Armenküche Kartoffeln schälen, als in der Erde herumzuwühlen. Aber du bist das ja gewöhnt.“

Marina musste lachen. Was hatten diese Großstadtpflanzen nur für Vorstellungen? „Genau. Ich habe mir als Kind jeden Morgen erst mal eine Karotte aus dem Boden gegraben als Frühstück und dazu im Stall unsere Ziege gemolken, damit ich ein wenig Milch hatte. Dann den Esel vor den Karren gespannt, damit er mich und meine Schiefertafel in die Dorfschule gebracht hat.“

Bevor Willie zurückschießen konnte, steckte Cormac seinen Rotschopf durch die Tür. „Hey Girls, kommt ihr mit in den Pub? Da ist heute Quiz-Abend.“

Er sprach zwar in der Mehrzahl, schaute aber ausschließlich Willie an. Man brauchte nur einen Teelöffel Empathie um zu spüren, dass der Ire schon von Anfang an begeistert von ihr war. Marina hatte das schon bei den ersten Begegnungen gefühlt. Cormac war bestimmt froh, wenn er Willie für sich allein hatte.

„Geht ihr nur“, sagte sie und gähnte. „Ich hab einen langen Tag hinter mir und hau mich in die Falle. Aber sag mal, machst du auch brav die Übungen, die ich dir gezeigt habe?“

Er nickte eifrig. „Das ist echt super, was du mir beigebracht hast! Die Schmerzen sind komplett weg. Bin froh, dass du mir geholfen hast.“ Sein dankbares Lächeln tat ihr gut. Sie freute sich immer, wenn sie jemandem etwas Gutes tun konnte, irgendwie fühlte sie sich dann auch selbst wohl. „Magst du wirklich nicht mitkommen?“, hakte Cormac nach.

„Lieb von dir. Das nächste Mal bin ich wieder dabei! Und spiele dich an der Dartscheibe in Grund und Boden, wirst schon sehen!“ Sie lachten beide, dann hakte sich Willie bei ihm ein und die Turteltäubchen zogen ab.

Marina ließ sich aufs Bett fallen. Das Laken fühlte sich ein bisschen an wie eine Raufasertapete. Sie nahm eines der Fachbücher in die Hand und schlug es auf. Dummerweise war es ausgerechnet von Featherstone. Seufzend blätterte sie durch das erste Kapitel, blieb hin und wieder an einer Stelle hängen, machte sich sogar ein paar Notizen. Er konnte schwierige

Sachverhalte tatsächlich auf den Punkt bringen, das musste sie zugeben. An Intellekt fehlte es ihm wahrlich nicht. Mehr sogar, er war ein wirklich genialer Kopf. Der ihretwegen nun seine wertvolle Zeit opfern musste, um Laub zusammenzurechen.

Auch wenn sie Willie gegenüber so locker getan hatte – beim Gedanken an die gemeinsamen Sozialstunden wurde ihr flau im Magen. Featherstone hatte bei der Urteilsverkündung wenig Gemeinsamkeiten mit der Grinsekatze gezeigt, sondern sie eher an den bösen Wolf erinnert. Und der kam im Wunderland gar nicht vor.

Sie konnte ihn sogar verstehen.

Nachdenklich fasste sie in die Chipstüte und bröselte der Vollständigkeit halber jetzt auch noch ihr Kopfkissen voll. War sowieso schon egal. Dank Mrs. Spencers Intervention würde er sie nicht aus dem College werfen können, aber sie sollte sich trotzdem bemühen. Nicht nur im Unterricht, auch im Park. Die beste Taktik wäre sicher, ihm aus dem Weg zu gehen. Sollte nicht so schwer sein, der Lewis Park war groß genug, dass sie an verschiedenen Ecken arbeiten konnten. Oder sogar an verschiedenen Tagen. Ja, das war ein guter Plan! Und wer weiß, vielleicht konnte sie sogar ein paar seiner Sozialstunden übernehmen, fiel doch gar nicht auf. Damit konnte sie sicher einiges wiedergutmachen.

Ach, so schlimm würde es wahrscheinlich gar nicht werden! Am Samstagfrüh, wenn sie zu ihrem ersten Dienst antraten, lachte sicher die Sonne vom Himmel, die Vögel zwitscherten gut gelaunt und die leichte Gartenarbeit fühlte sich an wie Urlaub. Alles kein Problem!

Marina legte das Buch weg, drehte sich zur Seite und schlief erleichtert ein.

*

Der Samstagmorgen kam schneller, als sie gedacht hatte. Sie stand leise auf, weil Willie noch schlief, schob den Vorhang zur Seite und spähte hinaus.

Es goss aus Kübeln. Ein Blick in den Himmel machte auch nicht viel Hoffnung, dass sich daran in den nächsten Stunden etwas ändern würde. Sie warf sich in ihre ältesten Jeans, kramte in den Tiefen ihres Schrankes nach einer Regenjacke, die sie früher beim Bergwandern getragen hatte, und eilte dann zum Pförtner.

„Haben Sie den Hausmeister irgendwo gesehen?“, fragte sie. „Der teilt doch manchmal Studenten für die Gartenarbeit ein, ich bräuchte nämlich dringend Gummistiefel.“

„Kommen Sie mit, die stehen alle dort hinten in der Kammer.“ Er schloss eine Tür auf und ließ sie in einen Wirtschaftsraum eintreten. Es roch modrig, aber das störte Marina nicht, sie war Schlimmeres gewöhnt. Schnell suchte sie nach Stiefeln in ihrer Größe, unterschrieb eine Liste und machte sich auf den Weg zum Park. Schon am Eingang fand sie den Gärtner, er stutzte gerade die Äste einer Robinie.

„Ich soll mich bei Ihnen melden, Marina ist mein Name“, stellte sie sich vor. „Wegen der Sozialstunden.

Der Mann lächelte unter seinem Räuber Hotzenplotz-Bart. „*Community service* für die Statue, richtig. Sie wurden mir angekündigt. Ich bin Angus McMillan. Sollte da nicht noch jemand kommen?“

„Ja, Professor Featherstone. Er ist schon unterwegs.“ Sie deutete auf die Gestalt, die mit unverwechselbaren Schritten den Weg heranmarschierte. Als er jedoch näher kam, starrte sie ihn ungläubig an. Er trug einen wie immer tadellosen Anzug, seinen dunklen mehrreihigen Mantel und Schuhe, in denen sich die von Tropfen beschwerten Äste der Robinie spiegelten. Dazu einen aufgespannten Stockschirm über seinem Denkerhaupt.

„Wo sind Ihre Gummistiefel?“, begrüßte Marina ihn, erntete aber nur ein Schnauben.

„Machen Sie sich nicht lächerlich, Marina. Es regnet in Strömen. Ich bin nur hier, um mich nach dem neuen Termin für die abzuleistenden Stunden zu erkundigen.“

Angus zog in aller Seelenruhe eine Pfeife aus der Tasche seines Mantels und schaffte es trotz der Nässe, diese anzuzünden. „Nix da“, sagte er in seinem harten schottischen Akzent, „gearbeitet wird bei jedem Wetter. Wir sind schließlich in England und nicht an der Riviera.“

Featherstones Gesichtszüge entgleisten für einen kurzen Moment. „Das ist nicht Ihr Ernst!“

Entspannt paffte Angus ein Wölkchen in die feuchte Luft. „Vom Gericht angeordnet. Ich muss Ihre Anwesenheit bestätigen. Stunden eintragen. Sonst kriegen Sie Ärger, Mister.“

Der wortkarge Schotte nahm die Pfeife aus dem Mund und deutete damit auf einen Lieferwagen am Straßenrand. „Da liegen noch Stiefel drin und ein alter Mantel. Holen Sie sich was. Dann geht`s endlich los.“

Marina sah dem Prof hinterher, der mit finsterer Miene zum Auto ging und sich umzog. Als er zurückkam, musste sie sich sehr anstrengen, nicht loszuprusten. Seine Anzughose steckte in grünen Gummistiefeln und er trug einen fleckigen Mantel, mit dem er auch bei den Schnapsbrüdern unter der Brücke nicht aufgefallen wäre.

„Es gab meine Größe nicht“, maulte er. „Die Stiefel sind zu klein.“

„Für ein paar Stunden wird`s gehen“, erwiderte Angus und drückte ihnen zwei Spaten in die Hand. „Der Ahorn hier wurde neulich gefällt. Jetzt muss der Stumpf raus. Garrett, fangen Sie am besten hier mit dem Graben an.“

Der Gärtner zeigte auf eine Stelle zwischen den Wurzeln und widmete sich dann ein paar Meter weiter rechts seiner Astschere und der Robinie. Marina beobachtete Featherstone. Angespannt sah er aus. Garantiert störte er sich daran, dass Angus ihn einfach mit dem Vornamen angesprochen hatte. Vom Outfit ganz zu schweigen.

Ein klein wenig hatte sie darauf gehofft, hier einer anderen Seite von ihm zu begegnen. Einem Garrett Featherstone, der in Jeans und Parka daherkam, die Haare nur notdürftig gekämmt und das Kinn nicht rasiert hatte. Einem, der sich ein wenig locker gab, und in der Pause dankbar Thermoskannen-Tee und Haferkekse annahm. Doch der Prof ließ offenbar nicht gern los.

„Ich habe so etwas schon mal mit meinem Opa gemacht“, begann sie eine Unterhaltung, während sie auf der gegenüberliegenden Seite in die schwere Erde grub. „Wir hatten eine Tanne im Garten, uralt, aber ein Sturm hatte sie gefällt.“

Er antwortete nicht.

„Echt irre. Als Kinder hat uns das Spaß gemacht, wir haben viel gelacht bei der Schufterei“, fuhr sie fort. „Die halbe Nachbarschaft half mit. Kommt mir heute komisch vor, dass ich das freiwillig getan habe.“

Da er sehr offensichtlich wenig Vergnügen daran hatte,

schadete es nicht, wenn sie ihm ebenfalls Abscheu vorgaukelte.

„Das ist in der Tat seltsam", brummte er und versuchte ungeschickt, den Spaten ins Erdreich zu treiben. „War das in Deutschland?", hakte er nach.

Oha! Er ließ sich also doch auf ein Gespräch ein! Marina hatte schon Angst gehabt, fünf Stunden in klösterlichem Schweigen verbringen zu müssen.

„Ja, ich komme aus einem kleinen Ort. Sehr ländlich."

„Marina scheint mir aber nicht ein sehr deutscher Vorname zu sein, oder irre ich mich da?"

Sie musste lächeln. „Das stimmt! Es liegt daran, dass meine Eltern mal Urlaub in Italien gemacht haben. Offenbar wurde ich irgendwo in Bibione gezeugt, in einer Pension mit Meerblick: Deshalb hat man mich Marina genannt."

„Äußerst kreativ", kam von ihm und es klang nicht besonders freundlich.

Sie rammte den Spaten in die Erde und trat ihn tiefer. Wenn man den Bogen mal raus hatte, ging das ganz gut. Featherstone kämpfte noch damit, aber sie gab natürlich vor, das nicht zu sehen. Schließlich musste sie ihn doch mit ihrer Freundlichkeit besänftigen und nicht auf seine spatentechnischen Unzulänglichkeiten hinweisen.

„Warum wollten Sie ausgerechnet in Oxford studieren?", fragte er nach einiger Zeit und wischte sich mit dem Mantelärmel die Nässe von der Stirn. Sah irgendwie niedlich aus, denn es blieb ein brauner Erdstreifen an seiner Schläfe zurück. Sollte sie ihn darauf aufmerksam machen? Lieber nicht, ihr Bauch sagte ihr, dass er solche Dinge nicht leiden konnte und das böse für sie ausgehen würde.

Sie schüttelte die Tropfen von der Kapuze ihrer Jacke. „Na ja, ich will eine richtig gute Therapeutin werden.“ Die Sache mit dem Helfen behielt sie natürlich lieber für sich. Sie wusste ja inzwischen, wie er darauf reagierte. Wenn sie bei ihm punkten wollte, musste sie an sein Wissenschaftler-Ego appellieren. „Oxford ist da natürlich die erste Wahl. Diese kleinen Seminargruppen, die enge Betreuung durch die Professoren – das findet man ja sonst nirgends. Und ich muss gestehen – ein Buch von Ihnen hat bei der Entscheidung eine wesentliche Rolle gespielt.“

Er unterbrach seine bisher wenig erfolgreiche Graberei. „Ach ja?“ Überrascht sah er sie an.

Marina fühlte zu ihm hin, um seine Stimmung zu entschlüsseln. Ja, er war ehrlich geschmeichelt und glaubte ihr. Gut! Dann konnte sie weitermachen.

„Willie – ich meine, Wilhelmine – hatte ein Fachbuch aus Ihrer Feder, Herr Professor, das über Wahrnehmungsstörung. Wir waren beide so beeindruckt, dass wir sofort alle verfügbaren Artikel von Ihnen gegoogelt haben. Und das sind jede Menge!“

Ein zufriedenes Lächeln umspielte seine Lippen. „Allerdings. Ich werde regelmäßig aufgefordert, etwas zu publizieren.“

„Das alles war so viel besser als die Texte unserer deutschen Dozenten, dass wir uns hier am College beworben haben.“

Mit einem Mal wirkten seine Züge viel weicher. Selbst die Falte über seiner Nasenwurzel war kaum noch sichtbar. „Haben Sie meinen Artikel über das Münchhausen-by-Proxy-Syndrom gelesen? Da habe ich einige gewagte Thesen aufgestellt. Was halten Sie davon?“

Bevor Marina den Spaten erneut in die Erde stampfen konnte,

befand sie sich schon mitten in einer hochtrabenden psychologischen Diskussion. Den Artikel hatte Willie ihr zum Glück kopiert gehabt, sodass sie nicht völlig blank dastand. Featherstone lief zur Höchstform auf. Er begründete all seine Thesen detailliert, erklärte ihr, wie er zu den neuartigen Schlussfolgerungen gekommen war und stellte selbst seine ungewöhnlichen Standpunkte äußerst strukturiert klar.

Ein kleiner Teil von Marina war tatsächlich beeindruckt von seinem Intellekt. Wie er sogar hoch komplizierte Dinge spielend leicht auf den Punkt brachte, war wirklich etwas Besonderes. Dass seine grauen Zellen mit dem Tempo des Großrechners in der Fakultät für Informatik locker mithalten konnten, war ebenfalls klar. Und garantiert lagen ihm die Studentinnen zu Füßen, wenn er so eloquent und schlau redete.

Sie selbst allerdings ließ sich bei Männern von ganz anderen Qualitäten beeindrucken, aber sie musste ja auch nix mit Mister Brain anfangen, zum Glück. Jemand, der so kopflastig war, würde sie in den Wahnsinn treiben und vice versa, um mal beim Latein zu bleiben, das er so gern zitierte.

Auf Marinas Seite war der Baumstamm bereits ziemlich frei gelegt und die Wurzeln gekappt. Der Regen hatte nachgelassen, es nieselte nur noch.

„Wir brauchen ein Seil“, sagte Marina.

Der Prof ließ den Spaten sinken. „Wieso?“

Na, wie gedachte er denn, den schweren Stamm aus dem Boden zu hieven? Indem er ihn so mit Wissen vollquasselte, dass der sich freiwillig aus der Erde erhob und sich schwebend vor seiner Genialität verneigte?

„Zum Rausziehen“, erklärte sie und checkte bereits, an

welchem Aststumpf man das Seil fixieren konnte. „Einen Stock als Hebel können wir hier nicht gut ansetzen."

„Das funktioniert keinesfalls."

Wie bitteschön gelangte er zu dieser Erkenntnis? Am liebsten hätte sie ihn gefragt, wie viele Bäume er denn schon ausgebuddelt hatte in seinem Akademikerleben, aber sie riss sich noch rechtzeitig zusammen.

Entschlossen widmete er sich wieder seinem Spaten, mit dem er immer noch nicht umgehen konnte. Ihr Vater hätte ihn garantiert als „Weichei mit zwei linken Händen" bezeichnet oder womöglich sogar was gemurmelt von „Hopfen und Malz verloren".

Marina hatte keine Lust auf Diskussionen und sah sich nach dem Gärtner um. Er war nur ein paar Meter weiter drüben zugange.

„Hallo, junger Mann, wir bräuchten Ihre Hilfe", rief sie Angus freundlich zu.

Der stiefelte heran. „Ah, ich sehe. Marinas Seite liegt frei. Schätze, wir machen das mit einem Seil." Schon ging er in Richtung seines Lieferwagens.

Featherstones Kiefergelenk sah reichlich verkrampft aus, während Marina das Grinsen unterdrücken musste. Mit versteinerter Miene schaufelte er noch einmal Erde weg.

Angus kam zurück und sah ihn an. „Hey, Garrett, wo ist das Problem? Warum nehmen Sie den Spaten nicht so, wie ich es gezeigt habe?"

„Ich bin Professor", zischte er. „Und im normalen Leben bin ich es, der Anordnungen ausspricht! Es kommt nicht vor, dass mir jemand etwas aufträgt."

Ungerührt steckte Angus seine Pfeife in den anderen

Mundwinkel. „Gewöhnen Sie sich dran“, paffte er ihm entgegen und wandte sich dem Seil zu.

Marina mochte den würzigen Duft des Tabaks. Ihr Opa hatte im Winter auch oft Pfeife geraucht. Vor dem grünen Kachelofen war er da gesessen, in einem uralten Ledersessel, die Hofkatze auf dem Schoss. Der bärtige Schotte hatte irgendwie Ähnlichkeit mit ihm, der hielt auch nicht viel von überflüssigen Worten. Sie mochte seine bärbeißige Art, denn er war ein guter Kerl, das spürte sie deutlich.

„Mögen Sie vorher noch einen Schluck Tee, Angus?“ Sie deutete auf ihre mitgebrachte Plastiktüte. „Ich habe eine Thermoskanne dabei. Und ich wette, Sie sagen auch nicht nein zu ein paar Haferplätzchen.“

Seine Augen blitzten auf. Hatte sie also richtig gelegen! „Nehm ich beides gerne“, sagte er und ließ sich von ihr versorgen.

Featherstone hingegen verschränkte die Arme vor der breiten Brust und lehnte selbstredend ab, wobei er ein so finsteres Gesicht machte, als hätte Marina ihm Brennnesselsud und gegrillte Asseln angeboten. Dass sie sich mit dem Gärtner unterhielt, schien ihm ebenfalls nicht zu passen. Er nahm nämlich mit keiner Silbe am Gespräch teil, sondern tippte lieber auf seinem Handy herum.

Da der Regen nachgelassen hatte, konnte Marina die Kapuze vom Kopf schieben. Das fühlte sich gleich viel freier an. Das bisschen Nieselregen war nicht schlimm, es war sehr mild für einen Septembertag. Angus legte das Seil um das Astende und kam um die Wurzel herum.

„Ihr beide zieht“, ordnete er an und gab dem Professor das Seil in die Hand. „Ich hebe mit dem Spaten an.“

Ja, das konnte klappen. Wenn Angus die Wurzel von hinten noch weiter lockerte, während sie zogen, war das Ding sicher bald draußen. Marina griff ans Seil.

„Das kann ich alleine besser“, fuhr Featherstone sie unvermittelt an und nahm es ihr aus der Hand. Er knöpfte seinen Mantel auf und gab ihn Marina, anschließend krempelte er seine Hemdärmeln nach hinten.

Oha, jetzt wollte er es wohl wissen!

Sie ertappte sich dabei, wie ihr Blick über seinen Körper huschte. In diesem Moment sah er gar nicht mehr aus wie ein Schreibtischtäter. Der Regen hatte sein dichtes Haar noch dunkler gefärbt, es glänzte schwarz, er strich es mit der Hand aus der Stirn. Stand ihm gut. An den Unterarmen erkannte sie ebenfalls dichte Härchen, das sah irgendwie männlich aus. Der Nieselregen wollte offenbar ebenfalls wissen, wie so ein Professor unterm Sakko genau aussah, denn er verstärkte sich just in diesem Moment und jagte eine Ladung Tropfen auf das weiße Hemd. Der Stoff klebte an seiner Haut fest, offenbarte dadurch einen erstaunlich muskulösen Oberkörper. Marina musste sich höllisch zusammenreißen, um ihren Dozenten nicht spontan zu fragen, ob er regelmäßig trainierte. Wenn er so dastand, das Seil ums Handgelenk gewickelt, Bizeps und Brustmuskeln angespannt – also da würden wohl auch einige Nicht-Studentinnen schwach werden.

„Los jetzt“, rief Angus ungeduldig. „Da bewegt sich noch nichts.“

Die Ader an Garretts Schläfe trat deutlicher hervor, sein Kiefer verriet äußerste Anspannung. Mit einem Ruck zog er erneut am Seil. Die Wurzel bewegte sich, aber nur ein Stück weit.

„Strengen Sie sich mal an“, ermunterte ihn Angus.

Die Miene wurde noch finsterer. Garrett stemmte jetzt sein gesamtes Körpergewicht gegen das Seil. Um ein Haar hätte Marina einfach mitangepackt, aber sie bremste sich rechtzeitig. Der Prof würde sie zum Mond schießen, wenn sie ihn nicht seine Männlichkeit beweisen ließ.

„Nochmal!“

Erneut ein kräftiges Reißen, dann ein Krachen – die Wurzel gab nach.

Featherstone, der sich voll dagegengestemmt hatte, stolperte durch den Ruck und fiel nach hinten, direkt in die matschige Erde. Sein Gesicht verzerrte sich schmerzvoll.

Ohne nachzudenken, rannte Marina zu ihm und streckte ihm ihre Hand entgegen. „Haben Sie sich verletzt? Etwas geprellt? Kommen Sie, ich helfe Ihnen auf.“

„Verflucht, Marina, ich brauche keine Hilfe!“, fuhr er sie an und sprang wieder auf die Beine. „Lassen Sie mich doch einfach in Ruhe!“

Erschrocken wich sie zurück. Mist, da waren ihr wieder mal die Pferde durchgegangen. Warum hatte sie sich nicht besser im Griff?

Er sah an sich herab, in seiner Anzugshose war ein Riss, was seine Laune nicht gerade anhob. Und er rieb sich über den Nacken. Sie gab vorsichtshalber vor, seine Schonhaltung nicht zu bemerken.

Angus kam dazu. „Garrett, Sie sind eh schon dreckig. Tragen Sie das Ding mit mir zum Wagen“, befahl er. „Danach machen wir weiter mit den Tulpenzwiebeln.“

Marina hoffte ein klein wenig, dass der Prof sich durch so eine fast schon meditative Tätigkeit etwas beruhigen würde, hatte aber Pech. Er stellte sich beim Einpflanzen auch nicht besser an als mit dem Spaten. Statt die schmale Schaufel zu drehen, um enge Löcher zu haben, grub er für jede Zwiebel das halbe Erdreich um. Mehrfach fasste er sich an den Nacken, da hatte er sich garantiert beim Sturz etwas verrissen. Doch dieses Mal würde Marina ihren Mund halten und nicht fragen, ob er Schmerzen hatte, obwohl das offensichtlich war. Sie hätte ihm leicht Linderung verschaffen können, doch das wäre ihr akademisches Todesurteil gewesen.

Dummerweise kam der Gärtner heran und stellte Marina erneut als leuchtendes Beispiel hin. „Schauen Sie sich einfach ab, wie es geht", wies Angus Garrett an und deutete auf ihre ordentlichen Pflanzlöcher. „Kann auch für einen Professor nicht schwer sein."

Sie sah, wie Garrett schnaubte. Seine eigenen Löcher waren weder in einer Reihe noch gleichmäßig und das wusste er auch.

„Überflüssiger Zierrat", murmelte er. „Wer braucht schon Blumen?"

War ja klar. Dass er mit duftenden Nelken oder zarten Lilien nichts anfangen konnte, sondern nur mit trockenen Lehrbüchern, überraschte sie nicht.

Der Schotte hatte es offenbar auch gehört, denn er machte einen Schritt auf ihn zu und lächelte sogar freundlich. „Ach kommen Sie, Garrett. Sogar Sie kaufen mal einen Strauß, wenn Sie eine Frau beeindrucken wollen."

„Niemals." Die Miene des Professors blieb verschlossen. „Fiele mir im Traum nicht ein, mich auf so plumpe Weise um eine Frau zu bemühen. Es gibt wohl kaum etwas Bemitleidenswerteres, als wenn der Mann mit einem Strauß roter Rosen herumwedelt."

Marina verdrehte die Augen. Das war wieder mal so typisch für ihn! Ob die Frau sich freuen würde, war ihm völlig egal. Er fand es lächerlich und nur seine Meinung galt. Außerdem gab es wohl genug Groupies, denen sein ach so genialer Geist genügte. Unvorstellbar!

Angus lachte nur und ließ sich von Marina den letzten Schluck Tee einfüllen. Sie plauderten eine Weile, dann machte er sich auf den Weg zum anderen Ende des Parks, wo er die Buchsbäume kontrollieren wollte.

Als sie sich umdrehte, sah sie in ein verkniffenes Gesicht. Ihr Prof wollte heute offenbar einen neuen Rekord in Sachen schlechte Laune aufstellen.

„Flirten Sie immer so offenkundig? Sogar mit einem Altsemester?", zischte Garrett sie an, als sie die Thermoskanne wegräumte. „Ihnen ist wohl nichts peinlich."

Sie fuhr herum. „Was haben Sie denn gegen Angus? Er ist doch ein total netter Mann!"

Er schnaubte schon wieder und nahm die Schaufel in die Hand, als wäre sie ein Mordwerkzeug. „Nett! Dass ich nicht lache. Er ist genau wie …" Er brach ab.

„Wie wer?", hakte Marina nach und sah auf, ihm direkt in die Augen. Was genau meinte er damit?

Doch er antwortete natürlich nicht, sondern bohrte verbissen das nächste Loch in die Erde. Marina war trotzdem doppelt so schnell fertig mit ihrer Reihe Tulpenzwiebeln. Als sie sich die Handschuhe abklopfte, sah er auf, die Falte tief in die Stirn vergraben.

„Das haben Sie ja perfekt hinbekommen", sagte er und es klang wie eine Drohung.

Langsam wurde es Marina zu dumm. Es war schließlich nicht

ihre Schuld, wenn er sich anstellte wie ein totaler Idiot!

„Was wollen Sie damit sagen?“, erwiderte sie kühl.

„Es geht Ihnen darum, mich bloßzustellen“, zischte er. „Nicht mal vor Tee und Keksen schrecken Sie zurück, wenn Sie Ihren neuen Schwarm beeindrucken wollen. Ist das Ihre Masche, Männer rumzukriegen?“

Was erlaubte dieser arrogante Mistkerl sich eigentlich? Und warum sah er sie an, als wäre sie eine bösartige Hexe? So einen Blick konnte sie auf den Tod nicht ausstehen.

„Immer noch besser, jemanden mit Freundlichkeit zu überzeugen, als nur mit Intellekt“, platzte es aus ihr heraus. „So wie Sie das machen. Das ist viel lächerlicher.“

„Ach ja?“ Er baute sich vor ihr auf, mitsamt seinen nassgeregneten Brustmuskeln, den Ebenholzhaaren und den Gletscheraugen. „Mehr trauen Sie mir wohl nicht zu?“

Wollte er sie einschüchtern? Oh nein, da war er bei ihr an der Falschen, wer mit vier älteren Brüdern aufgewachsen war, fiel nicht darauf herein. Da konnte er noch so toben und schnauben und seine Ader noch so pulsieren.

„Richtig“, schoss sie zurück. „Sie würden es niemals schaffen, eine Frau zu verführen, ohne Ihren ach so genialen Geist bewundern zu lassen. Das kriegen Sie doch gar nicht hin!“

Garrett straffte sich, wuchs zu seiner vollen Größe heran und seine Augen blitzten auf, als wolle er sich um eine Rolle in *Lucifer* bewerben.

„Sie glauben ernsthaft, ich bin unfähig, mit Werten abseits des Intellekts zu überzeugen?“, blaffte er.

Herrgott, der Typ machte sie wahnsinnig! „Ja, das tue ich. Ich möchte wetten, Sie haben keinen blassen Schimmer, wie man das macht!“

Er warf die Schaufel mitten ins Beet und zog den Arbeitshandschuh aus. Streckte ihr seine Hand hin. Sein Atem kam viel zu schnell. „Oh ja, das ist keine schlechte Idee. Lassen Sie uns wetten, Sie unerträgliche Nervensäge!“

7. Die Wette

Garrett

Dieser ungekämmte Schotte raubte ihm den allerletzten Nerv! Als würde es nicht schon reichen, mit der deutschen Florence Nightingale im Matsch herumgraben zu müssen. Aber nein, das Universum setzte wieder mal eins drauf und jagte ihm noch diesen Gärtner an den Hals, der den gleichen harten Akzent hatte wie sein eigener Vater. Und ihn ungefähr im gleichen Ton anredete, weil Garrett offenbar auch ihm nichts recht machen konnte.

Seine Lieblingsanzugshose hatte ein Loch, die Gummistiefel waren so klein, dass sie seinen Zehen bestimmt blutige Blasen bescherten, und er hatte sich bei der unsanften Landung den Nacken gezerrt, was höllisch schmerzte. Garrett trieb die kleine Schaufel ins nasse Erdreich, als wolle er gleich direkt bis zur Hölle graben. Konnte dort auch nicht viel schlimmer sein als hier. Er warf eine dieser lächerlichen Zwiebeln in die Erde und schaufelte das Loch zu. Überhaupt: Wer zum Teufel brauchte Tulpen? Überflüssiges Grünzeug war das, es würde doch wohl wirklich reichen, wenn man in einem Park ein paar Bäume hatte und ansonsten ordentlich gemähten Rasen. Wenn sich ein paar alte Weiber im Frühjahr an irgendwelchen ach so fröhlichen Farbklecksen ergötzen wollten, sollten sie eben nach London fahren und sich die kitschig geschmückten Schaufenster von Harrods oder Liberty ansehen.

Als sein Blick zufällig auf Marina fiel, stieg eine neue Ladung Wut in ihm hoch. Wie hatte sie es geschafft, jetzt schon mit ihrem Beet fertig zu sein? Und alles auch noch wunderbar in Reih und Glied. Sie war genauso schlimm wie Gregory, der hatte schon als Kind immer alles getan, um bei Dad besser dazustehen als sein großer Bruder. Fast spürte Garrett noch den vorwurfsvollen Blick seines Vaters, der fehlende Leistung immer verachtet hatte.

„Das haben Sie ja perfekt hinbekommen", hörte er sich selbst feststellen.

Marina fuhr herum und sah ihn an. Oh ja, diesen Blick kannte er, Gregory hatte den auch immer gut drauf gehabt. Die Unschuld in Person, dabei war es jedes einzige Mal Absicht gewesen, wenn er seinen großen Bruder übertrumpft hatte. Das triumphale Grinsen nach Vaters Lob hatte er nämlich nie verbergen können.

„Was wollen Sie damit sagen?", fragte sie mit eisiger Stimme und stemmte dabei die Hände an die Hüften. Auch diese Reaktion kannte er gut. Wenn Menschen ihre Manipulation abstritten, brachte ihn das immer auf die Palme. Marina hatte alles daran gesetzt, diesen Gärtnergnom herumzukriegen, da gab es nichts zu leugnen!

„Es geht Ihnen darum, mich bloßzustellen", zischte er sie an. „Nicht mal vor Tee und Keksen schrecken Sie zurück, wenn Sie Ihren neuen Schwarm beeindrucken wollen. Ist das Ihre Masche, um Männer rumzukriegen?"

Sie riss die Augen auf, tat überrascht. Tja, fühlte sich wohl nicht gut an, wenn man durchschaut wurde. Man sollte seine Spielchen eben nicht mit einem Professor für Psychologie treiben.

„Immer noch besser, jemanden mit Freundlichkeit zu überzeugen, als nur mit Intellekt", schoss sie auf ihn ab. „So wie Sie das machen. Das ist viel lächerlicher."

Dieses unverschämte Miststück! Er machte einen Schritt auf sie zu. Was erlaubte die sich? Ihn als „lächerlich" zu bezeichnen, war ja wohl eine bodenlose Frechheit!

„Ach ja? Mehr trauen Sie mir wohl nicht zu?", fauchte er. Er konnte jede Frau haben, das war überhaupt keine Frage. Und selbstredend hatte das keineswegs nur mit seiner Eigenschaft als hoch dotierter Professor zu tun.

Sie hielt seinem Blick stand, reckte sogar ihr Kinn in die Höhe.

„Richtig", wagte sie tatsächlich zu erwidern. „Sie würden es niemals schaffen, eine Frau zu verführen, ohne ihren ach so genialen Geist bewundern zu lassen. Das kriegen Sie doch gar nicht hin!"

Jetzt reichte es! Wie kam sie dazu, ihn überhaupt infrage zu stellen? So etwas ließ er sich nicht gefallen, diese Zeiten waren vorbei. „Sie glauben ernsthaft, ich bin unfähig, mit Werten abseits des Intellekts zu überzeugen?"

„Ja, das tue ich. Ich möchte wetten, Sie haben keinen blassen Schimmer, wie man das macht!"

Zornig warf Garrett die Schaufel mitten ins Beet und zog seinen Arbeitshandschuh aus, um ihr die Hand entgegenzustrecken. „Oh ja, das ist keine schlechte Idee! Lassen Sie uns wetten, Sie unerträgliche Nervensäge!", zischte er. „Ich werde Ihnen beweisen, dass ich jede Frau mit Leichtigkeit von mir beeindrucken kann, und zwar auch ganz ohne Intellekt!"

„Das möchte ich sehen!", rief sie kampfbereit und ergriff seine Hand. „Beweisen Sie es mir." Ihre Augen funkelten entschlossen. Pah, das konnte sie haben! Es würde ein Klacks sein, ihr seine Fertigkeiten als Verführer an irgendeiner blonden Studentin vorzuführen.

„Mir auch!", rief eine helle Stimme dazwischen und Garrett fuhr herum. Direkt neben ihnen, auf dem Kiesweg, der quer durch den Park führte, stand die Lavendellady. Sie hielt sich einen Regenschirm mit bunten Punkten über den Kopf und eine Leine um den Unterarm.

„Mrs. Spencer!", rief Marina sofort und ließ seine Hand los. „Was verschlägt Sie denn hierher? Und Sie haben ja einen süßen kleinen Hund!"

Garrett verdrehte die Augen. Jetzt heuchelte sie auch noch Begeisterung für diesen zotteligen Kampfhamster!

„Ich mache einen Spaziergang mit Toffee", erklärte die farbenfrohe Alte und deutete auf das Vieh. „Wollte mal sehen, ob die Grinsekatze schon wieder steht. Aber sagen Sie mal – wie ist das jetzt mit Ihrer Wette?"

Neugierig starrte sie von Marina zu Garrett.

Er schnaubte. Das fehlte noch, dass die sich einmischte.

„Nun ja", begann Marina und warf ihm einen wütenden Blick zu. „Professor Featherstone hat mir unterstellt, den Gärtner anzumachen, und zwar mit übertriebener Freundlichkeit."

„Was auch stimmt!", ging er dazwischen.

„Während Sie bei Ihren Liebschaften mit Ihrer Genialität brillieren", sagte Mrs. Spencer ungerührt. „Das habe ich mitbekommen, Sie beide haben laut genug geredet. Und jetzt müssen Sie beweisen, dass Sie Marina auch mit anderen Tugenden verführen können." Sie grinste breiter als die gefällte Katze.

„Moment mal!" Da lag ein gewaltiges Missverständnis vor. Garrett straffte die Schultern. „Wir haben ganz allgemein von einer Frau geredet, nicht von einer anwesenden." Die erdverkrustete Deutsche wäre ja wohl die allerletzte, die er zum Abendessen ausführen würde.

„Papperlapapp", konterte die Alte. „Wie sollen wir das sonst überwachen? Ich stelle mich übrigens gern als Schiedsrichterin zur Verfügung, ich habe langjährige Erfahrung als Referee beim Damencricket. Die Wette ergibt nur Sinn, wenn Sie Ihre Casanova-Künste, die ich übrigens sehr bezweifle, bei Marina anwenden. Oder trauen Sie sich das nicht zu? Schaffen Sie so etwas nur bei diesen Backfisch-Studentinnen, die in kindlicher Weise für Sie schwärmen?"

Er verschränkte die Arme. Pah! Die hatte wohl keine Ahnung, wer schon alles bei ihm im Bett gewesen war. Keinesfalls nur kindliche Achtzehnjährige, er hatte es schon mit absoluten Rassefrauen getrieben!

„Ich habe durchaus meine Talente", erwiderte er nachdrücklich. „Ganz abseits von meiner Bildung und meinem IQ."

„Na gut, dann steht nichts dagegen, dass Sie die unter Beweis stellen. Bei Marina." Die Lavendellady rieb sich zufrieden die Hände.

„Bei mir?", meldete sich Marina zu Wort und blickte abwechselnd in sein Gesicht und in das von Mrs. Spencer. „Also ich weiß nicht recht …"

„Genau so machen wir es!", stellte Garrett klar. Er hatte keine Angst vor Herausforderungen. Außerdem traute er es den beiden Bibelschwestern zu, in der ganzen Uni herumzuerzählen, dass er gekniffen hatte. Nein, er würde ihnen beweisen, dass sein Charme sogar bei Härtefällen wie Marina zu totaler Verzückung führte.

„Gut!", freute sich Mrs. Spencer und sogar der Hund kläffte bestätigend. „Dann gehen Sie beide also essen? Gleich in der kommenden Woche? Ich könnte mich als Schiedsrichterin am Nachbartisch positionieren, um genau zu überwachen …"

„Nein!", riefen er und Marina gleichzeitig.

„Wir kriegen das auch so hin, danke", erklärte Marina.

Die Alte zog eine beleidigte Schnute, wurde aber gleich darauf wieder fröhlich. „Also gut, dann komme ich einfach hin und wieder hier vorbei und Sie erzählen mir von den Fortschritten. Komm, Toffee, wir kaufen uns jetzt ein paar Scones. Das nasse Wetter ist ja abscheulich."

Das Vieh kläffte erneut und wackelte los, Mrs. Spencer mitsamt ihrem bunten Tupfenregenschirm hinterher.

Garrett sah ihr nach. Auf was zum Teufel hatte er sich da eingelassen? Sein Blick fiel schließlich auf Marina und er seufzte. Die Haare hingen unförmig herunter, unter der Regenjacke waren keinerlei weibliche Formen zu erkennen und sie war völlig ungeschminkt. Er würde ein Lokal aussuchen müssen, in dem ihn niemand kannte.

Bevor er überlegen konnte, stapfte Angus heran.

„Starr keine Löcher in die Luft, Garrett", rief der. „Werd endlich fertig!" Anschließend murmelte er noch: „Diese Studierten sind wirklich zu nichts zu gebrauchen", und nickte Marina begeistert zu, als er ihr Beet betrachtete.

Garrett schnappte sich die Schaufel, biss die Zähne zusammen gegen die Schmerzen im Nacken, die Blasen an den Zehen, die feuchte Nässe auf der Haut und begann, Löcher zu graben. Im Frühjahr würde er jeder einzelnen Tulpe mit seinem Regenschirm den Kopf abschlagen, das schwor er sich beim Barte von Sigmund Freud!

*

Eine heiße Dusche hatte ihn inzwischen etwas besänftigt. Mit einem Steak im Bauch und in frischer Kleidung fühlte er sich endlich wieder wie ein Mensch und nicht wie ein Maulwurf. Er verbrachte den restlichen Nachmittag am Schreibtisch, wobei er mehrmals den Wurzelstock verfluchte, der ihm Schmerzen im Nacken beschert hatte.

Da er heute Abend keine Lust hatte auf Whisky, beschloss er, sich der zweitbesten Ablenkungsalternative zu widmen. In diesem Fall war das Vanessa.

Er nahm das Telefon zur Hand und wählte ihre Nummer. Sie ging sofort ran.

„Willst du mir deine Einkäufe vorführen", fragte er und scrollte nach dem Bild von ihr in den purpurroten Spitzendessous, um schon mal in Stimmung zu kommen.

„Sehr gerne", antwortete sie umgehend. „Ich mach mich auf den Weg zu dir."

Eine halbe Stunde später lag ihr Prachtkörper vor ihm und er fuhr mit den Fingerspitzen über die Spitzeneinfassung des teuren BHs. Vanessas rote Locken ergossen sich auf dem Kopfkissen, ihre Hände öffneten ungeduldig sein Hemd und sie stöhnte leise.

Er liebte diese wohligen Geräusche, die sie von sich gab. So sehr sogar, dass seine Hose bereits eng wurde. Da konnte man Abhilfe schaffen. Mit der rechten Hand zog er seinen Reißverschluss auf, während er Vanessas Brustansatz küsste.

„Ich habe in den Ferien dein Buch über Psychose gelesen", schnurrte sie und strich über seine inzwischen nackten Schultern. „Es ist der Wahnsinn!"

„Dieser neckische Spitzen-Slip ist auch Wahnsinn", erwiderte er und befreite sie davon. Er konnte es kaum erwarten, in sie hineinzustoßen.

Vanessa stöhnte, als er ihren Hügel berührte. „Ich wurde vom Lesen so scharf, dass ich es mir selbst machen musste“, erklärte sie ihm und schob seine Hand noch ein Stückchen tiefer.

Moment mal. Garrett hielt mitten in der Bewegung inne. Sie meinte damit doch wohl nicht …?

„Dich macht es also an, dass ich schlau bin?“, fragte er.

Sie lachte leise. „Du bist so sexy, wenn du über komplizierte Sachverhalte redest, das weißt du doch. Ich hätte dich schon im Kurs am liebsten vor der Tafel auf den Boden geworfen und vernascht. Allein, wenn du das Wort `paradoxe Intervention` ausgesprochen hast, war mein Höschen feucht.“

„Paradoxe Intervention?“, wiederholte er perplex.

Als Antwort keuchte sie lustvoll und er konnte an seinen Finger spüren, dass die Sache mit der Feuchtigkeit nicht gelogen war.

Eines war klar: Er musste dem Ganzen auf den Grund gehen.

„Aber du magst doch auch andere Dinge an mir, nicht nur meinen Intellekt, stimmt`s?“, wollte er wissen.

Vanessa zog ihn an sich, küsste ihn und schob die Hose von seinem Hinterteil, um dieses zu kneten. „Natürlich, Garrett! Du hast einen so heißen Körper, da kann doch keine Frau widerstehen.“

Obwohl der pralle Inhalt ihres BHs aufreizend gegen seine Haut drückte, ließ seine Lust nach. Ihre Aussage brachte ihn zum Grübeln. Klar, er achtete auf seinen Körper. Das regelmäßige Rudern tat ihm gut, da kamen ihm immer geniale Gedanken für seine neuesten Artikel, und gutes Aussehen war selbstredend wichtig, wenn man so eine exponierte Stellung wie er innehatte. Die Zeiten, in denen Wissenschaftler als langhaarige Cordhosenträger nach vorne geschlurft waren, um sich bei einer Preisverleihung die Trophäe abzuholen und ein paar unverständliche Fachbegriffe ins Mikrofon zu nuscheln, waren längst vorüber. Heutzutage musste man auch als akademisches Personal etwas darstellen, daran führte kein Weg vorbei.

„Wenn du diesen Denkerblick hast, könnte ich dich auffressen", raunte Vanessa ihm zu. „Wirklich schade, dass du im Bett immer deine Brille absetzt. Mit ihr siehst du nämlich noch schärfer aus."

Sie wollte ihn mit Brille, weil er dann intellektueller aussah? Garretts Gedanken fuhren Karussell. Ja, sie hatte ihn schon einmal gebeten, die aufzusetzen. Aber er hatte gedacht, das war nur aus Eitelkeit, damit er sie besser sah und ihre Schönheit genauer bewundern konnte. Offenbar war der wahre Grund ein ganz anderer!

Während er diese neue Information noch sortierte, nutzte Vanessa seine Unkonzentriertheit aus, um ihn zu überrumpeln. Sie drehte ihn auf den Rücken, befreite ihn gänzlich von seiner Hose und legte ihre Hand auf seinen Professoren-Rohrstock, der prompt reagierte. Fühlte sich durchaus angenehm an. Trotzdem musste er natürlich alle Details erforschen.

„Dann ist es also meine Bildung und zusätzlich mein Äußeres, was dich – ohhh …" Der Rest seines Satzes ging in seinem eigenen Stöhnen unter, denn sie hatte nicht nur geschickte Hände, sondern auch sehr talentierte Lippen und das erschwerte seinen Denkprozess doch ganz erheblich. Garrett beschloss, das Nachdenken auf später zu verschieben.

Auch wenn er niemals komplett die Kontrolle verlor, so tat es doch gut, sich auf diese Weise ein wenig entspannen zu lassen. Völlig abschalten konnte er nie, doch das störte ihn nicht. Man konnte den Sex mit Vanessa durchaus auch dann genießen, wenn man gleichzeitig ein Vorwort fürs nächste Buch formulierte.

Bilder von heute Vormittag kamen hoch. Die Stimme von Angus hörte er immer noch reden, außerdem tat ihm der Nacken weh, wenn er so wie jetzt auf dem Rücken lag. Und die gleichmäßigen Pflanzreihen von dieser Marina gingen ihm nicht aus dem Kopf, in ihren Bewegungen war so eine Leichtigkeit gewesen, während er sich mit der Schaufel abgemüht hatte.

Garrett hatte mit einem Mal genug davon, der passive Part zu sein. Er musste sich nach all dem Frust richtig abreagieren. Als er sich aufsetzte, wusste Vanessa gleich, was er wollte. Sie ging auf alle Viere und reckte ihm ihren einladenden Po entgegen. Lustvoll ächzend rieb er sich an ihr.

„Erzähl mir noch mal dein Thema für den Wellspring-Preis“, bat sie atemlos. „Das macht mich an.“

Er tat ihr den Gefallen, zitierte aus seiner Versuchsbeschreibung und sofort keuchte sie los. Garrett zog während des Redens ein Kondom über und drang in ihre Feuchte ein, begleitete seine Sätze mit harten Stößen, bis Vanessas Stöhnen immer lauter wurde.

„Oh ja“, rief sie, „gib´s mir, du Genie! Und gewinn den Preis, dann treiben wir es die ganze Nacht!“

Mit einem heiseren Aufschrei kam sie. Zwei Stöße später entlud sich auch Garretts Orgasmus in ihr. Heftig atmend zog er sich zurück und ließ sich auf die Matratze fallen. Eine erschöpfte Schwere legte sich über ihn. Für einen kleinen Moment schloss er die Augen. Es hatte gut getan, sich abzureagieren, und Vanessa hatte es ganz offensichtlich wie immer genossen. Trotzdem fühlte er sich nicht vollkommen entspannt.

Sie legte sich neben ihn, lächelte ihn an. Garrett bemühte sich, ihr Lächeln zu erwidern. Frauen mochten das und wenn er mal wieder Spannung bei ihr abbauen wollte, durfte er jetzt nicht allzu abweisend sein, da war sie nämlich empfindlich.

Schnurrend wie ein Kätzchen schmiegte sie sich an ihn, legte ihren Kopf auf seine Brust, die Hand auf seinen Bauch. „Herr Professor, Sie sind verdammt sexy", hauchte sie über seine Haut.

„Ich kann dir eben nicht widerstehen", zwang er sich zu sagen und überlegte, wie er sie am besten loswerden konnte.

Sex war eine feine Sache. Aber was ihn wirklich störte, war diese Schmuserei danach. Wie einfach könnte es sein, wenn beide Parteien sich nach dem Orgasmus kurz zunickten und dann getrennte Wege gingen. Er versuchte es mit einem langen Gähnen.

„Es war ein langer Tag", entschuldigte er sich. „Und für morgen Vormittag habe ich mir vorgenommen, einen Artikel für das ärztliche Fachblatt zu schreiben. Über bipolare Störung."

Vanessa küsste seine Schulter, sehr ausgiebig sogar. „Wenn ich das nur höre, werde ich schon wieder wuschig", säuselte sie. „Beim nächsten Treffen liest du mir daraus vor, während wir es tun, abgemacht? Ich kann es kaum erwarten!"

Sie hatte endlich fertiggeküsst und stand auf. Sammelte mit seiner Hilfe ihre Kleidungsstücke zusammen, zog sich an und verließ mit einem Abschiedsgruß seine Wohnung.

Garrett ließ seinen Kopf zurück ins Kissen fallen. Er war froh, dass sie gegangen war. Trotzdem trat nicht die erwartete Entspannung ein. Körperlich war er erleichtert, keine Frage. Aber irgendwie blieb ein schales Gefühl zurück. Wäre vielleicht doch besser gewesen, er hätte zur Whiskyflasche gegriffen statt an ihre Spitzendessous. Dummerweise hatte sie nicht nur den Duft ihres Parfums im Laken zurückgelassen, sondern auch ihre Stimme in seinem Ohr.

„… gewinn den Preis, dann treiben wir es die ganze Nacht", hörte er Vanessa sagen und ihm wurde jetzt erst richtig klar, was das alles bedeutete. Wälzte sie sich tatsächlich nur mit ihm zwischen den Kissen, weil er ein so außergewöhnlich heller Kopf war?

Mit einem Mal sah er nicht Vanessas apartes Gesicht mit den hohen Wangenknochen und dem verruchten Make-up vor sich, sondern das von Marina, ungeschminkt und regennass. Doch ihre Augen hatten wie das Feuerwerk in der Guy Fawkes Nacht gefunkelt, als sie in die Wette einwilligte.

Erschrocken sog Garrett die Luft ein. Ein gar fürchterlicher Gedanke nistete sich gerade in seinem Kopf ein: Sollte die deutsche Tulpenflüsterin am Ende etwa recht haben?

8. Der Schwan und das Wildschwein

Marina

Bloody hell, wie Angus sicher sagen würde, in was hatte sie sich da hineinmanövriert?

Nach einer unruhigen Nacht war Marina schon weit vor dem Weckerpiepen wach und wälzte sich im Bett herum. Professor Featherstone hatte das bestimmt nur als Witz gemeint. Hoffte sie zumindest. Er würde doch nicht ernsthaft mit ihr ausgehen wollen und versuchen, sie mit seinem lieblichen Wesen zu beeindrucken?

Dummerweise schlief Willie tief und fest. Sie war irgendwann mitten in der Nacht heimgekommen, hatte eine Strophe von „*Whisky in the jar*" gelallt und war ins Bett gefallen. Wäre vielleicht nicht schlecht, sie eine halbe Stunde eher als sonst aufzuwecken, damit sie unter der Dusche noch etwas Restalkohol abbauen konnte.

„Aufstehen, Prinzessin." Marina rüttelte sie an der Schulter. „Ein arbeitsreicher Montag wartet auf uns."

Sie selbst schlurfte ins Bad und machte sich fertig. Als sie wieder herauskam, saß Willie gähnend im Bett und ihre Haare sahen aus, als wäre ein Silvesterkracher darin explodiert.

„Netten Abend gehabt?" Marina grinste sie an.

„Frag nicht. Cormac hat eine Handvoll Freunde angeschleppt und diese Iren sind irrsinnig trinkfest." Sie stand auf und schwankte zum Waschbecken. Mit einer Zahnbürste in der Wange kam sie heraus. „Wie war dein Park-Date mit Mister Brain?", nuschelte sie.

„Na ja." Marina zupfte an ihrem Pulli herum. „Es könnte sein, dass wir noch ein anderes Date vor uns haben. Wir haben nämlich was Dummes gewettet."

Willie verschluckte sich, was nicht schön aussah, denn sie hatte jetzt Schaum vor dem Mund. „Ein Date?", fragte sie und verteilte dabei wie Frau Holle weiße Flocken um sich herum. „Du gehst allen Ernstes mit Featherstone aus, deiner persönlichen Nemesis? Na, auf die Wette bin ich jetzt aber gespannt."

Sie verschwand kurz zum Ausspülen im Bad, ließ sich anschließend aufs Bett fallen und sah Marina auffordernd an.

„Es ist `ne blöde Sache", begann Marina. „Wir haben uns irgendwie in die Haare gekriegt und da hab ich ihm vorgeworfen, Frauen nur mit seinem Intellekt beeindrucken zu können."

„Ja und?" Willie starrte sie entgeistert an.

„Na ja", druckste Marina herum. „Ich habe gewettet, dass er es nicht schafft, eine Frau auch mit anderen Mitteln zu verführen."

„Moment mal – und diese Frau bist du?" Willie sah aus, als würde sie jeden Moment ohnmächtig vom Bett kippen. „Ich hab wohl noch massig Restalkohol intus, ich höre seltsame Dinge." Sie hob die Wasserflasche neben dem Bett hoch und trank einen kamelmäßig langen Schluck.

In Marinas Kopf ratterte es. Willie hatte vollkommen recht, es war Unsinn! Featherstones Hirn war vernebelt gewesen, vielleicht vom Nach-unten-Bücken beim Löchergraben oder weil er ohne Tee, den er ja aus Stolz abgelehnt hatte, völlig dehydriert gewesen war. Er hatte das garantiert nicht ernst gemeint und dachte schon gar nicht mehr dran.

„Wenn ich jetzt darüber nachdenke – es war bestimmt nur ein Scherz! Ich werde ihn nicht darauf ansprechen. Wahrscheinlich hat er es sowieso schon längst vergessen. Wäre ja auch mehr als lächerlich.“ Sie musste selbst lachen. Ja wirklich, wie hatte sie das nur für real halten können!

Da Willie auch grinste, prustete sie los. Ja, sie war sich sicher, es war nur ein Joke gewesen! „Stell dir vor – Mrs. Spencer kam mit ihrem Hund vorbei und wollte Schiri spielen! Allein diese Vorstellung!“

Sie lachten beide, doch Willie wurde schnell wieder ernst. „Bist du dir sicher, dass der Prof das Ganze als Witz ansieht?“

Marina nickte mehrmals. „Überleg doch mal. Er kann mich nicht leiden und ich entspreche sowieso nicht seinem Beuteschema. Neema hat doch neulich erzählt, welche Frauen er sich ins Bett holt. Rassige Vollblutstuten, die ihn anhimmeln! Ich bin ein Ackergaul, der ihm den Hintern zudreht. Nein nein, das ist völlig ausgeschlossen. Der würde sich lieber an die höchste Turmspitze des Colleges ketten lassen, als mit mir einen Abend zu verbringen, das schwöre ich dir.“

„Stimmt“, gab Willie zu und kramte nach einer Bürste, die dringend notwendig war. „Featherstone würde niemals freiwillig mit dir ausgehen, da hast du recht.“

„Eben.“ Marina stand auf, um sich fertig zu machen. Dass es in ihrer Brust ein klein wenig stach, als Willie das sagte, hatte nichts zu bedeuten. War nur Sodbrennen von den Essig-Chips, die sie sich gestern einverleibt hatte, mehr nicht.

*

Ein bisschen aufgeregt war sie dann schon, als sie den Kursraum betrat. Sie grüßte Featherstone freundlich, der etwas an die Tafel schrieb. Er drehte sich nicht um. Das hatte nichts zu bedeuten, morgens war er meistens nicht besonders gut aufgelegt.

„Ich sammle als Erstes Ihre Abhandlungen ein, bitte legen Sie sie dort drüben auf den Tisch“, wies er die Studenten an.

Danach startete er wie üblich den Unterricht. Mit viel Theorie. Heute war Marina das allerdings egal, er behandelte sie wie jede andere Studentin und das ließ sie aufatmen. Willie hatte also recht gehabt, er ließ diese dämliche Wette einfach unter den Tisch fallen. Gut so!

Eifrig wie selten machte Marina sich Notizen. Als sie sich wegen einer Frage meldete, trafen ihr Blick und der von Garrett aufeinander, doch in seinem Gesicht war keine Regung zu erkennen. Sie schaute schnell in ihre Unterlagen und stellte ihre Frage. Er beantwortete diese ausführlich und völlig sachlich.

Allmählich entspannte sie sich. Alles war in Ordnung. Sogar noch besser, er machte keinerlei Anstalten, sie wie angekündigt aus dem College zu werfen. Und das obwohl sie eine viel bessere Tulpenreihe gepflanzt hatte! Offenbar verdrängte er alles, was mit dem Lewis-Park zu tun hatte, vollkommen aus seinem Gedächtnis. Glück gehabt!

„Bist du jetzt nicht ein bisschen traurig?“, flüsterte Willie. „Ich hätte dich übrigens gebeten, heimlich ein Foto von Mister Sexy zu schießen, ohne sein Professoren-Outfit. Der Mann hat bestimmt einen hammertollen Body. Aber so weit wäre es wohl eh nicht gekommen.“

„Und warum nicht?“, rutschte Marina heraus.

„Na, weil du keine bist, die ein Mann gleich ins Bett zerrt", erwiderte Willie todernst. „Mit dir muss man sich erst ein paar Abende unterhalten."

Dummerweise stimmte das. Marina malte mit ihrem Kuli runde Blümchen auf den Block. Sie war eine Spießerin! So deutlich war ihr das noch nie bewusst geworden. Und auch wenn sie natürlich froh war, sich nicht durch ein total aufgesetztes Small-Talk-Dinner mit Mister Brain quälen zu müssen, fühlte es sich nicht gut an. Als sie ein Oval noch mit zwei Flügeln und einem lachenden Bienengesicht verzierte, riss sie sich zusammen. Schluss mit dem Unfug, sie sollte sich auf den Unterricht konzentrieren!

Entschlossen blätterte sie eine neue Seite des Schreibblocks auf und richtete ihre Augen auf den Professor. Der stand mit dem Rücken zur Klasse, weil er etwas an die Tafel schrieb. Alle weiblichen Augen waren auf sein knackiges Hinterteil gerichtet, stellte Marina fest, doch sie selbst bildete die Ausnahme. Sie befahl ihren Blick auf den Block und war überzeugt davon, weder mit Vorder- noch mit Kehrseite ihres Dozenten jemals näheren Kontakt zu haben. Und das war gut so.

Nach einer zwar theoretischen, aber nicht mal ganz uninteressanten Einheit verließ der Kurs das Zimmer. Neema, Willie und sie selbst holten sich am Kaffeeautomaten Nachschub. Marina stopfte sich gerade ein Stück Sandwich in den Mund, da stolzierte der Prof vorbei.

„Auf ein Wort, Marina", sagte er und nahm sie ein paar Schritte zur Seite.

Erschrocken ging sie mit und starrte ihn an. Kam jetzt doch noch der Rauswurf?

„Passt Ihnen Freitagabend um sieben Uhr?", fragte er und

holte sein Notizbuch heraus. Sie war kurz davor zu fragen, worum es denn ging. Ob er mit ihr die Modalitäten ihrer Rückkehr nach Deutschland besprechen wollte oder die Tatsache, dass ihre Hausarbeit völlig unbrauchbar sei. Doch es dämmerte ihr, dass er so ein Gespräch wohl kaum abends einplanen würde.

„Selbstverständlich", hörte sie sich sagen und erkannte ihre Stimme nicht gleich, weil die so dünn klang.

„Gut." Er machte eine knappe Notiz in seinem Buch. „Ich hole Sie am Eingang zum Lewis-Park ab."

Ohne sich zu verabschieden, steckte er sein Büchlein wieder ein und marschierte den Gang entlang. Sie blieb wie versteinert stehen.

„Was wollte er?", nuschelte Willie, die herangekommen war und jetzt in eine Banane biss.

„Mich treffen. Freitag Abend. Am Park. Weiß nicht, zu was. Oder wohin. Hat nix gesagt. Verdammt."

„Könntest du ausnahmsweise einen vollständigen Satz bilden?", bat Willie.

„Oh Gott, ich hab keine Ahnung, was ich anziehen soll!", fiel Marina ein und sie spürte Panik in sich aufsteigen wie die Bläschen in einem Wasserkocher. „Sag doch, Willie, was zieht man an, wenn man nicht weiß, ob man in die Oper geht oder zur Fish-and-Chips-Bude im schlammigen Park?"

*

Da stand sie nun also am Gehweg und wartete, allerdings ohne Bordsteinschwalben-Outfit. Was sie anziehen sollte, hatte sie und Willie in eine ellenlange Diskussion verstrickt, wie sie in den Houses of Parliament sicher ähnlich vehement geführt wurde. Nur über andere Themen wahrscheinlich. Am Ende hatten sie sich schließlich geeinigt. Marina trug einen knielangen schwarzen Rock, weil man mit so was angeblich nie was falsch machen konnte, Willies edle Perlenohrringe und eine Hochsteckfrisur. Dazu ein leuchtend blaues Oberteil mit Wasserfallkragen. „Das betont dein Dekolleté. Zieh einen gefütterten BH an, damit ihm die Augen rausfallen“, hatte Willie geraten.

Marina zog ihren Mantel enger um ihren Oberkörper. Wenn sie jetzt, auf der dunklen Straße, darüber nachdachte, fand sie es eine doofe Idee, ihn beeindrucken zu wollen. Und sie verfluchte Neema für ihre kleinen Füße, denn die Inderin hatte ihr schwarze Stiefel mit Stilettoabsätzen geliehen. Ihre Zehen taten ihr jetzt schon weh. War wohl Ironie des Schicksals oder irgendeine altehrwürdige Magie des Lewis-Parks, denn Garrett hatte ja ebenfalls zu enge Schuhe angehabt. Wenngleich seine schnöden Gummistiefel natürlich nicht annähernd so elegant gewesen waren wie ihre jetzigen High-Heel-Boots, da hatte auch die Designer-Anzugshose nicht geholfen.

Ein rabenschwarzer BMW fuhr heran und bremste vor ihr ab. Unsicher machte Marina einen Schritt auf die Limousine zu. Irgendwie hatte sie damit gerechnet, dass Featherstone sie zu Fuß abholte und in ein benachbartes Lokal ausführte. War er das überhaupt?

Sie erkannte sein Profil und stieg ein.

„Guten Abend“, begrüßte sie ihn. „Schicker Wagen.“ Offensichtlich bezog sich seine Abneigung gegen Deutsche nur auf ihre Wenigkeit, nicht aber auf Autos. War das ein gutes Omen?

„Danke", antwortete er mit ruhiger Stimme. „Ich hoffe, Sie haben Hunger mitgebracht?"

Marina nickte, auch wenn sie sich nicht vorstellen konnte, einen Bissen hinunterzubringen. Es war eigenartig, mit ihm im Auto zu sitzen und durch die Nacht zu fahren. Das Radio war aus, man hörte nur die Reifen brummen und in der Ferne eine der unzähligen Glocken von Oxford. Sein Aftershave stieg ihr in die Nase und erschwerte es ihr, nach passenden Worten zu suchen. Obwohl eine mahagonischimmernde Armstütze zwischen ihnen war, fühlte er sich sehr nah an. Präsent. Sie meinte, seinen Atem zu hören. Der natürlich deutlich ruhiger ging als ihrer.

„Wo fahren wir denn hin?", fiel ihr irgendwann ein.

„Ich kenne einen Pub mit hervorragender Küche, der auf dem Weg nach London liegt", erklärte er. „Das Roastbeef dort ist sehr empfehlenswert."

Soso, das Roastbeef. Marina hätte ihren künftigen Erstgeborenen darauf verwettet, dass der Grund ein anderer war. Er wollte mit ihr nicht in Oxford gesehen werden. Wahrscheinlich traf er sich sonst mit irgendwelchen Models oder zumindest mit Stilikonen wie diesen beiden überschminkten Groupies aus dem Kurs. Und nun war es ihm peinlich, mit einer wie ihr auszugehen.

Egal, jetzt waren sie schon mal unterwegs.

Und auch wenn sie sich als zweite Wahl fühlte, kribbelte es doch in ihrem Bauch. Insbesondere als Garrett den Wagen schließlich elegant in eine Parklücke setzte und ausstieg, um mit ihr zusammen auf den Pub zuzugehen. Der Prof trug ein edles Sakko, ein dunkelgraues Hemd und keine Krawatte. Er sah aus, als käme er direkt vom Fotoshooting für „Casual

College-Wear“, nur das Lächeln fehlte.

„*Der Schwan und das Wildschwein* ist ein Traditionslokal“, sagte er und deutete auf das verschnörkelte Messingschild über der Eingangstür des rustikalen Steingebäudes. „In früheren Zeiten war es eine beliebte Herberge für Kutschenreisende auf dem Weg nach London. Inzwischen werden keine Gastzimmer mehr vermietet, man hat den Pub auf zwei Etagen ausgedehnt. Kommen Sie, wir gehen rein, ich habe einen Tisch reserviert.“

Als sie den Gastraum betraten, sah sich Marina verwundert um. Eine lange Theke, an der einfach gekleidete Gestalten herumhingen, wacklige Holztische und der Geruch von schwerem Bier, der sich bereits in den Dielenbrettern festgesetzt hatte. Das Ganze sah eher nach einer Lokalität aus, die frittierten Kabeljau mit Pommes verkaufte, nicht nach Rinderfilet.

„Dort die Treppe hinauf“, hörte sie Garrett sagen und spürte im nächsten Moment seine warme Hand an ihrem Rücken. Überrascht atmete sie ein. Ihr ganzer Körper prickelte mit einem Mal, als wäre sie Versuchskaninchen bei einem Hochleistungs-EEG. Ihr war natürlich klar, dass er ihr nur den Weg zeigen wollte, trotzdem fühlte sie sich zehn Zentimeter größer, während sie vor ihm die geschwungene Treppe nach oben stieg.

Leise Musik im Hintergrund, Tischdecken und Kerzenleuchter, gediegenes Publikum. Marina hatte den Eindruck, nicht nur eine andere Etage, sondern eine ganz andere Welt betreten zu haben.

Garrett nannte seinen Namen und wurde an einen Tisch geführt, wo er Wein bestellte, dessen Preis Marina lieber nicht wissen wollte. Sie hätte sich davon womöglich eine

Waschmaschine leisten können oder einen dieser winzigen britischen Kleinwagen.

„Gefällt es Ihnen in England?“ Garrett versuchte es ganz offensichtlich mit Smalltalk.

„Oh ja!“, erwiderte Marina. „Vieles unterscheidet sich doch sehr von Deutschland. Die Menschen sind auf jeden Fall höflicher und es gibt mehr Exzentriker. Originale wie diese Mrs. Spencer. Das mag ich.“

Er sah nicht besonders begeistert aus. Bevor er antworten konnte, kam die Bedienung an den Tisch. Garrett bestellte wie erwartet das Roastbeef, Marina entschied sich für Salmon Shepherd‘s Pie, weil sie den Lachseintopf mit Kartoffelkruste sehr liebte und viel zu untalentiert war, so etwas selbst zuzubereiten.

„Wo in Deutschland sind Sie aufgewachsen?“, wollte er wissen. Es gelang ihr nicht, seine undurchdringliche Miene zu entschlüsseln. War er ehrlich an ihr interessiert oder stellte er diese Fragen nur wegen der Wette?

„Auf dem Land“, gab sie zu. „Im tiefsten Bayern. Und erst zum Studium in die Großstadt gezogen. War gar nicht so einfach, den Kulturschock zu verkraften.“

„Deshalb also Ihr Vorsprung bei den Erdarbeiten“, war sein einziger Kommentar. Er lachte nicht dabei.

Sie fühlte genau hin, wollte seine Stimmung wahrnehmen. Anscheinend war er immer noch sauer über seine Niederlage am Tulpenbeet.

„Das stimmt. Ich musste mir mein Taschengeld damit verdienen, mit der Sandkastenschaufel Furchen in die Kartoffelfelder zu graben“, versuchte sie einen Witz.

Der zündete nicht.

Ungerührt nahm Garrett einen Schluck Wein und vermied den Blickkontakt mit ihr.

„Waren Sie denn auch mal in Deutschland?", fragte sie ihn.

„Schon mehrmals natürlich. Erst im Frühjahr, in Hamburg fand eine große Konferenz zum Thema `psychische Störungen im Kindesalter` statt und ich hielt einen bejubelten Vortrag über …" Er stockte. „Das darf ich nicht sagen, nehme ich an. Gemäß den Bedingungen der Wette."

„Stimmt", bestätigte Marina, fühlte sich aber von Minute zu Minute unwohler. Das war doch alles Unsinn, sie waren schließlich erwachsene Menschen!

„Hören Sie, Herr Professor, vielleicht sollten wir das lassen. Wir waren beide aufgebracht und haben uns gestritten, aber wir müssen die Wette ja nicht wirklich ausführen. Weiß doch niemand außer uns." Okay, Mrs. Spencer hatte es mitbekommen, aber der könnten sie einfach erzählen, dass das Dinner super verlaufen war und Garrett ein wahrer Casanova des Herzens sei.

Er straffte die Schultern. „Eine Wette ist eine Ehrensache", konstatierte er mit lauter Stimme. „Das hat Tradition in meiner Familie. Wir halten so etwas hoch. Das hat mir mein Großvater schon von klein auf gepredigt und mein Vater ebenso."

Fast hätte sie gefragt, ob sie sich auch auf ein Duell im Morgengrauen einstellen müsste, wollte ihn aber nicht mit dummen Sprüchen verärgern. Es blieb also bei der Vereinbarung, die sie im Park getroffen hatten. Nun gut, wenn er es so wollte. Allerdings musste er sich dann etwas ins Zeug legen. Bisher hatte sie noch nichts festgestellt, was auf Verführungskünste hindeutete.

„Okay, dann gilt es jetzt." Marina lächelte ihn erst recht mit allergrößter Freundlichkeit an. „Sie werden mich also von Ihren Talenten abseits des Intellekts überzeugen müssen."

„Ja sicher." Er klang, als hätte sie ihm eine Einladung zur Darmspiegelung geschickt. Aber immerhin etwas bemühter. Das musste sie ausnutzen und ihn zu seiner Familie ausfragen.

„Haben Sie denn Geschwister?"

„Einen Bruder."

Täuschte sie sich oder wurde sein Gesicht plötzlich noch versteinerter als bisher? Innerlich musste Marina schmunzeln. Wenn dieses Thema ihn zu einer Mount Rushmore-Skulptur verwandelte, sollte sie unbedingt weiter nachbohren.

„Älter oder jünger?"

„Er ist zwei Jahre jünger. Ah, da kommt ja unser Essen!"

Erleichtert nahm er seinen Teller entgegen, wünschte Marina guten Appetit und schnitt ein Stück Fleisch ab.

Sie dachte jedoch nicht daran, das Thema zu wechseln. „Und Ihr Dad? Ist der auch im wissenschaftlichen Bereich unterwegs? Am Ende auch noch Ihre Mum?"

Es war deutlich zu sehen, wie er mit sich kämpfte. Er hatte anscheinend nicht die geringste Lust, über seine Familie zu sprechen, wusste aber, dass man bei einem Date zu so etwas fast schon verpflichtet war.

„Mein Vater war Professor in Cambridge, meine Mutter hat sich immer sozial engagiert. Aber lassen wir meine ermüdende Familiengeschichte, es gehört sich nicht, eine schöne Frau damit zu quälen."

Wie bitte?

Marina verschluckte sich fast an dem Stück Lachs, das sie unter der wunderbar knusprigen Kartoffelkruste hervorgelöffelt hatte. Er machte ihr Komplimente? Und so plump noch dazu?

„Ach was, als schöne Frau gehe ich nun wirklich nicht durch. Da gibt es ganz andere hier im Raum.“ Sie sah sich um. Fast alle Tische waren inzwischen besetzt, hauptsächlich mit Pärchen, teilweise grauhaarig, teilweise aus der Yuppie-Fraktion. Und einige aparte „english roses“ saßen um sie herum.

Sein Blick blieb bei ihr, statt ebenfalls die anderen Paare zu mustern. In Marinas Bauch entstand ein flaues Gefühl, sie bekämpfte es mit einem weiteren Löffel ihres Shepherd`s Pie. Half allerdings nicht viel.

„Erzählen Sie mir von sich, Marina.“ Seine Stimme war warm wie Kakao. Er hatte jetzt wohl den Schalter umgelegt und begann mit der Verführungsnummer. Nun gut, sie würde mitspielen, das konnte noch ganz witzig werden.

„Was wollen Sie denn wissen?“ War gar nicht so leicht, diesem durchdringenden Blick standzuhalten.

Er trank noch einen Schluck Wein. „Warum haben Sie sich für Psychologie entschieden?“

Marina zögerte. Um Zeit zu gewinnen, führte sie ebenfalls ihr Glas zum Mund, und entschied sich dann für eine harmlose Antwort.

„Ach, ich habe mich schon immer für das Wesen der Menschen interessiert. Zu lernen, wie sie funktionieren, fand ich einfach eine spannende Sache.“

Seine Augen fixierten sie, als hätte er eine magische Professorengabe, Lügen aufzudecken. Fühlte sich seltsam an. Fast fürchtete sie, ihre Nase würde wachsen.

„Das ist mir zu lapidar“, erwiderte er. „Geben Sie sich einen

Ruck, Marina. Es gibt doch bestimmt noch ein paar echte Gründe, warum Sie ausgerechnet die Seele erforschen wollen."

Seine Aufmerksamkeit war ganz bei ihr. Warum war es nur plötzlich so warm hier im Restaurant? Lag bestimmt an dem heißen Essen. Garrett hatte seine obersten Hemdknöpfe gelöst, fiel ihr gerade auf. Sie konnte ein Stück Haut sehen, was nicht unbedingt zu ihrer Abkühlung beitrug. Dazu einige vorwitzige dunkle Brusthaare, die hervorschauten. Wie er wohl ohne Hemd aussehen würde? Wie es wäre, ihm den Stoff über die Schulter zu streifen und mit der Hand über die Wölbung seiner Brust zu gleiten?

„Ich hatte eine Freundin, sie hieß Sabine", hörte sie sich selbst sagen. Verdammt, wann hatte sie entschieden, ihm davon zu erzählen? Sie wollte ihrem Mund Einhalt gebieten, aber er sprach einfach weiter.

„Wir kannten uns schon seit frühen Kindertagen. Sie hat mir beigebracht, wie man auf Bäume klettert und auf Halmen pfeift."

„Auf Halmen?" Seine Augenbrauen sprangen in die Höhe.

„Kennen Sie das nicht?" Er war offenbar ein Großstadtkind. Oder womöglich hatte der Zeremonienmeister im Schloss seiner Familie ihm untersagt, den perfekt gepflegten englischen Rasen um einen Halm zu dezimieren, weil sich so etwas für ein Upperclass-Kind nicht schickte. „Man klemmt einen Grashalm zwischen beide Daumen und bläst Luft hindurch, dann pfeift es. Ist ein ähnliches Prinzip wie bei einer Klarinette. Ich zeige Ihnen das bei unserem nächstem Auftritt an den Park-Beeten."

„Kann es kaum erwarten", brummte er. Besann sich aber schnell und sah sie auffordernd an. Offenbar wollte er die

Geschichte hören.

„Na jedenfalls waren wir in der Kindheit gut befreundet. Auch als Teenager noch, aber wir gingen an unterschiedliche Schulen, sahen uns viel seltener, standen uns nicht mehr ganz so nah. Mit siebzehn veränderte sich Sabine plötzlich. Zog sich zurück, saß daheim und hörte düstere Musik, erzählte von seltsamen Dingen. Es machte uns allen Angst, besonders ihren Eltern."

Sie sah Sabine noch vor sich, die langen Haare wie ein Vorhang vor dem Gesicht, dunkle Kleidung. Den Blick nach unten gerichtet, als würde sie nicht wagen aufzusehen. Dazu die heisere Stimme ihres Vaters, der sie anschrie, sie solle endlich wieder zur Schule gehen. Und ihm keine Schande machen.

Garrett nickte. „Typisches Alter", sagte er unaufgeregt. „Eine Zeit des Umbruchs, da zeigen sich bei vielen Jugendlichen Symptome von …"

„Hören Sie auf, sie in eine Schublade zu stecken!", fuhr Marina ihn an. „Genau das war doch das Problem."

Sie legte den Löffel zur Seite. Der Appetit auf Eintopf war ihr mit einem Schlag vergangen. Trotzdem konnte sie nicht aufhören zu erzählen. „Man schleifte sie zu einem Psychiater. Der sah sie kaum an, stellte ihr nur eine Handvoll Fragen und diagnostizierte irgendeinen Mist. Dann hat er ihr Tabletten verschrieben."

„Was denn?", ging Garrett dazwischen. „Antidepressiva oder Benzodiazepine? Hängt natürlich davon ab, in welche Richtung ihre Störungen gingen."

„Sie machen es genauso!" Marina funkelte ihn an. „Sie verpassen ihr einfach ein Etikett, ohne überhaupt genau hinzuschauen.“

Er lehnte sich zurück. „Nun, man müsste die Patientin natürlich genau untersuchen. Ihre Symptome einzeln unter die Lupe nehmen und zu einem Bild zusammenfügen, es gibt für jede Störung diverse Behandlungs- …“

„Ich habe Sabine gefunden“, unterbrach sie ihn und war selbst überrascht von der Tonlosigkeit ihrer Stimme. Ganz sachlich klang sie, richtig kalt.

Garrett hielt mitten im Satz inne und sah sie an. Blieb stumm und wartete.

„Ich hatte einen Kuchen gebacken, gedeckter Apfel, den mochte sie total gern. War ein Rezept meiner Oma. Ihre Eltern waren nicht daheim, niemand machte auf, aber ich hatte das Licht in Sabines Zimmer gesehen. Also bin ich durch den Garten, ich kannte das Notfallversteck für den Terrassentürschlüssel, bin rein und die Treppe hoch. Sie lag in der Badewanne.“

Marina musste sich an der Tischkante festhalten. So viel Rot, unendlich viel Rot, das Wasser komplett dunkel und das Küchenmesser am Rand der Wanne – sie wachte noch heute manchmal auf, schweißgebadet, und sah dieses Badezimmer. Die beigefarbenen Kacheln, die Bordüre aus farblich passenden Natursteinen und mittendrin das schreckliche Rot in der Badewanne, das Sabines schmalen Körper umspülte, und ihr wie ein unendliches Meer vorgekommen war.

„Man hatte die Dosierung mehrfach erhöht, sogar irgendeine Psychologin hatte mit ihr geredet, genau zwei Stunden lang, zwei mickrige Einheiten. Ohne ihr wirklich zuzuhören. Wissen Sie, was eigentlich los war? Sabine hatte sich verliebt, in eine Klassenkameradin. Ja, in ein Mädchen. Aber ihr Vater war der

Vorsitzende des Kirchenbeirats, heiliger als der Papst, er hatte ihr von klein auf gepredigt, dass so etwas abartig war. Verstehen Sie? Sabine war nicht krank, keine Schizophrenie, keine Angststörung, sie war nur einfach in der falschen Familie aufgewachsen. Aber niemand hatte ihr zugehört. Stand wohl nicht im Lehrbuch."

Verdammt, sie spürte die Tränen aufsteigen. Sie wollte nicht weinen, erst recht nicht vor diesem Kopfmensch. Schnell, sie musste sich wieder in den Griff bekommen!

„Zum Glück kam der Krankenwagen rechtzeitig", fuhr Marina fort, weil reden besser war, als auf eine Reaktion von ihm zu warten. „In letzter Minute. Sabine war lang in der Klinik, wir wussten ewig nicht, ob sie jemals wieder ganz gesund wird."

Er nickte langsam. „Und da entstand Ihr Wunsch, Psychologie zu studieren?"

„Ich konnte nicht anders. All diese idiotischen Ärzte, die Sabine gar nicht richtig wahrgenommen hatten. Ein oder zwei Symptome gesehen und – zack – eine Diagnose daraufgestempelt. Das ist doch Irrsinn! Solche Methoden sollten verboten werden."

Diesen Psychiater könnte sie heute noch ermorden, wenn er ihr über den Weg lief. Der hatte durch seine Kaltschnäuzigkeit um ein Haar das Leben eines jungen Menschen zerstört!

Auf Garretts Stirn entstand eine Falte. „Aber wie hätte man ihr besser helfen können Ihrer Meinung nach?"

„Na, indem man sie spürt! Empathie für die Patienten beweist, sich in sie hineinfühlt." Lag das nicht auf der Hand? Marina starrte ihn an, sah seinen abwehrenden Blick und erinnerte sich plötzlich wieder an seine Aussagen zu diesem

Thema. Die hatte sie in den letzten Minuten vergessen gehabt.

„Bei allem Verständnis für dieses tragische Schicksal – das ist kompletter Unfug!“, lief er zur üblichen Form auf. „Empathie ist etwas für Kartenleger oder andere Quacksalber.“

Das konnte nicht sein Ernst sein!

„Behaupten Sie wirklich, so etwas wie Bauchgefühl existiert nicht?“, fragte sie.

„Jedenfalls keines, das zu irgendetwas nutze ist! Wenn Sie sich aus einem Wurf Kätzchen eines aussuchen, können Sie meinetwegen nach Ihrer Intuition handeln, aber doch nicht, wenn es um ernsthafte medizinische Fragen geht! Das ist doch alles nur Einbildung.“

„Von wegen!“, schnaubte Marina. „Sie haben doch nur viel zu viel Angst, um sich auf die eigene Wahrnehmung einzulassen.“

„Für mich zählen nur Fakten.“ Wütend schnitt er ein Stück Fleisch ab. „Das ist das einzig Sinnvolle im Leben. Nur darauf kann man sich verlassen.“

Marina holte tief Luft, um ihm eine gesalzene Antwort zu präsentieren, da tauchte ein Schatten neben ihr auf. Es war nicht wie bisher der Ober, sondern ein hünenhafter Mann im dunkelblauen Anzug.

„Garrett!“, sagte der überrascht. „Dich hätte ich hier nicht erwartet.“

Als Marina zu ihm aufsah, blickte sie in die gleichen eisgrauen Augen, wie ihr faktenwütiger Dozent sie hatte, und auch die kantigen Züge wiederholten sich, wenngleich härter und ungleichmäßiger als bei Garrett.

„Gregory“, antwortete der mit mäßiger Begeisterung. „Nochmals Gratulation zu deinem Preis. Ich schätze, als nächstes steuerst du eine schwedische Verleihung an?“

Du liebe Zeit, das war sein Bruder! Und auch der betätigte sich ganz offensichtlich als Wissenschaftler, womöglich mit Aussichten auf den Nobelpreis. Schwer beeindruckt starrte Marina den Mann in Dunkelblau an.

Ein unechtes Lachen. Dass die beiden sich nicht ausstehen konnten, roch man fünfzig Meilen gegen den Wind, auch als völlig empathiebefreiter Mensch mit Schnupfen.

„Wer weiß? Ein Projekt, das dafür infrage kommt, habe ich tatsächlich im Hinterkopf. Aber Dad hat gesagt, du hast auch irgendwas in Aussicht? Leider habe ich den Namen des Preises vergessen, ich glaube, der kam mir vorher noch nie unter." Er versuchte ein Lächeln, als täte es ihm leid. Alles nur vorgespielt, er setzte es ganz offensichtlich darauf an, Garrett zu verletzen. Marina konnte solche Leute nicht leiden.

„Ist ja auch völlig unwichtig. Du weißt doch, mit meinem kleinen Bruder konnte ich noch nie mithalten. Willst du mir nicht deine zauberhafte Begleitung vorstellen? Juliette, nehme ich an?"

Erst jetzt bemerkte Marina, dass hinter dem Superstar-Bruder noch eine Supermodel-Blondine stand. Natürlich kein Billigmodel. Die Haare in Prinzessin Kate-Manier frisiert, ein Diana-elegantes Kostüm am Leib, ein Porzellanpuppengesicht und eine Figur, die jeden Designer der Insel vor Verzückung kreischen lassen würde, egal ob schwul oder nicht.

„Freut mich sehr, dass ich dich endlich kennenlerne, Garrett", säuselte Miss Perfect und streckte ihm die Hand hin. Mit einem fetten Brilli, der im Kerzenschein angeberisch funkelte. „Ich liege Gregory schon so lange in den Ohren, dass er mir dich endlich vorstellt. Wäre doch seltsam, wenn wir uns bei unserer Hochzeit zum ersten Mal sehen würden."

„Juliette schreibt an ihrer Doktorarbeit", stellte Gregory klar und lächelte seine Verlobte stolz an. „Wir passen wirklich perfekt zusammen."

„Das ist wahr." Sie schenkte ihm ihr bestes Strahlen. „Gemeinsame berufliche Interessen, außerdem lieben wir beide die Oper, und sogar auf das berühmte Roastbeef hier haben wir uns gefreut. Es ist fast unheimlich, wie einig wir uns sind."

Bei so viel Harmonie bekam Marina Zahnschmerzen. Das stank doch zum Himmel. Sie traute dieser Schnepfe nicht über den Weg.

„Willst du uns nicht deine Begleiterin vorstellen?" Jetzt fixierte dieser Gregory sie mit seinen kalten Augen. Nein, bei genauerer Betrachtung waren sie denen von Garrett gar nicht so ähnlich. Sie waren stumpf und feindselig, nicht strahlend und von der Tiefe eines isländischen Gletschers.

„Das ist Marina, sie arbeitet mit mir an einem Forschungsprojekt", sagte Garrett.

„Nennt man das jetzt so?" Sein Bruder grinste anzüglich. Dann legte er seinen Arm um die göttinnengleiche Juliette. „Unser Tisch wartet. Komm, Schatz, ich habe Hunger. Und wir wollten doch noch einige Details wegen der Hochzeitsfeier besprechen. Ihr entschuldigt uns?"

Marina nickte nur, Garrett murmelte ein „Oh ja, das tun wir" hinter den beiden drein, die an einen Tisch am anderen Ende des Raums schwebten. Anschließend nahm er sein Messer in die Hand und säbelte an seinem Filet herum, als wäre er Pathologe und hätte Jack the Ripper vor sich auf dem Tisch.

„Es geht doch nichts über Harmonie in der Familie", sagte Marina trocken. „Müssen Sie wirklich zur Hochzeit der beiden turteligen Täubchen antreten?"

„Scheint so. Außer ich schaffe es, mir vorher im Park das Bein zu brechen." Er trank sein Weinglas aus und zeigte dem Ober an, dass der nachfüllen sollte.

Marina ließ Juliette nicht aus den Augen. Die saß mit dem Rücken zu ihr, aber gut sichtbar. Als Gregory tief in die Weinkarte versunken war, holte Juliette heimlich ihr Handy aus der Designer-Clutch, schaute kurz darauf und legte es auf den Tisch.

„Mit dem Bildschirm nach unten", stellte Marina halblaut fest und wusste plötzlich, dass ihr Instinkt sie nicht betrog.

„Wie bitte?" Fragend sah Garrett sie an.

„Ach nichts. Sie wettern sonst sowieso nur wegen der nicht vorhandenen Intuition."

Er atmete tief ein und wieder aus. Fuhr sich durchs Haar. Eine Strähne weigerte sich, an den ihr zugewiesenen Platz zurückzukehren, was ziemlich rebellisch aussah. Und auf professorenbrave Art sexy. „Es tut mir leid, Marina. Wir müssen den Abend ein andermal wiederholen in Bezug auf die Wette. Ich bin heute zu abgelenkt, mein Kopf ist noch voll mit Collegethemen, die es zu klären gibt."

„Kein Problem. Wir können gern auch über irgendetwas Unbedeutendes reden. Das Wetter. Oder Sie erklären mir die Spielregeln von Cricket, die habe ich nämlich nicht mal im Ansatz verstanden."

War das der Anflug eines dankbaren Lächelns? Nein, sie hatte sich getäuscht, seine Miene war schon wieder ernst.

„Das ist gar nicht schwer, im Grunde ein ganz einfaches Ballspiel", fing er an und versuchte das, woran schon Cormac und drei seiner Freunde kläglich gescheitert waren.

Dass Marina den Sinn des seltsamen Spiels auch dieses Mal nicht kapierte, lag nicht an Garretts fehlender Erklärkunst. Sondern daran, dass sie heimlich Juliette beobachtete.

„Glauben Sie, die beiden lieben sich wirklich?", fragte sie mitten hinein in Fielder, Scorer und Wicket-Keeper.

„Greg und Juliette?" Überrascht hob Garrett die Brauen. „Natürlich! Schauen Sie sich die beiden doch an, die passen perfekt zueinander. Sie ist genau die richtige Frau für ihn, attraktiv, damit er mit ihr angeben kann, schlau, aber nicht erfolgreicher als er, und sie himmelt ihn an."

Der Mann hatte keine Ahnung. Dabei schimpfte er sich Psychologe!

„Na, wenn Sie das sagen." Marina war da anderer Meinung. Als Gregory mit dem Ober diskutierte, rumorte Juliettes Handy wohl nachdrücklich, denn Marina sah es mehrmals blinken. Die blonde Elfe steckte es heimlich in die Tasche ihres Kostüms und machte Anstalten aufzustehen.

Das war Marinas Chance.

„Ich bin gleich wieder da", sagte sie zu Garrett und machte sich eilig auf den Weg zu den Toiletten, die sich neben der Treppe befanden. Es war nur ein Gefühl, aber sie hatte gelernt, dem nachzugehen. Mit etwas Glück würde sie dem Besserwisser an ihrem Tisch einen Beweis erbringen, dass Empathie durchaus seine praktischen Verwendungszwecke hatte.

9. Agentin im Einsatz

Garrett

„Ich bin gleich wieder da“, sagte sie unvermittelt und stand auf.

Frauen und ihre schwachen Blasen! Garrett würde wohl nie verstehen, warum sie ständig zur Toilette rennen mussten, Marina hatte doch fast gar nichts getrunken. Er ertappte sich dabei, ihr auf ihrem Weg nachzusehen. Schlimmer noch, er grübelte sogar über sie nach. Dabei war sie eigentlich leicht zu durchschauen, nicht umsonst war er Psychologe. Helfersyndrom, völlig klar. Ausgelöst durch das zugegebenermaßen tragische Schicksal ihrer Jugendfreundin. Marina hatte sich bei dieser Sabine als Versagerin gefühlt, sicher spielten Schuldgefühle mit rein, jetzt wollte sie am besten die ganze Welt retten, um sich davon reinzuwaschen. Übliche Verhaltensweise, nicht ungewöhnlich. Ebenso die Flucht in esoterische Felder wie das sogenannte Bauchgefühl, dahinter steckte natürlich die Angst vor einem nicht ausreichenden Intellekt für das, was man sich vorgenommen hatte.

Konnte ihm selbstredend nicht passieren.

Juliette stöckelte vorbei, nickte ihm kurz zu, widerwillig verzog er den Mund zu einem Lächeln. Sie war ein Volltreffer. Und auch wenn so ein Gefühl völlig unprofessionell war – er gönnte sie seinem Bruder nicht.

Garrett schob den leeren Teller zur Seite und hoffte, dass nicht auch noch sein Brüderchen vorbeidefilierte, um mal für kleine Wunderknaben zu gehen. Gerecht war das alles nicht. Gregory war schon immer alles zugefallen, er hatte nie um etwas kämpfen müssen. Die Liebe des Vaters, die guten Noten in Schule und Studium, der Job in Harvard und jetzt auch noch eine Traumfrau als Braut. Irgendwas lief falsch im Universum, es konnte doch nicht sein, dass sein Bruder ihn in jedem einzelnen Bereich übertrumpfte?

Gut, auf diese Juliette war er nicht mal scharf. Sie war zwar eine Augenweide und blitzgescheit, wie es schien, aber rein von der Chemie her sprang da nichts über. Lag womöglich aber daran, dass Gregory so lächerlich besitzergreifend die Hand auf ihren Arm gelegt hatte.

Sei`s drum. Er trank noch einen Schluck Wein. Die Hochzeit würde er auch irgendwie überstehen, er musste nur versuchen, nicht allzu neidisch zu wirken, sondern völlig abgeklärt.

Wo blieb Marina eigentlich so lange? Er wandte den Kopf, sah aber Juliette auf ihn zukommen, strahlend wie eine Neonröhre. Freute die sich so sehr, sich jetzt wieder zu Gregory setzen zu dürfen?

Garretts Nackenmuskeln verspannten sich noch mehr, als sie sowieso schon waren. Hatte jemals eine Frau so glücklich gewirkt, die sich mit ihm getroffen hatte? Sicher, es fiel ihm nicht schwer, irgendeine ins Bett zu holen. Aber irgendwie schauten die nur verzückt, wenn sie die Diploma an seiner Wand studierten. Oder ihm das Professorensakko abstreiften, als wäre es eine Trophäe, weil man den eigenen Dozenten entblätterte. So gestrahlt wie Juliette auf dem Weg zu ihrem baldigen Bräutigam hatte jedenfalls noch keine. Diese Erkenntnis war Gift für seine Schultermuskeln. Er fasste nach hinten und knetete seinen Nacken.

„Bin wieder da“, stellte Marina überflüssigerweise fest, als sie sich auf den Stuhl ihm gegenüber gleiten ließ. Sie lächelte ebenfalls, allerdings nicht so selig wie Juliette. Eher so, als hätte er beim Korrigieren drei Fehler übersehen – was natürlich niemals vorkam – und ihr eine zu gute Note gegeben.

„War ein interessanter Ausflug“, fuhr sie fort und das Grinsen wurde sogar noch breiter.

„Oh bitte, keine Details über Vorfälle in der Damentoilette!“ Er nahm seine Hand vom Nacken.

„Auch nicht, wenn ich ein paar pikante Geheimnisse über Ihre zauberhafte Bald-Schwägerin erfahren habe?“

Garrett verzog sein Gesicht. „Nein danke, auf Details aus dem Schlafzimmer der beiden bin ich wirklich nicht erpicht. Ich wusste gar nicht, dass man sich am Waschbecken über solche Dinge unterhält, noch dazu mit einer Fremden.“

„Ich habe mich nicht mit ihr unterhalten.“ Marina glich immer mehr einer Sphinx. „Es war eher so, dass Juliette mit jemandem geredet hat. Mit einem Kerl, um genauer zu sein.“

„Moment mal! Wie kann sie einen Mann mit ins Damen- … ach so, sie hat jemanden angerufen?“

„Richtig kombiniert, Inspector Lewis! Die Serie läuft übrigens recht erfolgreich bei uns in Deutschland, obwohl ich ja eher ein Fan von Hathaway bin, seinem jungen Sergeant, der ist nämlich witzig. Kennen Sie die Krimis?“

Grundgütiger, sie sollte endlich auf den Punkt kommen! Er schüttelte den Kopf, Fernsehen interessierte ihn nicht und irgendwelche Serien aus Oxford noch weniger. Außerdem spannte sie ihn absichtlich auf die Folter und das hasste er ebenso, konnte aber seine Augen nicht von ihrem Gesicht nehmen.

„Erfahre ich nun, mit welchem geheimnisvollen Fremden sie telefoniert hat, oder muss ich dafür noch mal drei Reihen Tulpen pflanzen?"

„Ich verrate es Ihnen." Was für ein Glück, sie hatte ihren gnädigen Tag! Garrett musste allerdings zugeben, dass er gespannt wie eine Kniesehne war, was sie denn herausgefunden hatte.

„Als die beiden hier am Tisch standen, hatte ich schon ein komisches Gefühl", holte Marina aus. „Irgendwas stimmte nicht, die Zuneigung wirkte aufgesetzt. Also habe ich Juliette beobachtet. Sie sah ständig nach dem Handy, allerdings meist, wenn Gregory abgelenkt war. Und als es mal wild geblinkt hat, ist sie aufgestanden. Na ja, ich war schneller, bin in die hinterste Kabine, sie dachte wohl, die sind alle leer."

„Hat sie denn Ihre Füße nicht gesehen?" Garrett hatte keine Ahnung, wie es im Damenklo zuging, aber bei den Männern waren die Kabinen unten offen.

„Natürlich nicht", erwiderte Marina entrüstet. „Die hatte ich hochgezogen, sie sollte denken, sie sei allein."

„Warten Sie …" Garrett konnte nicht glauben, was er hörte. „Sie sind also in die Toilette und haben sich versteckt? Absichtlich? Ich verstehe nicht, wieso!"

„Weil mein Bauchgefühl, dass es ja angeblich nicht gibt, mir was zugeflüstert hatte. Und selbstverständlich lag es richtig, Juliette hat nämlich ihren Liebhaber angerufen. Er heißt Henry, ist Installateur und macht sie durch eine hervorragende Ausstattung in gewissen Körperregionen sehr glücklich."

Sie lehnte sich zurück, verschränkte die Hände vor der Brust und grinste ihn an, als sei sie Vorbild für die Katze im Wunderland gewesen.

Garrett fehlten für eine Sekunde die Worte. „Sie betrügt Greg?", brachte er schließlich heraus. „Mit irgendeinem … einem Handwerker?"

„Die Turteltäubchen haben das Bad renovieren lassen, da war Henry im Einsatz. Und hat allem Anschein nach nicht nur unterm Waschbecken ein Rohr verlegt." Marina kicherte. „Er kokettiert offenbar damit, dass er doch nur ein armer Arbeiter sei. Sie hat geantwortet, dass das nichts mache. Weil sie ja bald reich heiraten werde. Dann hat er wohl einen Witz gemacht über Gregory und sie haben beide fies gelacht. Ach übrigens mag sie es sehr, wenn er seinen verdreckten Blaumann anhat und noch staubig beziehungsweise ungeduscht ist. Das hätte so etwas Männliches an sich und sie könne sich dann kaum im Zaum halten, hat sie gesäuselt."

Unfassbar!

Garrett drehte sich um, schaute zum künftigen Brautpaar. Juliette legte gerade ihre Hand auf die seines Bruders. Tja, dieses Mal schien der doch nicht den großen Wurf gemacht zu haben!

„Als Werbemodell zum Thema `Schadenfreude` hätten Sie gerade gute Chancen, Herr Professor", hörte er Marina sagen.

„Nennen Sie mich Garrett", rutschte ihm heraus, bevor er es verhindern konnte. Die Erkenntnis über die engelsgleiche Juliette hatte ihn wohl doch verwirrt.

„Gut. Garrett also", wiederholte sie, als wollte sie den Geschmack seines Namens auf ihrer Zunge ausprobieren. Klang eigenartig. Und irgendwie angenehm. Ihr Akzent war nicht stark, trotzdem hörte er das etwas anders klingende `r`. Seltsamerweise gefiel es ihm.

„Ich gebe zu, die Vorstellung, dass Juliette mit einem

Nobelpreisaspiranten verheiratet ist und gleichzeitig den Handwerker lüstern aus der Arbeitsmontur schält, gefällt mir." Ein herrliches Bild! Er würde viel dafür geben, dabei zu sein, wenn das irgendwann aufflog. Das Gesicht seines erfolgsverwöhnten Bruders, der die beiden inflagranti im Ehebett überraschte, wäre unbezahlbar.

„Werden Sie es ihm sagen?", fragte sie.

„Sicher nicht. Ich bin froh, wenn er sich in mein Leben nicht einmischt. Selbstredend halte ich mich ebenfalls daran."

Marina sah ihn lange an. „Sie sind überraschend hinterhältig für einen Psychologen. Ich erkenne fast schon menschliche Züge, es ist erschreckend."

Sie lachte melodiös. In ihren braunen Augen tanzten kleine Lichter. Der Lippenstift hatte sich längst verabschiedet, trotzdem glänzten ihre Lippen ein wenig. Einladend sah das aus. Er hatte nie bemerkt, welch schön geformten Mund sie hatte.

„Und Sie sind überraschend kreativ für eine deutsche Studentin", konterte er. „Die Zielperson so geschickt zu verfolgen und zu belauschen, grenzt schon fast an kriminelle Energie."

„Das nehme ich jetzt als Kompliment." Eine Strähne hatte sich aus der Hochsteckfrisur gelöst, sie strich sie hinters Ohr, dabei fielen ihm die Perlenohrringe auf. Er mochte diese Stelle unter dem Ohr, wo Frauen – zumindest wenn sie unparfümiert waren – so sehr nach sich selbst rochen. Marina trug kein Parfum, das hatte er schon beim Einsteigen bemerkt. Würde er ihr jetzt nahe sein und an ihr schnuppern, könnte er ihren wahren Duft wahrnehmen.

Schluss damit!

Sie war absolut nicht sein Typ, viel zu emotional und instabil, so etwas konnte er nicht gebrauchen.

„Tja, da ist meine Empathie also doch ganz nützlich gewesen“, forderte sie ihn heraus.

„Zufallstreffer“, sagte er sofort. Wäre ja noch schöner, wenn man sich auf so Unsinn verlassen konnte.

Marina neigte den Kopf zur Seite. „Warum wollen Sie den Gedanken nicht mal für eine halbe Sekunde zulassen?“

„Weil dieses viel gepriesene Bauchgefühl definitiv nicht existiert. Sie hatten einen Verdacht, wahrscheinlich aus konkreten früheren Erfahrungen heraus, und sind ihm nachgegangen. Eine Bekannte, die ähnlich attraktiv ist wie Juliette, war mal untreu. Daran haben Sie sich unterbewusst erinnert. Das ist alles. Es gibt immer eine Begründung für ein Verhalten, man muss nur genau hinsehen.“

War eigentlich nicht schwer zu verstehen. Trotzdem wirkte sie nicht überzeugt.

„Ist Ihnen noch nie etwas passiert, das kein Zufall sein konnte?“, hakte sie nach.

Du liebe Zeit, jetzt kam sie mit diesem Unsinn daher!

„Nein, sicher nicht. Es gibt keine Fügungen im Leben. Das bilden wir uns nur ein. Schauen Sie sich selbst an. Für Sie mag es eine Fügung sein, dass Sie nach dem Suizidversuch Ihrer Freundin ein Interesse für Psychologie entwickelt haben. Ist es aber nicht. Ein hoher Prozentsatz der jungen Frauen versucht, sich das Leben zu nehmen. Und für einen noch höheren Anteil der Studienanfänger ist so ein Erlebnis der Grund, sich für das Fach Psychologie zu entscheiden.“

„Es gibt Untersuchungen, warum jemand welches Fach studiert?“ Sie wirkte überrascht.

Er erklärte ihr das sehr gerne. „Selbstverständlich. Das wurde in Umfragen unter die Lupe genommen. Insbesondere bei Psychologie ist das spannend, denn ein großer Prozentsatz der Studienanfänger tut es, weil sie selbst seelische Probleme haben. Der Anteil bleibt seit 12 Jahren konstant. Ebenso gibt es eine große Gruppe, die ähnlich wie Sie ein traumatisches Erlebnis hatten."

„Das ist spannend." Sie stützte ihren Ellbogen auf den Tisch und legte ihr Kinn in ihre Hand. „Ich habe mir das bei meinen Kommilitonen auch schon überlegt. Aber sagen Sie, was ist mit Ihnen?"

„Wie bitte?"

„Na, warum haben Sie sich ausgerechnet für Psychologie entschieden?"

Garrett schluckte. Sie hatte ihn überrascht. Trotzdem würde er ihr natürlich nicht die Wahrheit erzählen. „Die Komplexität der menschlichen Psyche hat schon immer eine große Faszination auf mich ausgeübt", wiederholte er das, was er in allen Interviews zu sagen pflegte. „Sich diesen Themen mit einem rein wissenschaftlichen Ansatz zu nähern, ist ein immenser Reiz."

Sie sah ihn einfach nur an. Lange. Ungewöhnlich lange. Antwortete nicht.

Was war da in ihrem Blick, das ihn nervös machte? Für eine halbe Sekunde hatte er das Gefühl, sie würde ihn durchschauen, könnte einfach so spüren, dass er sie anlog. Aber natürlich schob er diesen lächerlichen Gedanken sofort beiseite. Nahm lieber noch einen Schluck Wein. Das Treffen mit Gregory hatte ihn verwirrt, außerdem litt er an Schlafmangel, das war alles.

„Aha. Ich verstehe“, sagte sie nur.

War da ein seltsamer Klang in ihrer Stimme? Unsinn. Garrett straffte die Schultern. Er sollte endlich wieder zur Vernunft kommen. Es gab keine Telepathie und auch kein Bauchgefühl, ganz egal, was Marina ihm in dieser Sache mit Juliette erzählt hatte. Punkt. Daran gab es nichts zu rütteln.

„Wünschen Sie noch etwas?“, unterbrach der Ober seine Überlegungen. Er war dankbar dafür. „Wir haben heute ein ganz wunderbares Sherry-Trifle auf Nougat-Pfirsich“, schlug der vor und sah Marina dabei fragend an.

Sie lächelte den Kellner an, den Kopf zur Seite geneigt und mit aufmerksamem Blick. „Sie sagen das, als hätte der Koch das Dessert speziell für mich zubereitet.“

„Selbstverständlich“, erwiderte der nickend. „Ich habe ihm gesagt, dass eine bezaubernde Dame anwesend ist und er sich anstrengen soll.“

Marina lachte. „Das ist aber äußerst zuvorkommend von Ihnen.“

Angesichts ihres strahlenden Lächelns deutete der Ober eine kleine Verbeugung an. „Soll ich Ihnen eine Portion mit zwei Löffeln bringen?“, fragte er, schenkte Garrett aber nur einen kurzen Blick. Ach du liebe Zeit!

„Nein danke“, kam sofort von Marina. Wenn er es nicht besser wüsste, könnte er fast denken, sie hätte sein Entsetzen gespürt. „Ich verzichte heute lieber auf das Dessert. Es ist ja auch schon spät. Aber meine Komplimente an den Koch. Und natürlich auch an den wunderbaren Service!“ Das war an den Kellner gerichtet, der sich unverkennbar freute.

„Die Rechnung bitte“, mischte sich Garrett ein, denn vor lauter Süßholzraspelei bekam er eine trockene Kehle.

„Kommt sofort, Sir." Der Ober zog ab und kam kurz darauf zum Kassieren an den Tisch. Obwohl Garrett ihm ein saftiges Trinkgeld gab, verabschiedete sich der Mann freundlicher von Marina als von ihm.

Um ein Haar hätte Garrett sie erneut gefragt, ob sie mit jedem Mann flirtete. Erst der bärtige Gärtner, jetzt der befrackte Ober. Aber Marina hatte ja seltsame Gedankengänge und hätte ihm am Ende noch Eifersucht unterstellt, was natürlich völlig lächerlich war. Außerdem drehte sie sich nicht mal nach dem Kellner um, als sie das Lokal verließen.

Er öffnete die Autotür für sie und sah sie beim Einsteigen genau an. Ausgesprochen attraktiv war sie gar nicht. Gut, er musste zugeben, sie hatte dieses besondere Funkeln in den Augen und auch einen schönen Mund, aber im Vergleich zu Vanessa oder Juliette war sie ein Mauerblümchen. Trotzdem hatte sie es ganz offensichtlich drauf, Männer in irgendeiner Art und Weise zu bezirzen. Nun ja, es ging um Gärtner und Ober, das war natürlich nicht ernst zu nehmen.

Er startete den Wagen und fuhr auf den Motorway.

Der Gedanke ließ ihn nicht los. Hatte er selbst in dieser Sache mit dem sogenannten Flirten möglicherweise Nachholbedarf? Unvorstellbar eigentlich. Trotzdem konnte es unter Umständen nicht schaden, sich darin weiterzubilden. Es war schließlich nicht möglich, dass eine einfache, deutsche Studentin irgendetwas besser beherrschte als Professor Garrett Featherstone.

Gleich morgen würde er sich daran machen, diese Wissenslücke zu schließen. Mit einem brillanten Intellekt wie dem seinem war das selbstredend nur ein Klacks!

10. Die Eis-Brüder

Marina

„Sie brauchen nur Ihren Ordner mit dem Analysebogen, Blätter für Notizen und einen Stift", sagte Featherstone mit lauter Stimme. „Rucksäcke bleiben hier! Schließlich unternehmen wir eine wissenschaftliche Untersuchung und brechen nicht zum Wandertag mit Picknick auf!"

Er warf Willie, die gerade ein Sandwich und eine Flasche Cola in ihre Umhängetasche gesteckt hatte, einen strengen Blick zu. Sofort ließ sie ihre Tasche auf den Stuhl fallen, nickte ihm gehorsam zu und griff nach ihrem Ordner.

Wie die Entenküken wanderte der ganze Kurs anschließend hinter dem vorausschreitenden Professor her. Ausnahmsweise gab es keine Bemerkungen zu seinem Hinterteil oder wie sportlich durchtrainiert der Rest seines Bodys wohl sei, inklusive den Überlegungen zum Trainingszustand seines besten Stückes. Heute waren sogar seine beiden überschminkten Groupies leise und sahen sich aufmerksam um, damit sie sich den Weg einprägten.

Die Straßen waren ruhig, das College lag etwas außerhalb der lebhaften City. Marina wunderte sich immer wieder über die Gegensätze. Lief man durch die Cornmarket Street, fühlte man sich wie in jeder anderen größeren Stadt. Die üblichen Bekleidungsketten, dazu Andenkenläden, jede Menge Pubs und Restaurants, zahlreiche Touristen. Aber kaum bog man in eine Seitenstraße ab, ließ man den Lärm hinter sich zurück und tauchte in eine andere Welt. Eine, in der an manchen Orten die

Zeit stehen geblieben war, so kam es ihr vor. Das Oxford der Colleges hatte sich nicht viel verändert über die Jahrhunderte. Natürlich trugen die Studenten heutzutage Jeans und saßen an Computern, aber die Gebäude strahlten noch immer diese würdevolle Ruhe aus, die Marina von Anfang an fasziniert hatte. Manchmal ging sie auf der großen Wiese hinter dem Christchurch College spazieren, unter mächtigen Trauerweiden hindurch, die ihre Wurzeln im Wasser tränkten, und über dieses romantische, hölzerne Brückchen, auf dem sich verliebte Paare bestimmt im Sonnenuntergang küssten. Die Bänke am Fluss waren meist frei, nur hin und wieder saßen ein paar ältere Herrschaften da, um Enten zu füttern. Marina grüßte sie freundlich, suchte sich aber eine Bank für sich allein, wo sie ihre Gedanken schweifen lassen konnte, während sie den Ruderern zusah. Lautlos glitten die Boote über die Themse, alle Bewegungen im Gleichklang, ein paar Möwen segelten übers Ufer und es roch nach Herbstsonne.

Ja, sie hatte sich in die Stadt verliebt. In all die Türmchen und efeuberankten Mauern, in die lebhaften Pubs und die verwinkelten Gassen, in die verzauberten Häuschen, eingewachsenen Gärten und in die unzähligen Glocken, die gerade eben zur vollen Stunde läuteten.

„Das muss die Klinik sein." Willie deutete auf einen Gebäudekomplex an der Straßenecke. Sie hatte recht, denn der Leitwolf steuerte geradewegs darauf zu. Nachdem er mit dem Pförtner ein paar Worte gewechselt hatte, wurden sie eingelassen und stiegen hinter ihm die Treppe in den ersten Stock hinauf.

„Wie Sie sehen, besteht die Klinik aus diversen Abteilungen. Von der Akutversorgung bis zu Wohngruppen ist alles vorhanden. Bei letzteren beginnen wir mit der Anwendung der

Analysebögen. Es geht erst einmal darum, möglichst viel Material zu sammeln, um dieses anschließend sinnvoll auswerten zu können."

Eine Frau im Arztkittel kam aus der Tür. Randlose Brille, die grauen Haare zum Dutt gebunden, eine Patientenakte in der Hand.

„Professor Featherstone!", rief sie erfreut. „Sie sind ja früher dran als erwartet. Wir haben die Patienten schon vorbereitet. Ich bin sehr stolz, dass unser Institut behilflich sein darf. An Ihrer Studie für den Wellspring-Preis mitzuarbeiten, ist wirklich eine Ehre."

„Die steht auf ihn", flüsterte Willie und grinste.

Marina musste zugeben, dass alles danach aussah. Was hatte dieser Mann nur an sich, dass offenbar alle Frauen, die einen höheren Schulabschluss in der Tasche hatten, auf ihn abfuhren wie Fliegen auf frisch dampfende Kuhfladen?

Prompt packte er sein Hochglanzmagazin-Lächeln aus. „Die Ehre ist ganz auf meiner Seite, Doctor Fletcher. Nochmals danke, dass Sie mir hier freie Hand lassen."

„Gerne doch. Kommen Sie, ich stelle Ihnen die Bewohner vor."

Sie öffnete die Tür zu einem Gang und wies eine Schwester an, die Patienten zusammenzurufen.

Kurze Zeit später standen Marina und die anderen Studenten vor einer Gruppe Jugendlicher, die auf diversen Sofas im Gemeinschaftsraum herumlümmelten. Einige der Mädchen musterten den Professor mit unverhohlener Neugier, die Jungs spielten eher die Coolen. Insbesondere ein Duo tat sich ganz besonders darin hervor. Der kleine Dickliche schnitt Grimassen, sein Sitznachbar starrte kaugummikauend aus dem

Fenster hinaus.

Featherstone hielt eine kleine Ansprache, dann wandte er sich an die Studenten. „Sie wissen, was zu tun ist, nehme ich an. Jeder sollte am Ende den ersten Part von zwei Bögen ausgefüllt haben. Wir treffen uns später, ich werde mit Doctor Fletcher inzwischen den Zeitplan für die nächsten Wochen besprechen."

Er zog ab. Bevor Marina reagieren konnte, marschierten ihre Kollegen schon auf die Jugendlichen zu.

„Du solltest dir schnell zwei halbwegs Interessierte sichern", sagte Willie halblaut. „Sonst bleiben dir am Ende noch die beiden dort drüben. Die will bestimmt keiner haben."

„Marina schon", mischte Neema sich ein, die sich bereits zwei Mädchen gesichert hatte. „Je komplizierter die Fälle, umso mehr kann man helfen, stimmt´s? Nein, im Ernst. Du hast von uns allen das beste Gespür für Menschen. Damit kriegst du sogar die zwei Coolen rum." Sie nickte Marina mutmachend zu und ging hinter ihren Schützlingen nach draußen.

Willie krallte sich die beiden jüngsten Teenies. Und für Marina blieb tatsächlich das seltsame Couch-Duo übrig.

„Hey, ich bin Marina", stellte sie sich vor.

Der Füllige sprang auf und schüttelte ihr die Hand, als habe er es mit einem erntereifen Apfelbaum zu tun. „Ich bin Jeremy, aber nennen Sie mich Jerry. Und das hier ist Ben. Yo, wir klingen wie die Eissorte, krass, oder? Wo kommen Sie denn her?"

„Aus Deutschland." Sie streckte Ben die Hand entgegen. Er stopfte seine Hände jedoch in die Hosentaschen.

„Ich hasse Deutsche", brummte er.

Na wunderbar, ging ja gut los. Marina seufzte stumm.

„Das ist nur wegen Fußball", versuchte Jerry mit der Aufgedrehtheit eines Duracell-Häschens die Situation zu retten. Er versetzte seinem Freund einen Stoß in die Rippen. „Sei mal freundlich zu der Lady."

„Hab keinen Bock auf den Scheiß", stellte Ben klar und starrte wie bereits vorher aus dem Fenster.

Marina musterte ihn. Sie schätzte ihn auf sechzehn, vielleicht auch ein Jahr älter. Er war schlaksig, trug tief sitzende Hosen und ein Shirt mit Totenkopfaufdruck. Seine Züge waren abweisend, die Lippen aufeinandergepresst. Doch sie meinte, auch noch etwas Kindlich-Weiches zu erkennen.

Was hatte das Leben ihm angetan, dass er sich so sehr abschotten musste?

„Sollen wir in unsere Bude gehen? Wir teilen uns nämlich eine", schlug Jerry vor.

„Okay." Marina folgte den beiden. Während Ben sich gelangweilt aufs Bett legte und sich per Kopfhörer aggressiven Gangster-Rap reinzog, ging sie mit Jerry die Fragen durch und machte sich jede Menge Notizen dazu.

Danach war Ben an der Reihe. Das würde kein Zuckerlecken werden.

„Okay, jetzt bist du dran, Ben", wandte sie sich an ihn.

Keine Reaktion.

So kam sie nicht weiter. Sie schob den Analysebogen in ihren Block und schraubte den Stift zu.

„Ist mir ganz recht, wenn wir den Bogen heute nicht machen", sagte sie. „Kann mich sowieso nicht konzentrieren. Sonst schreib ich nur Mist rein und krieg von unserem Prof wieder eine auf den Deckel. Ich hatte kein Frühstück und da bin ich immer durch den Wind. Vor allem bei euren Namen.

Welche ist eigentlich deine liebste?"

Sie sah Ben fragend an.

Obwohl er so tat, als würde er nur dem Song lauschen, hatte er sie gehört. Sie erkannte nämlich seine Verwunderung.

„Na, du musst doch eine haben, die du am meisten magst!", fuhr sie fort. Wohl wissend, dass er sich nicht sicher war, was sie meinte.

Er schob die Kopfhörer nach hinten. „Von was zum Teufel reden Sie?"

„Ach komm schon! Wir sind hier im Ben and Jerry-Zimmer. Was glaubst du, wovon ich rede?" Marina setzte ein verträumtes Gesicht auf. „Eigentlich bin ich zu alt dafür, schätze ich, aber für Cookie Dough würde ich sogar mitten in der Nacht aufstehen. Wenn das mal als Droge deklariert wird, sitze ich auch hier in der Wohngruppe."

Der Song war zu Ende und Ben rief keinen neuen auf. „Strawberry Cheesecake", murmelte er.

„Ah! Sind da auch diese Keksstücke drin?", wollte Marina wissen. Sie hatte nie genug Geld übrig gehabt, um alle Sorten durchzuprobieren, aber über irgendetwas musste man ja reden.

„Peanut Butter Cup ist das Beste!", ließ Jerry verlauten, doch Marinas Aufmerksamkeit blieb bei Ben.

„Yo, Keksstrudel", antwortete er. „Und Erdbeerstücke. Das Zeug ist wenigstens nicht so pappsüß wie dieser Chocolate-Müll mit Karamell."

Gut, sie hatte ihn im Gespräch. Ein bisschen zumindest. Es ging doch nichts über eisige Stimmung bei einem Interview.

Erst mal nickte sie eifrig, legte den Block zur Seite und setzte sich im Schneidersitz auf den Stuhl. „Meine Oma hat in den

Apfelstrudel immer Johannisbeeren mit reingetan. Mochte kein Mensch außer mir, weil das so sauer war. Ich hab`s geliebt. Hatte immer ganz rote Finger vom Beerenabmachen. Kennst du das?“

Seine Augen verengten sich. „Ich hatte keine Grandma. Und meine Mum hat höchstens eine Billigpizza für uns Kinder in den Ofen geschoben, die konnte gar nicht kochen.“

„Nicht mal den Mädels hat sie was beigebracht?“, fragte sie ins Blaue hinein. „Oder hattest du gar keine Schwestern?“

„Zwei Stück. Jünger als ich. War ihr scheißegal, was aus denen wurde.“

Das passte ins Bild.

Marina spürte hin, sah vor ihrem inneren Auge den kleinen Ben, der leider nie eine richtige Familie gehabt hatte.

„Hast du auf sie aufgepasst? Dass es ihnen gut ging?“, wagte sie einen Vorstoß.

„Hey, das geht Sie einen feuchten Dreck an!“, stellte er klar und setzte sich auf.

Okay, da kam sie heute nicht weiter. Sie schaute auf ihr Handgelenk. „Jungs, ich muss los. Antreten zum Rapport. Wird sich wohl nicht vermeiden lassen, dass wir uns noch ein paar Mal sehen.“

„Geht klar.“ Jerry tauchte ins unterste Fach seines Schrankes und holte eine verbogene Selbstgedrehte heraus. „Für unterwegs.“ Er bot sie ihr an.

Marina wagte nicht zu fragen, ob da nur Tabak oder etwa andere Blätter eingerollt waren, und lehnte dankend ab. Ben zog sich seine Kopfhörer wieder nach vorne und drehte einen harten Song auf.

Immerhin bewarf er sie nicht mit der neben ihm stehenden

Wasserflasche, man konnte also von einem vollen Erfolg sprechen, fand Marina.

*

Zurück im Seminarraum des Colleges sah sie das dann allerdings anders. Alle legten ihre fertig ausgefüllten Seiten der Analysebögen vor. Marina hatte natürlich nur den von Jerry. Was Ben betraf, hatte sie sich zwar einige Stichpunkte auf ihrem Block notiert, aber der Bogen war noch jungfräulich.

Dummerweise konnte sie diese Tatsache nicht vor Featherstone verbergen, er ging mit den Studenten nämlich alle Befragungen haarklein durch.

„Worüber, bitteschön, haben Sie mit dem zweiten Probanden gesprochen?", fragte er.

„Über Johannisbeeren und Eissorten", antwortete sie wahrheitsgemäß. Als sie Garretts Stirnfalte aufspringen sah, fügte sie schnell hinzu: „Ich musste erst mal sein Vertrauen gewinnen, er lehnte das Interview nämlich ab."

„Unsinn. Doctor Fletcher hat mir versichert, dass alle Teilnehmer kooperativ sind. Ist es möglich, dass Sie sich nicht wie vereinbart auf sachliche Weise dem Jugendlichen genähert haben? Sondern wieder Ihre Gefühlsschiene eingeschlagen haben? Ich warne Sie, Marina. Gefährden Sie nicht durch fehlende Professionalität mein Forschungsprojekt."

Na wunderbar.

Irgendwie schaffte sie es immer, bei Featherstone als Klassendepp dazustehen.

„Der Junge ist wirklich schwierig, Herr Professor", meldete sich Neema überraschend zu Wort.

Marina fuhr herum. Auch die anderen nickten ihr mitfühlend zu.

Nur den Prof interessierte das natürlich nicht. „Es hat keinerlei Bedeutung für uns, ob ein Proband schwierig ist oder nicht. Wir beschäftigen uns ausschließlich mit den Fakten, wie oft muss ich das noch wiederholen?"

Alle Köpfe senkten sich über die Unterlagen.

Alle, außer dem von Marina. Die sah gedankenversunken nach vorne. Sie würde Ben dazu bringen, mit ihr den Analysebogen auszufüllen! Und Garrett damit beweisen, dass sie erstens eine fähige Studentin war und zweitens man mit reiner Sachlichkeit nicht immer ans Ziel kam.

Im übrigen – wann gedachte er eigentlich, ihr zu beweisen, welch College-Casanova er war?

11. Inkognito

Garrett

Die dunklen Wolkenberge, die sich am Horizont auftürmten, passten hervorragend zu seiner Stimmung. Fröhlichen Sonnenschein konnte er im Moment nicht leiden, der schien ihn zu verhöhnen und war meistens verbunden mit nervtötender guter Laune sämtlicher Oxforder Mitbürger. Darauf konnte Garrett gern verzichten. Deshalb bevorzugte er die heranziehende Schlechtwetterfront.

Er hatte sich entsprechend ausgerüstet, parkte seinen Wagen und machte sich auf den Weg zum Bootshaus seines Clubs. Bei diesem unsicheren Wetter waren all die Weicheier nicht auf dem Wasser, das war ihm recht. Ein Achter wurde von seinem Trainer, der mit dem Motorboot nebenher fuhr, zu mehr Leistung gepeitscht. Garrett grinste. Nur zu gut erinnerte er sich an die Zeit, als er noch Student gewesen war und für sein College gerudert hatte. Das harte Training hatte ihn nicht gestört, ganz im Gegenteil, auf diese Weise hatte er sich selbst so richtig gefühlt, die Muskeln, seine Sehnen und nach einiger Zeit auch die Knochen. Es war nicht immer der Fall, dass er sich selbst gut wahrnahm.

Vielleicht war das der Grund, warum er auch heute noch regelmäßig in seine Ruderschuhe stieg, analysierte er sich. Mal wieder den Körper spüren statt nur den Kopf. An die eigenen Grenzen gehen. Und sich niemandem verantworten müssen.

Er hatte das Boot aus dem Haus geholt und trug es zum Wasser. Stieg ein. Nahm die Ruder in die Hand, fühlte das

Holz, roch den Fluss. Ein kleiner Teil seiner Anspannung fiel von ihm ab.

Erst einmal in die Mitte manövrieren, Ruder ausrichten, die Beinmuskulatur aufwärmen. Ein paar Minuten dauerte es, dann bewegte sich sein Körper wie ein gut geöltes Uhrwerk, die Ruder tauchten gleichmäßig ins Wasser, der Rollsitz fuhr im Rhythmus vor und zurück, sein Atem beschleunigte sich.

Trotzdem bekam er den Kopf nicht frei.

War er überhaupt auf dem richtigen Weg mit dem Analysebogen? Vielleicht hätte er diese Studenten nicht einbinden sollen, sondern das Ganze mit ausgebildetem Personal durchführen?

Die Unterrichtseinheiten gestern und heute, in denen sie die Resultate ausgewertet hatten, waren schlechter gelaufen als befürchtet.

Dass ausgerechnet Marina wieder einmal nicht fertiggebracht hatte, die Aufgabe zu erfüllen, wunderte ihn schon gar nicht mehr. Sie war wirklich eine Plage!

Zumindest im Unterricht.

Im Pub hatte er sie gar nicht so schrecklich gefunden, das lag allerdings wohl auch daran, dass sie ihm ein schadenfrohes Grinsen in Bezug auf seinen Bruder ermöglicht hatte.

Was die Verführungskunst anbelangte, hatte er allerdings schmählich versagt. Bei diesem Gedanken tauchte er die Blätter prompt so schräg ins Wasser ein, dass es spritzte. Gut, dass niemand in der Nähe war und seinen Fehler sah.

Garrett brachte sich und seine Rudermuskeln wieder in die Spur. Hatte aber auch einen Kilometer weiter flussabwärts noch keine glorreiche Idee, wie er diese missliche Lage ändern könnte. Sein ursprünglicher Plan, sich in das Thema Flirten gewissenhaft einzulesen, war ihm am nächsten Tag lächerlich vorgekommen. Er bevorzugte es, über Probleme so lange gründlich nachzudenken, bis er zu einer Lösung gelangte. Hatte nur leider in diesem Fall rein gar nicht funktioniert, obwohl er sich wirklich immens angestrengt und eine halbe Nacht mit ausführlicher Grübelei verschwendet hatte.

Bei wissenschaftlichen Fragestellungen konsultierte er durchaus mal hoch angesehene Kollegen. In diesem Fall kam das allerdings nicht infrage. Zu wem hätte er auch gehen sollen? Zu seinem langzotteligen Ex-Professor, dessen Frühstücksei man drei Tage lang auf seiner zerschlissenen Krawatte hatte bewundern können? Der Mann hatte vom Frauenverführen ungefähr so viel Ahnung wie er selbst von der Errichtung einer Kompostieranlage.

Also blieb ihm tatsächlich nichts anderes übrig, als sich Lektüre zu dem Thema zu besorgen. Dem Internet mit seinen unzuverlässigen Quellen traute er nicht über den Weg. Der Buchhandlung Blackwell`s schon.

Garrett drehte seinen Arm, damit er auf die Uhr schauen konnte. Er trug ein Sportmodell, denn seine übliche goldene war nicht wasserdicht. Sie war ein Geschenk seines Großvaters und er hielt sie in Ehren, denn sie bedeutete ihm viel. So wie auch sein Grandpa ihm viel bedeutet hatte. Er wischte den Gedanken an den würdigen alten Herrn schnell beiseite, jetzt war keine Zeit für Sentimentalitäten. Der Laden hatte noch geöffnet, aber nicht mehr lange. Also schnell zurückrudern.

Verschwitzt und außer Atem erreichte Garrett das Bootshaus, verstaute seine Rudergerätschaften und eilte zu seinem Auto. Bevor er einstieg, sah er an sich herunter. Er trug kurze Sporthosen, Sneakers und ein durchtränktes Shirt. Perfekt. In der Sporttasche fand er noch ein Basecap, das er im Sommer nutzte, um sich gegen die Sonne zu schützen. Er setzte es auf, schlüpfte in eine Sweatjacke und stieg ein. In dieser Verkleidung sah er aus wie einer dieser unzähligen australischen Austauschstudenten, kein Mensch würde bemerken, wer er war.

Er fand einen Parkplatz in der Broad Street, zog den Schirm der Cap weit ins Gesicht und betrat die Buchhandlung. Sie war zum Glück nicht so voll wie sonst, so kurz vor Ladenschluss schlenderten nur noch vereinzelte Studenten zwischen den Regalen herum, dazu ein paar Touristen zwischen den Ständern mit Ansichtskarten und den Bildbänden über die aktuelle Ausstellung im Ashmolean Museum.

Unsicher schaute Garrett sich um. Normalerweise ging er schnurstracks an die Theke, um bei den Angestellten die gewünschten Fachbücher zu ordern. Oder er schritt die Regalreihen für Psychologie ab um zu kontrollieren, ob Blackwell`s auch wirklich die gängigsten Bände seiner eigenen Veröffentlichungen vorrätig hatte.

Nur suchte er jetzt etwas gänzlich Anderes. Selbstredend konnte er sich nicht an eine Angestellte wenden und nach Flirt-Ratgebern fragen. Er musste selbst suchen. In welcher Abteilung versteckte sich derartige Literatur wohl?

Er schritt einige Reihen ab, sah dann das Hinweisschild für „Lebenshilfe". Das könnte passen. Etwas mulmig war ihm durchaus zumute, als er sich darauf zubewegte, natürlich stets herumschauend, ob ihn dabei jemand beobachtete. Die Luft war rein. Unter dem Schlagwort „Partnerschaft und Beziehungen" waren einige Bücher aufgereiht, schrecklich bunt und aufdringlich aufgemacht! Die zahlreichen Sex-Ratgeber ließ er völlig unbeachtet, die waren für Laien, er hatte derartige Hilfen selbstverständlich nicht nötig. Die Geheimnisse glücklicher Ehen interessierten ihn auch nicht besonders. Obwohl – er hielt inne und grinste in sich hinein. Das wäre ein nettes Hochzeitsgeschenk für seinen Bruder, fiel ihm ein.

Aber darüber würde er ein anderes Mal nachdenken, jetzt galt es, seine Mission zu erfüllen.

Da!

„Flirten – so locker-leicht wie Schlagsahne" lautete der Titel des ersten Bandes. Das Cover – ein grelles Machwerk aus Comicfiguren und Herzchen plus mehrstöckiger Torte – schreckte ihn genau wie der Titel vom Kauf ab. Trotzdem nahm er es aus dem Regal und blätterte darin herum.

„Sei kein Depp – find Traumfrau mit der Dating-App", verhieß ebenfalls keinen Lesegenuss.

„So kriegst du sie alle rum – ein Flirtbuch für Anfänger" stand als Nächstes im Regal. Garrett nahm es ebenfalls in die Hand. Nun gut, der Einband zeigte einen Macho mit Pilotenbrille und offenstehendem Hemd. Fürchterlicher Typ. Der Klappentext allerdings las sich interessant.

Zwei junge Frauen kamen um die Ecke. Grundgütiger, war das nicht diese Wilhelmine aus seinem Kurs? Schnell drehte er sich zur Seite, nahm die drei Werke verdeckt in die Hand und ging in Richtung der Kasse. Unterwegs kam er noch an einem Aufsteller mit regionalen Büchern vorbei. Er bewaffnete sich mit „Die romantischsten Ausflüge in und um Oxford" und legte alles eilig auf die Theke. Die Studentinnen trieben sich hoffentlich noch ein paar Minuten dort hinten herum und kauften irgendwelche Ratgeber zu Kamasutra-Yoga, Aromafasten mit Knoblauch oder was immer gerade in war. In seiner Verkleidung würden sie ihn sowieso nicht erkennen, da konnte er ganz entspannt sein.

Die Kassiererin zog seine Einkäufe über den Sensor. „Guten Abend, Professor Featherstone“, sagte sie freundlich. „Wie geht es Ihnen?“

Garrett war so verdutzt, dass er kaum ein Wort hervorbrachte. Er hatte die Frau doch nicht mal angeschaut und trug immer noch sein Sportstudenten-Outfit, dazu das Cap tief ins Gesicht gezogen! „Gut“, fiel ihm schließlich ein. „Das ist Material für eine Studie“, fügte er schnell hinzu. „Mein Fachgebiet beinhaltet schließlich auch Beziehungsforschung.“

Klang das ein wenig lahm?

„Natürlich“, erwiderte die Kassiererin ungerührt. „Das dachte ich mir schon.“

Er wagte einen Blick unter seiner Schildmütze hervor. Log sie ihn an? Kicherte sie in Wirklichkeit in sich hinein? Aufmerksam betrachtete er ihr Gesicht, konnte aber nichts darin lesen. Marina fiel ihm ein. Würde sie erkennen, ob die Kassiererin ihm wirklich glaubte, dass er die Bücher für wissenschaftliche Arbeiten brauchte? Schnell schob er den dummen Gedanken zur Seite. Es gab keine Telepathie, das wusste er doch! Natürlich, gut trainierte FBI-Agenten schafften es, Mikro-Ausdrücke in Gesichtern zu entschlüsseln und daraus etwas abzulesen. Aber das war schließlich keine Intuition, sondern hoch spezialisierte Wissenschaft.

„Ich stecke Ihnen alles in eine Tüte. Zahlen Sie bar?“

Garrett holte einen Schein aus seiner Geldbörse. Er hörte Schritte hinter sich, steckte schnell das Wechselgeld ein, nahm die Tüte entgegen und verschwand aus dem Laden.

Schnell rein ins Auto und weg von hier.

Im Rückspiegel sah er die Studentinnen aus der Buchhandlung kommen.

Garrett presste die Backenzähne aufeinander. Vielleicht sollte er seine abweisende Einstellung zum Thema Internet-Versand doch noch einmal überdenken.

12. Das geheime Buch

Marina

„Er hat *was* gekauft?“, fragte Marina und starrte Willie mit aufgerissenen Augen an.

Die kam aus dem Kichern kaum raus, was das Gespräch erheblich erschwerte.

„Bücher übers Flirten!“ Willie kriegte sich kaum wieder ein. „Drei Stück sogar, mit richtig doofen Titeln. Frauen-Aufriss für Dummies, sozusagen. Und verkleidet war er auch. Sah aber echt sexy aus, das muss man sagen. Tolle Beine hat er.“

„Moment mal. Kannst du vielleicht der Reihe nach erzählen? Und als was hatte er sich verkleidet, als Tootsie im Minikleid?“

Vielleicht hatte Willie einfach etwas getrunken gehabt. Die ganze Story ergab überhaupt keinen Sinn. Nie im Leben würde Herr Professor Garrett Featherstone sich in eine Verkleidung werfen und ausgerechnet beim Uni-Buchladen dämliche Ratgeber für picklige Teenager kaufen! Da musste eine Flasche Wodka im Spiel sein, entweder bei ihr oder bei ihm.

„Er kam vom Sport“, erklärte Willie. „Basecap, Sweatshirt und kurze Hose. Marina, ich sag`s dir, wenn der überall so Muckis hat wie an den Beinen, dann grab ich mit ihm auch ein paar Parks um.“

„Ach so. Ein Sport-Outfit. Und weiter?“

„Er dachte wohl, so erkennt man ihn nicht. Typisch Mann. Die glauben, wenn sie sich mal zwei Tage nicht rasieren, wird aus dem braven Finanzbeamten ein kerniger Rocker. Na egal, jedenfalls trieb er sich bei den Ratgebern für Beziehung herum und kaufte dann drei übers Flirten. Der Frau an der Kasse log er was vor von einem Forschungsprojekt. Und ich schwör dir, er wurde rot wie eine Zweitklässlerin beim ersten Kuss, als sie ihm das Zeug einpackte."

Unfassbar!

„Das heißt also, Mister Oberschlau muss sich Nachhilfe holen, wie man mit Frauen umgeht?" Jetzt konnte sich auch Marina nicht mehr zurückhalten und lachte laut. „Das ist herrlich! Sag mal, werden die Bücher bei Blackwell`s nachbestellt? Dann könnten wir ja selbst reinlesen und schauen, was der gute Garrett jetzt vorhat."

Wobei sie sich ja beim besten Willen nicht vorstellen konnte, was man aus so einem Ratgeber lernen sollte. Aufreißsprüche? Oder wie man es schaffte, ganz spontan so richtig locker und witzig zu sein?

„Genialer Plan, das machen wir. Wann siehst du deinen britischen Don Juan eigentlich wieder?", wollte Willie wissen.

„Morgen Abend haben wir die nächste Schicht bei Angus. Mal sehen, ob er bis dahin schon etwas gelernt hat."

„Bin gespannt. Aber jetzt muss ich mich fertigmachen. Cormac will mit mir in die *Turf Tavern*, soll ein schöner Pub sein, mitten in der Stadt. Irgendeiner dieser Krimikommissare, von denen ich noch nie eine Folge gesehen habe, sitzt da wohl auch öfters herum im Film. Na ja, so lang das Essen gut ist, soll es mir recht sein."

„Viel Spaß euch!" Marina hätte ihr sagen können, dass es sich um Inspector Morse handelt, aber sie hielt lieber den Mund. Willies Antwort wäre sicher gewesen, dass sie doch lieber ausgehen statt sich alte Serien reinziehen sollte. Und sie hatte wohl recht.

Nachdenklich blickte Marina der Freundin hinterher, als die im Badezimmer verschwand. Genau wie Willie war sie noch nicht mal dreißig. Doch während die Freundin schon so lange sie sich kannten immer unterwegs war, hatte sie sich zum Stubenhocker entwickelt. Ein paar Beziehungen hatte sie natürlich schon gehabt, eine davon sogar sehr intensiv. Aber letztendlich war es immer in die Brüche gegangen. So richtig vertrauen konnte man den Männern doch sowieso nicht. Besser war es allemal, man suchte sich einen Beruf, der einen erfüllte. Patienten in ihrem Heilungsprozess zu unterstützen, brachte langfristig doch zehnmal mehr Sinn ins eigene Leben als ein bisschen Matratzensport, verlogene Liebesschwüre und irgendwann Angeödetsein vom Partner. Außerdem – wenn sie sich gar manche Männer so ansah, zum Beispiel den selbstverliebten Herrn Professor, da war man alleine doch deutlich besser dran!

Marina angelte sich ihre Aufzeichnungen aus seinem Unterricht. Ein wenig Lernen konnte nicht schaden. Zudem lenkte es sie von der Tatsache ab, dass Willie strahlend aus dem Bad kam und sich mit glücklichem Gesicht verabschiedete.

*

„Nehmt euch jeder einen Rechen aus dem Lieferwagen", begrüßte Angus sie und Garrett, als sie ihren Dienst am Parkeingang antraten.

„Oha, heute geht es dem Laub an den Kragen", sagte Marina.

Der Prof verzog keine Miene. Immerhin hatte er dazugelernt, er trug nämlich eine Jeans, grobes Schuhwerk und eine braune

Windjacke. Stand ihm gut. Dass er in Sachen Flirten auch schon Fortschritte gemacht hatte, bezweifelte sie, besonders liebreizend war er nämlich nicht ihr gegenüber.

„Fangt dort auf der großen Wiese an.“ Angus deutete nach links.

Folgsam trotteten sie hinüber, um den immerwährenden Kampf gegen herabfallende Blätter anzutreten, jeder bewaffnet mit einem hölzernen Rechen.

„Da sind wir ja den halben Abend beschäftigt“, stellte Garrett fest, als er die Ausmaße der von Bäumen umsäumten Wiese sah.

„Iwo, wir sind doch zu zweit, das kriegen wir hin“, machte Marina ihm Mut und fing gleich an.

Womöglich war es nicht schlau, erneut geübter zu sein als er. Andererseits – was konnte sie denn dafür, dass sie schon als Kind zum Mithelfen abkommandiert worden war, während er wahrscheinlich den Hals seines edlen Polo-Ponys getätschelt hatte. Natürlich nur, wenn ein Stallknecht vorher die Box ausgemistet und das Vieh geputzt und gesattelt hatte. Dass Garrett im Gegensatz zu ihr selbst noch nie eine Mistgabel in der Hand gehabt hatte, stand völlig außer Frage. Und wenn sie ihm so zusah, auch noch nie einen Rechen.

„Sie müssen keinen eigenen Haufen machen“, schlug sie vor, um eine Konkurrenzsituation zu vermeiden. „Rechen wir die Blätter doch einfach hier in der Mitte zusammen.“

„Nein“, stellte er mit entschlossener Miene klar. „Ich mache auf jeden Fall meinen eigenen Haufen!“

Ein bisschen sah er aus wie ein trotziges Kind im Sandkasten, als er jetzt mit ungeschickten Bewegungen den Rechen über die Grasnarbe schwang. Sie verkniff sich das Lachen und widmete sich wieder dem Laub. Allerdings verlangsamte sie ihre Recherei ziemlich, damit der Prof nicht schon wieder dumm dastand. War doch auch egal, ob sie eine halbe Stunde schneller fertig wurden oder nicht. Viel wichtiger war, ihn bei Laune zu halten, denn sie wollte schließlich ihren Abschluss hier in Oxford schaffen.

Das stellte sich jedoch als schwierige Aufgabe heraus. Denn während Marina ihr Gartengerät schwungvoll durchs Laub zog und sie höchstens einen kleinen Muskelkater von der nicht mehr gewohnten Bewegung befürchten musste, hatte Garrett sich eine ungünstige Körperhaltung zugelegt. So verkrampft, wie er den Rechen führte, tat er seinen Schultern nichts Gutes. Auch wenn sie wusste, dass das nicht ungefährlich war, konnte Marina nicht anders. Sie lehnte ihren Rechen an eine halbnackte Buche und ging auf ihn zu.

„Garrett, darf ich Ihnen was vorschlagen?“, begann sie.

Er sah auf. Rieb sich unbewusst den Nacken. „Was denn?“

„Nehmen Sie den Rechen weiter oben. Und versuchen Sie fließendere Bewegungen, bei denen Sie in der Hüfte mitgehen. Dann belastet es die Schultern nicht so.“

Okay. Ein Blick in sein Gesicht verriet ihr, dass das keine gute Idee gewesen war.

„Haben Sie in Deutschland neben der Ausbildung zur Nervensäge noch einen Kurs in Orthopädie absolviert?“, regte er sich auf.

„So ähnlich. Ich habe nach dem Abitur in der Praxis meiner Mutter mitgearbeitet. Sie war Krankengymnastin.“

„Hätte ich mir denken können“, brummte er missmutig. Dann unterbrach er sein Herumgefege und sah sie mit diesem Gletschereisblick an, den sie inzwischen schon gut kannte.

„Warum?", fragte er.

Das brachte Marina aus dem Konzept. Was meinte er?

„Warum meine Mutter Physio gemacht hat?", fragte sie.

„Nein. Warum Sie nach dem Schulabschluss dort gearbeitet haben."

„Nun ja, ich … ich", stammelte Marina. „Sie hatte Personalnotstand und die Arbeit gefiel mir. Ich hatte den Eindruck, ich konnte …"

„… helfen", beendete er ihren Satz mit einem Wort voller Abscheu. „Der oberste Antrieb der Marina Thalhammer, nicht wahr?"

Sie schluckte hart. Wieso kehrte er nun plötzlich den Psychologen heraus?

„Sie sagen das, als wäre es etwas Verachtenswertes", erwiderte sie mit dünner Stimme.

Garrett zuckte mit den Schultern. „Nicht grundsätzlich. Nur wenn man es dazu benutzt, um sich selbst dadurch besser zu fühlen."

„Moment mal!" Das war ja wohl eine bodenlose Frechheit! „Was wollen Sie mir da unterstellen?"

Sie machte einen Schritt auf ihn zu. Nur weil ihm alle Menschen total egal waren, musste er sich noch lange nicht über andere lustig machen, die echte Werte hatten!

„Dass Sie mal genau bei sich hinschauen sollten." Er hielt ihrem Blick locker stand.

„So?", konterte Marina. „Und was ist mit Ihnen, haben Sie jemals …"

„Hallöchen, ihr Turteltauben", unterbrach eine helle Stimme ihre Diskussion. „Wie ist der aktuelle Status Quo?"

Marina fuhr herum. Mit strahlendem Lächeln und in ebenso strahlendes Königsblau gekleidet stand Mrs. Spencer vor ihnen. Selbst der Hund trug ein Mäntelchen, das farblich zu ihrem passte. Wäre nicht wieder eine lange Feder in ihrem Hut gesteckt, hätte man meinen können, die beiden arbeiteten als Maskottchen für die Fluglinie *Azurro Air*.

„Wir … äh … lernen uns besser kennen", fiel Marina als Erster eine Antwort ein.

„Hach, das ist schön", sagte sie. Fand Toffee offenbar auch, denn er hob ein Bein und markierte Garretts Laubhaufen mit einem ordentlichen Strahl.

„Wie liefen denn die Verabredungen bisher?", wollte Mrs. Spencer wissen. „Erzählen Sie schon, Marina, hat Garrett Sie mit Komplimenten überhäuft und Ihnen Rosen mitgebracht?"

Die alte Dame sah sie gespannt an.

„Er hat mich gerade eben gelobt, weil ich so hilfsbereit bin", konnte sie sich nicht verkneifen. „Und Rosen mag ich nicht besonders, meine Lieblingsblumen sind Tulpen, das weiß er sicher."

Sie hörte ihn schnauben und musste schmunzeln. Im Grunde war das Leben doch irgendwie lustig, wenn man es zu nehmen wusste. Mrs. Spencer trug jedenfalls bei jedem Treffen zu ihrer Erheiterung bei.

„Aber wie sieht es mit den Treffen aus?", ließ die Lady in blue nicht locker. „Oder nimmt unser Herr Professor am Ende diese Wette gar nicht so ernst, wie er angekündigt hat?"

Dieses Mal antwortete Garrett. „Ich werde Marina noch heute Abend in meiner Wohnung bekochen", stellte er klar.

Wie bitte? Überrascht drehte sich Marina zu ihm um. Meinte er das so?

„Oh, wie zauberhaft!“, freute sich Mrs. Spencer. „Ein Mann, der Pfanne und Herd bedienen kann, also da werden Sie sicher völlig dahinschmelzen, Kindchen.“ Sie zwinkerte Marina vielsagend zu.

„Ganz sicher sogar. Wie ein Klecks Butter auf der heißen Kartoffel“, meinte diese und musste wirklich kämpfen, nicht lautstark loszuprusten.

Garrett lud sie zu sich ein? In seine heiligen Hallen? Wann hatte er ihr das mitteilen wollen oder war das eine spontane Idee, weil er Mrs. Spencer beeindrucken wollte? Bei der alten Dame hatte es jedenfalls funktioniert, sie sah ihn voller Bewunderung an.

Zumindest bei Frauen jenseits der siebzig schien er flirttechnisch punkten zu können. Sie selbst war allerdings eine härtere Nuss. Da musste er sich schon mehr ins Zeug legen.

„Wunderbar! Ich werde mich bei Angus erkundigen, wann Sie beide wieder hier sind, und dann bin ich auf den Bericht gespannt. Komm, Toffee, ich brauche jetzt dringend ein Glas Sherry!“

Sie zog den Hund vom unordentlichen Laubhaufen weg, winkte noch Queen-haft in die Runde und marschierte zurück auf den Kiesweg.

Unsicher sah Marina ihren Professor an. „Das war aber jetzt nur ein Witz, oder?“

„Keineswegs. Meine Wohnung ist nicht weit entfernt, wir können uns dort noch weiter unterhalten und wie angekündigt, werde ich eine Kleinigkeit zubereiten. Auch wenn Sie mir das nicht zutrauen, wie ich an Ihrer Miene ablesen kann.“

Ohne eine Antwort abzuwarten, ergriff er den Rechen – genau so verquert wie vorher natürlich – und stürzte sich auf die bunten Blätter.

Marina fuhr ebenfalls mit ihrer Arbeit fort, deutlich unkonzentrierter als vorher allerdings. Aus diesem Mann wurde sie nicht schlau.

Und auch wenn sie es nie bei Willie oder sonstwo zugeben würde – einem tief versteckten Teil von ihr gefiel das sehr gut.

13. Don Juan, der Hobby-Koch

Marina

„Hier sind wir“, sagte Garrett und sperrte die Haustür auf. Natürlich war es eine noble Gegend, in der sein schmuckes Reihenhaus stand. Marina war froh, dass er nicht in einer angeberischen Villa mit Bediensteten wohnte, sondern noch halbwegs normal. Gespannt betrat sie den Flur. Alles wirkte sauber und sehr ordentlich, wie nicht anders erwartet.

Er nahm ihr den Mantel ab und führte sie ins Wohnzimmer. Die schwarze Ledercouch und der Glastisch wirkten so kühl, dass Marina prompt zu frösteln begann. Bis auf eine Aussparung für ein Fernsehgerät und für die beiden Fenster waren alle Wände mit Bücherregalen zugestellt. Fachliteratur selbstverständlich. So richtig zum Wohlfühlen sah das hier nicht aus, es hatte den spröden Charme einer Uni-Bibliothek.

„Ist Weißwein in Ordnung für Sie?“, fragte Garrett. „Der passt am besten zum Essen.“

Marina nickte. Sie wartete noch immer darauf, dass der Wecker sie aus diesem seltsamen Traum klingelte. Das hier konnte doch wirklich nicht die Realität sein. Allein die Vorstellung, dass der Herr Professor sich nun eine Küchenschürze um den Astralleib band und in der Küche herumhantierte, war völlig abwegig.

„Machen Sie es sich inzwischen gemütlich“, schlug er vor und verschwand.

Marina kam sich wie ein Fremdkörper vor. Was zum Teufel sollte sie hier in dieser Gelehrtenkammer?

Weil sie es komisch fand, sich auf das kalte Sofa zu setzen und Däumchen zu drehen, wanderte sie an den Regalen entlang. Garretts Sammlung an Fachbüchern schlug die entsprechende Abteilung von Blackwell`s um Längen. Und in vielen Büchern steckten sogar Notizzettel. Hatte er die wirklich allesamt gelesen?

Er kam ins Zimmer, zwei Gläser Weißwein in der Hand und ein eigenartiges Lächeln im Gesicht.

„Lassen Sie uns anstoßen, Marina", sagte er mit sanfter Stimme. „Auf den heutigen Abend."

Sie verspannte sich.

Ein freundlicher Garrett mit Samtstimme und einladendem Grinsen war so ungewohnt, dass sie automatisch in innerliche Habt-Acht-Stellung ging. Das war also seine Art zu flirten? So richtig locker kam das nicht rüber, aber gut, sie würde mitspielen.

„Ja, auf einen Abend voller Überraschungen", erwiderte sie. „Ich hätte nie gedacht, dass Sie kochen können."

Ein Hauch von Ärger huschte über sein Gesicht, aber er setzte schnell wieder die Maske des Verführers auf. „Ich habe viele Talente. Nicht nur wissenschaftlicher Art."

Du liebe Zeit, hoffentlich meinte er damit nicht das, was Männer manchmal mit solchen Sätzen meinten! Marina umklammerte ihr Weinglas. Auch wenn sie seinen Körper durchaus anziehend fand, den Kopf natürlich ebenfalls, erschreckte sie die Idee, dass er sich jetzt aus seinen Klamotten schälen und sich mit um Beifall heischendem Blick nackt vor ihr aufbauen könnte.

„Salut!" Er hob sein Glas, sie stieß ihres leicht dagegen. Ein silberheller Ton schwebte durch das Zimmer.

Sie trank einen Schluck. Der Wein war perfekt gekühlt und half seltsamerweise, einen klaren Kopf zu bekommen. Sie ordnete ihre Gedanken. Die Sache mit dem Essen war ihm erst eingefallen, als Mrs. Spencer darauf herumgeritten hatte, vermutete sie. Dann tat er das wahrscheinlich nur, weil er sie wegen der Wette beeindrucken wollte. Ob es so war, konnte sie leicht herausfinden.

„Also, ich finde es wirklich beeindruckend, dass Sie kochen!“, ließ sie einen Testballon steigen und beobachtete Garrett genau.

Bingo. Ein zufriedener Ausdruck blühte in seinem Gesicht auf.

„Ich bin gern selbstständig“, erklärte er und es klang ziemlich auswendig gelernt. „Und von Geschlechterrollen halte ich ebenfalls nicht viel. Kaum zu glauben, dass so viele Männer immer noch davon ausgehen, Hausarbeit sei reine Frauensache.“

Oha, er hatte seine Hausaufgaben gemacht und sich mittels Ratgebertipps vorbereitet. Marina lächelte. Das konnte noch ein amüsanter Abend werden.

„Ja, wirklich schlimm“, stimmte sie ihm todernst zu. „Dann nehme ich folgerichtig an, Sie machen auch Ihre Wäsche selbst?“

Er trank einen Schluck, weil er diese Frage ganz offensichtlich nicht erwartet hatte.

„Ich muss gestehen, meistens gebe ich meine Anzüge und Hemden in die Wäscherei. Aus Zeitgründen. Aber selbstredend gibt es auch Tage, an denen ich am Bügelbrett stehe.“

Marina musste all ihre Beherrschung aufbringen, um nicht laut loszulachen. Seine Lügen waren so leicht durchschaubar!

„Was zaubern Sie denn Gutes in der Küche für uns?“, lenkte sie ab.

„Lassen Sie sich überraschen.“ Er stellte das Glas ab und verließ den Raum.

Grinsend setzte Marina sich hin. Auf dem Tisch lagen einige Fachbücher, sie nahm das oberste zur Hand. Eine Abhandlung über Alfred Adlers Lehre. Ein paar Minuten blätterte sie darin herum, las über subjektive Wahrheit und fragte sich angesichts dieser Thematik, ob Garrett sich tatsächlich für einen geübten Frauenverführer hielt.

Das Buch darunter fiel ihr auf, weil sein Einband für das innenliegende Buch etwas zu groß geraten schien. „Biochemie des Gehirns“ stand auf der Vorderseite. Marina nahm es in die Hand und schlug es auf. Als sie eine Kapitelüberschrift las, musste sie breit grinsen.

„Das erste Date – so wird es ein Renner!“, stand da geschrieben.

Vorsichtig zog sie das Buch aus dem Einband und siehe da – es war eines seiner neu erworbenen Flirtbibeln! Damit überraschender Besuch oder seine Putzfrau keinen Verdacht schöpften, hatte er dem Ratgeber einen anderen Einband verpasst.

Na, das war ja eine spannende Sache.

Voller Eifer stürzte sich Marina auf die Lektüre. Der Autor hatte tatsächlich empfohlen, sich als Hobbykoch auszugeben, weil „Männer, die sich selbst versorgen, für die moderne Frau unwiderstehlich sind.“

Außerdem sollte man betonen, hieß es weiter, dass man nicht an der klassischen Rollenteilung festhielt.

Lachend blätterte Marina weiter. Eines musste man Garrett lassen: Er ging ein Problem mit wissenschaftlicher Akribie an und hatte ein gutes Gedächtnis. Sie wollte gerade nachlesen, was als nächstes drankam, aber seine Stimme rief sie ins Esszimmer.

„Es ist angerichtet“, ließ er verlauten.

Sie ging nach nebenan, wo ein Mahagonitisch mit teurem Porzellan gedeckt war. Garrett hatte sich umgezogen, trug nun eine dunkle Hose und ein hellblaues Hemd. Der Duft allerdings, der aus der benachbarten Küche kam, verhieß keinen Gaumenschmaus.

„Ich fürchte, ich hatte die Shrimps etwas zu lang in der Pfanne“, entschuldigte sich Garrett und platzierte einen Teller vor ihr.

„Das macht nichts, ich mag sie sowieso lieber schön kross“, log Marina und nahm die Gabel in die Hand. Die Meeresfrüchte waren staubtrocken, den Salat hatte er in Essig ertränkt und die Beilage konnte sie nicht näher definieren.

„Seit wann wohnen Sie hier?“, fragte Marina und sie unterhielten sich beim Essen eine Zeit lang über seinen beruflichen Werdegang, was ihm sichtlich entgegenkam.

Anschließend gingen sie wieder hinüber ins Wohnzimmer und setzten sich aufs Ledersofa. Marina deutete auf die Regale an der Wand. „All diese Fachbücher – lesen Sie denn nie etwas Leichteres?“

Überrascht sah er sie an. „Was Leichtes? Ich wüsste nicht was. Mich interessieren diese Themen eben.“

„Ja schon, aber man muss doch mal abschalten. Schauen Sie wenigstens ab und zu einen lustigen Film?“

Er stand auf und öffnete eine Schranktür unter dem

Fernseher. „Ich habe eine recht gute DVD-Sammlung.“

Marina legte den Kopf zur Seite und las die Titel. „Also ich will ja nichts sagen, aber das meiste davon sind Filme, die sich im weiteren Sinne mit Psychologie beschäftigen!“

Er schien zu überlegen. „Gut möglich“, gab er schließlich zu.

Jetzt wurde sie wirklich neugierig. „Aber wie entspannen Sie denn?“

Er zuckte mit den Schultern, was ihn offenbar schmerzte, denn er verzog für einen Moment das Gesicht.

„Sie müssen doch irgendwann mal abschalten“, hakte Marina nach. „So kann man doch nicht leben, immer nur Arbeit und wissenschaftliche Themen. Wann lassen Sie mal richtig los?“

Unverständnis stand in seinem Gesicht. „Was meinen Sie damit?“

Ach du liebe Zeit! Kein Wunder, dass sein Nacken verspannt war oder er Kopfschmerzen hatte. Machte er denn nie mal Pause vom Professorendasein?

„Ich meine damit, mal unbeschwert zu sein! Zu tanzen, barfuß im Regen herumzulaufen, sich fünf Folgen Simpsons anzuschauen und dazu eine Familienpackung Walnusseis zu verdrücken.“

Er sah sie an, als ticke sie nicht ganz richtig.

„Walnüsse vertrage ich nicht“, war alles, was er erwiderte.

Marina verdrehte die Augen. Sie wusste nicht, ob sie ihn belächeln oder bemitleiden sollte.

„Okay, versuchen wir es mal anders. Sie haben einen sehr anspruchsvollen Beruf, dazu Verantwortung für uns Studenten, jetzt kommt auch noch die Arbeit für den Wellspring-Preis daher, da steht man doch gewaltig unter Druck, nehme ich an.“

Garrett nickte. „Ja sicher“, gab er zu und knetete seine Schulter.

„Und das zieht sich sieben Tage die Woche so durch? Ohne mal einen Sonntag lang im Bett herumzulungern und einfach nichts zu tun?“

„Das macht mir nichts aus. Ich bin das seit Jahren gewöhnt und es geht mir gut damit“, behauptete er.

„Tut es nicht.“

„Wie bitte?“ Seine Augen funkelten ärgerlich.

„Na, ich sehe doch, dass Sie Probleme mit Verspannungen haben.“ Dazu musste man nicht Medizin studiert haben, jeder Mensch mit zwei gesunden Augen konnte erkennen, dass der Prof völlig verkrampft war.

Plötzlich war ihre Neugierde geweckt. Würde sie ihn dazu bringen können, sich ausnahmsweise fallen zu lassen? Diese Frage fand sie immer spannender. Einen Mann, der so beherrscht war und niemals richtig losließ, unter ihren Händen weich werden zu lassen, war eine großartige Herausforderung.

„Das kommt nur vom Rudern“, redete er sich heraus. „Ist ein Muskelkater, sonst nichts, weil ich längere Zeit nicht mehr auf dem Wasser war.“

Pah! Von wegen Rudern. Sie war sich absolut sicher, dass der Stress ihn komplett steif gemacht hatte, allerdings nicht an Körperteilen, wo das vorteilhaft sein konnte.

„Lassen Sie mich mal sehen.“ Sie rutschte auf ihn zu.

„Was meinen Sie?“

Herrje, hatte er Angst, sie würde ihn jetzt vergewaltigen? Dabei hatte er sich doch eingelesen in die Don Juan-Rolle, also müsste das in seinem Interesse sein. Sie sollte ihr Vorhaben vielleicht etwas besser verpacken.

„Wissen Sie, Garrett, ich habe mir das schon oft gedacht“, sagte sie weich. „Dass es interessant wäre, mich als Physiotherapeutin an Ihnen auszuprobieren. Es gibt so viele Arten von Muskelverspannungen und sie verraten viel über einen Menschen, rein wissenschaftlich gesehen. Das wäre natürlich völlig platonisch und ich kann auch verstehen, wenn es Ihnen unangenehm ist, dass ich Ihren Nacken berühre.“

Seine Kieferknochen mahlten. Klar, jetzt saß er in der Zwickmühle. Einerseits wollte er nicht zugeben, dass er bretthart Muskeln hatte, andererseits wandelte er auf Casanovas Spuren. Und der gute Giacomo hätte wohl kaum abgelehnt, sanfte Frauenhände auf seinem Körper zu spüren.

„Sie sind also medizinisch ausgebildet?“, versicherte er sich.

„Selbstverständlich.“

Marina saß inzwischen neben ihm. Und fragte sich jetzt, ob das wirklich eine so gute Idee war, denn ihr Puls beschleunigte sich, als sie sein Aftershave roch. Aber egal, jetzt konnte sie nicht mehr zurück.

„Drehen Sie sich ein wenig zur Seite“, bat sie ihn.

Er zögerte, gehorchte aber dann.

„Nun gut, dann wollen wir mal sehen, was Ihr Nacken mir verrät.“ Ihre Stimme klang fremd.

Entschlossen rieb sie ihre Hände aneinander, dass sie warm wurden, und legte sie dann auf seine Schultern.

Außer dem Handschlag im Park, um die Wette zu besiegeln, war das das erste Mal, dass sie Garrett berührte. Es lag eine seltsame Anspannung in der Luft. So, als würde das ganze Wohnzimmer die Luft anhalten. Dabei hatte sie nur ihre Finger auf den Stoff seines Hemdes gelegt. Marina hätte viel dafür gegeben, wenn wenigstens Musik im Hintergrund gelaufen wäre oder das Radio. Irgendetwas, um sich abzulenken. Aber so war da nur Stille und das leise Knistern des Stoffes, als sie nun begann, vorsichtig zu kneten.

„Tragen Sie eine kugelsichere Weste?“ Ihr fiel nichts Besseres ein, um die Situation aufzulockern.

„Wieso?“, hörte sie ihn fragen.

„Weil Ihre Muskeln sich so anfühlen. Völlig verhärtet.“

Sie hatte schon einige Patienten massiert, die mit Kalkschultern und ähnlichen Problemen in die Praxis gekommen waren, aber er war wirklich ein Härtefall im wörtlichen Sinne.

„Versuchen Sie mal, nicht gegen meine Hände anzukämpfen“, sagte sie. „Sondern ganz locker zu lassen.“

„Genau das mache ich doch!“

Sie seufzte leise. Wenn das Lockerlassen war, wollte sie nicht fühlen, wie er sich Anspannen vorstellte. Sie wanderte mit ihren Daumen an der Wirbelsäule entlang, versuchte ihr Glück zwischen den Schulterblättern, bearbeitete seinen Trapezius . Da war es auch nicht besser. So sehr sie auch massierte, sogar ihre Unterarme einsetzte, um den Druck zu erhöhen, sie kam nicht durch. Gut, das hatte sie schon mehrfach erlebt. Manche Patienten fanden es offenbar sehr schwer, die Kontrolle abzugeben. Da brauchte man Geduld. Aber spätestens nach zehn Minuten hatte sie die immer so weit gehabt, dass sie endlich den Widerstand aufgaben und man mit den Muskeln arbeiten konnte.

Vielleicht ließ Garrett am Nacken leichter los. Das war bei vielen Männern eine sehr empfindsame Körperpartie, hatte sie festgestellt. Und eine, bei der man mit geübten Händen sehr schnell Erleichterung verschaffen konnte, weil hier oft die

Auslöser für Kopfschmerzen saßen. Sie wärmte die Region erst einmal mit kräftigen Streichbewegungen auf, fuhr dann die Stränge mit den Fingern ab. Du liebe Zeit, das waren ja keine Muskeln, sondern dicke Seile!

„Sie müssen ja ständig Kopfschmerzen haben", sagte Marina.

„Man gewöhnt sich dran", erwiderte er und sogar seine Stimme klang verkrampft.

Langsam wusste sie nicht mehr weiter. Nicht mal wie üblich nach Triggerpunkten konnte sie suchen, denn seine Muskeln bestanden gänzlich aus Knoten. Vielleicht war es die Herausforderung, endlich noch was bei ihm zu bewirken, vielleicht der Wunsch zu helfen. Oder irgendetwas anderes. Jedenfalls fühlte es sich nicht schlecht an, seine Haut zu berühren. Marina sah seine dichten Haare vor sich, fühlte sie an ihren Fingern kitzeln, als sie weiter hoch bis zum Kopfansatz massierte. Wie weich sie waren. Und sie rochen ganz leicht nach Männershampoo.

„Lassen Sie den Kopf nach vorne fallen", bat sie ihn und strich sanft seine seitlichen Stränge aus, vom Haaransatz bis zu den Schultern.

Täuschte sie sich oder war da ein wohliges Stöhnen über seine Lippen gekommen?

Nein, das hatte sie sich bestimmt nur eingebildet, seine Muskeln waren hart wie vorher. Und doch gab sein Kopf noch ein kleines Stück nach, folgte sogar den Bewegungen ihrer Hände. Marina lächelte zuversichtlich. Bald hatte sie ihn so weit, endlich nachzugeben und sie ernsthaft an seine schlimm zugerichteten Muskeln zu lassen!

„Schließen Sie einfach die Augen", sagte sie leise. „Und vertrauen Sie meinen Händen."

Mit einem Ruck richtete er sich auf.

„Das genügt“, stellte er klar. „Sie haben inzwischen ja wohl bemerkt, dass es sich nur um einen Muskelkater handelt. Und der heilt bekanntlich von allein.“

Er stand auf. Ging aus dem Zimmer.

Völlig perplex schaute Marina ihm nach. Was war nur los mit diesem Mann? Er war kurz davor gewesen, sich etwas zu öffnen, das hatte sie deutlich gespürt. Machte ihm das Angst?

Ihre Hände fühlten sich plötzlich leer an, sie faltete sie ineinander. Klar, Willie würde ihr wieder das Mutter-Teresa-Syndrom unterstellen, aber sie hatte mit einem mal den Wunsch, Garrett weiter zu erkunden. Herauszufinden, was ihn zu einem so kontrollierten Menschen gemacht hatte. Und warum es ihm eine Höllenangst bereitete, sich den zärtlichen Händen einer Frau hinzugeben.

War er vielleicht gar nicht der Mistkerl, für den sie ihn bisher gehalten hatte?

14. Ratgeber-Tipps

Garrett

Er hatte Mühe, sich an die Sätze in der Flirtfibel zu erinnern. Irgendwas hatte da gestanden zum Thema „Die Frau beginnt, dich anzufassen“, aber mit Marinas Händen auf seinen Schultern fiel ihm das Denken seltsamerweise schwer.

Als sie sich beim Essen durch die Haare gefahren war, hatte er das klar erkannt. Das war eines der sogenannten „Neun untrüglichen Signale, dass sie höllisch auf dich abfährt“. Aber nun saß sie hinter ihm und massierte seinen Nacken, was wohl auf irgendwelche Nervenstränge drückte. Zumindest war sein Gehirn vernebelt. Ein sehr unangenehmes Gefühl!

Diese ganze Massiererei war natürlich Humbug. Gehörte in einen Topf mit Homöopathie, Akupunktur und anderem Voodoo-Zauber, der nur dem Bankkonto der ausführenden Heilpraktiker etwas nutzte. Verspannte Schultern hatte ausnahmslos jeder, der wie er eine Schreibtischtätigkeit ausführte, dazu musste man keine Physiotherapeutin sein.

Gut, er gab zu, ihre Berührungen fühlten sich nicht schlecht an. Es war wahrscheinlich zu lange her, dass er mit einer Frau im Bett gelegen hatte, das war alles. Immerhin war er ein Mann im besten Alter, dazu mehr als potent. Nachvollziehbar und absolut normal, dass man da auf Frauenhände reagiert.

„Lassen Sie den Kopf nach vorne fallen“, hörte er sie sagen. Sie strich an seinem Nacken entlang, warme Hände, fließende Bewegungen, es machte ihn schwindlig.

Irgendwie fühlte sich das sehr gut … ein leises Stöhnen

entfuhr ihm, ohne dass er es steuern konnte.

Er musste sich wieder in den Griff bekommen, und zwar schnell!

Aber ihre Hände … die lullten ihn ein wie eine ganze Flasche Wodka, tauchten alles in Dämmerlicht, waren so weich und zärtlich. Schienen mit ihrem sanften Druck allen Stress der letzten Jahre von ihm zu nehmen, all die Härte und Bitterkeit aufzulockern, die er mit sich herumtrug.

Seine Augen schlossen sich, ließen alles in Dunkelheit versinken. Er riss sie wieder auf, rang um seine Beherrschung.

Es war nur eine Massage!, rief er sich zur Ordnung. Eine rein medizinische Behandlung, die noch dazu völlig unnütz war.

Ihre Finger … dort an seinem Haaransatz, das tat wirklich gut, er konnte es nicht leugnen.

„Schließen Sie einfach die Augen“, hörte er ihre weiche Stimme, deren Klang ihm hin und wieder eine Gänsehaut bescherte. „Und vertrauen Sie meinen Händen.“

Die Kontrolle abgeben? Niemals. Das hatte er noch nie leiden können!

Mit einem Ruck richtete er sich auf.

„Das genügt“, stellte er klar. „Sie haben inzwischen ja wohl bemerkt, dass es sich nur um einen Muskelkater handelt. Und der heilt bekanntlich von allein.“

Er stand auf, ihm war immer noch ein wenig schwindlig, er musste raus aus dem Wohnzimmer. In der Küche schenkte er sich ein weiteres Glas Wein ein. Kühl war der, er trank ihn gierig.

Allmählich wurde sein Kopf wieder klarer.

Es lief doch gar nicht so schlecht! Marina mochte es ganz offensichtlich, ihn anzufassen, suchte näheren Kontakt. Laut

Ratgeber ein gutes Zeichen! Jetzt galt es, zum nächsten Schritt überzugehen. Nur fiel ihm der nicht mehr ein.

Zu irgendeinem Zeitpunkt sollte man auf witzige Art zweideutige Bemerkungen machen, erinnerte er sich. Aber kam das vor den „individuell zugeschnittenen Komplimenten“? Nein, sicher erst danach. Garrett hatte Zweifel, ob er für zweideutige Gespräche gut genug vorbereitet war, womöglich hätte er das Kapitel ein drittes Mal lesen sollen. Am besten wäre sicher, er machte erst mal mit den Schmeicheleien weiter. Mit Komplimenten konnte man schließlich nie etwas falsch machen. Außerdem war er hochdekorierter Psychologieprofessor, was sollte da schief gehen?

Mit der Flasche und dem Glas in der Hand machte er sich auf den Weg zurück ins Wohnzimmer. Über ihre Haare könnte er etwas sagen, das wäre unverfänglich. Nicht so plump wie ein Kompliment über ihre Lippen oder Augen. Ja genau, er würde auf unnachahmlich elegante Weise eine elaborierte Bemerkung über ihre Frisur machen.

Als er ins Zimmer kam, saß sie auf seinem Platz. Und streckte die Hand nach dem Buch auf dem Tischchen aus. Im ersten Moment erschrak er, aber dann fiel ihm ein, dass der Alfred Adler-Schinken obenauf lag, es war also ungefährlich. Er kam näher, stellte die Flasche ab und zuckte zusammen.

Verdammt, sie war im Begriff, das Flirtbuch mit falschem Einband in die Hand zu nehmen! Er musste sofort reagieren, irgendetwas anmerken. Nicht auszudenken, was passierte, wenn sie das Buch aufschlug!

„Marina, Sie haben den schönsten Mund, den ich je bei einer Frau gesehen habe, wirklich zum Träumen“, hörte er sich selbst sagen.

Verflucht, was redete er da? Er hatte doch etwas Unverfängliches über ihre Haarpracht sagen wollen!

„Finden Sie?“ Sie sah ihn überrascht an, legte aber immerhin das Buch zur Seite.

Er musste das Ding aus dem Weg räumen!

„Aber sicher. Und Sie haben recht, ich sollte nicht so viel Fachliteratur herumliegen haben.“ Schnell beugte er sich zum Tisch, schnappte sich die Bücher und legte sie in ein Regal, danach stellte er die Weinflasche auf den freien Platz.

Er sah Marina genau an. Hatte sein Kompliment sie beeindruckt? Sie sah überraschenderweise eher aus, als hätte sie sich über irgendetwas amüsiert. Das feine Lächeln ließ ihren Mund erst recht attraktiv aussehen.

Garrett rieb sich aus alter Gewohnheit den Nacken, zog seine Hand aber schnell zurück, als er es bemerkte. Diese Frau brachte ihn durcheinander. Und er hasste es, wenn er nicht Herr der Lage war.

„Was träumen Sie denn von meinen Lippen?“, fragte sie und grinste. Dazu trank sie einen Schluck, sodass ebendiese Lippen feucht schimmerten. Einladend sogar.

Sie würden nach Wein schmecken, schoss ihm durch den Kopf, und nach ihr selbst. Und sicher gehörte sie zu den Frauen, die beim Küssen die Augen schlossen, den Mann eng an ihren warmen Körper zogen und leise stöhnten, sodass man sich kaum beherrschen konnte und sie schnellstmöglich auf die Matratze warf …

Dummerweise sah sie ihn immer noch an, weil sie auf eine Antwort wartete.

„Nun, was Männer eben so träumen“, war alles, was ihm einfiel.

Grundgütiger, was stotterte er hier zusammen! Das klang ja, als redete er gar nicht vom Küssen, sondern von ganz anderen Einsatzmöglichkeiten ihres Mundes.

Garrett straffte die Schultern, egal ob verspannt oder nicht. Er war studierter Psychologe, er würde ihr jetzt beweisen, dass er alles im Griff hatte! Und damit auch, dass er durchaus imstande war, eine Frau zu verführen, sogar ganz ohne Diplom an der Wand.

Jetzt war er wieder hoch konzentriert und erinnerte sich genau an den Satz im Ratgeber: `Frauen mögen maskuline Typen mit Humor. Beweise ihnen beides auf einmal, indem du sie in ein stilvolles Gespräch über Erotik verwickelst`

„Es ist doch wirklich bemerkenswert“, begann er, „dass selbst in unserer aufgeklärten Gesellschaft manche Themen noch Tabu-Charakter haben und uns schwerfallen, finden Sie nicht?“

„Sprechen Sie jetzt von Sex?“ Ungläubig sah sie ihn an. Tja, das hatte sie wohl nicht erwartet. Womöglich hielt sie ihn für einen spröden Kerl, der Probleme hatte, sich über solche Dinge zu unterhalten. Da hatte sie sich wohl getäuscht.

„Nun ja, ich habe die Erfahrung gemacht, dass viele Menschen, selbst jüngeren Alters, kein richtiges Vokabular besitzen und um dieses Thema einen Bogen machen.“

Sie schüttelte leicht den Kopf. „Also mir fällt das nicht schwer. Was ist mit Ihnen?“

„Ebenso wenig natürlich.“

Marina lehnte sich entspannt am Sofa an. „Find ich gut. Dann können wir ja locker darüber plaudern. Wie mögen Sie es denn am liebsten, Garrett?“

Er musste schlucken. In der Theorie hatte das einfacher

geklungen. Aber jetzt, wo ihre Whisky-farbenen Augen so direkt auf ihn gerichtet waren … Ach was, er bekam das hin. Maskulin sein, war die Devise! Und daran gab es bei ihm selbstredend keinen Zweifel.

„Ich bin ein Mann, natürlich bevorzuge ich die direkte Art“, sagte er. „Da spielen sicher die Hormone mit hinein. Mit Blümchensex kann ich nicht viel anfangen, das gebe ich zu.“

„Also auf die harte Tour?“, hakte sie nach. „Mit Unterwerfung und Kabelbindern?“

„Du liebe Zeit, nein! Ich habe auch keinen Geheimgang hinter der Bücherwand, in dem ich meine Peitschensammlung verstecke.“

Sie lachte. Und strich sich die Haare zurück. Er mochte ihr melodisches Lachen und die Art, wie sie sich bewegte. Sie war so natürlich. Das hatte er selten erlebt bei den Frauen, die er sonst zu sich ins Haus holte. Eigentlich gar nicht, wenn er darüber nachdachte. Sie waren heiß gewesen, willig dazu und natürlich intelligent. Aber mit ihm zusammen gelacht hatte nie eine. Alle wollten sie nur immer seine hochtrabenden Erklärungen zu irgendwas, aber keine hatte ihn je dazu gebracht, witzig zu sein.

„Ich mag Ihren Humor, Garrett“, sagte sie, als hätte sie seine Gedanken gelesen.

War er das? Humorvoll? Hätte er bisher nicht unbedingt zu seinen Eigenschaften gezählt.

„Jetzt sind Sie dran“, sagte er. „Wenn ich verspreche, nicht den alten Siegmund nach einer Analyse zu befragen, verraten Sie mir dann Ihre geheimen Wünsche?“

Er ertappte sich dabei, dass er sie gespannt ansah. Ja, es interessierte ihn tatsächlich, was sie im Bett von einem Mann erwartete. Einschätzen konnte er das gar nicht, fiel ihm gerade auf. Er hatte keinen blassen Schimmer, was eine Frau wie Marina gern mochte.

Womöglich war er kein so toller Psychologe, wie er gedacht hatte? Der Gedanke verschaffte ihm einen leichten Schweißausbruch. In ihr entspanntes Gesicht zu sehen, half ihm.

„Ach, mit Freud können Sie mir ruhig kommen, vor dem hab ich keine Angst." Wieder dieses offene Lächeln. Als würde es ihr tatsächlich nichts ausmachen, wenn jemand tief in ihrer Seele herumrührte. Unvorstellbar für ihn.

„Ich steh auf Sinnlichkeit", gab sie zu. Und sprach nicht weiter, als wäre das eine ausreichende Erklärung.

Er zog die Brauen zusammen. „Aber was bedeutet das genau?"

Marina nahm in aller Ruhe noch einen Schluck Wein, schien ihn auf der Zunge zergehen zu lassen, bevor sie antwortete. „Wissen Sie, für mich steht nicht der Orgasmus im Vordergrund. Ja, bei vielen Männern ist das bestimmt anders, aber ich liebe es, Erotik mit allen Sinnen zu genießen, ganz langsam und ausführlich."

Es kribbelte in seinem Nacken, wenn sie so sanft redete. Und ein paar Etagen tiefer regte sich auch etwas, stellte er mit Entsetzen fest.

„Mit allen Sinnen – heißt das, Sie lecken Schlagsahne von Ihrem Gespielen? Oder *clotted cream* und Orangenmarmelade?"

Sie neigte den Kopf, als müsse sie überlegen. „Sahne hab ich noch nicht ausprobiert, wäre aber eine Überlegung wert. Ich dachte eher an duftendes Öl. Je nach Stimmung, was Zitroniges zum Anregen oder Lavendel, wenn es beruhigen soll."

Francescas Duft fiel ihm ein bei der Erwähnung von Lavendel. Sie war die einzige Nanny gewesen, die danach gerochen hatte und er liebte den Geruch noch immer.

„Stellen Sie sich das vor", fuhr sie fort. „Sie liegen ganz entspannt auf dem Bauch, Kerzenschein, ruhige Klaviermusik im Hintergrund, dann spüren Sie warmes Öl auf Ihrem Rücken. Und eine Massage, die nicht nur mit den Händen, sondern mit dem ganzen Körper der Frau stattfindet. Immer, wenn Sie es vor Erregung kaum mehr aushalten, geht das Tempo zurück, die Hände streicheln Ihre Arme, kneten Ihre Füße, Sie driften völlig ab in eine andere, sanfte Welt. Das ist viel mehr als schnöder Sex, das ist eine ganzheitliche Erfahrung. Richtig innig und tief gehend. Ihr gesamter Körper ist warm, alles gleitet ganz leicht und duftet und fühlt sich wunderbar sinnlich an."

Garrett musste schlucken. So wie sie das sagte, klang das … anders. Und durchaus erstrebenswert, wenngleich er sich so etwas nicht vorstellen konnte. Ein gewisser Körperteil an ihm allerdings schon, der pulsierte heftig bei diesen Gedanken.

„Echte Männer wollen aber lieber harte Stöße als öligen Blümchenduft", stellte er klar, weil er nicht recht wusste, wie er sonst reagieren sollte.

Als `schnöden Sex` hatte sie bezeichnet, was er normalerweise trieb. Das war eine bodenlose Unverschämtheit, sie wusste doch überhaupt nichts von seinen Fähigkeiten im Lendenbereich! Das würde er ihr jetzt dringend erklären müssen.

Marina jedoch sah auf die Uhr. „Ich sollte langsam heimgehen", sagte sie. „Es ist spät geworden und morgen habe ich eine Vorlesung bei einem sehr fordernden Professor.“ Ihr Lächeln trug nicht unbedingt dazu bei, dass seine Erregung zurückging.

„Bei einem, der mit Laubhaufen auf Kriegsfuß steht?“, fragte er und wollte eigentlich gar nicht, dass sie nach Hause ging. Sie war auf eigenwillige Art spannend. Nicht auf den ersten Blick sexy und auch nicht von der Klasse einer Vanessa oder gar Juliette. Aber irgendwie interessant. Dieser warme Blick, ihre Hände, ihre unkonventionelle Art zu denken …

„Sie sollten das mal versuchen mit dem Öl“, riet sie ihm lächelnd, als er ihr in den Mantel half. „Obwohl – diese Tantra-Praktiken erfordern natürlich, dass man bereit ist, sich fallen zu lassen. Könnte schwierig werden bei Ihnen. Schönen Abend noch, Professor Featherstone.“

Das herbeigerufene Taxi wartete schon draußen, als sie die Haustür öffnete.

„Wiedersehen, Marina“, sagte er, wusste aber nicht, ob sie das noch hörte.

Er ging wieder hinein, nachdem das Taxi losgefahren war. Sein Wohnzimmer war seltsam still und leblos, seit sie weg war. So, als wäre vorher das Radio gelaufen und die Heizung und ein Ventilator, aber man hätte jetzt alles ausgeschaltet.

Das Einzige, was noch lebendig war und sehr aufdringlich pochte, befand sich in seiner Hose.

Ihre Worte zum Abschied gingen ihm nicht aus dem Kopf. Glaubte sie wirklich, er sei unfähig, eine erregende Ölbehandlung zu genießen? Das war Unsinn, selbstredend konnte er das! Wenn er sich etwas ernsthaft vornahm, gelang ihm das, sogar das Loslassen!

Garrett holte sein Handy aus der Jackentasche.

„Vanessa?“, fragte er, als sie sich meldete. „Besitzt du Öl? Ich rede nicht vom Salat, sondern von Sexspielen.“

„Ich glaube schon“, antwortete sie und klang überrascht. „Willst du das heute noch ausprobieren?“

„Richtig. Komm zu mir“, befahl er knapp und legte auf.

Erst als sie zur Tür reinkam, fiel ihm ein, dass er nun wieder das Superhirn geben und aus seiner Arbeit zitieren musste. Garrett seufzte. Sex konnte wirklich anstrengend sein.

Er erzählte ihr seine neuste Idee für einen Artikel im Fachmagazin, das reichte zum Glück, um sie ins Schlafzimmer zu locken.

Die Ölflasche, die sie hervorholte, war rosa und auf ihrer Vorderseite prangte ein süßes Bärchen. „Baby-Öl?“, kombinierte er messerscharf. „Was anderes hattest du nicht?“

„Sorry, ich konnte ja nicht wissen, dass du neuerdings auf so etwas abfährst. Musste es mir von einer Freundin besorgen.“

Vanessa drückte ihre kühle Hand auf seine Brust, um ihn rücklings auf die Matratze zu legen. „Oh, du scheinst dich ja sehr auf mich gefreut zu haben“, kommentierte sie seine Erektion. Er ließ sie natürlich in dem Glauben.

„Na, dann wollen wir mal“, sagte sie und begoss seine Latte großzügig mit dem Baby-Öl.

Garrett zuckte zusammen. Das Öl war kalt und er kam sich vor wie eine Karotte im Rohkostsalat. Bei Marina hatte das anders geklungen, eher so, dass die Frau das Öl auf ihre Hände gab und erst dann auf sinnliche Weise nach und nach auf dem ganzen Körper verteilte.

„Was machen deine Arbeiten für den Wellspring-Preis?“, riss sie ihn aus den Gedanken.

Also gut. So recht in Stimmung war Garrett nicht mehr, aber

als er Vanessa von den Analysebögen erzählte, bekam sie den üblichen Glanz in den Augen und bearbeitete sein bestes Stück so engagiert, dass er recht schnell vor dem Orgasmus stand. Dieses Glitschen war nicht schlecht, das musste er zugeben, obwohl ihm der ganze Vorgang bei Vanessa recht mechanisch vorkam. Und in eine fremde Welt tauchte er nicht unbedingt ab.

Als sein Stöhnen heftiger wurde und er kurz vor der Explosion stand, sah er Marina vor sich. Hörte ihr so besonderes Lachen, fühlte ihre sanften Hände, die völlig anders waren als die von Vanessa. Der Gedanke an ihre Berührungen katapultierte ihn über die Schwelle und in einen intensiven Höhepunkt.

„Hätte nicht gedacht, dass dich Babyöl so anmacht", kommentierte Vanessa das Geschehen. „Bisher warst du ja eher für die härtere Gangart. War es jetzt das, was du heute wolltest?"

„Ja, absolut", log er sie an. Simulierte dann ein Gähnen. „Ich habe morgen ein paar wichtige Termine", behauptete er.

Sie zog eine beleidigte Schnute. „Aber was ist mit mir? Willst du dich nicht revanchieren?"

Eigentlich nicht. Er wollte nur seine Ruhe.

„Beim nächsten Mal, ich versprech es dir. Professoren-Ehrenwort."

Natürlich lachte Vanessa nicht. Überhaupt war sie ein eher ernster Typ, fiel ihm auf. Sie raffte ihre Sachen zusammen und verschwand mit beleidigter Miene.

Garrett blieb liegen und starrte an die Decke. Obwohl Vanessa zu den fünf schärfsten Studentinnen gehörte, die er je in seinem Bett gehabt hatte, bezweifelte er, dass es ein nächstes

Mal gab. Und konnte nicht mal sagen, warum.

Sein Nacken schmerzte, obwohl doch eigentlich sein ganzer Körper entspannt sein müsste. War er aber nicht. Müde schloss Garrett die Augen, fühlte plötzlich Marinas Hände an seinen Schultern. Wie zart sie gewesen war, wie vorsichtig. Als wäre sein Körper etwas Wertvolles, das man gut behandeln musste. Wie es sich wohl anfühlte, ihre Berührungen auf seiner nackten Haut zu spüren? Und vor allem – wie wäre es wohl in dieser entspannten Welt, in die man dann angeblich abdriftete?

Schluss damit. Garrett schob diese lächerlichen Gedanken zur Seite und versuchte, sich auf die morgige Vorlesung zu konzentrieren. Wenn er sich richtig anstrengte, würde ihm das gelingen. Und dann würde auch diese seltsame Idee verschwinden, dass eine ausgiebige Nackenmassage von Marina womöglich viel intensiver sein könnte als Vanessas \`schnöder\` Handjob.

15. Fortschritte

Marina

„Der Herr Professor hat für dich gekocht?" Um ein Haar wäre Willie gestolpert und auf den Bordstein gefallen. Sie waren auf dem Weg in die Klinik, um mit den Analysebögen weiterzumachen. Vorher war noch keine Gelegenheit gewesen, also berichtete Marina der Freundin jetzt vom gestrigen Abend.

„Sagen wir mal so, er hat etwas in die Pfanne geworfen und es war danach verbrannt oder matschig", antwortete sie.

Willie lachte. „Hat er eine Schürze angehabt? Ohhh, ich sehe Bilder vor mir. Kennst du die Werbung, wo dieser knusprige Typ nur mit Grillschürze bekleidet Steaks bruzzelt? Also den könnte ich auffressen."

„Na ja, der Prof hat schon auch einiges an Muskeln."

„Moment!" Willie packte sie am Ellbogen und hielt sie fest. „Du hast ihn angefasst? *Holy moly*, das gibt`s ja nicht. Los, erzähl! Ich will jedes Detail wissen."

„Schalt deine Phantasieblüten aus, Willie, ich hab ihm nur den Nacken massiert. Er war dabei vollständig angezogen und nach ein paar Minuten hatte er keine Lust mehr. Das war alles." Marina sah die Enttäuschung im Gesicht ihrer Freundin und musste grinsen.

„Aber er sollte doch dich verführen, nicht andersherum", sagte Willie und begann wieder zu gehen. Sie waren nämlich schon einige Meter hinter den Rest der Gruppe zurückgefallen.

„Hat er ja versucht. Mit verkohlten Shrimps und einem Kompliment über meinen Mund."

„Und dir fiel nichts Besseres ein, als ihm in Krankenschwester-Manier die Schultern zu kneten?" Willie sagte das, als müsste man sich für so ein Verhalten schämen.

„Was ist schlimm daran? Ich hab schon lange bemerkt, dass er Probleme hat. Weißt du, der Mann ist völlig verkrampft, innerlich und äußerlich. Der kann überhaupt nicht entspannen. Und ich wollte eben ausprobieren, ob ich ihn dazu bringen kann." War doch eigentlich leicht nachzuvollziehen. Trotzdem sah Willie aus wie eine strenge Gouvernante, die den Schützling gerade beim Nasenbohren erwischt hatte.

„Du machst ein Hilfsprojekt aus ihm!"

„So ein Quatsch." Marina beschleunigte ihre Schritte, sie waren fast am Klinikeingang angekommen und Garrett würde es nicht gefallen, wenn die Gruppe auf Nachzügler warten musste.

„Nein, ernsthaft, Marina. Du willst ihm helfen. Bei den Muskeln oder beim Entspannen oder bei seinem ach so schwierigen Leben. So geht das nicht, du kannst nicht alles in deinem Leben nur darauf aufbauen, deine Mitmenschen zu retten."

„Tu ich doch gar nicht!"

Willie hatte wirklich eine Meise. Okay, Marina musste zugeben, dass sie sich schon immer wohl gefühlt hatte, wenn sie Gutes tun konnte. Na und? Daran war doch nichts verwerflich.

„Wir haben über Erotik geredet. Bist du jetzt beruhigt? Oder hab ich das auch nur getan, um ihm unter die Arme beziehungsweise in den bedürftigen Schritt zu greifen?"

Willie knallte mit dem Arm gegen die Glastür, beachtete es aber kaum. „Sextalk mit unserem Mister Brain? Ich brauche Details! Shit, wir müssen zu unseren jugendlichen Haschbrüdern. In der Mittagspause will ich alles hören, das ist dir klar, oder?"

„Klar wie die Scheibe der Eingangstür", sagte Marina.

„Gut. Dann bis später!"

Marina betrat die Station. Es gab ein kurzes Briefing von Garrett zusammen mit der Oberärztin. Die fühlte sich ganz offensichtlich sehr geschmeichelt von seiner Anwesenheit.

„Wir werden alle Behandlungen mit Professor Featherstone abstimmen", erklärte sie. „Damit nicht ein Eingreifen unsererseits die Ergebnisse der Studie verfälscht. Eine Liste mit den Medikamenten, die Ihre Probanden erhalten, bekommen Sie von mir. Änderungen in der Medikation werden natürlich mit Ihnen abgestimmt und eingetragen."

Das war gut. Marina freute sich, dass die jungen Leute nicht wahllos mit Pillen zugedröhnt wurden. Das hatte man bei Sabine versucht und war damit total gescheitert. Sie fand überhaupt, dass viel zu viele Psychopharmaka verschrieben wurden, ohne gleichzeitig eine vernünftige Therapie anzuordnen. Oder sich einfach mal die Probleme eines Patienten anzuhören.

„Sie gehen zu Benjamin und Jeremy?", fragte Doctor Fletcher.

Marina nickte.

„Na, da dann viel Erfolg! Hier ist der Medikamentenplan der beiden, Jeremy nimmt ein leichtes Antidepressivum, Ben hat das Mittel gegen seine Angststörung vor Kurzem abgesetzt." Die Ärztin wollte gerade gehen, da sprach Marina sie an.

„Kann ich noch mal kurz rausgehen und etwas besorgen?“, fragte sie.

„Natürlich. Sagen Sie nur an der Pforte Bescheid.“

Gut! Marina eilte hinunter und betrat den Tesco-Supermarkt neben der Klinik. Zum Glück hatte der Laden vorrätig, was sie brauchte. Bewaffnet mit einer Einkaufstüte ging sie wieder nach oben und betrat das Zimmer ihrer beiden Probanden. Die saßen auf ihren Betten und sahen auf, als sie eintrat.

„Hallo Jungs. Ich hab euch etwas mitgebracht.“ Sie nahm die beiden Becher aus der Tüte. „Einmal Peanut Butter Cup und einmal Strawberry Cheesecake. Darf ich auch was probieren?“

„Oh, wow!“ Jerry hüpfte wie ein auf den Boden gedrückter Gummiball vom Bett hoch und zauberte von irgendwoher drei Löffel hervor. „Voll cool von Ihnen!“

Ben saß noch auf dem Bett und wirkte unbeeindruckt.

„Nein“, sagte Marina. „Das ist nicht cool, das ist eiskalte Bestechung. Ich will mit euch den Fragebogen richtig ausfüllen, und damit das klappt, habe ich euch etwas mitgebracht. Um vor allem Ben ein bisschen milder zu stimmen. Ob das hinhaut, bezweifle ich allerdings jetzt.“

Sie sah ihn skeptisch an.

Ben starrte zurück. Das ging einige Sekunden so, dann nickte er leicht.

„Alle Achtung, hätte nicht gedacht, dass Sie das mit der Bestechung zugeben“, sagte er. „Normalerweise lügen die Leute uns immer was vor.“

„Na ja, es ist ja so, dass ich was von euch will. Ich bin darauf angewiesen, dass ihr ehrlich seid, sonst können wir diese Bögen und die ganze Forschung vergessen. Da finde ich es nur fair, selbst auch ehrlich zu sein.“

Ben schwang seine Beine aus dem Bett und sah sie provozierend an. „Echt? Dann erzählen Sie uns doch mal ein Geheimnis über sich. Zwecks Chancengleichheit."

Der Junge war wirklich schlau. „Was willst du wissen?"

Er verengte die Augen zu Schlitzen. „Stehen Sie auf diese Brillenschlange? Euren Häuptling, um den alle herumschwänzeln?"

Du liebe Zeit, war Ben ein Seelenverwandter von Willie? Reichte doch, dass die schon ständig etwas über Garrett wissen wollte.

Marina holte tief Luft. Es wäre nicht schlau, Ben mit irgendeiner Ausrede abzuspeisen. „Okay, ich finde ihn attraktiv. Er hat tolle Augen, die machen mich manchmal nervös. Und sein Body sieht auch nicht schlecht aus, das gebe ich zu. Ich habe mir schon überlegt, rauszufinden, wann er rudern geht, um ihn mal in Aktion zu sehen."

Jerry klatschte in die Hände. „Krass! Suchen Sie dann ein Fenster bei den Duschräumen, damit Sie seine Klapperschlange begutachten können?"

Nette Vorstellung.

„So weit gehe ich dann doch nicht, glaube ich." Marina lachte.

Ben hingegen blieb ernst. „Was gefällt Ihnen an dem arroganten Kerl?"

„Gute Frage." Sie musste einen Moment nachdenken. „Ich will rausfinden, ob ich ihn knacken kann. Weißt du, der Mann ist echt zugeknöpft. Und irgendwie macht mich das an. Zu schauen, ob ich an ihn rankomme."

Gespannt sah sie Ben an. Der schien zu überlegen und kam schließlich an den Tisch.

„Okay. Ich glaub Ihnen.“ Er nahm einen Löffel und machte sich über seinen Ben and Jerry`s Erdbeerbecher her.

Marina atmete auf. Die spanische Inquisition hatte sie fürs Erste überstanden.

„Erzählst du mir nebenbei ein bisschen was über dich?“, fragte sie und legte ihren Block zurecht. Sie hatte nicht vor, nur den Bogen auszufüllen. Ben war ein so interessanter Fall, da wollte sie sich nicht auf die vorgefertigten Fragen beschränken. Die konnte sie später auch noch ausfüllen. Erst einmal sollte er von seiner Familie und seiner Kindheit berichten.

Und das tat er. Zwar schleppend und nicht mit allzu großer Begeisterung, aber nach und nach konnte Marina den jungen Mann immer besser greifen. Vater abgehauen, von der Mutter vernachlässigt, in der Schule von Anfang an Ärger gehabt.

„Was ist mit deinen Schwestern?“, fragte Marina. „Ich wette, du warst einer dieser großen Brüder, die sie beschützt haben. So einen hab ich mir nämlich immer gewünscht.“

„Schon möglich“, gab er zu und sie sah in seiner Miene, dass ihm die Mädchen wichtig waren.

„Wo leben sie?“

„Bei verschiedenen Pflegefamilien. Sue in London, Stacy droben in Schottland, wo es das ganze Jahr saukalt ist.“

Sie sah ihn lange an. „Wann hast du sie das letzte Mal gesehen?“

Er warf den Löffel auf den Tisch. „Was interessiert Sie das? Kann Ihnen doch scheißegal sein, ob ich hier allein rumhocke oder nicht.“

Okay, das war ein wunder Punkt.

„Tut mir leid, Ben“, ruderte sie zurück. „Du hast recht, ich sollte nicht überall herumbohren.“

Ein missmutiges Knurren war alles, was sie erntete.

Immerhin hatte sie ein paar Punkte mehr ausfüllen können. Jerrys Bogen war im ersten Teil fertig, obwohl das auch nicht einfach gewesen war. Er hatte den Clown gespielt, Grimassen geschnitten und Witze gerissen. Aber Marina spürte, dass hinter dieser Maske die gleiche Traurigkeit steckte wie bei Ben. Kein Wunder, dass die beiden sich gut verstanden. Auch wenn Ben viel verbitterter war, teilten sie doch ein ähnliches Schicksal, nicht nur wegen der Drogen. Auf die würde Marina im nächsten Teil des Analysebogens zu sprechen kommen. Für heute war aber erst mal Schluss. Sie stand auf und verabschiedete sich.

„Hey, danke fürs Eis, das war echt nett von Ihnen", rief Jerry. Dann streckte er ihr die Handfläche als Stoppzeichen entgegen. „Warten Sie, ich hab auch was für Sie."

„Aber du brauchst doch nicht ...", begann Marina, doch er war schon weg.

Eine Minute später kam er zurück, eine kleine braune Tüte in der Hand. „Wir haben in der Wohngruppe neulich Cookies gebacken und drei waren noch übrig. Die möchte ich Ihnen gern schenken."

„Jerry, was soll der Scheiß?", mischte Ben sich ein und klang verärgert.

Doch sein Freund bestand darauf. „Nee, echt jetzt. Nehmen Sie die Dinger. Die meisten Frauen hier in der Klinik haben einen Stock im Arsch, aber Sie sind locker drauf. Also viel Spaß mit den Cookies."

Er tippte sein Handy an und eine harte Rap-Version von „Bella Ciao" dröhnte durchs Zimmer. Marina nahm die Kekse und dann Reißaus. Draußen atmete sie erst mal durch. Puh, die beiden Jungs waren anstrengender als ein ganzer Bollerwagen voller Kleinkindern.

Da inzwischen schon die Mittagszeit angebrochen war, wanderte der Kurs direkt von der Klinik in die Mensa des Colleges. Kaum saß Marina über ihrem Chicken Tikka Masala, dem britischen Nationalgericht, da rutschte Willie auf den Stuhl ihr gegenüber.

„Wie lief es mit deinen Zöglingen?“, wollte sie wissen.

„Frag nicht! An Ben kommt man echt schwer ran. Aber der Junge tut mir leid. So eine Kindheit wünscht man nicht mal seinem ärgsten Feind.“

Willie stocherte in ihrem Auflauf herum. „Als ob du Feinde hättest! Du bist doch everybody`s darling. Allerdings haben die meisten dort im Wohnheim ein schlimmes Schicksal. Da steht er nicht alleine da.“

Marina überhörte die Anspielung einfach. „Trotzdem. Er hat schon richtig resigniert und das ist schlimm für einen jungen Menschen. Sag mal, hast du irgendwelche Kontakte zum Jugendamt?“

Überrascht sah Willie vom Essen auf. „Wieso? Willst du dich für ihn einsetzen?“

„Na ja, er hat zwei Schwestern und beide ewig nicht mehr gesehen. Wenn es irgendwie geht, würde ich das gern möglich machen. Ich glaube, das würde ihm total helfen.“

„Stopp!“ Jetzt machte Willie sogar die gleiche Handbewegung wie vorher Jerry. „Das ist doch nicht mehr normal!“

„Was denn?“ Marina hatte keine Ahnung, worauf die Freundin hinauswollte und warum sie so streng dreinschaute.

„Jetzt hör mir mal zu.“ Mit wild entschlossenem Blick schob Willie ihren Teller zur Seite und fixierte Marina. „Das ist ein ausgewachsener Helfer-Komplex, den du hast! Sei doch mal ehrlich, du baust deine gesamte Existenz darauf auf, dass du allen möglichen Leuten den Hintern abwischst."

„Na und? Das ist doch eine gute Sache. Die Welt wäre besser, wenn sich die Menschen mehr unterstützen würden." Was hatte Willie nur für ein Problem damit?

„Lass mich in Ruhe mit dem Weltfrieden, darum geht es nicht. Sondern um dich. Du willst für Ben die gute Fee spielen, du kurierst Cormacs Knie aus und neuerdings bist du scharf auf Featherstone, weil du einen schwachen Punkt gefunden hast und ihn retten willst. Das ist krank!"

„Ach ja?" Marina knallte ihr Besteck auf den Tisch. „All diese Egoisten, die nur um sich selbst kreisen, findest du normal, aber mich nicht?"

Willie atmete tief aus. Sprach anschließend mit ruhiger Stimme weiter. „Du verstehst das falsch. Ich mach mir einfach Sorgen um dich. Irgendwie hab ich den Eindruck, du holst dir deine ganze Bestätigung dadurch, dass du jemandem hilfst."

Perplex sah Marina sie an. „Tue ich nicht", sagte sie, hörte aber selbst, wie dünn das klang. Ein Stück weit hatte Willie womöglich recht. Marina kümmerte sich tatsächlich gerne um ihre Mitmenschen. Aber das war doch normal, oder nicht? Jeder suchte sich seine Bestätigung eben wo anders und es gab Schlimmeres als ihre eigene Methode. Trotzdem blieb ein ungutes Gefühl zurück. Sie fühlte sich ertappt. Und sie wusste, dass Willie keinen Unsinn laberte. Ging sie vielleicht tatsächlich zu weit in ihrem ständigen Bestreben, die Heilerin zu spielen? Aber das war doch das, was sie am besten konnte! Sie wüsste gar nicht, wie sie sonst durchs Leben gehen sollte.

„Ich will halt nicht, dass dir jemand wehtut." Willies Stimme war weich. „Weißt du, ich wünsche mir eine richtig gute Beziehung für dich. Wo dich jemand wertschätzt."

Marina senkte den Blick. „Ich hatte schon ein paar Männer in meinem Leben, so ist es nicht. Aber schau, ein Kerl kann dich verlassen, das habe ich mehrfach erlebt. Und dann fühlst du dich so richtig beschissen. Aber als gute Fee, als Krankenschwester oder wie immer du es nennen willst – da bekommst du echte Wertschätzung von den Leuten. Das ist viel verlässlicher."

Erst jetzt, wo sie es aussprach, merkte sie, dass das ihre tiefsten Gedanken waren.

Ja, es fühlte sich gut an, nach Hilfen für Ben zu suchen. Und ja, sie kam sich wertvoller vor, wenn sie für andere Menschen da war. Gebraucht zu werden, war eine tolle Sache. Oder sollte sie da wirklich mal genau bei sich hinschauen? Marinas Gedanken überschlugen sich.

„Mal im Ernst", sagte sie. „Was spricht denn wirklich dagegen, Garrett von seinen Kopfschmerzen oder Verspannungen zu befreien? Ich will ihn doch nicht heiraten, nicht mal ins Bett gehen mit ihm."

Willie seufzte. „Meinetwegen kannst du es fünf Mal täglich mit ihm treiben, du bist erwachsen genug. Aber er soll sich mit dir einlassen, weil du eine liebenswerte und anbetungswürdige Frau bist, verstehst du? Nicht, weil du ihn von irgendwelchen Wehwehchen befreist. Und du sollst das auch so spüren!"

So ganz verstand Marina den Punkt immer noch nicht. „Menschen sollen mich also lieben für das, was ich bin? Aber da gehört meine Empathie doch dazu! Sie ist sogar ein ganz wesentlicher Teil von mir, mein bestes Talent."

Nachdenklich kaute Willie auf ihrer Lippe herum. „Die Sache

mit deinem Bauchgefühl ist dir wirklich wichtig, oder?"

„Ja. Sehr sogar. Sie ist das, was mich zu etwas Besonderem macht."

„Ach Marina." Willie legte ihre Hand auf ihre. „Du bist auch ganz ohne deine Nachtschwester-Hildegard-Uniform etwas Besonderes. Und ich wette, selbst unser Mister Brain merkt das. Gib`s zu, du bist verknallt in ihn. Das sehe ich dir doch an."

Heute war offenbar der britische „Wir spielen Scotland Yard"-Tag, denn jeder in ihrem Umfeld litt unter dem Drang, irgendwelche Geheimnisse aus ihr herauszuquetschen.

„Okay, er ist nicht hässlich und hat ein paar interessante Facetten", gab sie zu. „Aber ich könnte niemals einen Mann lieben, dem Menschen nicht wichtig sind! Der nur aus wissenschaftlicher Eitelkeit zum Psychologen geworden ist. Nee, da brauchst du dir überhaupt keine Sorgen zu machen. Außerdem weiß er nicht mal, was Sinnlichkeit ist, er steht nur auf die harte Tour."

„Wie bitte?" Mit weit aufgerissenen Augen starrte Willie sie an. „Du hast Mister Brain also doch flachgelegt? Ich fass es nicht. Respekt, ich hab dich echt unterschätzt!"

Lachend schüttelte Marina den Kopf. „Quatsch, wir haben uns doch nur darüber unterhalten. In seinem Flirtbuch stand drin, dass man ein männliches Gespräch über Sex anfangen sollte. Ich habe nämlich in den Ratgeber reingeschaut. Das hat er getan. Total maskulin." Sie musste kichern.

„Also ein Gespräch á la `ich ramm dir meinen Professorenprügel tief in deine was auch immer`?" Wäre Willie eine Comicfigur, hätte sie jetzt riesige Fragezeichen in den Augen.

„So ähnlich. Und natürlich habe ich ihm gesagt, dass ich genau aufs Gegenteil stehe. Das kennt er nämlich nicht und es hat ihn total aus dem Konzept gebracht. Musste dann allerdings schnell verschwinden, bevor er auf die Idee kam, das mit mir auszuprobieren."

Wobei es ja schon ein bisschen spannend gewesen wäre. Marina fragte sich seit der Unterhaltung mit ihm, ob er tatsächlich in jedem Fall die Kontrolle behielt. Wäre durchaus interessant, das zu erforschen. Aus rein wissenschaftlichen Gründen, versteht sich.

Sie musste schon wieder kichern.

„Wovon genau reden wir?", fragte Willie und sah immer noch ratlos aus. „Rosenblüten und eine Straußenfeder, mit dem du seine Fußsohlen kitzelst, weil du nach der Achillesferse suchst?"

„So ungefähr. Ich hab ihm gesagt, ich stehe auf Tantra-Erotik."

Willie erstarrte für einen Moment. Dann lachte sie los. „Du bist der Hammer! Kennst du dich denn damit aus?"

Das war der wunde Punkt an der Sache. Marina hatte darüber gelesen und mal einen kurzen Bericht gesehen, aber mehr schon nicht. „Nicht wirklich", gab sie zu.

„Moment!"

Willie drehte ihren Stuhl herum und suchte den Saal ab. Ein paar Tische weiter wurde sie fündig. „Neema, komm mal zu uns!", rief sie die Inderin herbei.

Die setzte sich an den Tisch und wurde sofort überfallen. „Was genau ist Tantra-Massage?", fragte Willie und gab sich keine Mühe, die Stimme zu dämpfen.

Neema hob die dunklen Augenbrauen. „Sag mal, geht`s noch

klischeehafter? Nur weil ich Inderin bin, heißt das noch lange nicht, dass ich zum Frühstück Curry esse, tagsüber an der Telefonhotline sitze und abends mit meinem braunen Körper ölig über einen notgeilen Europäer gleite."

Völlig ungerührt vom indischen Wutausbruch rückte Willie näher an sie heran. „So läuft das also? Man rutscht aufeinander herum und dann?"

„Ich habe keine Ahnung!", rief Neema. „Ich bin in London aufgewachsen und mein östlichstes Reiseziel bisher war Broadstairs. Meine Mum ist Anwältin und mein Dad betreibt leider kein Bordell, sondern eine Fabrik für Terrassenplatten. Habt ihr sonst noch irgendwelche Fragen? Nach dem besten Rezept für eine Vindaloo-Soße vielleicht oder wie man einen Sari bindet?"

Da Neema immer in Jeans oder Miniröcken herumlief, bestand wohl keine große Hoffnung, dass sie viel weiterhelfen konnte. Was Marina schade fand, denn sie liebte die indische Küche, insbesondere Vindaloo-Gerichte, hielt aber lieber die Klappe.

„Schon gut", beschwichtigte Willie die Inderin. „War eine dumme Frage, ich geb`s ja zu. Ist ja nur, weil Marina dem guten Garrett ein bisschen Linderung verschaffen wollte. Also nicht gegen Samenstau, sondern rein medizinisch-muskulär."

Marina mochte ihre Freundin wirklich gern, aber es gab Momente, da wollte sie ihr am liebsten ihren blaublütigen Hals umdrehen.

Neema wandte sich Marina zu und sah sie mit einem Blick an, den sie später sicher mal ihren renitentesten Patientinnen zukommen lassen würde. Welchen, die sich trotz ihrer Warnung ein siebzehntes Paar Schuhe gekauft, den dritten jugendlichen Nachbarssohn verführt oder sonst irgendwie den Therapieerfolg sabotiert hatten.

„Du ziehst auch beim Prof wieder deine Helfernummer durch?“, fragte sie. „Warum legst du ihn nicht einfach flach? Vanessa aus dem letzten Semester schwärmt überall von seiner Standfestigkeit und dem schnörkellosen Sex. Der Mann braucht ganz sicher keine Krankenschwester.“

„Okay!“ Marina rückte nach vorne, damit beide sie gut hören konnten. „Jetzt noch mal für alle zum Mitschreiben. Ich habe mit Professor Featherstone eine spannende Wette am Laufen und finde das amüsant. Wenn das beinhaltet, seinen Nacken zu massieren, werde ich das tun. Aber ich habe absolut null Interesse an einer wie auch immer gearteten Beziehung mit einem Kerl, dessen Herz aus den Kreidefelsen von Dover gesprengt wurde. Für mich kommt ausschließlich jemand infrage, der ähnlich tickt wie ich. Habt ihr das verstanden?“

„Ja, Ma`am“, antworteten die beiden unisono.

„Nur spielen, nicht verlieben, außer in einen Krankenpfleger“, wiederholte Willie die Rede und drehte sich zur Theke um. „Ist noch Vanillepudding da? Bei so anstrengenden Lektionen bekomme ich immer Hunger.“

Marina musste lachen. Neema, die ebenfalls grinste, stand auf. „Ich spendier uns dreien eine Nachspeise. Und dann zurück in den Unterricht, Mädels. Nicht dass unser armer Dozent aus Ärger über unser Zuspätkommen noch verspannte Schultern bekommt.“

Es war schön, mit Freundinnen herumzualbern. Marina nahm es ihnen nicht übel, dass sie sie mit ihrer Hilfsbereitschaft aufzogen. Ein Stück weit hatten sie ja recht.

Aber sie machte sich keine Sorgen, denn Garrett war nicht

gefährlich für sie. Mit ihm konnte sie völlig harmlos herumspielen, denn ein eiskalter Karrierehengst wie er stellte keine Gefahr für sie dar, das wusste sie. Also konnte sie total beruhigt hier sitzen und ihren Vanillepudding löffeln, ihr Herz war in absoluter Sicherheit.

16. Narzissen und fatale Cookies

Garrett

Garrett schlüpfte gerade in seine Outdoor-Jacke, um diese lästigen Strafaufgaben im Park abzuleisten, da läutete sein Telefon.

„Lord Bloomsbury hat mir im Club erzählt, es könnte schwer werden für dich mit dem Preis“, stieg sein Vater in das Gespräch ein, ohne sich mit Begrüßungsfloskeln aufzuhalten.

„Reden wir von dem Mister Bloomsbury, der eine Fabrik für Konfetti und Lametta besitzt? Es wäre mir neu, dass er Ämter in wissenschaftlichen Gremien bekleidet.“ Wieso, verflucht, musste sich seine Familie immer in alles einmischen?

„Partybedarf und Dekorationsartikel sind ein äußerst einträgliches Geschäft. Außerdem sind die Schwiegereltern von Prinz William in der gleichen Branche, wie dir sicher nicht entgangen ist. Wenn es für die Royal Family gut genug ist, gibt es wohl keinen Grund, dass du dich darüber lustig machst.“

Einer Argumentationskette, die den Stammbaum von Kate Middleton enthielt, hatte selbst Garrett nichts entgegenzusetzen.

„Da hast du selbstverständlich recht“, gab er zu und scheiterte daran, einhändig die groben Schuhe anzuziehen.

Siedendheiß fiel ihm ein, dass auch ein Richter unter den Männern war, die mit seinem Dad im Club herumhingen, sich der Welt überlegen fühlten und unsinnige Reden schwangen. Aber der hatte hoffentlich nichts mit kleinen Vergehen wie dem Umnieten einer Grinsekatze zu tun. Nein, sicher nicht, sonst hätte ihn sein Vater bereits angerufen und lautstark enterbt.

„Er hat es vom Cousin zweiten Grades seiner Frau gehört. Dass die Konkurrenz bei diesem Wellspring-Preis extrem stark sein soll."

Eine Information aus erster Hand sozusagen. Sicher von unschätzbarem Wert. Garrett widerstand der Versuchung nur sehr knapp, das Telefon aus Versehen auszuschalten und anschließend in einem Tulpenbeet zu vergraben. Am besten, ohne Fingerabdrücke zu hinterlassen.

„Und deshalb habe ich keine Chance, denkst du?", hakte er nach.

„Nun ja." Sein Vater lachte rau. „Die Mitbewerber sind in echten Wissenschaftsbereichen tätig. Das wird von der Jury natürlich bevorzugt."

„Ich muss zu einem Termin, Dad." Garrett presste seinen Fuß so vehement in den Schuh, dass der vor Schreck nachgab und sich fügte.

„Warte. Ich muss dich noch etwas fragen wegen Gregorys Hochzeit. Mum möchte für Juliette eine ganz besondere Überraschung vorbereiten, sozusagen als Aufnahmeritual in die Familie Featherstone. Du hast sie neulich kennengelernt, hat Gregory erzählt. Hast du möglicherweise eine Idee, worüber sie sich freuen könnte?"

„Ja, habe ich." So. Nun hatte auch der zweite Schuh seinen Widerstand aufgegeben und Garrett war bereit für Heldentaten im Park.

„Wirklich?" Er hörte seinem Dad die Überraschung an.

„Schenk Juliette einen Gutschein für Klempnerarbeiten, verpackt in einen staubigen Arbeitsoverall. Ich schwöre dir, ihr

Gesicht beim Auspacken wird unbezahlbar sein. Goodbye, ich muss los."

Er hörte seinen Vater noch erbost schimpfen, drückte ihn aber weg. Der sollte ihm lieber dankbar sein für einen so persönlichen Geschenktipp, aber wie immer zählte ja nichts, was sein ältester Sohn sagte.

Garrett stapfte los in Richtung Park. Erst als Angus ihm eine Schaufel in die Hand drückte, fiel ihm auf, dass er vergessen hatte, etwas zu essen. Eigentlich hatte er sich noch schnell ein Sandwich schmieren wollen, aber der Anruf war dazwischen gekommen. Nun ja, musste er eben mit knurrendem Magen graben, das würde ihn nicht umbringen.

„Narzissen sind dran", gab sich Angus gewohnt knapp.

Marina nickte und beugte sich über einen Sack mit Blumenzwiebeln, während Garrett murmelte: „Ich weiß nicht mal, wie die aussehen."

„Ach kommen Sie", belehrte ihn die deutsche Gartenfachfrau. „Sie kennen doch aber sicher dieses wunderschöne Gedicht von Wordsworth *I wandered lonely as a cloud*, in dem er die Pracht der gelben Narzissen im Lake District beschreibt."

„Vor tausend Jahren mal auswendig gelernt", erinnerte er sich schwach.

Ihre Augen hingegen glänzten schwärmerisch. „Ach, ich liebe es! Wenn er sich dann Jahre später erinnert: *And then my heart with pleasure fills and dances with the daffodils*", zitierte sie den alten Wordsworth. „Ist das nicht ganz wunderbar?"

„*When I see a daffodil*", dichtete er seine private halblaute Narzissen-Ode, „*my umbrella wants to kill*"

Das war gar nicht so schlecht, fand er.

Marina sah das wohl anders, sie starrte ihn an. „Das ist nicht

Ihr Ernst, oder?“

Missmutig begann er ein Loch zu graben. „Ich habe durchaus Phantasien, im Frühjahr ein paar Tulpen zu köpfen. Und nein, Sie müssen das jetzt nicht tiefenpsychologisch analysieren. Schreiben Sie es den Blasen an meinen Händen zu von der Schaufelschwingerei.“

Statt sich zu empören, grinste sie jetzt breit und sah ihn bewundernd an. „Sie sind wirklich lustig, Garrett.“

Das war typisch. Man nahm ihn nicht ernst, sein Vater nicht mit dem Geschenkhinweis und Marina ebenso wenig. Dabei riss er niemals Witze, es war allerhöchstens bitterer Sarkasmus. Nur konnten manche Leute das nicht unterscheiden.

„Pflanzt sie in Gruppen“, wies Angus sie an. Was immer das bedeuten sollte.

Garrett schielte zu Marina hinüber, die auf der anderen Seite des Beetes zugange war. Aha. Dieses Mal trug sie also die Erde in einem größeren Kreis ab und platzierte da hinein die Narzissenzwiebeln, flankiert von ein paar Tulpen. Das war zu schaffen. Todesmutig stürzte er sich auf seinen Teil des Beetes.

Dieses Mal war sie nicht deutlich schneller als er. Ein bisschen Vorsprung hatte sie zwar noch, aber es war nicht mehr so, als würde Usain Bolt gegen einen Klappergreis mit Krückstock antreten.

Garrett wischte sich den Schweiß von der Stirn, als er sich die nächste Ladung Zwiebeln holte. Marina brauchte auch Nachschub und fasste ebenfalls in den Sack.

„War das Ihr Magen, der so gegrummelt hat, oder zieht ein Gewitter auf?“, fragte sie ihn.

„Bei mir fiel heute das Abendessen aus“, gab er zu. „Und

mittags hatte ich auch nur einen Snack."

„Warten Sie. Ich glaube, ich habe noch ein paar Kekse dabei." Und schon kramte sie in ihrer Tasche herum. „Sogar selbstgebackene. Nehmen Sie ruhig."

Garrett wollte ablehnen, aber das Wort „selbstgebacken" übte eine unwiderstehliche Macht auf ihn aus. Seine Mutter war natürlich nie auf die Idee gekommen, den Backlöffel zu schwingen, aber Francesca hatte mehrmals mit ihm zusammen Plätzchen fabriziert. *Biscotti* hatte sie die genannt und mit viel Geduld ausgestochen. An den Geruch in der Küche konnte er sich noch heute erinnern, Vanille, Zimt und Mandelduft lag in der Luft, außerdem sah Francesca absichtlich immer weg, damit er den rohen Teig probieren konnte.

„Danke sehr." Er nahm einen der großen Schokokekse aus der Tüte und biss hinein. Okay, das war sicher kein italienisches Rezept, aber wenn man so Hunger hatte wie er durchaus genießbar.

„Schmecken gar nicht schlecht", sagte Marina, die einen auseinanderbrach, um ihn zu probieren. „Der Rest ist für Sie, ich habe abends gegessen."

Sie hielt ihm die Tüte entgegen, lächelte und wandte sich wieder ihrer Schaufel zu.

Schnell stopfte sich Garrett den zweiten Keks in den Mund. Er wollte nicht in Verzug kommen! Mit den *Cantuccini* seiner Nanny konnten die Dinger zwar nicht mithalten, aber sie schenkten ihm die nötige Energie, um die nächsten Narzissenzwiebeln ins Erdreich zu versenken. Er hielt sich richtig ran und war auch stolz auf seine Leistung. Mit etwas Übung bekam er die dämlichen Zwiebeln tatsächlich in ordentlicher Zeit unter die Erde.

„Sie sind ja richtig schnell heute“, stellte nach einer fleißigen Stunde auch Marina fest.

„Oh ja“, erwiderte Garrett. „Ich bin der Speedy Gonzales der Blumenzwiebeln! Nennen Sie mich ab jetzt Señor Rapido.“ Er musste kichern.

Irgendwie war es ihm nun gar nicht mehr wichtig, ob sie als Erste fertig wurde oder nicht. War doch völlig egal! Ein bisschen in der Erde herumgraben, machte doch eigentlich Spaß. Ja, das war eine lustige Ablenkung. Fast so lustig wie dieser schottische Gartenzwerg dort drüben. Allein der Name Angus! Garrett lachte in sich hinein.

„Ist alles in Ordnung mit Ihnen?“, fragte Marina mit ernstem Gesicht.

„Klaro.“ Er schob sich den letzten Keks in den Mund. „Wir könnten unsere Namen ins Beet pflanzen, haben Sie das schon überlegt? Lauter knallbunte Narzisschen, die lügen kein bisschen, und verkünden allen Nüsschen, dass wir hier gegraben haben. Sogar ganz ohne Küsschen.“

Hey, er war richtig gut! Ein Poet mit Gartenhandschuhen. Schon wieder brach ein Kichern aus ihm heraus. Er versuchte, mit Zwiebeln den Buchstaben G in die Erde zu legen.

„Garrett!“, rief Marina und klang wie damals diese deutsche Nanny. Nur war die hässlich gewesen wie die Gewitterhexe aus einer dieser Wagner-Opern. Sie hingegen war durchaus nett anzusehen.

„Sie sind viel hübscher als die Brunhilde oder Sieglinde oder Lohengrinella“, sagte er. „Der Name meiner strengen Gouvernantentante fällt mir gerade nicht mehr ein, hihi, aber egal. Wer merkt sich so was schon. Haben Sie noch so ein Cookiedings?“

„Scheiße", hörte er sie sagen. Also wirklich! Wieso war sie plötzlich so ernst? Sie sollte besser gut drauf sein, so wie er. Das Leben war doch erheiternd!

„Was ist das für ein Ausdruck, holde Marina?", neckte er sie. „So etwas sagt man doch nicht."

Doch sie ging nicht darauf ein. „Die Jungs haben wohl echt einen Knall! Die haben mir Haschkekse geschenkt!", erwiderte sie stattdessen und klang richtig aufgeregt. Süß sah das aus.

„Welche Jungs?" Das war ja spannend. Die brave Marina verkehrte mit irgendwelchen Kerlen, die ihr Drogen unterjubelten? Garrett stützte sich auf seine Schaufel. Er hatte sowieso genug gearbeitet.

„Ben und Jerry", erklärte sie. „Aus der Klinik. Die beiden sind meine …"

„Die machen nicht nur Eis, sondern jetzt auch Kekse? Ist ja toll. Habe ich noch nicht gesehen im Supermarkt. Fair Trade und so, lauter glückliche Kühe und glückliche Cookies, heureka."

Ihm fiel die Werbung ein, die war cool. Nicht so langweilig wie sonst. „Aber klar, ist ja logisch!", sinnierte er und stützte sich an der Schaufel ab, weil der Park ein bisschen schwankte. „Die machen Cookie Dough ins Eis, also machen sie auch Cookies, haha, nicht nur als Teig, sogar ganz durchgebacken waren die."

War das ein Erdbeben oder wieso drehte sich alles? Ach, egal. Irgendwann musste man sowieso sterben, warum nicht heute.

„Professor Featherstone!" Hui, jetzt wurde Marina laut! Sollte er Angst haben vor ihr? Funktionierte nicht, er fand sie eher goldig mit ihrem ernsten Gesicht und den Funkelblinkeaugen. „Die waren nicht nur durchgebacken, da war Marihuana mit drin“, fuhr sie fort. „Sie haben Haschkekse intus, kommen Sie, ich bringe Sie heim!“

„Ach Quatsch. Da war nix drin, nur Schokolade“, protestierte er, aber sie hakte sich bei ihm unter. War gar kein schlechtes Gefühl, fiel ihm auf. „Und Zimt, ich habe eine Schwäche für Zimt und für Sie auch, süße Marina.“

„Wie schön, Sie beide machen Fortschritte“, hörte er von irgendwoher eine Stimme, von Zwergen oder Engeln oder so. Garrett schaute nach unten und nach oben, da waren aber nur Wolken, dann blickte er nach rechts und potzblitz – da stand wie aus dem Nichts aufgetaucht die Lavendellady.

„Absolut!“, bestätigte er. „Wir haben gemeinsam Kekse gegessen, mit Schokohuana oder so, sagt Marina, sie macht mich nämlich süchtig, wissen Sie? Eine richtige Marihuanarina ist sie.“

Er drückte seine deutsche Tulpenfee ein wenig an sich und sie protestierte nicht. Okay, womöglich war sie überrascht, aber vielleicht war es ihr ja auch angenehm, er wollte gar nicht darüber nachdenken, machte doch keinen Unterschied.

Die farbenfrohe Lady strahlte unter ihrem rosa Hut hervor. „Na, das läuft ja ganz prächtig zwischen Ihnen beiden. Und Herr Professor …“, sie kam einen Schritt näher und zwinkerte ihm zu, „… ich hätte nicht gedacht, dass Sie so witzig sein können. Ein wahrer Teufelskerl sind Sie, jawohl!“

Der karamellbraune Köter bellte zustimmend. Eigentlich war der gar nicht so hässlich, stellte Garrett fest. Sah eher aus wie ein Stückchen dieses Cookieteiges, das in dem Eis drin war, von dem Marina gesprochen hatte. Appetitlich braun und weich und zwei Schokoflocken als Augen.

„Mrs. Spencer, es ist nicht, wie es aussieht“, sagte Marina.

„Ach was.“ Die Alte lachte. „Das muss Ihnen doch nicht peinlich sein. Er ist ein stattlicher Mann und auch wenn er ein wenig streng wirkt, Sie müssen sich nicht schämen, dass Sie sich Hals über Kopf in ihn verliebt haben.“

„Genau!“, stimmte Garrett ihr zu. „Das hat sie. Also ich auch. Ich konnte nichts machen, keine Chance, wer soll diesen Augen widerstehen.“

Während Marina ihn mit ebendiesen ansah, als wollte sie ihn demnächst in die Psychiatrie einliefern und vielleicht auch mit ihm einen Fragebogen ausfüllen, presste Mrs. Spencer die Hand an ihre Brust. „Ah, die Liebe! Wie wunderbar sie doch ist. Ich hatte es ja gleich schon im Gefühl, dass sich zwischen Ihnen beiden etwas anbahnt.“

„Wir müssen leider los, Mrs. Spencer.“ Marina zog ihn den Weg entlang wie einen Hund, nur karamellbraun war er nicht und mit dem Wedeln klappte es auch nur in gewissen Situationen.

Jetzt musste Garrett grinsen. Sie hatte es ja plötzlich sehr eilig, mit ihm allein zu sein. Er war schon wirklich ein toller Hecht.

Als sie mit Angus irgendwas redete, hörte er gar nicht zu. Vielmehr schaute er der Grinsekatze, die inzwischen wieder aufgerichtet war, in die Augen. Die war witzig mit ihrem breiten Lächeln. Er versuchte, es nachzumachen, was ihm einen besorgten Blick von Marina einbrachte. Also wirklich, seit wann waren die Studenten denn so schrecklich ernsthaft?

„Da ist ein Taxi.“ Sie winkte den Wagen heran. „Wir fahren jetzt zu Ihrem Haus. Sie brauchen dringend einen starken Kaffee.“

„Lieber einen Whisky“, korrigierte Garrett, doch sie gab vor, ihn nicht zu hören. Egal. Bald würden sie in seiner Küche sein und dann konnte er sich einen genehmigen.

Fehlanzeige.

Als er einige Minuten später die Flasche aus der Vitrine holen wollte, ging Marina doch glatt dazwischen. „Nichts da", sagte sie im allerstrengsten Gouvernantenton, „Sie trinken erst mal Wasser und dann den starken Kaffee, der gerade durch die Maschine läuft."

Garrett gab es auf, ihr zu widersprechen. Er fühlte sich ungewohnt entspannt. Alle Sorgen waren mit einem Mal weggewischt, selbst der Gedanke an seinen Vater interessierte ihn keine Kaffeebohne.

„Sie haben doch auch einen Keks gegessen, Marina, warum sind Sie so schrecklich vernünftig?" Er nahm die Tasse entgegen, ließ sich auf die Wohnzimmercouch sinken und trank schweren Herzens das starke Gebräu.

„Weil ich nur einen halben verdrückt habe." Sie setzte sich neben ihn. „Ein wenig anders ist mir auch. Das klare Denken fällt mir schwer, aber ich hatte ja nur einen Bruchteil von Ihnen."

„Schade." Er stellte die Tasse ab. „Ich finde es gerade sehr nett mit Ihnen. So ganz gechilled, wie die jungen Leute sagen."

„Na, dann hat es ja doch was Gutes. Dass Sie mal etwas entspannen, grenzt fast an ein Wunder." Ihr Lächeln war ehrlich, als sie ihn ansah. Er mochte es. Da war nichts Berechnendes, und außerdem schien es nichts mit seinen intellektuellen Fähigkeiten zu tun zu haben. Allmählich sprang sein Kopf wieder an, aber die Rädchen drehten sich nur sehr langsam. Das war ihr nicht wichtig, vermutete er. Sie war anders.

Ihre Hände – sie strich sich damit die Haare zurück, und mit einem Mal konnte er an nichts anderes mehr denken als die Berührungen beim letzten Besuch.

„Nun ja, so ganz gelöst bin ich noch nicht. Mein Nacken setzt mir höllisch zu." Das war nicht gelogen. Die Muskeln waren schon so lange verkrampft, dass es wahrscheinlich eine dreistöckige Haschischtorte bräuchte, um die locker zu bekommen. Von seinen Kopfschmerzen ganz zu schweigen.

„Das wundert mich." Ihr Lächeln veränderte sich, wirkte spitzbübisch. Auch das gefiel ihm. „Ihr Muskelkater vom Rudern sollte doch längst verschwunden sein."

Hah! Jetzt hatte er sie. Er rieb sich über den Nacken. „Sie sind doch die Fachfrau. Sagen Sie mir, was genau es ist, Frau Physiodings…äh…therapeutin." War wirklich ein schwieriges Wort!

Einen Moment lang zögerte sie. Dann jedoch rückte sie näher. Er drehte ihr den Rücken zu, erwartete ihre Hände.

Und da waren sie auch schon, wunderbar warm wie beim letzten Mal, und irgendwie vertraut. Sanft fuhr Marina durch den dünnen Stoff über seine Schultern, tastete, knetete, erforschte seine Knoten und Stränge. Garrett schloss die Augen. Er wollte sich nicht mehr gegen Berührungen wehren, wieso auch. Er wollte einfach nur ihre Hände auf seinem Nacken spüren, die Wärme genießen, einfach mal ganz weich sein dürfen.

„Also ein Muskelkater ist das definitiv nicht", hörte er ihre Stimme sagen. Dunkel und rau, wie er sie kannte, und doch ganz anders, so nah an seinem Ohr. Tiefgehend. Prickelnd.

Ein leises Stöhnen entkam ihm, als sie an seinem Haaransatz kreisende Bewegungen machte. Warum hatte er sie beim letzten Mal weggeschickt? Er suchte in seinem Kopf nach einer logischen Erklärung, fand aber keine. Im Moment würde er viel dafür geben, ihre Berührungen noch ganz lange und ausführlich spüren zu dürfen.

„Ich könnte Ihnen da durchaus etwas Linderung verschaffen, wenn Sie das zulassen“, sagte sie.

„Alles, was Sie wollen!“, hörte er sich antworten, bevor er die Rädchen in seinem Kopf anwerfen konnte.

Ihr Lachen. Ganz nah hinter ihm, so nah, dass es in ihn hineinkroch und in seinem Bauch perlte wie französischer Champagner.

„Diese Kekse scheinen einen ganz anderen Mann aus Ihnen zu machen, Garrett.“

Oh ja, das taten sie. Sie vernebelten seine Gedanken, vor allem die, die mit Kontrolle und Beherrschung zu tun hatten. Ein Teil von ihm wusste, dass es ihm normalerweise wichtig war, immer die Oberhand zu haben. Nur konnte er sich im Augenblick an die Gründe dafür nicht erinnern.

„Es fühlt sich gut an“, kommentierte er ihre Massage und erschrak nicht mal bei diesen Worten.

Sie schwieg einen langen Moment. „Wissen Sie“, begann sie dann, „normalerweise liegt der Patient. Und ich bräuchte Öl.“

Garrett riss die Augen auf. Sie wollte es also wirklich tun? Sinnlich über ihn gleiten, ihn mit ihrem nackten Körper in die Ekstase treiben und ihm am Ende einen ganzheitlichen Orgasmus bescheren, der die Welt aus den Angeln heben und …

Gerade noch rechtzeitig fiel ihm ein, dass sie womöglich nur von seinen Schultern sprach.

„Ich habe nur Franzbranntwein“, sagte er. „Höchstens in der Küche irgendwo Kokosöl zum Braten.“

„Das ist perfekt. Wo gehen wir hin? Die Ledercouch ist nicht arg praktisch als medizinische Massagebank."

Gut, jetzt hatte sie es selbst klargestellt. Es würde platonisch bleiben. Schade eigentlich. Ein Lachanfall baute sich in ihm auf, als er sich Mrs. Spencer vorstellte.

„Müssen wir unseren Referee samt Toffee dazubitten?", fragte er, als er aufstand. „Ich sehe sie gerade vor mir in ihrem Lavendelmantel mit Hut, direkt neben dem Bett, wie sie sich Notizen macht, um den Ausgang der Wette zu bezeugen."

„Sie haben sie mit ihrer Dichtkunst schwer beeindruckt." Marina folgte ihm in die Küche und nahm die Ölflasche entgegen. „Da kann ich nicht mal mehr mit meiner Orgel punkten."

„Hoffentlich erwartet sie das jetzt nicht immer von mir!"

Marina nickte schmunzelnd. „Sicher tut sie das. Aber es wäre vielleicht auch gut für Sie, wenn Sie regelmäßig zu diesen Wellness-Keksen greifen würden. Ben und Jerry lassen gegen einen guten Preis bestimmt mit sich reden."

„Ich werde mein Sparschwein plündern!"

Er ging voran ins Schlafzimmer, schaltete das Licht an. Die hellgrauen Bezüge seines Doppelbettes erstrahlten unter der LED-Lampe. Seine Schritte waren unsicher, das lag natürlich nur an den Drogen in seinem Magen.

„Du liebe Zeit, wir sind hier doch nicht beim Blinddarmentfernen!", kommentierte Marina das Interieur des Zimmers. „Schalten Sie um Himmels Willen die OP-Beleuchtung aus. Und wie wäre es mit ein wenig Musik? Ich rede dabei nicht von Richard Wagner!"

„Also, ich weiß nicht, ob ich Passendes …"

„Okay, Sie legen sich jetzt aufs Bett. Ohne Hemd natürlich.

Den Rest erledige ich."

Bevor er reagieren konnte, war sie schon aus dem Schlafzimmer verschwunden. Normalerweise würde sich Garrett nie im Leben so eine Bevormundung gefallen lassen, aber heute war alles unnormal. Es war so herrlich einfach, sich aufs Laken fallen zu lassen und absolut nichts denken zu müssen. Man könnte sich fast daran gewöhnen.

Er hörte Marinas Schritte und auch, wie etwas auf dem Nachtkästchen abgestellt wurde, anschließend wurde es dunkel. Und leise Musik begann, eine akustische Gitarre, ein Cello, eine sanfte Melodie. Die trug ihn noch tiefer in diese neue Welt, in der man keinen Kopf brauchte. Die so simpel war und wunderbar wattig, als würde man Urlaub auf einer dicken Flauschewolke machen, übers Land schweben und überrascht hinunterschauen auf die eigenen üblichen Verhaltensweisen.

„Gut, dass ich auf meinem Handy eine Playlist für ruhige Abende habe", erklärte sie. „Und im Wohnzimmer war mir eine Kerze aufgefallen, die habe ich geholt. Jetzt brauche ich nur noch ein Feuerzeug."

Es war ewig her, dass er eine Kerze angezündet hatte. Ihm war nicht mal bewusst gewesen, dass drüben eine herumstand. Als Kind hatte er den heimeligen Schein geliebt und war stolz gewesen, dass er im Gegensatz zu Gregory auch aus den abgewetztesten Streichholzbriefen eine Flamme herbeizaubern konnte.

„In der untersten Schublade, glaube ich", sagte er, ohne aufzusehen.

Er wollte nur hier liegen und ihre Hände fühlen, ja, es kam ihm vor, als wären all seine Muskeln in froher Erwartung und bereit, sich in den nächsten Minuten von ihr herrlich lösen zu lassen.

Ein Geräusch verriet, dass Marina die Nachttischschublade aufzog. Dann hörte er sie entsetzt einatmen.

„Garret, was bitteschön ist denn das?“, fragte sie mit spitzer Stimme und ihm fiel siedendheiß ein, dass sie eben sein allerintimstes Geheimnis aufgedeckt hatte!

Verflixt, wo hatte er nur seinen Kopf gehabt?

17. Das blaue Geheimnis in der Tüte

Marina

Die Playlist mit ruhigen Balladen war schnell gefunden. Marina tippte sie an und platzierte das Handy auf dem Nachtkästchen. Auch wenn sie nicht die Megaladung Haschkekse intus hatte, musste sie doch schmunzeln. Garrett hätte allen Ernstes diese Deckenlampe angelassen, die an eine FBI-Befragung erinnerte, wo man dem Verdächtigen in die Augen blendete? Gut, dass ihr der gläserne Kerzenständer in der Wohnzimmervitrine aufgefallen war.

Sie stellte ihn ab und betrachtete Garrett, der hemdlos und wohl auch reichlich kopflos auf seinem Bett lag. Mehrmals war sie versucht gewesen, ihn zu fragen, ob er vielleicht in Wirklichkeit der Zwillingsbruder des spröden Professors sei. Aber sie war bei seiner Veränderung ja anwesend gewesen. Nach dem anfänglichen Erschrecken war sie Ben und Jerry inzwischen äußerst dankbar für die untergejubelten Haschkekse. Ohne die hätte sie niemals diese neue Seite an Garrett entdeckt.

Er ließ sich freiwillig massieren, war offenbar sogar bereit, sich mal richtig zu entspannen! Das würde als achtes Weltwunder in die Geschichte eingehen. Die Pyramiden und der Koloss von Rhodos waren nichts gegen die Tatsache, dass Mister Verkrampft seinen Astralleib aufs Laken gegossen hatte und nun der Wellnessbehandlung mit seinem Küchenöl entgegenfieberte.

Einen Moment lang überlegte Marina, ob in ihrer Kekshälfte

womöglich neben Mandelsplittern und Schokoflocken noch LSD eingebacken worden war und sie das Ganze hier halluzinierte. Aber sein nackter Rücken sah durchaus echt aus.

„Jetzt brauche ich nur noch ein Feuerzeug", sagte sie und spürte ihren Herzschlag. Es war eigenartig, mit ihm im Schlafzimmer zu sein und eine Kerze anzünden zu wollen. Klar, er war nicht der erste Mann, dem sie die Schultern massierte, das hatte zwei Jahre lang zu ihren täglichen Aufgaben gehört. Nur dass er eben nicht irgendein Patient in der Praxis war. Und sie schon den ganzen Abend dieses Kribbeln unter den Rippenbögen hatte, wenn er ihr in die Augen sah. Was er ausgiebig getan hatte.

Wie würde es sein, ihn gleich anzufassen? Zum ersten Mal seine nackte Haut zu spüren?

Marinas Atem ging schneller bei dem Gedanken. Ihr Blick glitt erneut über seinen Rücken, der perfekt geformt war. Runde Schultern, sichtbare Muskelstränge, dazu diese kleinen, weichen Haare am Ansatz seines Nackens, die gleich an ihren Fingern kitzeln würden. Sie atmete tief durch. Würde nicht leicht werden, sich zusammenzureißen und nicht mit den Händen in seinen dunklen Schopf zu fahren. Oder sich am unteren Rücken heimlich in seinen Hosenbund vorzutasten. Er brachte sie ordentlich durcheinander mit seiner sexy Ausstrahlung.

„In der untersten Schublade, glaube ich", beantwortete er die Frage nach dem Feuerzeug.

Marina beugte sich zum Nachtkästchen und zog sie auf. Beim Anblick des Objekts, das darin lag, stockte ihr der Atem.

„Garrett, was bitteschön ist denn das?"

Mit spitzen Fingern holte sie das Ding heraus. Es war eine

durchsichtige Plastiktüte mit Verschluss, womöglich ein Gefrierbeutel. Und in diesem steckte eine knallblaue Plüsch-Gans. Mit langem Kragen, gelben Füßen und einem Schnabel in der Farbe einer alten englischen Telefonzelle.

Er fuhr herum, setzte sich halb auf, starrte sie ertappt an. „Sie sollten das nicht sehen“, krächzte er und wollte ihr den Beutel aus der Hand reißen, aber sie war schneller und streckte den Arm nach oben, damit die Gans außer Reichweite kam.

„Ich verlasse sofort das Haus, wenn Sie mir nicht erklären, was zum Teufel das ist!“

Sie sah sich das seltsame Ding näher an. Richtig luftdicht verpackt war es, so etwas tat doch kein normaler Mensch! Und Garrett wollte nicht, dass sie es in der Hand hatte. Wahrscheinlich war es ein Sexspielzeug. Ja genau! Mit eingebautem Vibrator womöglich. Mann wickelte sich den langen Kragen der Gans um das beste Stück und dann passierte irgendetwas Hocherotisches, sämtliche G-Punkte wurden stimuliert, die Prostata in Aufruhr versetzt und alle erogenen Zonen explodierten. Marina suchte die Gans nach einem Etikett ab, aber das hatte Garrett wohl abgeschnitten. Da war sicher ein toller Werbespruch daraufgestanden, `Mit Suzie, the Goose, zum Ultra-Orgasmoose` oder so ähnlich.

„Das ist Tarantella“, sagte er, als würde das irgendwas erklären.

„Die Nudelsorte?“ Marina verstand die Welt nicht mehr. Die Theorie mit dem LSD in den Keksen wurde immer wahrscheinlicher, fand sie.

„Sie meinen Pappardelle, breite Bandnudeln“, erläuterte er in alter Besserwissermanier. „Tarantella hingegen ist ein italienischer Tanz, aber in diesem Fall ein Kosename.“

„Für eine Gans?“

„Nun ja.“ Er atmete tief durch. „Sie war ein Geschenk.“

„Von einer Ihrer willigen Studentinnen?“ Marina bekam das Bild mit der Sex-Toy-Goose nicht aus dem Kopf.

„Von meiner Nanny. Als ich noch mit Kuscheltieren statt mit rassigen Viertsemesterinnnen geschlafen habe. Zufrieden?“ Ein Lächeln huschte über sein Gesicht. Er hatte sich zur Seite gedreht und mit dem Ellbogen aufgestützt, was seine Brustmuskeln schön zur Geltung brachte. War nicht leicht, da einen kühlen Kopf zu behalten. Insbesondere wenn man eine blaue Gans in der Hand hatte.

„Wickeln Sie alle Geschenke in Gefrierbeutel mit wiederverschließbarem Zipper?“, fragte sie.

Er schnaubte und ließ sich aufs Kissen sinken. „Wollten Sie nicht die Kerze anzünden?“, war seine einzige Antwort. „Mein Nacken könnte ein wenig Behandlung gebrauchen.“

„Also gut.“ Er wollte es offenbar nicht erzählen, war vielleicht besser so. Marina fand das Feuerzeug, legte Gitta Gans oder wie immer das Vieh hieß zur Seite und entzündete den Docht. Das Flackerlicht warf weiche Schatten auf Garretts Körper.

Sie gab ein wenig Öl auf ihre Hände, die von der Aufregung warm waren. „Ich verteile es erst und schaue, wo die schlimmsten Spannungen sitzen.“

Ihre Finger berührten seine Haut. Unwillkürlich sog Marina die Luft ein. Es war angenehm, ihn anzufassen. Und das war keineswegs bei allen Patienten so gewesen, bei manchen hatte irgendeine Chemie nicht gestimmt, da war es fast schon eine Überwindung gewesen. Bei Garrett hingegen fuhren ihre Hände wie von selbst über seinen Rücken, verteilten das Öl, begannen mit dem großflächigen Ausstreichen, damit er sich erst einmal daran gewöhnte.

Er hatte den Kopf zur Seite gedreht und schloss die Augen, als sie sich seinen Schultern widmete. „Da sitzt schon seit Jahren der Schmerz“, brummte er.

Ja, das konnte sie fühlen. Schon zwischen den Schulterblättern war alles steinhart und die Knoten wurden nach oben zum Nacken sogar noch schlimmer. Erst einmal musste sie die Muskeln aufwärmen, damit sie überhaupt eine Chance hatte, sie zu lösen.

„Muss ja eine nette Nanny gewesen sein, wenn Sie dieses Plüschtier im Nachtkästchen aufbewahren“, sagte Marina und knetete den unteren Trapezius.

„Francesca hieß sie“, hörte sie ihn sagen. „Sie war mir die liebste von allen.“

„Hat Ihre Mutter sich denn nie um die Familie gekümmert?“

„Sie war viel unterwegs. Und ehrlich gesagt, fehlte ihr wohl das Mama-Gen. Sie ist eine Narzisstin wie aus dem Lehrbuch. Da fällt mir auf, über Narzissmus habe ich noch gar nichts geschrieben. Oh ja, an der Stelle sticht es bis zum Hinterkopf hinauf!“

Bei diesen Knoten kein Wunder. Marina kreiste vorsichtig um die Muskelpartie und legte dann die flache Hand darauf. „Was mochten Sie an Francesca?“, fragte sie und erhöhte den Druck mit leichtem Vibrieren.

Er stöhnte leise. „Mir wird ein bisschen schwindlig, wenn Sie das machen.“

„Das ist ein gutes Zeichen“, behauptete Marina, obwohl sie nicht wusste, ob das wirklich von der Massage oder eher von den Bewusstseins-erweiternden und Entspannung-ermöglichenden Keksen kam. Sie fuhr fort, dem Knoten an den Kragen zu gehen.

„Francesca hat für mich gesungen“, sagte er leise. „Und ich durfte dabei auf ihrem Schoß sitzen, das war ganz neu für mich. Sie hatte eine dieser wunderbar dunklen Stimmen, und wenn ich meinen Kopf an ihre Brust gelegt habe, klang das von innen heraus noch voller. Ich hab mich dann immer gefühlt wie in einer warmen Höhle.“

Marina vergaß fast, die Massage fortzusetzen. Bilder tauchten vor ihrem inneren Auge auf. Der kleine Garrett, noch mit rundem Gesicht und großen Augen, wie er sich ganz eng an die Nanny kuschelte, weil sie ihm die Geborgenheit schenkte, die seine Mutter ihm vorenthielt. Sicher hatte diese Francesca ihn in den Arm genommen, wenn er mal traurig war, hin und her gewiegt, sein weiches Kinderhaar geküsst.

„Sie blieb nicht lange“, sagte er. „Ich glaube, meiner Mum war sie nicht streng genug. Oder sie hat ihr zu viel gesungen und gebacken, statt uns die wichtigen Dinge wie Dezimalrechnung beizubringen.“ Er lachte bitter.

Marina musste schlucken. Sie legte beide Hände an seine Schultern und strich nacheinander die Nackendehner aus, weil sie wusste, dass das sehr guttat. Und sie wollte ihm etwas Gutes tun. Denn offenbar hatte es nicht viele Menschen in seinem Leben gegeben, denen das wichtig gewesen war.

„Mathematik ist für ein kleines Kind natürlich viel hilfreicher als in den Arm genommen zu werden“, sagte sie weich.

„Richtig.“

Er schnupperte. „Ich wusste nicht, dass das Kokosöl so gut riecht.“ Ein leichtes Stöhnen entfuhr ihm, als sie weiterhin seinen Nacken verwöhnte. Dann drehte er den Kopf zur anderen Seite. „Francesca hat immer nach Lavendel gerochen.

Das war witzig, ich dachte erst, es sei ein Parfum. Aber sie hat mir die vielen kleinen Beutelchen aus buntem Stoff gezeigt, die sie in ihrem Schrank hatte. Selbst genäht."

Jetzt verstand Marina endlich. „Und die Gans, also Tarantella, die hat auch in dem Schrank gelegen? Sie hatte den Duft von Francesca, stimmt es?"

„Das ist peinlich, ich weiß", gab er zu und sie merkte, wie er sich wieder verspannte.

Am liebsten hätte Marina ihn jetzt hochgezogen und selbst in den Arm genommen, auch wenn sie nach Kokos roch statt nach Lavendel. Er war unglaublich! Hatte die Gans in den luftdicht verschlossenen Beutel gesteckt, damit Francescas Duft nicht verflog!

„Nehmen Sie sie manchmal heraus und schnuppern daran?", fragte sie.

Er schwieg. Lange. Einen ganzen Großen-Rückenmuskel-Ausstreich-Zyklus lang.

„Das wäre doch mehr als lächerlich", sagte er schließlich und sie wusste, was das bedeutete. Garrett Featherstone war nicht der harte Kerl, den er nach außen gab. Er war hochintelligent, engagiert und fleißig. Aber er war auch ein einsamer Mann, der abends mit Kopfschmerzen daheim saß, nicht schlafen konnte und in seltenen Momenten den Drang verspürte, die Nase tief in eine blaue Plüschgans zu stecken, um den Hauch von Lavendel zu erschnuppern.

Marina rieb sich die Unterarme mit Öl ein. Sie würde ihm die beste Massage zukommen lassen, mit der sie je einen lädierten Rücken verwöhnt hatte! Tief unten am Kreuzbein legte sie den Unterarm auf und schob ihn langsam, aber mit viel Druck nach oben, wo sie die ganze Länge ihres Armes am Nacken entlang ausgleiten ließ.

Garrett seufzte wohlig. „Das fühlt sich wunderbar an, Marina“, sagte er und ihr wurde warm. Womöglich nicht nur von der Anstrengung.

Das Gleiche jetzt auf der anderen Seite, anschließend überkreuzt, sodass immer ein Arm auf ihm war, während der andere wieder nach unten glitt. Und mit einem Mal spürte sie, wie sich sein Körper veränderte. Wie die Muskeln, die bisher harte Gegenwehr geleistet hatten, sich öffneten, ihre Berührung zuließen und nachgaben.

Ein tiefes, lang gezogenes Stöhnen kam aus Garretts Mund. „Nicht aufhören“, bat er und schloss die Augen, während sein Kopf tief im Kissen versank.

Das hatte Marina auch nicht vor. Endlich war er so weit, dass sie wirklich arbeiten konnte. Natürlich war es unmöglich, alle Verspannungen einfach so aufzulösen, aber Garrett ließ sie an sich heran, in vielerlei Hinsicht. Sie war froh, ihm nicht in die Augen schauen zu müssen, sondern mit seinem Rücken beschäftigt zu sein. Da gab es eine Menge zu tun und sie widmete sich hingebungsvoll seinen Muskelpartien.

„Marina, ich weiß nicht, was Sie mit mir machen, aber es fühlt sich irrsinnig gut an“, sagte er. „Besser als Sex. Viel besser sogar. Ich drifte wohl wirklich gerade in eine andere Welt ab.“

Sie musste schmunzeln. ‚„Das ist nur die Wirkung der Kekse“, erwiderte sie, wünschte sich aber eigentlich, dass es ihr eigener Verdienst wäre.

„Nein“, widersprach er. „Es sind Ihre Hände. Ich bin zum ersten Mal seit vielen Jahren entspannt.“ Wieder dieses wohlige Seufzen, das ihr direkt in den Bauchraum ging. Oder eine Etage tiefer. Sie kreiste um seine Schulterblätter, die sich mit einem Mal bewegen ließen. Ein Lächeln schlich sich auf ihr Gesicht. Sie mochte den Gedanken, dass sie ihm etwas Linderung verschaffen konnte.

„Freut mich, dass ich hilfreich für Sie sein durfte. Und das, obwohl Sie doch gar keine Frauen mit Helfersyndrom leiden können."

„Habe ich das gesagt?", brummte er. „Ich muss verrückt gewesen sein. Aber wissen Sie, es ist nicht nur die Massage. Sie sehen mich irgendwie ganz anders als die sonstigen Frauen. Ich muss nicht schlau sein."

„Glauben Sie wirklich, dass Sie das abstellen können?" Marina lachte, ihr Puls jedoch sprang in einen Renngalopp. War das jetzt ein Flirt aus seinem Ratgeber oder meinte er ernst, was er sagte?

„Im Moment ist mein Kopf jedenfalls im Ruhemodus. Und ich fühle nur. Ich glaube, ich kann zum ersten Mal seit Jahren den Hals wieder richtig drehen." Er versuchte es im Liegen.

„Setzen Sie sich mal auf", schlug Marina vor. „Da kann ich Ihren Nacken noch besser bearbeiten."

Er tat es und sie kniete sich hinter seinen Rücken.

„Lehnen Sie sich mal an mich an, so komme ich an die Brustmuskeln heran. Ich vermute nämlich, die sind gehörig verkürzt, weil Sie viel am Schreibtisch sitzen."

Vorsichtig zog sie ihn an sich, er wehrte sich nicht. Offensichtlich war er immer noch benommen vom Marihuana oder von den nicht mehr gequetschten Nervenbahnen, so etwas konnte schon mal schwindlig machen.

„Sie riechen gut, Marina", stellte er fest. „So exotisch."

„Ja, das ist mein niederbayrischer Landduft, gepaart mit Kokosnüssen."

Garrett lachte. Die Vibration seines Körpers übertrug sich auf ihren.

„Sie sind die erste Frau, die mich nicht ganz ernst nimmt. Ich mag das. Alle anderen wollen nur die Intelligenzbestie sehen. Offenbar ist es ein Statussymbol, sich mit einem Professor für Psychologie zu treffen. Ahh, kneten Sie da ruhig fester, ich vertrage das."

Er ließ seinen Kopf weiter nach hinten fallen, lehnte ihn an ihre Schulter, während sie seine völlig verkürzten Brustmuskeln dehnte. Musste ein gutes Gefühl sein, wenn sich der Brustkorb endlich wieder öffnen konnte, ganz befreiend. So ähnlich wie das Gefühl, wenn man sein Herz öffnete. Was Marina natürlich nicht vorhatte, nicht für jemanden, dem es nur um wissenschaftliche Preise ging und nicht um die Patienten.

„Warum haben Sie sich für Psychologie entschieden?", fragte sie. „Die Erklärung von neulich kaufe ich Ihnen nicht ab."

Wie warm sein Rücken war. Und wie vertraut es sich anfühlte, Körper an Körper zu sitzen. Fast so, als wäre das ganz normal.

„Das ist eine lange und öde Geschichte. Und ich kann gerade nicht klar denken", sagte er.

Sie schob ihn ein winziges Stück von sich weg und gab ihm zu verstehen, dass er den Kopf nach vorne fallen lassen sollte. Nun waren die kleinen Muskeln am Übergang vom Schädel zum Nacken dran, die so oft heftige Kopfschmerzen auslösten. Doch Marina wusste, wie man die kleinen Teufelchen lockerte.

„Machen Sie das bitte die ganze Nacht lang", kommentierte Garrett ihre Bemühungen und atmete wohlig aus. Er schloss die Augen und gab sich ganz ihren Händen hin.

„Nur, wenn Sie mir nebenbei etwas von sich erzählen."

„Das ist Erpressung und ich ...", begann er, kam aber nicht weiter, weil sie gerade einen knallharten Knoten gefunden hatte und diesem zu Leibe rückte. Als der widerspenstige Kerl endlich nachgab und sie den Muskelstrang sanft lockerte, seufzte Garrett erleichtert.

„Sie ahnen gar nicht, wie angenehm das für mich ist! Also gut: Als ich ungefähr vierzehn war, wurde mein Grandpa krank. Herzrasen, Atemnot, man hat alle möglichen Internisten geholt. Nichts half wirklich. Einer hat dann mal gewagt zu sagen, dass es psychosomatisch sein konnte. Der wurde um ein Haar von der Verwandtschaft exekutiert."

„Klingt nach Panikattacken und Angststörung. Hatte er denn viel Stress?"

Ein bitteres Lachen war seine Antwort. „In der Familie Featherstone zu leben ist anders als das Hausboot der Kelly-Family. Bei uns stand jeder unter Anspannung, schon seit Generationen."

Puh, das klang nicht gut. Nach allem, was sie über seinen Vater und Bruder gehört hatte, passte das ins Bild.

„Man verpasste ihm Herzmittel, eine strenge Diät und regelmäßige Spaziergänge. Etwas anderes als körperliche Beschwerden wurde einfach nicht akzeptiert. Das wäre ein Zeichen von Schwäche gewesen und im Hause Featherstone ist für Schwäche nun mal kein Platz."

Er sprach in der Gegenwart, fiel ihr auf, aber sie sagte nichts dazu, sondern massierte lieber weiterhin seinen Nacken. „Hat er sich erholt?"

„Wie man es nimmt. Er begann zu trinken. Auch das war selbstredend ein Tabu, niemand sprach über so etwas. Eine kranke Seele ist nicht gesellschaftsfähig. Letztendlich starb er qualvoll an Leberversagen. Hoch lebe die heile Welt der psychisch gesunden Familie!"

Sein Sarkasmus war verständlich. Überhaupt war vieles verständlich inzwischen.

„Und deshalb haben Sie beschlossen, genau Psychologie zu studieren. Weil Sie beweisen wollten, dass es eine ernstzunehmende Wissenschaft ist", vermutete sie.

Garrett nickte. Sie streichelte seine Schultern mit einer Zärtlichkeit, die in einer medizinischen Massage nichts zu suchen hatte.

„Ich war ein Einser-Schüler, hatte den besten Abschluss meines Jahrgangs. Und ich war naiv. Dachte, wenn ein so genialer Kopf wie ich das studiert, muss doch jeder die Wichtigkeit des Faches einsehen! Mal ehrlich, Marina, ich wirke doch nicht wie einer dieser vertrottelten Psychologen in Cordhose, die man in dummen Filmen sieht?"

„Ganz im Gegenteil", erwiderte sie. „Sie sind das Modell eines seriösen Wissenschaftlers."

Er ließ den Kopf noch ein wenig weiter hängen. Was angesichts der Muskeldehnung gut wäre, aber Marina vermutete, er tat es nicht aus Stretching-Gründen.

„Ich hatte gehofft, ich kann den Menschen auf diese Weise helfen", erklärte er. „Dass sie der Psychologie vertrauen und sich freiwillig in ihre Hände begeben, wenn man sie von deren Seriosität überzeugt. Das ist der einzige Weg, meiner Meinung nach. Unsere Fachrichtung herauszuholen aus der schwammigen Esoterikecke und der ganzen Welt zu zeigen, dass sie eine exakte Wissenschaft ist. Dann wird es möglich sein, auch Patienten wie meinem Grandpa zu heilen."

Marina hielt mitten in der Bewegung inne. Ihre Hände blieben einfach auf Garretts Schultern liegen, als wären sie damit verwachsen.

„Das heißt ja …“, begann sie und bekam ihre Gedanken kaum sortiert. „Das heißt, Sie haben im Grunde aus dem gleichen Grund wie ich Psychologie studiert! Weil Sie helfen wollen.“

Darauf wäre sie niemals gekommen!

Aber es stimmte. Garrett wählte natürlich einen anderen Weg, er wollte die Psychologie als absolut verlässliche Wissenschaft etablieren. Aber nur deshalb, weil er das als Basis sah, vielen Menschen Gutes zu tun.

„Wir sind gar nicht so unterschiedlich“, sprach sie halblaut aus, was sie dachte.

Und Professor Garrett Featherstone war gar kein gefühlskalter Karrierehengst, dem es nur um Preise und Reputation ging. Das war alles nur Mittel zum Zweck, um Kranken besser helfen zu können!

„Ist Ihnen das wichtig, Marina?“ Seine Stimme war plötzlich ganz sanft und kroch in ihr Innerstes wie die ersten warmen Sonnenstrahlen im Mai. „Ändert es etwas für Sie, wenn wir uns ähnlich sind?“

Seine Haut war heiß unter ihren Händen. Sie roch den Duft seines Shampoos, spürte den Rhythmus seines Atems.

„Ich weiß nicht recht.“ Die Wirkung des Haschisch` trat bei ihr offenbar verspätet ein, denn sie war jetzt völlig durcheinander, alles purzelte in ihrem Kopf herum wie in einer Lostrommel. War Garrett der Hauptgewinn? Oder sie selbst viel zu sehr Niete für ihn?

Bevor die Lottofee die wirbelnden Kugeln zur Ruhe bringen

konnte, drehte er sich zu ihr um. Saß nun unmittelbar vor ihr mit seiner Olympiaruderer-Brust und seinen Mondsteinaugen.

„Wir könnten versuchen, es herauszufinden“, flüsterte er und dann war da sein Mund. Auf ihrem. Einfach so. Seine Lippen ganz weich auf ihren eigenen, seine Hand an ihrem Rücken, sein Atem auf ihrer Haut. Er schmeckte gut. Nach Kaffee und Zimt und nach achtem Weltwunder.

Das waren die Kekse, schoss ihr durch den Kopf. Aber da er zu einem neuen Kuss ansetzte, dieses Mal deutlich leidenschaftlicher, schob sie den Gedanken beiseite. Und wenn schon! Wie hatte er vorher mehrmals betont? War doch sowieso egal. Garrett konnte verflixt gut küssen und sie hatte keine Lust, sich diesen Hochgenuss aus irgendwelchen moralischen Bedenken heraus entgehen zu lassen.

„Herr Professor, ich schätze, Sie haben die Wette gewonnen“, warf sie ein, als sie beide irgendwann Luft holen mussten. „Ich habe heute Abend von Ihrem überragenden Intellekt gar nicht so viel mitbekommen. Keine Ahnung, womit Sie gepunktet haben, aber mit Diploma an der Wand auf keinen Fall.“

Er lächelte. Und zwar nur für sie. Marina sah ihn ganz genau an, die steile Falte auf seiner Stirn war völlig verschwunden und überhaupt wirkte er lockerer. Selbst seine Haare hatten beschlossen, sich nicht mehr in einen Scheitel pressen zu lassen.

„Heißt das, ich soll aufhören mit dem Küssen?“, fragte er.

„Keinesfalls.“ Sie zog ihn erneut zu sich heran. „Wir müssen es der strengen Mrs. Spencer vielleicht beweisen und sollten dafür richtig geübt sein.“

Das war offenbar ein gutes Argument, denn sein Mund versiegelte ihre Lippen.

Marina schloss die Augen.

Das Leben war womöglich gar nicht so schlecht, wenn man in Oxford war, eine berühmte Psychologin wurde und im Bett saß mit einem Professor, der sich für diverse Hilfeleistungen auf überaus talentierte Art dankbar zeigte.

18. Das gerupfte Huhn

Marina

„Und dann?“, fragte Willie völlig atemlos. „Wie ging es weiter, hast du ihn ins Laken gedrückt und bist wild über ihn hergefallen?“

Dafür, dass Willie den Blick eines Kindes drauf hatte, dem man ein spannendes Märchen erzählt, war ihr Vokabular ganz schön erwachsen.

„Nein. Bin ich nicht.“

„Oh Mann, Marina, warum denn nicht? Also ich kapier das nicht. Man nutzt so eine Chance doch, vor allem, wenn der Kerl so sexy aussieht, wie du ihn beschrieben hast.“

„Weil er stoned war. Völlig high von den Haschkeksen.“

„Oder von deiner tantrischen Massage“, kicherte Willie und hopste wie ein kleines Mädchen an der Bordsteinkante entlang, einen Fuß auf dem Gehweg, einen auf der Straße. Sie waren wieder einmal auf dem Weg zur Klinik. Wo Marina mit gewissen Knaben ein ausgewachsenes Huhn zu rupfen hatte.

„Es ist ganz einfach. Wenn er wirklich an mir interessiert ist, wird es ein nächstes Mal geben. Falls er aber noch völlig bekifft war und mich deshalb geküsst hat, bin ich froh, dass ich nicht mit ihm in der Kiste war.“

„Ahh, ihr Katholiken wieder mit eurer Moral. Kein Sex vor der Nüchternheit und so.“ Willie grinste. „Aber sag mal – *willst* du denn eigentlich noch mal mit ihm rumknutschen?“

Marina versuchte noch, in den zehn Geboten nach der Sache mit dem Rausch zu suchen, deshalb traf sie die Frage unvorbereitet. Außerdem war sie völlig unausgeschlafen nach der kurzen Nacht.

„Ich, äh …“, stotterte sie herum. „Ich finde ihn nett.“

Sie wollte Willie nichts verraten über Garretts Geheimnisse, über seinen Großvater oder seine Nanny. Das waren Dinge, die er ihr im berauschten Zustand anvertraut hatte und die niemanden sonst etwas angingen.

„Nett?“ Willie brachte fast ihre Füße durcheinander. „Er ist heiß, sexy und interessant, aber der Mann ist doch beim besten Willen nicht nett!“

Doch, war er. Er schnupperte nachts an einer Lavendelduft-Gans, stellte seinen Bruder nicht bloß mittels untreuer Braut und hatte ein echtes Interesse, Menschen zu heilen.

„Ich würde ihn sehr gerne wieder küssen“, sprach sie aus Versehen ihre Gedanken laut aus.

Der Satz beeindruckte Willie offenbar sehr, denn sie schwieg. Das kam normalerweise nur vor, wenn in Schaltjahren zur Sommersonnwende eine Mondfinsternis stattfand oder so.

„Marina, mal im Ernst.“ Willies Stimme klang verändert, sie hatte so einen seriösen Anwaltston. „Bist du dir sicher, dass er dich wirklich wahrnimmt? Dich als Person und nicht nur eine Frau mit geschickten Händen, die seine Kopfschmerzen lindert?“

„Ich weiß es nicht“, musste sie zugeben. „Habe die halbe Nacht darüber nachgedacht. Dummerweise ist mir das egal. Weil ich die andere Hälfte der Nacht von ihm geträumt habe.“

Von seinen Augen im Kerzenschein und dem Klang seines Lachens, von diesem tiefen Stöhnen, wenn sie seinen Nacken massierte, und von der Wärme seines Rückens an ihrem Körper.

„Da steht er ja schon, dein Traummann." Willie deutete nach vorne.

Es stimmte. Garrett war nicht erst ins College gekommen, sondern von zu Hause aus direkt zur Klinik gefahren. Da stand er nun am Eingang und geleitete die Studenten ins Gebäude, um die Anwesenheit zu kontrollieren.

Wie würde er reagieren, wenn er sie sah? Marinas Bauch kribbelte, als hätte sie Brausepulver gefrühstückt.

„Guten Morgen", begrüßte er sie mit tiefer Stimme. Und zwar nur sie. Den anderen hatte er nur zugenickt.

„Guten Morgen, Professor", gab sie zurück, weil sie natürlich nicht wollte, dass jeder etwas mitbekam. Insbesondere nicht die beiden Groupie-Girls, die würden es glatt fertigbringen, ihr aus Eifersucht Rizinusöl in den Kaffee zu rühren. Oder Rattengift.

Marina war die Letzte, die ins Gebäude ging, und als sie sich an ihm vorbei durch die Tür drückte, war da plötzlich diese Hand. Auf ihrem Rücken. Groß und warm und so vertraut, dass ihr dieser trübe Herbstmorgen mit einem Mal sonnendurchflutet erschien. Da sich keiner der anderen Studenten umdrehte, blieb die Hand dort, die ganzen Stufen hinauf. Erst am Eingang zur Wohngruppe wagte Marina es, den Kopf zu wenden und Garrett anzuschauen.

„Du hast mir gutgetan", raunte er ihr zu. „Und zwar ganz unabhängig von irgendwelchen Keksen. Wie wäre es am Samstag mit einem kleinen Ausflug? Nur wir beide?"

Er meinte es ernst! Marinas Puls schoss in die Höhe und ihr wurde brathühnchenmäßig heiß.

„Nur zu zweit? Ganz ohne Mrs. Spencer und Toffee als Schiri?", neckte sie ihn, weil sie viel zu überwältigt war für eine ernste Antwort.

„Wenn du darauf bestehst, kann ich die beiden natürlich miteinladen."

Wie konnte ein Mensch sich nur so verändern, wenn er lächelte? Ein völlig neuer Ausdruck war da in seinem Gesicht, die Augen nahmen eine weichere Farbe an und die Fältchen um sie herum waren zum Anbeißen. Vom Mund ganz zu schweigen, sie musste sich sehr am Riemen reißen, um sich nicht auf die Zehenspitzen zu stellen und Garrett mitten auf dem Klinikflur niederzuknutschen.

„Ausnahmsweise verzichte ich auf das Duo", sagte sie. „Wo treffen wir uns?"

„Ich hole dich um sechs Uhr an der üblichen Stelle ab, am Eingang zum Park." Er strich kurz über ihren Arm und öffnete anschließend die Tür. Sobald er den Gang betrat, verwandelte er sich zurück in den autoritären Professor und verteilte die heutigen Aufgaben.

Marina platzte fast vor Glück. Als Ben ihr im vollen Aufenthaltsraum entgegenkam, hatte sie sehr damit zu kämpfen, ein halbwegs ernstes Gesicht zu mimen.

„Jungs, ihr hättet mir wirklich sagen müssen, was in den Keksen drin war", begann sie mit Grabesstimme, als Jerry sich dazugesellte. „Ich habe dem Hündchen einer guten Freundin etwas davon abgegeben, weil er so gebettelt hat. Er musste in die Tierklinik, es geht ihm gar nicht gut."

„Fuck!" Jerrys Gesicht war voller Entsetzen. „Es sollte doch nur ein Joke sein! Verflucht, wir wollten doch niemandem etwas Böses."

„Das mag sein, aber so etwas muss man sich halt vorher überlegen."

Ben machte einen Schritt auf sie zu. „Kann ich irgendetwas tun?", fragte er. „Dem Hund irgendwas besorgen, ich kann alle möglichen Sachen auf dem Schwarzmarkt bekommen, das tut mir jetzt echt leid!"

Die beiden waren wirklich mitgenommen. Marina war sich nicht hundertprozentig sicher gewesen, wie viel Mitgefühl noch in den Jungs steckte. Manchmal machte das Leben Menschen so hart, dass das ganz tief verschüttet war. Aber sie hatte geahnt, dass die Eis-Brüder sich ihr weiches Herz bewahrt hatten.

„Kommt mit." Sie zog die Zwei in eine ruhige Ecke. „Ich kann euch beruhigen, das mit dem Hund stimmt nicht. Ich wollte euch nur schockieren. Es hätte aber jederzeit etwas passieren können. Ehrlich gesagt hat tatsächlich jemand die Kekse gefuttert, den das sehr verändert hat. Was, wenn ein Kind sie in die Finger bekommen hätte?"

„Das hätte halt jetzt Bauchweh von der Kicherei, sonst nix", erwiderte Jerry.

Ben rammte ihm seinen Ellbogen in die Rippen. „Hör auf mit dem Scheiß. Es war `ne idiotische Idee."

„Richtig." Marina nickte. „Ich will auch gar nicht wissen, wo ihr die Drogen herhabt und all das. Aber ich will, dass ihr mir was versprecht."

„Dass wir die Finger von dem Drogenmist lassen blabla", vermutete Ben. „Die übliche Rede. Dabei war das gar nicht unser Zeug, Jerry hat die Cookies geschenkt gekriegt. Auch wenn Sie es eh nicht glauben, Miss, ich will clean werden. Und hier raus." Er verschränkte die Arme vor der Brust und kaute vehement auf einem Kaugummi herum.

„Ihr sollt nur versprechen, so was nicht mehr an wen auch

immer zu verteilen, das ist alles. Und dass du clean werden willst, Ben, kauf ich dir ab. Schon deinen Schwestern zuliebe, stimmt`s?“

Sie mochte den Kerl. Er war provokant, hatte meist miese Laune und ließ sich garantiert von niemandem was sagen, aber er wuchs ihr langsam ans Herz.

Ben holte mit dem Arm aus. Leider hatte Marina nur Orgelstunden gehabt und keine Karatelektionen, sonst hätte sie sich womöglich rechtzeitig geduckt, um einem Schlag auszuweichen. Doch es kam keiner. Stattdessen klopfte er ihr ungewohnt freundlich auf die Schulter. Nur kurz, als wäre es ihm peinlich.

Aber sein „Sie sind in Ordnung, Lady“, war laut zu hören. Die Köpfe aller umstehenden Studenten fuhren herum.

Garrett kam herein und unterbrach somit die Gespräche. „Sie arbeiten heute nur die nächste Seite ab, anschließend besprechen wir die Ergebnisse am College. Nachmittags findet wieder unser normaler Unterricht statt, die fehlenden Stunden hängen wir an. Ich muss jetzt zu meinen anderen Kursen.“

Manchmal vergaß Marina, dass er auch noch andere Semester betreute. Sicher hatte er auch jede Menge zu korrigieren und vorzubereiten. Außerdem noch die Sozialstunden im Park. Das war schon einiges, das er leistete. Wie gut, dass er nun jemanden hatte, der ihn etwas ablenkte. Sie grinste in sich hinein.

Er verließ den Gemeinschaftsraum. Marina schickte ihre beiden Schützlinge gerade in deren Zimmer, um dort das heutige Interview zu machen, da kam Neema auf sie zu.

„Sag mal, wie hast du das hinbekommen?“, fragte die. „Dieser Ben war für uns alle ein Albtraum und jetzt ist er brav wie ein

Lämmchen."

„Ja, und Jerry war auch nicht viel besser", mischte sich ein anderer Student ein. „Ich war heilfroh, dass die beiden nicht bei mir gelandet sind."

Plötzlich stand der halbe Kurs um sie herum und sah sie fragend an.

„Na ja", begann Marina. „Die beiden hatten nicht wirklich Lust auf die Bögen. Ben sowieso nicht. Ich hatte höllische Angst, mich bei Featherstone zu blamieren, also habe ich ein paar Umwege genommen. Mit Eis-Bestechung. War so `ne spontane Idee und hat gewirkt."

Neema wickelte nachdenklich eine ihrer nachtschwarzen Strähnen um den Zeigefinger. „Ist vielleicht doch keine so schlechte Idee, diese Sache mit der Empathie", gab sie zu. „Wie funktioniert das genau? Gehst du da nach einer bestimmten Struktur vor? Machst du dir Notizen?"

Ach je, wollten die eine detaillierte Anleitung?

„Klar, ich schreib mir alles Mögliche auf." Sie deutete auf das Notizbuch in ihrer Hand. „Alles, was mir auffällt, wenn ich mit den Jungs rede. Manchmal sehe ich auch welche von den anderen Jugendlichen laufen und mir fällt was auf. Das notiere ich mir dann, ist halt so ein Spleen von mir, wenn mir was ins Auge springt."

„Wohl eher in den Bauch", kommentierte Willie ihren Vortrag.

„Und wie fällt dir was auf?" Neema zückte ihren Stift. „Ich finde das nämlich wirklich beachtlich, was du über Ben und Jerry alles weißt. Ich wüsste überhaupt nicht, wie ich solche Dinge aus meinen Mädels herausquetschen sollte. Die machen total schnell dicht." Einige nickten zustimmend.

Sie hatten sich natürlich alle in den Mittagspausen über ihre Probanden ausgetauscht, das waren ja spannende Fälle. Marina war allerdings überrascht gewesen, wie wenig die anderen von ihren Jugendlichen wussten. Die hatten sich alle ganz brav an Garretts Anweisungen gehalten, ganz sachlich die Fragen durchzugehen. Was vielleicht auch besser war.

„Ich wollte unseren Prof gar nicht hintergehen", erklärte sie schnell „Sicher hat er recht damit, dass Forschung total objektiv sein muss. Nur hätte ich halt aus meinen Jungs keinen vernünftigen Satz rausgebracht, wenn ich nicht ein wenig kreativ gewesen wäre. Und Vertrauen aufgebaut hätte. Ich glaube, dass ich den beiden damit viel besser helfen kann."

„Wobei das hier nicht unsere Aufgabe ist", gab Neema zu Bedenken."

„Klar, das stimmt", bestätigte Marina, nahm ihren Block und ging zur Tür. „So, jetzt muss ic schauen, was meine Chaosbrüder wieder anrichten", sagte sie und trat auf den Gang.

Sie hatte wirklich eine Glückssträhne!

Die Eisbrüder waren aufgetaut, ihre Kommilitonen brachten ihr plötzlich Respekt entgegen und Garrett wollte sich mit ihr treffen! Wenn sie nicht fürchten müsste, dass Jerry sie heimlich filmte und das Ganze anschließend mit einem peinlichen Kommentar ins Netz stellte, hätte sie jetzt einen Luftsprung gemacht, und zwar höher als die oberste Glocke von ganz Oxford.

*

Nachmittags quälte Garrett den Kurs mit einem Ausflug in die Stochastik. „Kenntnisse in Wahrscheinlichkeitsrechnung sind besonders für Psychologen unerlässlich“, behauptete er und warf mit dem Beamer die nächste Folie an die Wand. Die drei Stunden Unterricht waren keinesfalls vergnügungssteuerpflichtig, gingen aber irgendwann vorbei.

Marina hatte hin und wieder versucht, seinen Blick zu erhaschen. Einmal war es ihr gelungen und sie sah ein kurzes Aufblitzen in seinen Augen, das ihr Herz schneller schlagen ließ. Ansonsten ließ er sich nichts anmerken und das war gut so. Außer Willie und Neema wusste niemand im Kurs etwas von ihrem Treffen mit dem Herrn Professor, und das sollte so bleiben.

Als Marina nach dem Unterricht den Innenhof überquerte, um ins Wohnhaus zu gehen, gesellte sich Neema zu ihr.

„Das war interessant, was du heute erzählt hast“, sagte die. „Ich habe das bisher als Spinnerei abgetan, das gebe ich zu. Aber man sieht ja, dass du Erfolg hast mit deiner Masche.“

„Als Masche würde ich es nicht bezeichnen.“

„Egal. Mir hat das imponiert. Und weil ich mal ausprobieren wollte, wie es ist, ein netter Mensch zu sein, habe ich was für dich recherchiert. Gehen wir in dein Zimmer?“

Verdutzt drückte Marina die Tür auf. Neema wandelte sich zur gütigen Goldmarie? Das war wirklich ein seltsamer Tag heute.

Da Willie noch einkaufen gehen musste, waren sie allein im Zimmer. Neema holte ihren kleinen Laptop aus der Tasche.

„Du hast mich doch gefragt wegen Tantra-Massage. Schau mal, ich habe ein wenig herumgesucht und ein sehr eindrucksvolles Video gefunden.“

Ein Klick, dann lief das Filmchen los. Fasziniert beugte Marina sich näher über den Bildschirm.

Ein indisches Pärchen war zu sehen, auf einer großen Matratze auf dem Boden, um die beiden herum waren unzählige Kerzen aufgestellt und im Hintergrund flackerte ein Kaminfeuer. Sie knieten sich gegenüber und verbeugten sich. Beide waren fast nackt, trugen nur eine Art Sari, in seinem Fall war der um die Hüfte gewickelt.

„Das ist das Begrüßungsritual, habe ich nachgelesen", erklärte Neema, die offenbar jeden Bereich ihres Lebens sehr wissenschaftlich anging, und sich detailliert informiert hatte. „Tantra hat nichts mit Sex zu tun, es geht um die Huldigung des Empfangenden", referierte sie weiter, „um eine absichtslose Berührung des gesamten Körpers und dadurch die Aktivierung sämtlicher Zellen."

Na prima. Marina stellte sich vor, wie Garrett ihr im bunt gemusterten Lendenschurz gegenüberstand und sie ihm erklärte, dass sie ihm jetzt huldigen würde, und zwar völlig absichtslos.

„Kannst du mal dahin vorspulen, wo es richtig losgeht?", fragte sie.

Entsetzt sah Neema sie an. „Du musst doch das ganze Ritual lernen! Die Entzündung der sieben Chakras, die Kopfmassage und den lebendigen Stuhl, anschließend …"

„Den was?", unterbrach Marina die übereifrige Inderin.

Neema seufzte tief und spulte das Video vor, bis die Frau sich auf der Matte sitzend niederließ und den Mann mit dem Rücken an sich heranzog. Er lehnte sich an und saß gewissermaßen in einem flauscheweichen Sessel, weil er ihre fülligen Brüste im Rücken und seinen Kopf an ihrer Halsbeuge hatte. Niemals im Leben würde Garrett so etwas mit sich machen lassen.

„Ich glaube, das ist wohl doch nichts für mich“, stellte Marina fest. „Ich habe mir das völlig anders vorgestellt. Es war ja nur dummes Dahergerede, weil ich ihn, den Sexprotz, ärgern wollte“

„Schon klar, woran du gedacht hast.“ Erneut spulte Neema im Video vor. Der Inder glänzte jetzt wie ein gebuttertes Naan-Brot. Das lag sicher an der Glasflasche mit Öl, die über einem Teelicht wohlig gewärmt wurde. Und nun fand tatsächlich das statt, was Marina gemeint hatte. Die hübsche Tantra-Wellness-Tante widmete sich ihrem Kunden, indem sie ihn mit vollem Körpereinsatz massierte. Das war – nun – doch recht anders als in Mamas weißgekachelter Physiopraxis, stellte Marina fest.

„War wieder mal eine Schnapsidee.“ Marina stand auf, obwohl das Video noch weiterlief.

Ja, sie hatte ihn nicht ganz angelogen. Sie stand tatsächlich nicht auf harte Sex-Orgien oder Dominanz, sondern auf Sinnlichkeit. Aber auf keinen Fall würde sie sich zum Affen machen und auf ihm herumrutschen wie ein Stückchen Butter auf der heißen Kartoffel!

Überhaupt – das erwartete er doch gar nicht. Ihm ging es wahrscheinlich nur um eine medizinische Nackenmassage und ein offenes Ohr. Schließlich hatte er nicht protestiert, als sie sich nach dem Kuss auf die Socken gemacht hatte.

Der Ausflug würde garantiert ein exklusiver Rundgang durchs Ashmolean Museum sein oder womöglich durch die Bodleian Library, und zwar einzig und allein, um ihr in der berühmten Bibliothek seine eigenen Werke zu zeigen. Immerhin war er ja, auch wenn sie ein paar plüschige Geheimnisse kannte, immer noch Professor Garrett Featherstone und nicht James Blunt!

19. Käsige Gedanken

Garrett

Die Analysebögen stapelten sich auf Garretts Schreibtisch. Natürlich war das nicht die endgültige Version, das Projekt steckte noch in den Kinderschuhen. Er wusste jedoch, dass man beim Komitee des Wellspring-Preises Punkte sammeln konnte, wenn man eine Studie nicht für sich allein im Elfenbeinturm der Wissenschaft erstellte, sondern Studenten miteinbezog. Im Gegensatz zu vielen anderen Auszeichnungen wurde beim Wellspring-Preis hauptsächlich die Idee und deren Umsetzung gewürdigt, nicht ein Forschungsergebnis, das man erst in jahrelangen Praxistests beweisen musste.

Und seine Idee war zweifellos genial.

Gerade im Feld der Psychologie, die diesen Anstrich einer ungenauen Wissenschaft hatte, war es wichtig, Fakten zu schaffen. Sachliche Analysen und messerscharfe Schlussfolgerungen, die keinen Spielraum für Interpretationen lieferten.

Genau das würde er mit dem Featherstone-Analysebogen liefern. Kamen jugendliche Suchtkranke in eine Klinik oder psychologische Praxis, musste der Behandelnde nur noch den Bogen und einen Stift hervorziehen, gewissenhaft alle Fragen mit dem Patienten abklären und das Ganze in ein bedienungsfreundliches PC-Programm eingeben. Und schon hatte er eine genaue Diagnose und vor allem die richtige Behandlungsmöglichkeit. Selbstverständlich konnte man diese Vorgehensweise auf andere Felder ebenfalls ausdehnen. Er würde möglicherweise die gesamte therapeutische Behandlung von Kranken revolutionieren!

Auch wenn Garrett das niemals laut aussprechen würde: Im Grunde war das nicht anders, als wenn man seinen BMW in die Werkstatt brachte, um die Technik checken zu lassen. Nur dass so ein Auto eben vollelektronisch durchleuchtet wurde, während man bei Menschen ein klein wenig anders vorgehen musste.

Was zählte, war aber in beiden Fällen gleich: Das Problem genau aufzuspüren und zu behandeln.

Hätte das irgendwer bei seinem Großvater gemacht, wäre dessen Lebensabend völlig anders verlaufen. Es machte Garrett auch heute noch wütend, wenn er an seine Familie mit ihrem idiotischen Starrsinn dachte. Aber er würde sie eines Besseren belehren und ihnen beweisen, wie ernsthaft seine Fachrichtung war.

Garrett klappte den Ordner zusammen, in dem er die von ihm bearbeiteten Bögen abgelegt hatte. Schluss für heute. Der Tag war lange genug gewesen. Außerdem hatte er Hunger, und zwar auf ein Stück Stilton, einen richtig würzigen, dazu ein Glas Wein und ein paar Scheiben dunkles Brot.

Er packte seine Sachen zusammen und machte sich auf den Weg zum Covered Market. Um diese Zeit waren die Touristen, die sich tagsüber in der historischen Markthalle herumtrieben, größtenteils schon zu den Pubs weitergewandert. Er überquerte ein paar Straßen und betrat den Gebäudekomplex des Marktes über die Cornmarket Street. Drinnen herrschte noch einiges an Betrieb.

Garrett kämpfte sich den Weg frei zur *Oxford Cheese Company* und kaufte sich ein ordentliches Stück Stilton, dazu noch etwas

Schafskäse, der passte ebenfalls gut zum schweren Rotwein, den er sich heute gönnen würde.

„Bitteschön", sagte die Verkäuferin und hielt ihm die Papiertüte entgegen, in der der teure, aber nicht ganz geruchsfreie Inhalt verpackt war. Er bedankte sich und wandte sich zum Gehen. Normalerweise wäre er auf direktem Weg nach Hause marschiert, aber heute war ihm nicht danach. Er schlenderte ein wenig in den Markthallen herum. Hatte er ewig nicht getan.

An einer Ecke gab es ein Geschäft, an dem er bisher immer vorbeigelaufen war, ohne einen Blick hineinzuwerfen. *The Cake Shop* hieß der Laden, war auf allen Seiten verglast und hatte in den Schaufenstern exquisite Tortenkreationen ausgestellt. Garrett blieb stehen, denn man konnte den Konditorinnen bei der Arbeit zusehen. Direkt vor ihm entstand eine zweistöckige Geburtstagstorte mit einem Traumschiff samt Liegestühlen, Rettungsbooten und einem winzigen Kapitän, dem eine der Angestellten gerade mit einem noch winzigeren Pinsel Knöpfe an die Uniform malte. Auf dem Tisch daneben bastelte eine andere Petit Fours und verzierte sie mit täuschend echt aussehenden Blütenblättern aus Marzipan.

Ob Marina so etwas gefallen würde?

Er konnte es nicht einschätzen. Schon den ganzen Tag über ertappte er sich bei Gedanken an sie. Selbstredend hatte er während des Unterrichts darauf geachtet, keine auffälligen Gesten zu machen. Und sie nur angesehen, wenn sie gerade in ihr Buch vertieft war. Doch sie war ihm keine Sekunde aus dem Kopf gegangen, was völlig unüblich war für ihn.

Anfangs hatte er versucht, diese Sache zu analysieren. Lag es daran, dass Gregory heiratete und sein eigenes

Unterbewusstsein den abstrusen Wunsch entwickelte, ihm nachzueifern, und deshalb die Sache mit Marina ernst nahm? Nach reiflicher Überlegung konnte er diese Möglichkeit ausschließen. Ihm war es nämlich völlig egal, ob sein Bruderherz vor den Altar trat oder in einer Hippie-WG samt freier Liebe auf dem Campingplatz hauste.

Hatte möglicherweise sein Alter damit zu tun? Darüber gab es zum Glück Literatur, er hatte über eine Stunde damit verbracht, nach ähnlichen Fällen zu suchen. Doch für eine Midlife Crisis war er deutlich zu jung und es gab keine belegten Beispiele, wo männliche Enddreißiger mit einem Mal ihre Einstellung zu Frauen änderten. Sogar in all seinen Flirt-Ratgebern, die im Regal hinter einem medizinischen Lexikon versteckt waren, hatte er nachgelesen. Fehlanzeige. Er fand nur Tipps für bisher treue Saubermänner, die nun richtig einen draufmachen wollten. Das war nicht sein Thema, zu brav war er wahrlich nicht gewesen in den letzten Jahren.

Keine Erklärung für dieses ungewöhnliche Phänomen zu haben, setzte ihm zu. Vielleicht wäre es gut, noch ein paar Schritte zu gehen.

Er wandte sich von der Tortenbackstube ab und schlenderte weiter, bis er an einem Floristen vorbeikam. Farbenprächtige Gestecke waren rechts und links neben der Eingangstür aufgebaut und in bunten Eimern warteten Blumensträuße auf Käufer. Direkt vor seiner Nase einer mit gelben Tulpen, die ihre vollen Köpfe neugierig nach ihm ausstreckten.

Ausgerechnet dieses Zwiebelgemüse!

Er wollte schnell weitergehen, doch irgendetwas hielt ihn zurück. Dabei konnte er Tulpen doch wirklich kein bisschen leiden und verfluchte schon heute den Sonntag, wo er wieder bei Sklaventreiber Angus antreten musste.

Aber wenn man die Dinger etwas genauer betrachtete, sahen sie eigentlich gar nicht so schlecht aus. Marina würde wohl über ihn lachen, weil er Blumen noch nie näher unter die Lupe genommen hatte. „Schau doch nur, die Kelche sind unten viel dunkler", würde sie sicherlich sagen. „Als hätte ein Aquarellmaler einen feinen Übergang geschaffen. Und dann hat er ganz zarte Striche in Orange gezogen, wie Äderchen, ich finde, die Tulpen sehen richtig lebendig aus."

Ja, er konnte sie förmlich hören. Natürlich würde er vorgeben, das Kraut trotzdem nicht zu mögen, aber sie würde ihn durchschauen und wissend angrinsen. „Gib es doch zu, du findest sie eigentlich auch ganz hübsch", wäre ihr nächster Satz. Woraufhin er, um sie zu ärgern, halblaut brummen würde: „Ja, unfassbar schön mit ihrer liebevollen Farbkomposition, ich möchte am liebsten jedes einzelne Köpfchen zart streicheln."

„Oh, Garrett!", hörte er eine dunkle Stimme neben sich und fuhr herum. „Ich wusste gar nicht, dass Sie so tiefe Gefühle für Blumen hegen."

Verdammt, Dekan Strathan stand neben ihm. Und doppelverdammt, den Satz über die Tulpen hatte er offenbar nicht nur gedacht, sondern tatsächlich laut ausgesprochen!

„Ich habe nur ein Gedicht rezitiert", fiel ihm zum Glück ein. War manchmal doch vorteilhaft, wenn man den schnellsten Verstand von ganz Oxford hatte. „Von Shelley, denke ich, könnte aber auch Whitman sein. Eine Ode an die Schönheit der Tulpe. Vor Jahren mal in der Schule gelernt und Sie wissen ja, wie das ist, manchmal erinnert man sich an die erstaunlichsten Dinge!"

Der Dekan sah ihn immer noch etwas zweifelnd an. „Wohl wohl, das wird so sein. Wie kommen Sie voran mit den Arbeiten für Ihre Studie?“

„Sehr gut. Wir stellen momentan eine erste Version der Analysebögen zusammen, die dann natürlich auf viel breiterer Basis eingesetzt werden. Ich rechne mir gute Chancen auf den Preis aus.“ Garrett bewegte sich unauffällig einen Schritt zur Seite, weg von den fatalen Tulpen.

„Das will ich hoffen“, sagte Strathan mit ernster Miene. „Sie wissen, dass ich bei Ihnen bereits sehr oft ein Auge zugedrückt habe. Dass Sie sich mit Studentinnen treffen, ist im Grunde absolut inakzeptabel. Aber Sie sind das Aushängeschild des Colleges, deshalb habe ich mich blind gestellt. Doch die Vorwürfe mehren sich, ich kann nicht länger die schützende Hand über Sie halten – außer Sie erweisen sich als Preisträger. Dann sind Sie unantastbar.“

Garretts Nackenmuskeln verhärteten sich. „Vanessa macht demnächst ihren Abschluss und ich bin nicht ihr Dozent“, versuchte er eine Rechtfertigung.

Abwehrend hob der Dekan die Hände. „Ersparen Sie mir Namen! Ich will unwissend bleiben in dieser Causa. Ihr Privatleben geht mich nichts an. Alles, was ich Ihnen rate, ist, sich auf wissenschaftlicher Ebene hervorzutun. Sonst wird es bald schwierig. Sie genießen momentan keine Immunität und es gibt, so viel kann ich verraten, durchaus Kollegen, die ethische Bedenken haben, Ihnen noch länger die Professur zuzusprechen.“

Wie bitte?

Verdutzt sah Garrett den Dekan an. Dass er einigen der anderen Professoren ein Dorn im Auge war, wusste er. Das waren allesamt graubärtige Langweiler, die sich hinter ihren schweren Schreibtischen verkrochen und mit ihrem Bücherregal oder alternativ einer damenbarttragenden Strickliesl verheiratet waren. Aus denen sprach einzig und allein der Neid auf seine Jugend und sein, nun ja, durchaus vorzeigbares Aussehen!

„Ich kann Ihre Bedenken absolut zerstreuen“, stellte er mit fester Stimme klar, „und verspreche Ihnen eine hervorragende und vollkommen skandalfreie Studie, die garantiert von Erfolg gekrönt sein wird. Meine Theorie ist revolutionär und wird die Jury mit Sicherheit begeistern.“

„Nun gut.“ Strathan nickte. „Dann fahren Sie in dieser Weise fort. Ich wünsche einen schönen Abend.“

„Ebenfalls“, presste Garrett hervor. Seine Backenzähne mahlten. Als würde er sich selbst nicht schon genug unter Druck setzen, kam auch noch der Dekan daher! Und hielt ihn jetzt nicht nur für einen College-Playboy, sondern auch noch für einen Tulpenanbeter, was zehnmal schlimmer war.

Ohne das Grünzeug eines weiteren Blickes zu würdigen, trabte er nach Hause. Er entledigte sich der Schuhe, zog die Krawatte aus dem Kragen und öffnete den Wein. Den Käse ebenfalls, der musste auch atmen, damit er sein volles Aroma entfaltete.

Als er sich aufs Ledersofa setzte, rieb er sich ganz automatisch über den Nacken. Und stellte überrascht fest, dass er sich nach Marinas Anwesenheit sehnte. Noch mehr verblüffte ihn die Erkenntnis, dass es ihm dabei nicht nur um die Massage ging.

Worum dann?

Er schnitt sich ein Stück Käse ab, schob es sich in den Mund, spülte mit Wein nach. Schmeckte kaum etwas.

Überhaupt war das eine seltsame Sache. Nach diesem denkwürdigen Kuss, den er trotz des Rotweinaromas noch genau auf seinen Lippen schmeckte, hatte sie sich von ihm verabschiedet. Das war ein absolutes Novum. Wenn Garrett Featherstone eine Frau küsste – was sowieso die Ausnahme war – landete er immer mit ihr im Bett. Das war ein Naturgesetz. Hatte er zumindest gedacht.

Mit Marina jedoch war es ihm richtig vorgekommen, sie gehen zu lassen. Ein langsameres Tempo einzuschlagen. Nur wieso?

Also noch einmal ran an die Analyse. In Gedanken ging er die einzelnen Punkte durch.

Erstens das Aussehen. Gut, sie war keine Frau, nach der sich alle umdrehen würden, so wie nach Juliette. Nicht mal sein Typ war sie, er bevorzugte in der Regel gertenschlanke Schönheiten mit hohen Wangenknochen und verruchtem Make-up plus ebensolchen Dessous. Marina war hübsch, aber hatte nicht den lodernden Sex-Appeal anderer Frauen. Sie war eher ein warmes Kaminfeuer oder weiches Kerzenlicht. Er erinnerte sich an den Ausdruck in ihrem Gesicht im Schlafzimmer, an das Funkeln ihrer Augen, ihr Lächeln, diese wundervoll sanften Lippen. Und erst die Hände!

Stop. Er musste zurück zur wissenschaftlichen Analyse. Das Äußere war also akzeptabel, aber keinesfalls der Grund, dass er sie nicht mehr aus seinem Kopf brachte. Ihr Intellekt vielleicht? Nun – der war ganz ordentlich, aber nicht überragend. Genau wie Bildung oder Eloquenz.

Ein weiteres Stück Käse fand den Weg in seinen Mund. Vor lauter Grübelei hätte er dabei fast das Weinglas umgeschüttet, konnte es aber in letzter Sekunde retten.

Marina würde ihn jetzt wohl necken und fragen, ob ihn der Käse betrunken gemacht hatte oder so etwas.

Garrett straffte die Schultern. Mit einem Mal wusste er, was so besonders an ihr war. Er hörte nämlich ihr Lachen, aber vielmehr noch – er spürte, wie er sich selbst dabei fühlte.

Entspannt.

Marinas Anwesenheit brachte ihn zur Ruhe. Weil sie ihn ansah, als müsse er nichts beweisen. Als genüge er als Mensch.

Und er hatte noch nie irgendjemandem genügt.

Die Erkenntnis haute ihn so um, dass er glatt den Rest des Käsestückes verdrückte. Konnte es so einfach sein, so ganz analysefrei und völlig unwissenschaftlich? Dass er sich einfach *wohlfühlte* bei ihr?

Er sprang auf und tigerte im Wohnzimmer auf und ab, suchte nach anderen Erklärungen, fand keine. Fand nur den Wunsch, sie wiederzusehen. Mit ihr zu lachen, ihr Dinge aus seiner Kindheit zu erzählen oder in drei Teufels Namen sogar mit ihr Tulpen einzupflanzen. Und das war nun wirklich ein außergewöhnliches Verlangen!

Gerade schenkte er Wein nach, da klingelte es an der Tür.

Garrett erstarrte. Für den Bruchteil einer Sekunde glaubte er an Telepathie, an Universum und Schicksal und was ihm sonst noch an esoterischen Kopfschüttelthesen untergekommen war, aber dann besann er sich natürlich. Selbstredend war der Gedanke unsinnig, dass Marina seinen Wunsch regelrecht gespürt hatte und jetzt vor der Haustür stand. Unfug war das! Und dass er sich im Gehen schnell durch die Haare fuhr und sein herausgerutschtes Hemd ordentlich in die Hose steckte, hatte damit auch nichts zu tun, das war ein Reflex, sonst gar nichts.

Die Milchglasscheibe der Eingangstür zeigte die Silhouette einer Frau.

Garrett ging darauf zu und nahm sich dabei fest vor, baldmöglichst einen Kardiologen aufzusuchen, weil er offenbar zu Herz-Rhythmus-Störungen neigte. Kam vor, wenn man schnell aufstand, hatte er gelesen. Oder womöglich von zu viel Stilton-Käse.

Er riss die Tür auf, dabei machte sein Puls einen Satz, der im EKG sicherlich groß ausgeschlagen hätte – und erstarrte.

Vor ihm stand Vanessa, sie lächelte frivol und öffnete mit beiden Händen ihren Wintermantel. Darunter war sie nackt.

„Überraschung, Mister Professor“, flüsterte sie in einer Stimme, die wohl einen Kurs bei Marilyn Monroe gemacht hatte.

Nur dumm, dass er nicht John F. Kennedy war und sein Geburtstag noch Wochen entfernt war.

„Bist du so begeistert, dass du ganz vergisst, mich hereinzubitten?“, schnurrte sie und wollte sich an ihm vorbeidrücken.

„Moment“, sagte er. „Es passt gerade nicht gut.“

„Sag bloß, du bist nicht allein? Hast du eine andere willige Studentin, die an deinen Lippen hängt, wenn du dozierst?“

Sie legte ihre Hand auf seinen Bauch und fuhr nach unten. Zum ersten Mal im Leben fand er, man sollte die „me too“-Debatte auch auf Männer ausweiten.

„Ich bin allein, aber ich habe zu tun“, behauptete er.

Ihre Finger waren an dem von ihr anvisiertem Ziel angekommen. Dummerweise reagierte sein Körper, aber er wollte Vanessa trotzdem nicht hier haben, da half auch ihr Eva-Kostüm unter dem Filzmantel nichts.

„Der Dekan hat mich aufgesucht", fiel ihm ein. Gerade noch rechtzeitig, denn sie schob sich erst in den Flur und anschließend die rechte Seite des Mantels aufreizend langsam über ihre Schulter. „Und er hat mir gedroht. Es gibt diverse Beschwerden darüber, dass ich mich mit einer Studentin treffe."

„Das war dir doch bisher auch egal", erwiderte sie und entblößte nun auch ihre linke Schulter. Sah nicht schlecht aus, das musste er zugeben.

„Die Dinge haben sich geändert", sagte er trotzdem und erwischte ihren Mantel gerade noch, bevor der zu Boden rutschte. Er zog ihn wieder nach oben und schlang den Gürtel um Vanessas Taille. Knotete ihn zu. Sah in eine finstere Miene.

„Du schickst mich allen Ernstes weg?", fragte sie und ihre Stimme klang jetzt gar nicht mehr nach der Monroe. Eher nach Marilyn Manson.

„Meine Professur ist in Gefahr!" Er versuchte, ein entrüstetes Gesicht zu machen. „Dekan Strathan hat mir ernsthaft angedroht, mich meines Amtes zu entheben. Wenn ich den Preis gewinne, habe ich wieder mehr Freiheiten. Doch bis dahin muss ich mich schweren Herzens an die Statuten des Colleges halten. So leid mir das natürlich tut."

„Ich hasse Feiglinge", fauchte sie. „Jeder andere Mann würde sich die Kleider vom Leib reißen, wenn ich so vor ihm stehe."

„Könnte dich auch jeder zum Orgasmus bringen, indem er über frühkindliche Prägungen oder den Vorzug von Serotonin-Aufnahmehemmern referiert?", gab er zurück.

„Ach Garrett, ich werde scharf, wenn du so was nur aussprichst." Jetzt probierte sie es erneut mit der Schnurr-

Nummer. Wirkte aber heute nicht.

„Wir holen das alles nach. Wenn ich den Preis in der Tasche habe“, versprach er, küsste sie und schob sie gleichzeitig mit sanftem Druck in Richtung Tür.

Sie protestierte noch ein wenig, aber natürlich setzte Garrett sich durch. Nachdem er die Tür hinter ihr geschlossen hatte, atmete er erleichtert auf.

Anschließend kehrte er zu seinem Weinglas zurück. Er fand einen Käsebrösel und drückte ihn auf ein Stück Brot, biss ab, kaute nachdenklich. Ihm fiel nämlich gerade auf, dass er Vanessa gar nicht fortgeschickt hatte, weil er Angst vor Dekan Strathan und seinen Drohungen hatte.

Sondern weil er viel lieber einen halb-platonischen Abend mit Marina verbringen würde, als Vanessa mantelbefreit auf die Matratze zu werfen.

Und das war eine Sache, die ihm nun doch gewaltig zusetzte.

20. Stille Wasser

Marina

Sie solle sich eine warme Jacke mitnehmen, hatte Garrett ihr per Textnachricht mitgeteilt. Okay, die besaß Marina, hatte sie allerdings über den Unterarm gelegt, als sie auf den Lewis-Park zuging. Ein loser Stein des Gehwegs klapperte munter unter ihren Schritten und die Luft des Spätnachmittags roch nach Apfelpunsch. Es war einer dieser sanften Herbsttage, an denen die roten Blätter lautlos von den Bäumen schwebten, der Himmel sich eine Stola aus purer Seide umgelegt hatte und vergessene Sommerträume sich in Spinnennetzen verfingen.

Wollte er sie zu einem Picknick mitnehmen? Unter einer knorrigen Eiche eine Decke ausbreiten, sich an den Stamm lehnen und irrsinnig sexy aussehen, wenn er sich eine Weintraube in den Mund warf? Warm genug wäre es noch, denn England hatte sich schon vor langer Zeit entschlossen, seine kühlen Sommer durch zauberhaft milde Herbsttage auszugleichen.

Unsinn. Marina schüttelte über sich selbst den Kopf. Was hatte sie nur für Kleinmädchen-Phantasien? Er würde sie wahrscheinlich auf einen der unzähligen Kirchtürme schleifen, um ihr einen kunsthistorischen Vortrag zu halten, oder ihr vom Dach des Radcliffe Camera-Gebäudes aus die Oxforder Architektur erklären. In bester Besserwissermanier und ohne sie dabei zu küssen, vermutete sie.

Mal im Ernst. Was sollte ein nüchterner Professor Featherstone mit einer wie ihr? Außer geschickten Händen hatte sie ihm nichts zu bieten. Womöglich wäre es schlauer gewesen, die Eisbrüder um einen Nachschub an Haschkeksen zu bitten. Aber nein, sie wollte sich nicht in Illusionen wiegen und nur deshalb diese innigen Blicke von ihm ernten, weil er völlig zugedröhnt war. Dann lieber wieder alleine sein. War gar nicht so schlimm. Man konnte in alten Jogginghosen herumlaufen, das Bett mit Chips vollbröseln und stundenlang melancholisch am Fenster sitzen, um den Regentropfen zuzuschauen, die in unendlicher Abfolge daran hinunterliefen.

Sein Wagen fuhr heran und unterbrach ihre Grübeleien. Marina öffnete die Beifahrertür und stieg ein.

Er beugte sich nicht herüber, um sie zu küssen. Sah sie aber immerhin an, sogar mit einem dieser Abendrot-Lächeln.

„Schön, dass du da bist.“ Die Stimme dunkel wie Zartbitterschokolade.

Sie versteckte ihre zitternden Hände unter der Jacke.

„Fahren wir ins Grüne?“, fragte sie, weil sie nicht wusste, was sie sonst antworten sollte.

„Lass dich überraschen.“

Marina betrachtete ihn von der Seite. Die kleinen Fältchen um die Augen, das markante Profil, die Mundwinkel ein klitzekleines bisschen angehoben. Als würde er sich amüsieren über ihre Ahnungslosigkeit. Von der Stirnfalte keine Spur. Auch wenn ihre Sensoren im Moment außer Betrieb waren, weil ihre Gefühle übereinanderstolperten wie Kleinkinder beim ersten Ballspiel, spürte sie doch etwas. Garrett war gut gelaunt. Ja, fast entspannt sogar.

„Hattest du einen guten Tag?“, wollte sie wissen. Sicher lag es daran. Die Zusage für eine neue Veröffentlichung war ihm ins Haus geflattert, er war für einen weiteren Preis vorgeschlagen worden oder von den Leserinnen eines Psychologiemagazins zum „begehrenswertesten Wissenschaftler dieser Dekade" gewählt worden. Irgend so etwas musste dahinter stecken.

„Ich werde einen schönen Abend haben, das reicht", erwiderte er und bog von der High Street in Richtung Süden ab.

Wo wollte er hin? Neugierig schaute Marina aus dem Fenster, kannte diese Gegend von Oxford aber nicht. Ein Fluss war in der Nähe, aber das war nichts Besonderes, denn durch die Themse, den Cherwell und jeder Menge kleinerer Kanäle wirkte Oxford fast wie das alte Venedig, roch allerdings besser.

Garrett fand einen Parkplatz und lotste sie zur Folly Bridge, einer kleinen Brücke über der Themse, an der sich ein gemütliches Restaurant befand, wie sie gerade feststellte. Er nannte am Eingang seinen Namen und Marina hielt nach dem reservierten Tisch Ausschau. Doch statt sie ins Lokal zu führen, machte Garrett zwei Schritte auf einen seitlichen Ausgang zu.

„Komm", sagte er. „Hier geht`s hindurch."

Verblüfft folgte sie ihm durch die Tür. Als sie die steile Treppe runtersah, verstand sie endlich. „Wir machen eine Bootsfahrt?"

Er nickte. „Ehrlich gesagt, war ich hier auch noch nicht. Aber ich habe einen Ratgeber konsultiert und mir Empfehlungen geholt."

Marina musste sich das Grinsen verkneifen. Welche Art Fachbücher Garrett neuerdings gerne las, wusste sie inzwischen. Offenbar gab es darin nicht nur Tipps für die besten Anmachsprüche, sondern auch für romantische

Ausflüge in Oxfordshire, und er stürzte sich jetzt todesmutig ins Abenteuer.

„Hi, ich bin Alex“, stellte sich eine junge Frau mit kurzen Haaren und in Männerklamotten vor. „Sie sind die Letzten. Wenn Sie einsteigen, geht`s gleich los.“

Sie kletterten in ein kleines Schiff, das am Kai lag. Im vorderen Teil befand sich das Ruder, ein Stuhl für den Kapitän und allerlei Equipment, die hintere Hälfte bestand aus einem langen Holztisch, der umgeben war von Sitzplätzen. Sah ein bisschen aus wie die schwimmende Tafelrunde von König Artus. Nur dass keine Ritter herumlungerten, sondern grauhaarige Touristen aus irgendeinem südlichen Land. Dem Akzent bei der Begrüßung nach waren es Spanier.

Am Heck des Schiffes warteten zwei Plätze auf Garrett und Marina. Sie quetschten sich an den Spaniern vorbei, die nur schlecht Englisch sprachen, und setzten sich.

Alex wickelte ein Riesenseil von einem Poller, gab dem Schiff mit dem Fuß einen Schubs und sprang drauf. Anschließend ließ sie den Elektromotor anspringen, dessen Schnurren kaum hörbar war. Fast lautlos glitt das Boot durchs Wasser.

„Hast du Hunger?“, fragte Garrett.

Erst jetzt fiel Marina der Picknick-Korb auf, der neben ihnen am Boden stand. Garrett hob ihn hoch und klappte ihn auf. Ein tolles Ding war das! Sah aus, als wäre es eine Requisite von „The great Gatsby“. Im Deckel waren Ledergurte angebracht, mit denen Teller und Besteck aus Porzellan befestigt waren. Auf dem Tisch standen eine Karaffe mit Wasser und eine kleinere Flasche.

„Holundersirup“, erklärte Garrett und mischte zwei Gläser davon.

„Ich bin völlig baff", gab Marina zu. „Irgendwie hatte ich mit einem Ausflug in ein Museum gerechnet oder so was in der Art. Aber ein Picknick auf dem Fluss – das ist … ich weiß gar nicht, wie ich sagen soll."

„… nichts, was man Professor Featherstone zutrauen würde?", schlug er vor.

Sie nickte. „Du steckst voller Überraschungen."

Garrett verteilte die Teller und legte die Sandwiches mit Lachs, Frischkäse und den unvermeidlichen Gurken darauf. „Glaub mir, ich bin selbst ebenso verwundert. Und auch durcheinander. Normalerweise schafft es keine Frau, meinen kühlen Kopf anzurühren."

„Liegt nur daran, dass die anderen Damen dich nicht mit Haschkeksen weichgekocht haben."

Die Köpfe von zwei der Touris fuhren herum, als er laut auflachte.

„Das mag sein", erwiderte er. „Aber heute bin ich nüchtern. Und, nun ja, so eine Situation ist ungewohnt für mich."

Falls das stimmte, konnte er seine Unsicherheit gut verbergen. Auf Marina wirkte er keinesfalls nervös, sondern sehr konzentriert. Er faltete die Servietten zu einem perfekten Dreieck und rückte das restliche Geschirr im Korb zurecht, sodass alles in Reih und Glied stand.

Das Schiff fuhr an alten Häuserfronten vorbei, zu deren Geschichte Alex mit ruhiger Stimme etwas erklärte. Der Fluss, auf dem sie fuhren, hieß außerhalb von Oxford Themse, innerhalb des Stadtgebiets nannte man ihn jedoch Isis, lernte Marina. Wieder eine dieser schrulligen britischen Gewohnheiten, die sie so liebgewonnen hatte. Sie passierten ein ganzes Rudel von Hausbooten, die Marina faszinierten.

Manche Bewohner hatten sich halbe Gärten darauf angelegt, andere Boote waren bunt bemalt und waren mit Blümchenvorhängen aufgehübscht.

„Kannst du dir das vorstellen?“, fragte sie Garrett. „Auf so einem Boot zu leben, nur das Nötigste zu besitzen, aber jeden Abend von den Wellen in den Schlaf geschaukelt zu werden?“

Er zog die Brauen zusammen. „Ungenügende sanitäre Anlagen, keine vernünftige Dusche, fehlende Dunstabzugshaube in der Küche und ich wüsste nicht, wie ich all meine Bücher dort unterbringen sollte.“

Das war typisch. „Aber denk an die Gemeinschaft! Sicher kennen die sich alle und feiern jeden Abend miteinander oder helfen sich aus, wenn einem der Vanillezucker ausgegangen ist.“

„Ich bin nicht besonders gesellig.“

„Und ich schätze, du hältst auch nicht viel von Vanillezucker?“

Er lachte. Schon wieder. Und wie jedes Mal kroch ihr sein Lachen unter die Haut, viel mehr, als sie es je bei einem anderen Mann erlebt hatte.

„Es wird langsam bedenklich, wie sehr du mich durchschaust“, sagte er und biss vom Gurkensandwich ab.

„Ich spüre einfach nur hin, sonst nichts“, rutschte ihr heraus.

„Ah, die Sache mit der Intuition. Du weißt, was ich davon halte. Davon kann mich auch dein Zauberkunststück mit Juliette nicht abbringen.“

Nun kam er also doch durch, der alte Garrett. Für den alles, was nicht durch den reinen Verstand gesteuert wurde, mit Voodoo gleichzusetzen war.

Das Boot fuhr unter einer historischen Brücke hindurch. Es

glitt langsam unter den Bogen aus oxidiertem Metall, eskortiert von zwei Möwen, die die Stille hin und wieder mit ihren Schreien durchbrachen. Kein Mensch weit und breit, nur der Fluss, das Schilf am Ufer und die Silhouetten von Häusern in der Ferne, die unwirklich erschienen.

„Es hat nichts mit Esoterik zu tun.“ Marina wollte noch einen letzten Versuch starten, um ihn zu überzeugen. „Überleg doch nur: Seit vielen tausend Jahren sind wir Menschen darauf angewiesen, unserer Intuition zu vertrauen. Alle Naturvölker tun das immer noch und ich habe nicht das Gefühl, dass die dümmer sind als wir in unserer hochtechnisierten Welt, wo wir die Umwelt zerstören, uns selbst ständig unter Stress setzen oder gegenseitig in die Luft jagen.“

„Das kann man nicht vergleichen.“ Jetzt wieder mit Professorenstimme. „Wir leben nun mal hier und nicht in der afrikanischen Steppe.“

„Aber es gelten doch die gleichen Gesetze! Dort erahnen die Menschen, ob sich ein Löwe hinter dem Busch verbirgt und sie als Mittagessen eingeplant hat. Wir gehen zum Anlageberater und müssen ebenso gut fühlen, ob der uns betrügen will oder eine ehrliche Haut ist, bevor wir ihm unser Geld in den Rachen werfen.“

„Das ist nicht Intuition, sondern Erfahrung“, widersprach er. „Man erkennt, dass er mit den Augen zuckt, wenn er lügt. Oder kann aufgrund der übersteigerten Gewinnversprechen ableiten, dass die Anlage nicht seriös sein kann.“

„Da hast du recht, aber es ist viel mehr als das. Nimm Kinder. Die verfügen noch über ganz viel Intuition. Die wissen genau, warum sie zu Tante Hildegard nicht gehen wollen, oder dass ihnen eine der vier Kindergärtnerinnen nicht sympathisch ist.

Sie spüren das und es stimmt. Aber wir trainieren es ihnen systematisch ab. Zwingen sie dazu, sich von der einparfümierten Tante auf den Schoß nehmen zu lassen oder der Erzieherin mit dem bösen Blick ein Bild zu malen."

Nachdenklich trank er einen Schluck. „Und du hast dir diese Fähigkeit also erhalten?", fragte er.

„Jeder hat die noch. Der eine mehr, der andere weniger. Kennst du diese Untersuchung bei Quizteilnehmern? Man hat ihnen vier Auswahlmöglichkeiten gegeben und sie notieren lassen, was ihr erster Gedanke dazu war. Zu über achtzig Prozent lagen sie mit ihrer Antwort richtig. Dann jedoch setzte das Denken ein, vernebelte alles und ließ sie in vielen Fällen falsche Antworten ankreuzen. Diese intuitiven Fähigkeiten haben wir noch. Wir wagen es nur zu wenig, darauf zu vertrauen."

Garrett schüttelte den Kopf. „Mag ja alles sein, aber in der Psychologie hat das alles nichts verloren! Versteh doch, wir müssen sie als exakte Wissenschaft positionieren. Nur dann hat sie eine Chance auf wahre Anerkennung."

„Du redest von deinem Vater, stimmt`s?"

Er sah sie an. Mit einer Traurigkeit im Blick, die sie dazu veranlasste, ihre Hand an seine Wange zu legen. Er ließ es zu, schloss sogar für einen kurzen Moment seine Augen.

„Der Wellspring-Preis wird für alle Wissenschaftszweige verliehen", erklärte er, und sie konnte hören, dass es ihn Mühe kostete, in dieser Weise darüber zu reden. „Es ist ein sehr renommierter Preis, sogar mein Vater kennt ihn, auch wenn er das natürlich verleugnet hat."

„Moment." Verstört sah sie ihn an. „Du hast deinem Dad erzählt, dass du Aussichten auf einen berühmten Preis hast, und er hat so getan, als kenne er diesen nicht? Das ist total verletzend."

Er zuckte mit den Schultern. „So ist er nun mal. Man gewöhnt sich daran. Aber ich habe es einfach so satt, mir ständig die Lobeshymnen auf Gregory anzuhören. Ja, er wurde nach Harvard berufen, ach wie phantastisch! Und ja, er ist Mediziner, somit richtiger Wissenschaftler, und jetzt wurde auch noch ein Darmbakterium nach ihm benannt."

Ihre Finger wanderten an seinen Nacken, sie fühlte, dass er ihre Berührung genoss. Vielleicht nicht nur ihre Hand, auch dass sie ihm zuhörte, ihn wahrnahm.

„Also das tut mir echt leid, Garrett", raunte sie ihm zu. „Den wirst du niemals übertreffen können. Seinen Namen trägt erstens ein Darmkeim und zweitens eine Frau, die auf stinkende Klempner steht. Wie willst du das jemals übertrumpfen?"

Ein kurzes Auflachen, das durch seinen ganzen Körper ging. Durch ihren ebenfalls.

„Eine perfekte Schlussfolgerung", gab er zu und schmunzelte. „Ich hätte es nicht besser formulieren können."

Seine Hand legte sich auf ihren Oberschenkel, warm und aufrührend.

„Mal im Ernst", sagte Marina, fuhr aber mit den Zärtlichkeiten fort. „Du wirst den Wellspring-Preis gewinnen. Dein Vater wird dann endlich deine Arbeit respektieren und dazu deinen ganzen Fachbereich! Und ich werde alles dafür tun, um dir dabei zu helfen. Sogar ganz brav deinen Anweisungen folgen und die Bögen ganz akkurat bearbeiten. Verlass dich auf mich."

Er sah sie an. Ganz lange und eindringlich, sodass sie vergaß zu atmen, weil ihr ganzer Körper hypnotisiert war von diesem Blick. Dann beugte er sich zu ihr und küsste sie, anders als beim letzten Mal, innig. Vertraut. Und völlig unwiderstehlich.

Alles um sie herum war ihr egal, die Touristen, Alex am Ruder, die Bootsfahrt. Sie wollte nur mit Garrett verschmelzen, den Moment für alle Ewigkeit anhalten und seine Lippen auf ihren spüren, ihn schmecken, riechen, die Finger in seinem dichten Haar vergraben.

Als sie irgendwann Luft holen musste, war die Welt um sie herum zum Stillstand gekommen. Oder zumindest das Boot. Ja mehr noch, sogar die Isis führte nicht mehr weiter, sondern hörte auf, ein Fluss zu sein. Sie mäanderte nicht mehr gemächlich durch den Oxforder Westen, sondern hatte eine Wand vor dem Kopf, sozusagen. Zumindest blickte Marina gegen diese, als sie nach vorne sah.

Entsetzt wandte sie sich zu Garrett. Klar, er konnte exorbitant gut küssen und sie befanden sich im Land von Alice und ihren Wundern, aber einen ganzen Fluss anzuhalten, das wäre ein ziemlich großer Zauber.

„Wir sind in der *Osney lock*, einer Schleuse“, sagte er und deutete auf ein Schild.

Langsam purzelten Marinas Gehirnzellen wieder an ihre zugewiesenen Plätze. Sie sah Alex, die ausstieg und an der Wand über einige Stufen nach oben ging, wo sie einen Schalter betätigte. Hinter dem Schiff schloss sich eine Tür und Wasser floss ins Becken. Die Spanier, die so etwas offenbar noch nie gesehen hatten, zückten ihre Kameras und filmten das Spektakel, nur eine dürre Frau hielt sich ängstlich an ihrem Ehemann fest. Sie litt offenbar an Platzangst, was Marina ihr nicht verdenken konnte. War ja auch wirklich seltsam, hier in einem tiefen Becken gefangen zu sein, während das Wasser anstieg und der Skipper nicht an Bord war.

„Ich küsse normalerweise nicht", unterbrach Garrett ihre Gedanken.

Sie fuhr herum. „Wie meinst du das? Du hast es doch gerade getan. Und beim letzten Mal auch."

„Das ist mir nicht entgangen." Er lächelte. „Trotzdem ist das nichts, was ich sonst tue. Zumindest nicht so."

Sie trank einen Schluck von dem erfrischenden Holunderwasser, um kurz nachdenken zu können. „Du sagst also, du holst dir zwar gerne eine Studentin ins Bett, wälzt dich mit ihr zwischen den Laken, aber küssen magst du sie nicht?"

„Das ist ja auch viel intimer als Sex", sagte er allen Ernstes. Und meinte es nicht als Witz. „Und außerdem bist du nicht einfach irgendeine Studentin." Sein Blick war immer noch bei ihr.

Konnte sie es wagen, ihn zu fragen, was genau sie denn war für ihn? Nein, mit so einer Frage konnte man nur verlieren und sie wollte sich die Stimmung nicht verderben, nicht heute, an diesem magischen Spätnachmittag.

Sie steckten immer noch in der Schleuse fest. Nur nach und nach stieg der Wasserpegel an, hob das Boot im Zentimetertakt hoch.

Garrett schaute nach oben, wo Alex ganz entspannt am Regler stand. „Weißt du, hier untätig herumzusitzen und zu warten, bis das Wasser hereingeflossen ist, hätte mich noch vor ein paar Tagen auf die Palme gebracht. Ich hasse Untätigkeit. Und Stillstand noch viel mehr. Ja wirklich – im Grunde ist so etwas Folter für mich."

„Du machst aber gar keinen leidenden Eindruck",

kommentierte Marina die Tatsache, dass ein weiteres Gurkensandwich in seinem Mund landete.

Er musste erst fertigessen. „Das ist ja das Eigenartige. Es stört mich nicht. Die Gedanken an die viele Arbeit auf meinem Schreibtisch sind überhaupt nicht präsent."

„Du solltest vielleicht öfters mal auf den Fluss."

Er schüttelte den Kopf. Schien zu überlegen. „Das ist es nicht", sagte er schließlich. „Ich gehe regelmäßig rudern. Da bekomme ich den Kopf nie so frei wie hier. Mit dir."

Er legte seinen Arm um ihre Schultern und Marina schmiegte sich an ihn. Wie wunderbar sich das anfühlte! Völlig irreal natürlich, wie der ganze Ausflug, aber sie genoss den Traum einfach mit allen Sinnen. Sog Garretts Duft ein, fühlte die Wärme seines Körpers, lauschte seiner dunklen Stimme, als er ihr erklärte, wo sie jetzt hinfahren würden.

Die Zeit hatte auf dem Fluss ihr ganz eigenes Tempo, sie hielt sich nicht an das Korsett irgendwelcher Uhren oder ließ sich in Zahlen pressen. Sie floss mal schnurgerade, drehte sich in einem munteren Strudel, blieb stehen oder lief sogar ein kleines Stück rückwärts, genau wie das Wasser. Als das Tor der Schleuse sich öffnete, hätte Marina nicht sagen können, wie lange sie darin verweilt hatten. Nun jedenfalls änderte sich das Ufer, die Häuser verschwanden, stattdessen öffnete sich eine unglaubliche Graslandschaft.

„Port Meadow", hörte sie Garrett sagen und sein Atem streifte ihre Wange. Er strich ihr eine Strähne hinters Ohr, während sie fasziniert die Landschaft bewunderte.

Mächtige Laubbäume badeten ihre Wurzeln im Wasser, Schilf wiegte sich verträumt in den Strahlen der Abendsonne, die den Himmel in eine Aquarellwelt tauchte. Der Horizont löste sich auf, nahm sich heute wohl einen Abend frei und schenkte dem Himmel dadurch Unendlichkeit in seiner Weite. Grautöne, tiefgründiges Blau und die Farbe von Bougainville-Blüten verschwammen ineinander, malten faszinierende Schattierungen über die Bäume und den Fluss. Der tat sein Bestes, bei den fein abgestimmten Nuancen mitzuhalten, schillerte einem Opal gleich in melancholischen Farbtönen und steuerte sogar ab und an ein schüchternes Glitzern bei, wenn ein Sonnenstrahl sich in ihm spiegeln wollte.

Träge Kühe und Pferde weideten auf den Wiesen. Ein Schimmel hob den Kopf, sah dem Boot aus seinen weisen Augen zu, wie es lautlos durch diese Landschaft glitt, in der gestern und morgen nicht existierten, sondern nur der Moment zählte. In dem man meinte, als einziges Geräusch den Flügelschlag der Möwen zu vernehmen, das sanfte Gluckern des Wassers und das Summen der Insekten am überwucherten Uferrand.

Das alte Leben verdunstete zur Nebensächlichkeit hier auf dem Fluss. Stress und Aufgaben hatten keine Daseinsberechtigung an einem Ort, an dem zwei Schwäne majestätisch durchs Wasser zogen und eine Weide ihre langen Äste Slowfox tanzen ließ.

Die tiefe Ruhe, die diese behäbige Welt hier verströmte, legte sich auch auf Garrett. Marina spürte, wie er gelassener wurde und einige der Lasten, die er sonst mit sich herumtrieb, zumindest für ein paar träge Stunden von ihm abfielen.

„Es ist wunderschön hier“, flüsterte sie, weil sie die magische Stille nicht durchbrechen wollte. „Ich will am liebsten ewig so weiterfahren und auf dem Boot direkt in den Sonnenuntergang gleiten. Mit dir so nah neben mir.“

Er lächelte ihr zu. In seinen Augen spiegelte sich der Aquarellhimmel und seine Hand strich zart über ihren Nacken. Marina wollte sich gern auflösen in diesem Moment, einfach verschmelzen mit genau diesem Augenblick und für immer in dieser melancholischen Flusslandschaft verweilen.

„Ich bin normalerweise nicht gut darin, zur Ruhe zu kommen“, gab er zu und selbst seine Stimme klang noch dunkler. So als hätte man tiefes Nachtblau in die Klangfarbe gemischt. „Aber hier ist alles so anders. Ich kann nicht mal sagen, ob ich mich leicht fühle wie diese Libelle dort drüben oder eine dumpfe Schwere über mich gekommen ist. Irgendwie trifft beides zu.“

Marina musste schmunzeln. „Das wundert mich nicht bei deinem Namen. Feder und Stein treffen wohl gerade aufeinander. Und weißt du, ich hab mir beides für dich gewünscht. Mehr Gelassenheit für die vielen Dinge, die dir zusetzen. Wie dein Vater zum Beispiel. Und mehr Leichtigkeit, damit du einfach mal loslassen kannst.“

Die schillernde Libelle, auf die er eben noch gedeutet hatte, segelte am Schiff vorbei.

Garrett schaute ihr nach. Dann wandte er sich wieder Marina zu.

„Hilf mir loszufliegen“, flüsterte er und sah sie mit einem Blick an, den sie noch nie gesehen hatte. Alle Mauern, die er seit vielen Jahren um sich errichtet hatte, schienen sich aufgelöst zu haben wie die Spuren im Wasser, die das Boot hinterließ. Ihr kam es vor, als könnte sie für einen winzigen Moment direkt in seine Seele schauen. Und die war tief, scheu und ungemein verletzlich.

„Das tue ich, Garrett.“ Sie zog ihn enger an sich und küsste ihn sanft. Hielt ihn im Arm wie den kleinen Jungen, der so gerne Lavendel roch. Und der es so sehr verdient hatte, dass irgendjemand ihn hinter diesen Mauern hervorholte, die er rund um sein Herz Stein für Stein aufgebaut hatte.

Ganz still war er, ließ sich einfach halten, kroch hinein in die Nähe, die sie ihm schenkte. Eine Sekunde, zwei, zehn – Marina hätte es nicht sagen können und es war völlig egal.

„Hier vorne legen wir an", durchbrach Alex` Stimme die satte Luft.

Eine Sandbank, an der ein alter Kahn unter einem knorrigen Baum seit langer Zeit Siesta hielt. Ein hölzernes Pier, mitten im Schilf errichtet. Selig glucksende Wellen, die gegen die Bootswände stießen.

Wie in einem Traum nahm Marina Garretts Hand, die er ihr anbot. Ging mit ihm nach vorne, er half ihr beim Aussteigen. Über die Wiese, den Geruch von saftigen Kräutern in der Nase. Weiches Gras unter den Schuhen. Ein schmaler Pfad, hellgrüner Laubwald, in dem die vorletzten Sonnenstrahlen tanzten, obwohl der Mond sich bestimmt schon bereitmachte, bald am Firmament zu erscheinen.

„Dort hindurch", schwebte Garretts Samtstimme zu ihr. Und seine Hand legte sich an ein schmiedeeisernes Tor, es war ein ganz schmales, hohes, durch das nur eine Person hindurchpasste. Weil man ein Zauberreich natürlich einzeln betrat. Marina machte einen Schritt hinein in den Märchenwald und spürte umgehend ihr Herz bis zum Hals klopfen. Die Luft fühlte sich anders an, kitzelte auf der Haut, das Licht veränderte sich. Über ihr hatten die Äste einen Bogen gebildet, sodass sie wie durch eine Pergola wanderte. Staunend sah sie sich um, wurde weiter und weiter hineingezogen in den

Laubwald, der für sie eine schmale Allee gebildet hatte.

Winzige Lämpchen wiesen die Richtung, unzählige von ihnen. Wie Feenlichter bildeten sie einen Vorhang, glitzerten und funkelten, obwohl die Sonne noch nicht bereit war, sich schlafen zu legen. Marinas Hände zitterten leicht, aber sie fühlte Garrett hinter sich.

„Was ist das für ein Ort?“, fragte sie. „Ich habe das Gefühl, in jedem Moment kommt ein Zwerg herausgelaufen oder ein Einhorn zupft ein paar Blätter ab. Und Elfen. Sie scheinen hier in jedem Baum zu wohnen.“

„Ich spüre es auch“, sagte er. „Es ist wirklich ganz besonders hier im Wald. Und schau nur, da hinten ist ein Weißdorn. Der galt lange Zeit als magischer Baum. Deshalb hängen die bunten Bändchen daran, weil manche Leute glauben, er würde noch immer die Feen beherbergen.“

Als wäre sie in Trance, ging Marina weiter, konnte sich nicht sattsehen an dem lichten Wald, den Glitzerlichtern und der Zauberstimmung, die dieser Waldweg verströmte.

„Da sind wir.“ Garrett deutete nach vorne. Eine Lichtung öffnete sich, so kam es Marina vor, aber es war vielmehr ein großer Garten. Tische und Bänke standen darin, teilweise verborgen von riesenhaft großen Bäumen aller Arten, Menschen saßen zusammen, hatten Gläser vor sich. Ein steinerner Weg durchteilte den Garten, der eher wie ein kleiner Park wirkte, in zwei Hälften. Und führte direkt auf eines dieser wunderschönen, uralten Steinhäuser zu. Die Tür stand einladend offen und eine junge Frau trug zwei Teller heraus.

„Willkommen in *The Perch*“, sagte Garrett und legte seine Hand an ihren Rücken. „Einem der schönsten Pubs in ganz Oxfordshire. Hier machen wir eine kleine Pause und anschließend geht es zurück auf der Isis."

Auch wenn Garrett einen Tisch im Freien ansteuerte, musste Marina natürlich hineinlaufen und sich das historische Innenleben des Schankraums anschauen. Es war ein Traum. Pub-Kultur wie aus einem Bildband über englische Lebensart. Und als sie zurück nach draußen kam, saß am Tisch der Herr Bilderbuchprofessor und hatte wieder den üblichen Blick drauf.

„Letztendlich ist es doch einfach nur ein Wäldchen mit kitschiger Beleuchtung", begrüßte er sie und schob seine Brille zurecht.

Da wusste Marina, dass es heute Abend schwer werden würde, mit ihm zusammen auf einem Einhorn in den Sonnenuntergang zu reiten.

21. Lavendelzauber

Garrett

Er war lange nicht in einem Wald gewesen, erinnerte sich aber sofort an den Geruch aus seiner Jugendzeit. Dad hatte ihm und Gregory das Schießen beibringen wollen und sie in das Waldstück geschleppt, das den Featherstones gehörte. Das Gewehr in die Hand zu nehmen und ein paar Schießübungen auf Baumwurzeln zu machen, hatte ihn noch fasziniert. Aber im Gegensatz zu seinem Bruder war es ihm nicht möglich gewesen, dann wirklich abzudrücken, als ein Reh auf der Lichtung stand. Gregory hatte da keine Skrupel gehabt, sich sogar noch gefreut, als das Tier blutend zusammenbrach. Er hingegen hatte sich bei dem Anblick in eine Blaubeerhecke übergeben und in den Augen seines Vaters somit wieder einmal versagt.

Marina sah sich staunend um, als wäre sie noch nie in einem lichten Laubwald gewesen. Nun gut, er musste zugeben, es war eine eigenartige Stimmung hier. Das geschmiedete Tor am Eingang, die Lichterkette, der Tunnel aus Ästen, durch den sie gingen. Sie sprach von Feen und Einhörnern und für einen winzigen Moment spürte auch er die Magie der Natur. Bei einem Verwandtschaftsbesuch in Schottland hatte ihn eine entfernte Großtante mal in die Landschaft geschleift. Man hielt die Frau innerhalb der Familie für nicht ganz klar im Kopf, aber sie hatte ihm Dinge berichtet, die ihm als Kind äußerst spannend vorgekommen waren.

„Schau nur, da hinten ist ein Weißdorn“, erklärte er Marina, weil ihm ein Satz der Tante einfiel. „Der galt lange Zeit als magischer Baum. Deshalb hängen die bunten Bändchen daran, weil manche Leute glauben, er würde noch immer die Feen beherbergen."

Sofort drehte sich Marina zu dem Strauch um. Er musste schmunzeln über ihre kindliche Begeisterung. Für sie schien alles hier ein Zauberreich zu sein. Und obwohl er normalerweise über so etwas die Nase gerümpft hatte, gefiel ihm heute der Gedanke und auch ihr staunender Blick. Sie hatte so viel Lebendigkeit in sich, so etwas Unschuldiges. Als hätte das Leben sie noch nicht gelehrt, dass man ausschließlich auf sich selbst achten durfte, wenn man nicht völlig untergehen wollte.

Das Wäldchen öffnete sich dem parkähnlichen Vorgarten des Pubs, den sie ansteuerten.

„Willkommen in *The Perch*", sagte Garrett und legte seine Hand an ihren Rücken. „Einem der schönsten Pubs in ganz Oxfordshire. Hier machen wir eine kleine Pause und anschließend geht es zurück auf den Fluten der Isis."

Sie lief hinein, um sich das Innere des historischen Gebäudes anzuschauen, während er der Bedienung eine Zwanzig-Pfund-Note zusteckte, damit sie ihnen zwei Gläser Bier brachte. Für sich selbst ein Lager, für Marina bestellte er ein Honeydew, weil er vermutete, dass ihr das leichte Ale mit seinem frischen Honigaroma gut schmecken würde.

Er hätte ihr etwas aus der Geschichte des Pubs erzählen können, das schon seit dem 17. Jahrhundert unter seinem Strohdach Gäste bewirtete. Oder über die Graslandschaft von Port Meadow, die sich zwischen Jericho und Wolvercote ausdehnte. Aber Marina war an Jahreszahlen nicht interessiert, sie würde sicher lieber Geschichten über den Elfenwald hören.

Aus dem Augenwinkel sah er, dass ihm jemand zuwinkte. Er drehte sich zur Seite, erkannte Professor Cunningham an einem Tisch unter der alten Eiche. Nickte ihm nur kurz zu. Das war garantiert einer von denen, die gegen ihn intrigierten. Weil der selbst schon lange nichts mehr veröffentlicht hatte und die Studenten sich für Kunstgeschichte lieber am All Souls oder Balliol College einschrieben.

Dass Cunningham ihn hier mit Marina sitzen sah, störte ihn nicht. Das war nicht verboten. Aber die Begegnung brachte seine Stimmung wieder in das normale Fahrwasser zurück. Auf dem Fluss hatte er sich seltsam gefühlt. Er konnte das nicht mal richtig greifen und so etwas mochte er nicht. Nein, er hatte es viel lieber, wenn er genau wusste, was in ihm vorging. Und er alles kontrollieren konnte. Wahrscheinlich hatte die Bewegung des Schiffes sein Gleichgewichtsorgan gereizt und gewisse Hirnströme durcheinandergebracht. Sonst hätte er sich niemals von der behäbigen Landschaft und dem ruhigen Dahingleiten so einlullen lassen. Zum Glück hatte er jetzt wieder festen Boden unter den Füßen.

„Letztendlich ist es doch einfach nur ein Wäldchen mit kitschiger Beleuchtung“, begrüßte er Marina, als sie zurückkam, weil sich das viel sicherer anfühlte.

Sie antwortete nicht. Sah ihn nur an mit diesem Blick, der ihm wie ein kalter Wassertropfen über den Rücken lief.

„Wieso heißt der Fluss hier Isis und nicht Themse?“, fragte sie ihn.

Er war verblüfft. Konnte sie wirklich spüren, dass er sich nicht mehr über Waldgeister und die symbolische Bedeutung des Namens Featherstone unterhalten wollte, sondern sich seine Stimmung gewandelt hatte?

„Der keltische Name des Flusses ist Tamesis", referierte er. „Im Mittelalter nahm man fälschlicherweise an, das würde sich aus Thames und Isis zusammensetzen. Hier in Oxford hat sich der Name Isis eingebürgert, insbesondere für die Ruderstrecken."

„Ah, jetzt verstehe ich das. Ich hatte gedacht, es seien zwei verschiedene Flüsse. Gab es in den letzten Jahren keine Probleme mit diesem Namen? Ist ja durchaus problematisch."

„Jede Menge sogar. Aber der *Oxford Rowing Club* weigert sich, aus der hier überall verwendeten Isis wieder die Themse zu machen. Zurecht wie ich meine."

Er mochte es, da sie sofort diese Verbindung hergestellt und nachgefragt hatte. Ihr Verstand arbeitete schnell.

„Oh, du hast uns schon Bier bestellt!" Marina lächelte der Bedienung freundlich zu, die die Gläser abstellte. Sie stießen kurz an, dann probierte sie und brachte es fertig, ihn gleichzeitig anzulächeln. „Honeydew ist mein absolutes Lieblingsbier. Alle Achtung, Garrett, du hast viel mehr Empathie, als du zugeben willst."

„Die Sorte ist aufgrund des Honig- und Blütenaromas generell bei Frauen sehr beliebt, da hat man leicht eine hohe Trefferquote", erklärte er.

Marina stützte einen Ellbogen auf den Tisch, das Kinn in die Handfläche und schaute ihn an wie ein Insektenforscher einen aufgespießten Schmetterling. Er überlegte, sich kurzentschlossen auf den Weg zum *Gentlemen`s Room* zu machen, entschied sich jedoch dagegen. Sie würde das bestimmt durchschauen. Und er war schließlich kein Feigling.

„Dass du in wissenschaftlicher Hinsicht jedes Bauchgefühl ablehnst, weil du eine saubere Studie erstellen willst, verstehe ich gut", kam dann auch schon. „Aber wieso wehrst du dich im Privaten so vehement dagegen?"

Garrett zog die Brauen zusammen. „Ich wehre mich gegen gar nichts. Menschen sind nun mal unterschiedlich, ich gewichte den Verstand eben höher als ein ominöses Gefühlsleben."

„Quatsch", erwiderte sie ungerührt. „Du hast Angst. Das ist alles." Sie hob ihr Glas und trank einen großen Schluck.

„Pah. Wovor sollte ich denn Angst haben?" Ihre Aussage war natürlich lächerlich.

Wieder dieser Blick, der so unangenehm an seinem Innenleben entlangschmirgelte. „Du weißt das ganz genau. Muss ich es wirklich laut aussprechen?"

Oh, nun schwang sie sich zum allwissenden Überpsychologen auf. Da war er jetzt aber gespannt. „Ich bitte untertänigst darum, von dir aufgeklärt zu werden", sagte er und verbarg den Sarkasmus erst gar nicht. „Damit ich endlich mal weiß, wie meine Psyche genau funktioniert."

Obwohl das nicht unbedingt witzig gemeint war, schmunzelte sie. Garrett seufzte tief. Jede andere Frau würde jetzt aus der Haut fahren oder ihn zumindest böse anfunkeln. Sie hingegen hatte etwas ganz Weiches in den Augen. Das war ihm fremd und ließ ihn unruhig auf seinem Stuhl herumrutschen.

„Es stört mich nicht, dass du sarkastisch bist", antwortete sie. „Das ist oft so bei verletzlichen Menschen."

„Ich bin keineswegs …", brauste er auf, doch sie unterbrach ihn, indem sie ihre Hand auf seinen Unterarm legte.

„Garrett, ich weiß inzwischen einiges von dir. Über deine

Kindheit und deine Familie, Gregory habe ich ja sogar erlebt. Erzähl mir nicht, dass dir das alles nicht wehtut. Du bist kein hartherziger Mensch. Sonst würde ich nämlich nicht hier mit dir sitzen."

Sie verwirrte ihn. Sehr sogar. Er hatte erst ein Bier intus, und das noch nicht mal zur Hälfte, fühlte sich aber benebelt wie bei einem Vollrausch.

„Was bin ich denn dann?", hörte er sich sagen.

„Du bist ganz viel", sagte sie sanft. „Ein kleiner Junge, der sich nach der Geborgenheit seiner Lavendelnanny sehnt. Ein immens schlauer Wissenschaftler, dem seine Forschung wichtig ist. Ein Sohn und Bruder, der es satthat, niemals gut genug zu sein. Ein erfahrener Liebhaber, der auf Nummer sicher geht, indem er sich Groupies sucht, also Frauen, die auf seinen Intellekt abfahren. Weil er da nichts von sich preisgeben muss. Aber womöglich bist du auch noch ein Mann, der sich insgeheim doch wünscht, nicht auf seinen Kopf reduziert zu werden. Beim letzten Punkt kann ich nur Vermutungen anstellen. Was würdest du dazu sagen?"

„Ich … äh …" Verflucht, jetzt blieb ihm die Sprache weg. Passierte ihm sonst niemals, dass er auf irgendetwas keine Antwort wusste, wirklich nie!

„Du hast Angst, die Kontrolle abzugeben", antwortete sie für ihn. „Dich zu öffnen. Deine Gefühle einfach mal frei laufen zu lassen, egal für was, für den Fluss, die Landschaft, den Mond am Himmel. Ich würde mir das so für dich wünschen. Dann wäre auch deine Migräne besser, könnte ich mir vorstellen."

Sie sagte das in einem Ton, als würde sie ihm mitteilen, dass zwei und zwei vier ergab, und selbstverständlich brachte ihn das auf die Palme.

„Also das ist wirklich …“, begann er, doch schon wieder war sie schneller.

„Probier es doch einfach mal aus“, schlug sie vor. „Hier und jetzt. Sagen wir für die nächsten fünf Stunden, was soll schon groß passieren?“ Seelenruhig trank sie ihr Honeydew aus. Während er sich mit dem schrecklichen und ihm bisher gänzlich unbekannten Gefühl der Verwirrtheit herumschlug.

„Und wie bitteschön soll das funktionieren?“ Er ärgerte sich maßlos, dass seine Stimme so dünn klang.

Was war nur los mit ihm? Er war doch sonst jemand, der immer alles im Griff hatte. Selbst wenn man ihn mitten in der Nacht wecken würde, könnte er sich innerhalb von fünf Minuten an ein Rednerpult im größten Auditorium dieses Landes stellen und einen eins a Vortrag zu jedem nur erdenklichen Psychologiethema halten! Doch jetzt fielen ihm seine Gedanken auseinander wie ein Kartenhaus im Herbststurm.

Sätze und Ausdrücke, die Marina gesagt hatte, wiederholten sich in seinem Kopf. Der kleine Junge und die Lavendelnanny, das Wort „Geborgenheit“ und die Erkenntnis, seiner Familie nie genügt zu haben. Wieso konnte sie ihn so gut greifen? Sie sah Dinge in ihm, die nicht mal er selbst so hätte auf den Punkt bringen können und das sollte was heißen, denn er war berühmt dafür, Dinge auf den Punkt zu bringen.

Lag sie richtig und er hatte tatsächlich den Wunsch, nicht nur auf seinen brillanten Kopf reduziert zu werden? Er musste in sich hineinhorchen, um das zu ergründen. Genaue Analyse war schließlich wichtig, wenn man eine neue These in den Raum stellte. Garrett nahm sein Glas und trank es in langsamen Schlucken leer.

Einen Wunsch spürte er sehr wohl, aber der verwirrte ihn nur noch mehr. Und er hätte nicht gedacht, dass das überhaupt möglich wäre. Er wünschte sich nämlich, diese Sache mit dem Loslassen tatsächlich auszuprobieren, und zwar mit Marina.

Als er aus seinem Gedankenstrudel auftauchte und den Kopf hob, bemerkte er, dass sie ihn ansah. Wieder genau so, als wisse sie, was in ihm ablief. Ein klein wenig machte ihm das Angst, auch wenn er das natürlich niemals zugeben würde.

„Sei mehr Feder und weniger Stein", beantwortete sie die noch ausstehende Frage, wie das klappen sollte mit dem sich Fallenlassen. „Schalt den Zensor in deinem Kopf aus und alle Sinne ein. So schwer ist das gar nicht, wenn man es mal anfängt."

Passend zum Start dieses Projekts, das ihm nicht ganz geheuer war, rief Alex zum Aufbruch. „Wir legen ab", sagte sie mit ihrer ruhigen Stimme. „Sonst verpassen wir noch den Sonnenuntergang."

Der lichte Laubwald, durch den sie zurückmarschierten, hatte sich inzwischen in einen düsteren Tunnel verwandelt, dem allerdings die Lichterkette einen ganz besonderen Glanz verlieh. Wie von ganz allein rutschte Marinas Hand in seine, er hielt sie fest und mochte das Gefühl, voranzuschreiten und für sie den Weg frei zu kämpfen, falls sich ihnen irgendwelche Trolle oder Strauchhexen entgegenstellen sollten.

Fünf Minuten später erreichten sie das Schiff, ohne dass eine derartige Rettungsaktion seinerseits nötig gewesen war. Sie stiegen ein und schauten sich um.

„So ein schönes Abendrot habe ich noch nie gesehen", sagte Marina und auch er konnte den Blick nicht vom Horizont wenden.

Es war unfassbar.

Die Wolken waren in allen nur erdenklichen Blau- Rot- und Violetttönen gefärbt und spiegelten sich in der glatten Wasseroberfläche. Wo Fluss und Himmel aufeinandertrafen, glühte tiefes Orange, und die Umrisse der Bäume rahmten dieses perfekte Gemälde schwarz ein.

Lautlos glitt das Boot durch diese Traumlandschaft, vorbei an dösenden Pferden, behäbig watschelnden Enten und den nun zur Ruhe gekommenen Trauerweiden, die ihre Äste im Schlaf entspannt herunterhängen ließen.

Garrett kämpfte mit dem Wort „Kitsch", das sich immer wieder nach vorne drängte, aber er blieb hart und trieb es immer wieder zurück. `Auf die Sinne konzentrieren`, hatte Marina ihm geraten.

Er legte den Arm um ihre Schulter, sog den zarten Vanilleduft ihrer Haare ein, fühlte ihre Wärme.

„Ist dir kalt? Soll ich dir meine Jacke umhängen?", fragte er und seine Stimme klang ganz seltsam. Er suchte nach einem Wort. Zärtlich. Ja genau, so hörte sie sich an. Und nun fiel ihm auf, dass er genau das auch fühlte, eine große Zärtlichkeit für die Frau, die sich da an ihn schmiegte und so ganz besonders war.

„Alles gut, ich wärme mich an dir", erwiderte sie. „Sind die Farben nicht traumhaft schön?"

Ja, das waren sie. Auch die nur noch vereinzelt aufblitzenden Vogelschreie und das Plätschern der Wellen, ebenso der Geruch des Wassers und der leise Nachtwind auf der Haut.

„Du hast recht, so schwer ist das gar nicht mit dem Hinfühlen", musste er zugeben. „Auch wenn mein Kopf ganz schön protestiert."

„Weil es ihm zu viel Postkartenidylle ist?“ Sie lächelte. Ihn an. Und dieses Lächeln stellte den Sonnenuntergang sogar noch in den Schatten.

„Du bringst es auf den Punkt. Normalerweise versuche ich, solche Sachen gar nicht erst wahrzunehmen. Weil sie kitschig sind, nur etwas für dümmliche Romantiker und mich nur von der Arbeit ablenken.“

„So wie Tulpen“, ergänzte sie und lachte. „Denen du ja auch am liebsten den Kopf abschlagen würdest.“

Er schwieg. Dachte nach. „Wieso gibst du dich mit mir ab?“, fragte er schließlich ernst. „Ich bin doch alles, was du nicht leiden kannst. So völlig anders als du.“

Ihre Hand legte sich auf seine Brust. Obwohl er eine dicke Jacke trug, konnte er sie fühlen. Sein Herz schien sich entschlossen zu haben, einzig und allein für diese Hand zu schlagen, die so warm und vertraut auf ihm ruhte, denn sein Klopfen drängte dorthin.

„So anders bist du gar nicht, glaube ich. Außerdem muss ich doch mein Helfersyndrom ausleben, dass du mir diagnostiziert hast. Und du bist schließlich der klügste Professor von ganz Oxford.“ Erneut dieses Lächeln, das ihn dazu brachte, sich ganz leicht zu fühlen. Selbst seine Verspannungen hatten sich gelockert, alles war so einfach mit ihr hier auf dem Fluss.

„Erst einmal musst du mir helfen, das Dessert zu vernichten.“ Sogar humorvoll zu sein, fiel ihm leicht. Er beschloss, sich nicht darüber zu wundern und seine Analyseleidenschaft wegzusperren. Stattdessen lieber den Picknickkorb zu öffnen, wo noch Scones auf sie warteten.

„Ich liebe diese süßen Brötchen“, freute sich Marina. „Sogar waschechte clotted Cream haben die eingepackt, schau doch nur, dieses kleine Töpfchen!"

Begeistert nahm sie es heraus. Er fand es ein bisschen lächerlich, riss sich aber sofort zusammen. Womöglich hatte sie recht, und das Ding war eigentlich recht niedlich, zumindest wenn man Hunger hatte. Was sonst abends eher selten der Fall war, aber eine Bootsfahrt im Sonnenuntergang regte offenbar seinen Appetit an. Wieder eine Sache, die er bisher nicht gewusst hatte.

Er bestrich sein Scone mit Butter und Erdbeermarmelade, biss hinein und schloss, da Marina ihn erwartungsvoll anschaute, die Augen. Es schmeckte wundervoll. Wieso war ihm noch nie aufgefallen, wie gut ein Rosinen-Scone sein konnte?

Die nächste halbe Stunde saß er mit Marina im Arm einfach nur da und schaute dem Mond beim Aufgehen zu. Selbst die Warterei in der Schleuse, wo das Wasser sich dieses Mal natürlich erst senken musste, bis sie weiterfahren konnten, störte ihn nicht.

„Ich lerne tatsächlich Neues", gab er zu. „Dass Untätigkeit gar nicht so schlimm ist."

„Wir sind doch nicht untätig", widersprach sie. „Wir genießen. Und saugen Mondlicht auf, das ist sicher gut für den Stoffwechsel. Vitamin D plus oder so."

„Du hast recht. Im Grunde unterwerfen wir uns einer Wellness-Behandlung." Er wunderte sich wirklich, was für ungewöhnliche Sätze er aussprach. Wahrscheinlich verwandelte er sich im nächsten Moment in einen Werwolf, lief heulend durch Oxford und rezitierte vor dem Fenster des Dekans mit heiserer Hundestimme Tulpengedichte.

„Wir können die Entspannungsstudie gerne noch bei dir

fortsetzen“, raunte ihm Marina ins Ohr. „Ich habe Massage-Öl in der Handtasche.“

Der Mond verlor ganz plötzlich an Wichtigkeit. Selbst die Verwandlung in ein Wolfswesen hielt inne. Stattdessen küsste Garrett in Marinas Haare hinein.

„Diese Studie mit dem Verstand-Ausschalten wird immer interessanter“, gab er zu. Und konnte es kaum erwarten, dass die Isis wieder durch die Oxforder Häuser floss und das Boot schließlich an der Folly Bridge anlegte.

Eine halbe Stunde später lag er auf dem Bauch in seinem Bett, obenherum nackt, in der unteren Etage notdürftig bekleidet und war auf dem besten Weg, sich nicht in einen gefährlichen Werwolf, sondern in ein schnurrendes Kätzchen zu verwandeln.

Marinas Hände taten nämlich Dinge mit ihm, die einen Mann – oder womöglich sogar einen Werwolf – um den Verstand bringen konnten. Rein platonisch natürlich. Als er im Bad war, hatte sie das Öl irgendwie angewärmt und verteilte es nun auf seinem Rücken. Er musste sich leider eingestehen, dass sich das herrlich anfühlte.

„Versuch dieses Mal, erst gar nicht dagegen zu kämpfen, sondern von vornherein loszulassen“, flüsterte sie ihm zu. „Deine Muskeln werden es dir danken.“

Das taten sie jetzt schon. Garrett hatte nur mit einer Sache zu kämpfen, nämlich damit, ein sehr unmaskulines, wohliges Schnurren zu unterdrücken.

Auf die Sinne konzentrieren!, rief er sich ihre Anleitung ins Gedächtnis und machte sich gleich ans Werk. Die Musik aus ihrem Handy war jazzig angehaucht, ein weiches Saxophon malte Melodiebögen, deren Harmonien ihn umschmeichelten. Genau wie ihre Hände es taten, die an seinen Schultern nach außen fuhren. Es roch – vertraut. Ohne seine bequeme Liegeposition zu verlassen, schnupperte er.

„Das Öl riecht nach … nach Lavendel?“, fragte er.

„Ja. Das ist sehr entspannend und ich dachte, es weckt schöne Erinnerungen in dir. Weil du doch deine Nanny so gern gerochen hast.“

Das tat es. Allerdings weckten ihre Massagegriffe noch etwas anderes, das weniger mit seinem Kindermädchen zu tun hatte, sondern mehr mit dem erwachsenen Garrett und seinem ebenfalls rasch heranwachsenden besten Freund.

Marinas Hände glitten an seinem rechten Arm entlang, ölten seine Hand ein und massierten jeden Zentimeter von ihr. Er hatte sich, wenn die Spannungskopfschmerzen zu schlimm wurden, schon hin und wieder einer medizinischen Massage unterzogen, aber noch nie waren seine Finger und Handflächen miteinbezogen worden. Es war eher eine Tortur gewesen, nun aber fühlte er sich wie im Wellnesshimmel.

Marina tat das Gleiche mit seiner anderen Hand, ebenso hingebungsvoll. Anschließend widmetet sie sich seinen Beinen, was zu noch mehr Wachstum in der Region zwischen seinen beiden großen Zehen führte. Garrett stöhnte langgezogen, während sie sich zu seinen Füßen vorarbeitete. Sie nahm sie in die Hand, knetete mit ihren öligen Händen die Sohle und glitt durch die Zwischenräume der Zehen, was ihn am ganzen Leib erbeben ließ.

„Das tut … ahhh …. wirklich gut“, hörte er sich seufzen. Und konnte leider nicht verhindern, dass sein Becken sich leicht anhob, weil er es kaum noch aushielt, untätig auf der Matratze zu liegen. In all seinen medizinischen Studien war ihm noch nie untergekommen, dass sich erogene Zonen auch am Fußballen befinden konnten, und was für welche!

Als sie dann ihre Hände unendlich langsam an der Innenseite seiner Beine nach oben gleiten ließ – gefährlich weit nach oben – konnte er sich nicht mehr zurückhalten.

„Ich will dich spüren“, ächzte er und stöhnte im gleichen Moment auf, weil sie das Handtuch, das um seine Hüfte geschlungen war, wegzog. Ihre Hände kneteten seine Pobacken, strichen über den unteren Rücken nach unten, kreisten im Kreuzbeinbereich, als wäre dort ein magisches Zentrum für Lavendel-Feen-Sexualität. Er wusste nicht, ob er sich wünschen sollte, dass das noch ewig so weiterging oder lieber, dass sie ihn statt an seinem Heck endlich an seinem Bug anfasste. Das pochte nämlich sehr fordernd.

„Hattest du nicht gesagt, du magst es lieber hart und schnell?“, fragte sie mit unschuldiger Stimme.

„Keine Ahnung. Ich kannte bisher nichts anderes“, musste er zugeben und sehnte sich so sehr danach, mehr von ihr zu spüren, dass ihm fast schwindlig wurde.

Die Musik steigerte sich, wurde intensiver, der Geruch nach dem Öl ebenso. Er hörte Stoff rascheln und was er danach spürte, ließ den Kater in ihm dann doch laut schnurren. Marina glitt über ihn, schob ihre wunderbar weichen Brüste über seinen Po und weiter den Rücken hinauf, ihre Hände fuhren von seinen Schultern über die Arme, die er zur Seite ausgestreckt hatte und am Ende lag sie mit ihrem gesamten, warmen Körper auf ihm.

Ein unfassbares Gefühl, sich so nah zu sein. Er schloss die Augen und tauchte ein in eine Empfindung, die so viel mehr war als nur eine Bettnummer. Die so viel tiefer ging als alles, was er bisher erlebt hatte. Und all das durfte er genießen, ohne eine einzige Zeile aus seinem neuesten Artikel über die sich ausbreitende Tendenz zur Asexualität zitieren zu müssen, es war ein wahres Wunder.

Eine halbe Ewigkeit blieben sie so liegen, der Atem im Gleichklang, Marinas Herzschlag an seinem Rücken, ein heftiges Pulsieren in seinem Unterleib. Ganz langsam rutschte sie von ihm herunter und er nutzte die Chance. Ohne nachzudenken drehte er sich, zog sie an sich, küsste sie lange und leidenschaftlich.

„Ich will dich", keuchte er und hatte es noch nie im Leben so ganzheitlich gemeint. Er wollte Marina, nicht nur ihren Körper, er wollte ihr Lachen und ihre Seele, ihre Hilfsbereitschaft und ihren Mund, ihre Empathie und ihre unwiderstehliche Erotik. Letzteres jetzt sofort.

Seltsamerweise fühlte er keinerlei Bedürfnis, sie jetzt auf die Matratze zu pressen und mit harten Stößen in sie einzudringen. Ganz im Gegenteil, er wollte ihren Körper erkunden, jede einzelne Hautzelle, wollte seine eigene Erregung hinauszögern, bis sie diejenige sein würde, die um die endgültige Vereinigung bettelte.

Die letzten Jahre hatte er dazu einfach nur den genialen Professor herausgekehrt, doch heute war alles anders. Er nutzte nicht seinen Kopf, sondern seine Hände, um sie zum Stöhnen zu bringen. Und sein Mund diente nicht dazu, ach so erregende Fremdwörter zu zitieren, sondern Marinas sensibelste Bereiche zu erforschen. Das war eine wissenschaftliche Aufgabe, die nicht nur ihm, sondern gut hörbar auch ihr zusagte.

„Oh Garrett", stöhnte sie seinen Namen, „so war das nicht geplant. *Du* solltest dich doch fallenlassen und nicht ich."

„Alles zu seiner Zeit", brummte er und fuhr fort, bis sie kurz vor dem Orgasmus stand. Dann küsste er sich weiter nach oben, über den Bauchnabel bis zu ihren weichen Brüsten, während sie ihre Hände in seinen Haaren vergrub. Die kleine Unterbrechung, um ein Kondom aus der Plüschgans-freien Schublade zu holen und überzuziehen, nutzte er, um in leidenschaftlichen Zungenküssen mit ihr zu verschmelzen. Er konnte sich kaum lösen von ihrem wunderbaren Mund, aber ihr Becken drängte fordernd gegen seines und er wollte sie natürlich nicht unnötig leiden lassen, schließlich war er ein Gentleman.

Sie keuchte, als er seine Eichel an ihr rieb, war feucht und bereit, aber er bremste sich. Erkannte sich fast nicht wieder, denn normalerweise konnte es ihm nicht schnell und hart genug gehen. Außerdem nahm er die Frau am liebsten von hinten, wegen des erregenden Anblicks. Jetzt jedoch verspürte er einen völlig anderen Wunsch. Er wollte ihr in die Augen sehen dabei.

Fast unerträglich langsam schob er sich in sie hinein, ihr heiseres Stöhnen trieb ihn schier zum Wahnsinn, aber er wollte jeden Zentimeter genießen. Suchte ihren Blick, verband sich mit ihm, ganz tief schaute er ihr in die Augen, sah ihre Erregung, ihr Zittern, ihr Verlangen, als er in sie eindrang.

Sie schlang ihre Beine um ihn, zog ihn nah an sich heran, hielt dann inne in der Bewegung ihres Beckens. Garrett keuchte. Er hatte sich noch nie so intensiv gespürt. Irgendetwas machte sie mit ihm, er konnte nicht mal sagen, was genau, ihr Becken schien ihn von innen zu massieren, trieb ihn mit ganz kleinen

Bewegungen einem Gipfel entgegen, den er kaum für möglich gehalten hatte. Und statt wie sonst auf seinen eigenen Orgasmus zuzujagen, wollte er eins sein mit ihr, so innig es nur ging verschmelzen, sie umschließen und von ihr umfangen werden. Er bewegte sich mit ihr im Takt, ein klein wenig mehr, ihr Blick immer noch verbunden mit seinem, dann ein Stoß, ein Schrei – aus seinem oder ihrem Mund, er konnte es nicht unterscheiden – und das Gefühl, abzuheben, nicht mehr auf dieser Welt zu sein, sich im Raum aufzulösen.

Schwer atmend kam er irgendwann wieder zu sich. Lag neben ihr, seinen Kopf auf ihrer Schulter, ihre Hand zärtlich an seinem Nacken.

Grundgütiger, was war denn das gewesen?

Er dachte, er wüsste alles über Sex. Hatte weiß Gott schon genügend Variationen ausprobiert, mit mehr als genügend weiblichen Gespielinnen. Manchmal sogar mit mehr als einer gleichzeitig und immer hatte er sich danach befriedigt gefühlt, aber eher auf körperliche Art. Mit Marina hatte er das Gefühl, in eine andere Dimension getaucht zu sein. Sein Denken war immer noch vernebelt, jede Körperzelle vibrierte und er konnte auch jetzt nicht genug von ihrer Nähe bekommen. Während er sich sonst nach dem Höhepunkt überpünktlich auf die Socken gemacht hatte.

„Die Gerüchte über dich sind totale Lügen“, raunte sie ihm ins Ohr. „Im College wird nämlich herumerzählt, dass du es hart und schnell magst. Also ich hatte einen anderen Eindruck.“ Sie fuhr mit dem Finger an seiner Wirbelsäule hinab, was herrlich kribbelte. Wäre er nicht so erledigt gewesen, hätte er Marina glatt um eine weitere Runde gebeten, so wohl fühlte er sich bei ihr.

„War auch bisher so. Aber frag mich nicht, warum es bei dir anders ist. Die Blutversorgung reicht noch nicht bis zu meinem Gehirn hoch."

Er spürte ihr Lachen. „Ich mag deinen Humor", sagte sie.

„Wusste gar nicht, dass ich einen habe", brummte Garrett und ihm fiel auf, dass er gern für den Rest dieses Jahrtausends hier liegen bleiben würde. Den Kopf auf ihrer Haut, ihre Hand auf seinem Rücken, ihr Lachen vibrierend überall in seinem Körper. Dazu diese wunderbare Erschöpfung, die alle Muskeln erfasst hatte und auch all seine Gedanken, keine einzige Sorge krabbelte herum, die lagen alle betäubt am Boden.

„Absolut. Bei den anderen Frauen hast du wohl immer die Rolle des Professors gespielt. Aber ich mag dich lieber als Mann. Ohne Titel."

Da hatte sie recht. Er hob den Kopf, um sie anzusehen. Ihre Haare waren zerzaust, die Wangen rot und in ihren Augen funkelte das Kerzenlicht und eine große Zärtlichkeit für ihn, den kühlen Kopfmensch. Er hatte niemals eine schönere Frau gesehen.

„Ich habe noch nie jemanden getroffen, der mich so wahrgenommen hat", sagte er. „Weiß nicht mal, ob ich das will."

Sie küsste seine Stirn. „Keine Angst. Ich habe noch kein Monster entdeckt hinter deiner Fassade. Wie geht es eigentlich deinen Schultern?"

Er bewegte sie probehalber. Wusste im ersten Moment gar nicht, ob er sich im richtigen Körper befand, denn sie schmerzten nicht.

Sogar den Kopf konnte er so weit drehen wie noch nie. Noch ein einziger weiterer Massagegriff von ihr, so vermutete er, und er wäre zur Eule mit Rundumblick mutiert.

„Du bist wirklich eine Heilerin, Marina“, sagte er. „Und ich spreche nicht nur von meinen Muskeln. Du hast irgendwie die Feather aus meinem Stone geholt. In jeder Hinsicht.“

„Tja.“ Sie grinste ihn an. „Wenn die Katze erst mal aus dem Sack ist, geht das ganz leicht mit dem Loslassen, nicht wahr?“

Er küsste sie. Seine Hände fanden erneut ihre Brüste, ihre Finger glitten tiefer und langsam überkam Garrett die Befürchtung, dass sie diese sinnliche Lektion noch ein weiteres Mal durchführen wollte.

Er ließ den Kopf wohlig stöhnend ins Kissen fallen, während ihre Zunge sich über seine Brust nach unten vorarbeitete. Nun gut, gewisse Opfer musste man wohl bringen, wenn man diese These mit der Entspannung gewissenhaft erforschen wollte.

22. Die 13 Glocken von Cheltenham

Marina

Fröhlich vor sich hinpfeifend kam Marina eine Woche später, am Sonntagnachmittag, zurück ins College. Sie war so gut gelaunt, dass sie sogar freiwillig Wäsche zusammenklaubte, in eine Stofftasche stopfte und damit in den Keller marschierte. In Garretts Schlafgemach würde es natürlich niemals vorkommen, dass man eine einzelne Socke unter dem Bett hervorzog. Sie schmunzelte, als sie die steinerne Treppe hinunterstieg.

Bei ihm lag das Besteck in der Küchenschublade sogar ordentlich aneinandergereiht, lauter Seitenschläfer in Löffelchenstellung auf exakt gleicher Höhe. Als sie das erste Mal bei ihm über Nacht geblieben war, hatte sie schon befürchtet, in seinem Bett auch genau parallel zu ihm platziert zu werden. Zum Glück lief es dann doch anders. Er war nämlich ein unruhiger Schläfer und wälzte sich so viel herum, dass seine Kissen sich jede Nacht in eine zerklüftete Alpenlandschaft verwandelten. Fast war sie versucht gewesen, ihm nachts zur Beruhigung seine blaue Gans unterzujubeln, hatte sich aber dann doch dazu entschieden, sich statt des Federviehs lieber selbst eng an ihn zu kuscheln. Das hatte dann auch gut gewirkt, um ihn zur Ruhe zu bringen, auch ohne Lavendelwolke.

Marina öffnete die Tür zum Wäscheraum, und als sich ihre Augen an die Dunkelheit gewöhnt hatten, fand sie dort Willie vor, auf einer schleudernden Maschine sitzend. Vor ihr stand

Cormac, noch völlig bekleidet, aber mit ihren Beinen um seine Hüften geschlungen.

„Meine Güte, hängt doch ein Schild raus, dass ihr die Waschküche zum Darkroom umfunktioniert habt! Oder braucht ihr den Kick eines Kommilitonitus interruptus?“, fragte sie und blieb in der Tür stehen.

Willie lachte. „Komm ruhig rein, du wirst nicht blind. Wir sind nämlich nicht nackt, haben nur ein bisschen rumgeknutscht. So wie du heute, nicht wahr?“ Sie zwinkerte ihr zu.

Cormac wandte sich zur Seite ab, und Marina hatte aufgrund seiner ausgebeulten Silhouette in der unteren Etage durchaus den Eindruck, etwas unterbrochen zu haben. Er ließ sich aber keinen Ärger anmerken. Außerdem hätte ja jeder Student hier hereinkommen können und sich womöglich lautstark beschwert über die Unzüchtigkeit, es gab durchaus ein paar prüde Jungfrauen hier am College.

„Wollt ihr mir nicht endlich verraten, wer dieser ominöse Kerl ist, mit dem sich Marina trifft?“, sagte er. „Ewig ein Geheimnis draus zu machen, haltet ihr Weibsvolk doch eh nicht durch. Und so eine Berühmtheit wird er ja wohl nicht sein.“

„Oh doch“, kicherte Willie. „Sie könnte doch die Geliebte von Prinz Harry sein? Oder die von Daniel Craig, weil unter der Seufzerbrücke gerade ein paar Szenen für den neuen James Bond gedreht werden?“

„Klar.“ Cormac fuhr sich durch die Haare. „Ist nicht dieser blasse Twilight-Fritze auch frei? Oder Daniel Radcliffe? Ich sollte mir vielleicht rechtzeitig dein Autogramm sichern.“

„Unbedingt. Ich werde noch eine Berühmtheit, mein Name wird in allen Zeitschriften des Landes stehen“, neckte ihn

Marina. Sie mochte den unkomplizierten Iren und freute sich für Willie, dass es so gut lief zwischen den beiden.

„Dann lasse ich euch mal allein." Cormac drückte Willie einen Abschiedskuss auf den Mund und ging zur Tür. „Ihr habt erstens Wäsche zu machen, was natürlich reine Frauenarbeit ist, und zweitens wollt ihr dabei bestimmt über Mister Unbekannt quatschen."

„Richtig erkannt", erwiderte Willie und wandte sich Marina zu, kaum dass Cormac zur Tür raus war. „Scheint tatsächlich noch nicht die Runde gemacht zu haben, wen du triffst. Gut so! Ihr macht das sehr geschickt. Wohin hat er dich heute entführt?"

Marina war heilfroh, dass niemand im College hinter ihr Geheimnis gekommen war. Garrett und sie trafen sich entweder bei ihm oder machten einen Ausflug. Natürlich konnte es passieren, dass sie mal jemandem über den Weg liefen, aber so lange sie nicht wild küssend durch die Gegend schlenderten, war das nicht schlimm. Sprach ja nichts dagegen, dass ein Professor eine Exkursion nach Stratford-upon-Avon oder Bath unternahm, dort zufällig einer Studentin begegnete und mit ihr ein Bier trank. Hier in Oxford war es nicht unüblich, dass sich Profs und Schüler abends in einem Pub an den gleichen Tisch setzten, der Kontakt war viel enger als in Deutschland.

„Wir waren in Blenheim Palace", erzählte Marina und stopfte Wäsche in die Trommel. „Das ist der Hammer! Sieht aus wie ein Schloss, war der Sitz von irgendwelchen Dukes, die nach Zigaretten klingen."

„Camel?", fragte Willie überrascht.

„Ne, Marlborough", fiel Marina ein. „Jedenfalls ein

wunderschöner Gebäudekomplex, erinnert mich an das Ding von Downton Abbey, und die Gärten außenrum sind traumhaft schön. Lauter Hügel und Seen und steinerne Pavillons, schaut alles aus wie aus einer Jane Austen-Verfilmung."

„Oh, das ist toll. Und Garrett war dein Mister Darcy?" Willie saß immer noch auf der Maschine.

„So ähnlich." Nur noch Waschpulver rein und einschalten.

„Ich finde es ja bewundernswert, dass du deine Hilfsprojekte alle so ernst nimmst", sagte Willie. „Ben und Jerry sind dir richtig ans Herz gewachsen, aber auch bei Garrett gibst du dir ja alle Mühe. Wolltest du ihm nicht beibringen, wie man sich entspannt?"

„Das wollte ich nicht nur, das habe ich geschafft", antwortete Marina nicht ohne Stolz. „Seine Schultermuskeln sind weich wie clotted Cream und er hat gelernt, den Stress mal beiseite zu schieben. Ich bin gut!"

„Bist du."

„Das klingt skeptisch?" Marina sah ihre Freundin aufmerksam an.

Die atmete tief durch. „Darf ich ehrlich sein? Ich kann es halt nicht richtig greifen, ob er wirklich zu dir steht. Wie ernst ihm das Ganze ist. So wie ich dich kenne, stürzt du dich mit ganzem Herzen hinein. Aber bist du für ihn wirklich wichtig? Tut er denn etwas für dich?"

Das war wieder mal typisch für Willie. Immer diese Fragen, ob man selbst nicht zu kurz komme. Dabei funktionierte eine Beziehung doch gar nicht so!

„Liebe ist für mich keine mathematische Gleichung", erklärte Marina ruhig. „Es geht doch nicht darum, wer wem etwas gibt, das macht man freiwillig. Ich will, dass es ihm gutgeht. Und klar helfe ich ihm dabei, sich wohlzufühlen. Aber für mich ist es doch genauso schön, mit ihm zusammenzusein. Allein der Tag heute war wieder so toll!"

Sie mochte alles an ihm. Seine dunkle Stimme, mit der er ihr die Geschichte der Orte näherbrachte. Die Art, wie er mit einer Hand den Wagen lenkte. Seinen Zynismus, der immer wieder hervorbrach, aber mit der Zeit an Bitterkeit verlor und sich in den typisch britischen, tiefschwarzen Humor verwandelte. Und diese kleinen Momente, in denen er sie ganz nah an sich heranließ, nur für sie all diese Mauern herunterfuhr, die er errichtet hatte, und sich verletzlich machte. In denen er ihr einen Garrett zeigte, den wohl niemand sonst erahnen konnte.

„Bin jedenfalls sehr gespannt, wie es mit euch weitergeht." Willie hüpfte von der Maschine, die das Schleudern beendet hatte, und leerte diese.

„Und ich erst! Ach Mann, vor lauter Schmetterlingen in Bauch habe ich meine Handtücher vergessen. Bin gleich wieder da."

Sie eilte nach oben, um die restliche Wäsche zu holen. Als sie in den Gang einbog, sah sie eine rothaarige Schönheit an ihre Zimmertür klopfen. Sie hatte die junge Frau schon mal im College gesehen, die war im Abschluss-Semester, soweit sie wusste.

„Kann ich dir helfen?", fragte sie freundlich.

Die Studentin fuhr herum und musterte Marina von oben bis unten. „Du bist also das Flittchen, mit dem er sich jetzt herumtreibt?", fragte sie und klang erstaunt. So, als wäre Marina zweite Wahl, ein Mängelexemplar und nicht würdig, sich die Atemluft mit ihr zu teilen.

„Ich habe nicht die leiseste Ahnung, wovon du redest", sagte Marina, hatte aber durchaus einen Verdacht, einen sehr deutlichen sogar.

Das war Vanessa, keine Frage. Neema hatte sie mal nebenbei erwähnt. Und offenbar hatte die schöne Rote ein klitzekleines Problem mit dem Thema Eifersucht.

„Stell dich nicht dümmer, als du bist", zischte die. „Garrett hat mich angebetet. Der Sex mit mir ist das Beste, das er je erlebt hat, hat er immer wieder betont. Und nun will er plötzlich nichts mehr von mir wissen. Hat angeblich keine Zeit, aber ich habe ihn verfolgt, mehrere Tage lang."

Was bildete die sich eigentlich ein?

„Hast du mal daran gedacht, dir therapeutische Hilfe zu suchen?", erwiderte Marina mit seriöser Miene. „Stalking ist eine ernstzunehmende Sache. Du solltest dich da vielleicht behandeln lassen."

Vanessa hob die Hand und hielt ihr drohend den Zeigefinger unter die Nase. Perfekt manikürt natürlich, mit blutrotem Lack auf dem langen Nagel. Die musste ja auch nicht Tulpenbeete umgraben oder Unkraut aus der Erde rupfen.

„Ich warne dich! Lass die Finger von ihm. Du spielst nicht annähernd in seiner Liga und das wird er sowieso bald merken. Keine Ahnung, wie du ihn rumgekriegt hast, aber du solltest das Spielchen umgehend beenden. Sonst wirst du es bereuen."

Marina spürte, dass Vanessa es ernst meinte. Mit so einer war nicht zu spaßen, das war klar. Aber bitteschön – die konnte nicht hier auftauchen wie ein roter Racheengel aus einer griechischen Tragödie, mit ihren Krallen herumwedeln und einen auf dicke Hose machen! Oder wie immer man das bei

Frauen nennen wollte. Besitzansprüche anmelden und so was. Da hatte sie sich leider die Falsche ausgesucht, denn Marina ließ sich Bevormundung generell nicht bieten.

„Ich werde es ihm gerne ausrichten“, sagte sie mit ruhiger Stimme, denn Gelassenheit regte Menschen wie Vanessa erfahrungsgemäß am meisten auf. „Er hat ja sicher noch deine Nummer und wird sich bei dir melden. Falls er mal wieder Interesse hat an dem besten Sex, den er je erlebt hat.“

Das konnte sie sich nicht verkneifen. Wenn sie sich richtig erinnerte, hatte Vanessa doch herumgetönt, dass Garrett es hart und schnell liebte. Nun gut, das mochte sein. Sie war da zwischendurch auch nicht abgeneigt und hatte auch das schon mit ihm ausprobiert. Aber die sinnliche Variante liebte er ebenso, wie sie inzwischen genau wusste.

„Du Schlampe“, fauchte Vanessa. „Das wirst du bereuen!“ Drehte sich auf ihren dürren Absätzen um und stolzierte davon.

Marina seufzte. Sie würde Garrett vorschlagen, mal ein Fachbuch über Frauen zu schreiben. Mit einem langen Kapitel, das von überzogenen Besitzansprüchen handelte. Vanessa würde sicher voll drauf abfahren, wenn er ihr daraus vorlas.

Sie musste grinsen und ging hinein, um endlich die Handtücher zusammenzusuchen. Seit sie Garrett kannte, war ihr Hirn immer ein bisschen vernebelt. Und das ganz ohne Haschkekse.

*

„Du warst tatsächlich noch nie in den Cotswolds?“, fragte Garrett am Samstag darauf und steuerte sein Auto auf eine holprige Landstraße.

„Ich wusste bis vor kurzem nicht einmal, was das ist", musste Marina zugeben.

Inzwischen hatte sie sich natürlich schlau gemacht. Es war eine britische Bilderbuchlandschaft mit urigen Bilderbuch-Cottages und farbenprächtigen Glanzbildband-Gärten. Im Internet hatte das alles so unecht ausgesehen, dass es ihr wie eine englische Version von Disneyland vorgekommen war. Aber als sie das erste Dorf erreichten, erkannte Marina, dass solche Landstriche tatsächlich existierten.

„Das gibt es überhaupt nicht!", kommentierte sie die winzigen Steinhäuser mit Reetdächern, bewachsen von Kletterrosen und Efeu, die Vorgärten und saftigen Wiesen, die schmalen Shops und breiten Pubs mit ihren Messingschildern und Türschwellen, die aussahen wie aus einem anderen Jahrtausend.

„Ich habe früher manchmal Inspector Barnaby geschaut", gab sie zu. „Und dachte immer, man hätte diese Häuser für den Film so hergerichtet. Aber die stehen hier ja wirklich in der Gegend herum!"

Er lächelte über ihre Verwunderung. „Ja, das ist *merry old England*, wie es im Buche steht. Ich war ewig nicht mehr hier, muss ich gestehen."

Marina konnte sich nicht sattsehen an den kleinen Dörfern mit den lustigen Namen. In Bourton-on-the-water hielten sie an und wanderten eine Zeit lang im „Venedig der Cotswolds" herum, schlenderten an Kanälen entlang, über Brücken hinüber und an pittoresken Cottages vorbei. In einem putzigen Tearoom gönnten sie sich Applecrumble und Earl Grey, wobei es Marina immer noch schwer fiel, auf ihren heißgeliebten

Kaffee zu verzichten. Doch sie wollte sich nicht als Frau vom Kontinent disqualifizieren und irgendwann gewöhnte man sich auch an Tee mit Milch.

Nach ein paar Umwegen erreichten sie Cheltenham, wo Garrett einfiel, dass hier eine historische Kirche stand. Sie parkten irgendwo und besichtigten das Minster, eine Steinkirche aus dem 13. Jahrhundert mit Rosettenfenster und dem typisch schlichten Baustil, der Marina so gut gefiel. Keine goldenen Putten, keine Statuen und farbenprächtigen Malereien, die die Kirche völlig überluden, wie sie es aus ihrer bayerischen Heimat kannte. Stattdessen beiger Stein, der in der milden Herbstsonne glänzte, eine weite Wiese mit Obstbäumen hinter der Kirche und halbverfallene Grabsteine um sie herum, an denen die letzten Rosen sich heraufrankten. Zwischen ihnen blaue Farbtupfer, dazu das Grau der uralten Steine und der Geruch nach Moos und verwittertem Holz. Marina liebte diese Stimmung rund um die englischen Kirchen.

„Setzen wir uns dort auf die Bank?“, fragte sie Garrett. Sie wollte den Blick über die blumenberankten Gräber auf den spitzen Kirchturm noch ein wenig genießen.

Schweigend saßen sie eine ganze Zeit, sein Arm um ihre Schulter, lauschten dem Vogelgezwitscher, einem rhythmusverliebten Specht in der Ferne und der Ruhe, die diesem Ort innewohnte.

„Bist du interessiert an einer eintägigen Sozialstudie?“, fragte er irgendwann. „Allerdings unter erschwerten Bedingungen. Das Essen hingegen wird hervorragend sein.“

Verdutzt sah sie ihn an. „Soll ich dich zu einem Seminar begleiten?“

„Schön wäre es. Aber ich meinte die Hochzeit von Gregory und seiner treuen Braut."

Marina starrte ihn ungläubig an. „Du willst mich mitnehmen zu einer Familienfeier?"

„Ich würde es eher als Höllentripp bezeichnen. Jedoch könnte ich Unterstützung brauchen. Meine Muskeln verhärten sich immer ganz schrecklich, sobald ich Mitgliedern der Featherstonefamilie begegne." Er grinste.

Marina konnte es immer noch nicht fassen. War das wirklich sein Ernst? „Na, dann brauchst du auf jeden Fall eine persönliche Physiotherapeutin. Haben die Stones schließlich auch dabei bei ihren Konzerten."

„Richtig! Und da du gerade auf Keith Richards kommst: Könntest du für uns beide ein paar Haschkekse in der Handtasche parat halten? Die wären auf jeden Fall hilfreich bei der Feier."

Sie schüttelte den Kopf. „Keinesfalls. *You can`t always get what you want*, Herr Professor. Das musst du nüchtern durchstehen."

„Du bist grausam. Als Rache stelle ich dir meine Eltern vor."

Es war völlig verrückt. Marina studierte lange sein Gesicht, fand aber keinerlei Anzeichen dafür, dass er sie auf den Arm nahm. Er schleppte sie also tatsächlich ganz offiziell mit zu seiner Familie?

„Wen werde ich da noch kennenlernen?", wollte sie wissen und Garrett begann, ihr die skurrilsten Mitglieder seines Clans zu schildern. Daraus hätte man locker eine mehrteilige BBC-Serie machen können. Marina lehnte sich an ihn, während er erzählte, stellte hin und wieder eine Frage, und war ansonsten damit beschäftigt, rundherum glücklich zu sein.

Auch als die Geschichten zu Ende waren und sie wieder

schweigend auf das alte Gemäuer blickten, fühlte sie sich noch wie in einen romantischen Sonntagabendfilm versetzt.

„Wir müssen langsam zurück, oder?“, fragte sie irgendwann. „Du hast sicher noch jede Menge Arbeit auf deinem Schreibtisch.“

Er nickte. „Es geht langsam in die heiße Phase, was die Studie anbelangt. Das Komitee für den Wellspring-Preis trifft übernächste Woche die Vorentscheidung, welche der Projekte in die endgültige Wahl aufgenommen werden.“

„Da bist du auf jeden Fall dabei. Ich treibe meine Mitstudenten auch fleißig an, damit wir gut vorankommen. Wir sind ja auch oft drüben in der Wohngruppe. Mein Notizbuch ist schon halb voll.“

Garrett sah sie an. „Was schreibst du denn dort hinein?“

„Ach, nix Besonderes. Nur das, was mir auffällt, aber nicht in die Analysebögen kommt. Gedanken, die ich habe über die Probanden. Gesprächsfetzen, die mir interessant erscheinen. Ich bekomme ja oft mit, was die anderen Studenten über ihre Schützlinge erzählen. Das notiere ich dann.“

Seine Miene verhärtete sich. „Und wozu soll das gut sein?“

Erstaunt drehte sie sich ihm zu. „Na, es sind immerhin Patienten! Mir ist klar, dass deine Studie ganz sachlich sein muss und in den Bögen nur die harten Fakten gesammelt werden. Macht ja Sinn. Aber mich interessiert eben, was diese Teenager noch alles mit sich rumschleppen.“

Garrett zog die Augenbrauen zusammen. „Du hängst noch immer dieser Idee mit der Empathie nach? Ich warne dich, Marina. Versuch nicht, meine Studie zu verwässern mit irgendwelchen zweifelhaften Beobachtungen und Schlussfolgerungen.“

„Das habe ich doch gar nicht vor!“, stellte sie klar. “Aber du merkst doch gerade selbst, dass es nicht verkehrt ist, mal nicht nur auf seinen Kopf zu hören. Dass es auch noch eine andere Ebene gibt.“

„Das mag sein, wenn es um Bootsfahrten im Mondschein geht. Aber doch nicht im Umgang mit Kranken. Stell dir doch nur mal vor, man würde Psychopharmaka einfach nur nach dem Bauchgefühl verordnen. Ohne fundierten wissenschaftlichen Hintergrund. Das wäre eine Katastrophe.“

Marina schüttelte den Kopf. Warum fiel es ihm nur so schwer, auch in beruflicher Hinsicht mal die Scheuklappen abzunehmen? „So viel schlimmer wäre das nicht. Aber natürlich nur, wenn Therapeuten ein gutes Gespür für Menschen haben.“

„So wie du, meinst du? Das ist aber nicht jedem gegeben.“

„Stimmt leider. Na ja, du kennst ja meine Meinung. Solche Fähigkeiten haben ihre Daseinsberechtigung, finde ich. Aber an den Unis wird das alles überhaupt nicht ernst genommen.“

„Das mag ja alles sein! Doch wir sind Wissenschaftler. Und du merkst schon gar nicht mehr, wie engstirnig du bist. Du lehnst alles ab, was nach Theorie riecht. Wenn du dich mit Fachlichem auseinandersetzt, habe ich immer das Gefühl, für dich sind das alles nur unwichtige Details. Das ist ja schon zwanghaft, wie du all das vermeidest!“

„Ich …“, begann sie, kam aber ins Stocken. Hatte er Recht damit? War sie wirklich total borniert, was das Wissenschaftliche anbelangte?

„Mach nicht dein eigenes Forschungsprojekt aus den Probanden“, ermahnte er sie. „Ich meine es ernst. Bei so etwas verstehe ich keinen Spaß.“

„Ach Garrett!“ Sie strich zart über seine Stirn, damit die Ärgerfalten verschwanden. „Du glaubst doch wohl nicht ernsthaft, dass ich dich hintergehe? So was ist mir völlig fremd. Ich weiß doch, wie wichtig dir der Wellspring-Preis ist. Und schon allein für das dumme Gesicht deines schrecklichen Bruders, wenn du in allen Fachblättern abgebildet bist, würde ich dich mit aller Kraft unterstützen. Und dein Name wird da zum Glück nicht neben einem Darmbakterium stehen!“

Er lachte. „Wo du recht hast … Und es stimmt, ich vertraue dir. So was ist selten bei mir, wie du weißt.“

„Ja, ich weiß“, flüsterte sie und kraulte seinen Nacken. Dass jemand wie er, der als Kind nur Zurückweisung erfahren hatte und auch jetzt noch um Anerkennung kämpfte, überhaupt Vertrauen zu jemandem aufbaute, war erstaunlich. Und rührte sie sehr.

Garrett strich ihr übers Haar. „Du wirst noch viele Gelegenheiten haben, deine Empathie bei Patienten einzusetzen. In deiner eigenen Praxis oder wo immer du arbeitest. Es ist eine wirkliche Stärke, wie gut du Menschen fühlen kannst.“

Ihr wurde ganz warm in ihrem Inneren. Und das, obwohl dieser Herbsttag nicht zu den sonnigsten seiner Art zählte und der orangerote Ball am Horizont sich sowieso schon gähnend auf den Weg ins Bett machte. Garrett schätzte ihre Fähigkeiten also doch! Und hatte erkannt, wie wichtig diese sein konnten.

Als wollte die Welt diesen Moment besonders betonen, erklang plötzlich ein gewaltiger Glockenschlag aus dem Kirchturm. Dann ein weiterer, noch einer und es steigerte sich zu einer rhythmischen Kaskade, die mächtig dröhnend über den ganzen Vorplatz fegte.

„Das sind die *Bells of Cheltenham Minster*“ Garrett musste fast schreien, um das Getöse zu übertönen. „Historische Glocken, die von Freiwilligen geläutet werden. Das muss genau abgestimmt sein, deshalb üben die regelmäßig.“

„Die werden per Hand an irgendwelchen Seilen bewegt? So wie die sich anhören, sind die Dinger riesengroß.“ Aber es hatte was. Die Töne der einzelnen Glocken waren aufeinander abgestimmt, der Rhythmus ebenso, es war ein Hörerlebnis der ganz besonderen Art. Und irgendwie passte der schlichte, aber eindringliche Klang der alten Glocken zu dieser Umgebung und zum heutigen Tag.

„Schau mal.“ Garrett stand auf und führte sie zu einer Tafel am Kircheneingang, an der Ankündigungen hingen. „Die suchen noch freiwillige *bell ringer*. Du kannst dich also melden, falls du mal mitläuten willst. Regelmäßiges Üben ist allerdings Voraussetzung, auch zu Hause“, las er vor.

Marina musste grinsen. Sie konnte sich nicht recht vorstellen, wie man das daheim trainieren sollte. Einen Sandsack an einem Seil aufhängen und dann das Ganze im Takt bewegen, bis einem die passenden bell ringer-Muckis aus den Oberarmen wuchsen?

„Die hören ja gar nicht mehr auf“, stellte Marina fest, denn das Geläute hielt schon mehrere Minuten an. „Wie viele Glocken sind das eigentlich?“

„Soweit ich weiß, dreizehn.“

Kaum hatte Garrett die Zahl ausgesprochen, brach die Kaskade der Glockentöne auseinander, das Läuten erstarb. Nur die allertiefste Glocke setzte noch einen letzten Schlag hinterher. Die nun eintretende Stille kam Marina unangenehm laut vor. Und ein bisschen unheimlich dazu.

„Du bist doch wohl nicht abergläubisch?", fragte Garrett und schaute sie belustigt an.

„Nicht wirklich", behauptete Marina und folgte ihm zum Auto. Als sie den Friedhof verließen, blickte sie sich noch einmal zur stummen Kirche um. Dunkle Wolken hatten sich hinter ihr aufgebauscht und verliehen ihr ein düsteres Aussehen. Irgendwie unheilverkündend wirkte das Ganze und bescherte ihr eine Gänsehaut.

Marina hatte Garrett angeschwindelt, sie war nämlich schon ein klein wenig abergläubisch, zumindest was die Zahl dreizehn anbelangte. An einem Donnerstag, den 13., hatte sie damals Sabine gefunden, auf Hausnummer 13 hatte der allerschrecklichste Nachbar gewohnt und beim genau 13. Versuch, ihn zu satteln und anzugaloppieren, hatte der Stier von Onkel Quirin die Bullenschnauze vollgehabt, Marina abgeworfen und so dafür gesorgt, dass sie zwei Wochen lang nicht mehr sitzen konnte.

Aber das waren alte Geschichten. Marina drehte sich entschlossen um und wandte sich wieder Garrett zu. Außerdem war sie jetzt in England und da galten die Regeln des deutschen Aberglaubens doch ganz gewiss nicht. Jawohl, sie konnte sich sicher fühlen, ganz egal, wie oft die dreizehn Glocken hier herumbimmelten!

23. Hoch hinaus

Marina

Puh, heute hatte Garrett seinen Kurs echt gequält mit diversen Formen von Neurosen. Aber es gab Licht am Theorie-Horizont: Zweimal hatte er den Studenten wortwörtlich geraten, sich in solchen Fällen lange mit den Patienten zu unterhalten, um herauszufinden, was in ihnen vorgeht!

Marina hätte ihn dafür küssen können. Er setzte also nach und nach doch um, worüber sie geredet hatten. Oder ließ sich zumindest ein klein wenig darauf ein, nicht nur die glasklaren Fakten zählen zu lassen, sondern das Gespür miteinzubeziehen. Ja, heute war ein guter Tag!

Obwohl es leicht nieselte, hatte Marina Lust darauf, in der Mittagspause ein paar Schritte spazieren zu gehen. Manchmal traf sie im Lewis Park zufällig auf Mrs. Spencer und Toffee und wechselte ein paar Worte. Heute waren die beiden allerdings nirgends zu sehen.

Da sie sowieso schon unterwegs war, marschierte Marina gleich weiter zur Klinik, wo heute Nachmittag wieder eine Einheit anstand. Die meisten Studenten waren mit ihren Analysebögen schon durch und bekamen die nächsten Probanden zugeteilt. Garrett würde nicht da sein, er war irgendwo außerhalb von Oxford mit Doctor Fletcher und Lord Branson zum Mittagessen verabredet. Dieser Branson saß im Komitee für den Wellspring-Preis und wollte sich vorab mit den Bewerbern unterhalten, deren Studien ihm am erfolgversprechendsten erschienen. Für Garrett war das natürlich ein extrem wichtiges Gespräch und sie drückte ihm schon während des Weges durch den Park alle Daumen.

Im Tesco Supermarkt kaufte sie sich ein Sandwich, das würde sie dann oben mit Ben und Jerry verdrücken. Die freuten sich bestimmt, wenn sie ihre Mittagspause mit ihnen verbrachte.

Doch als sie den Flur zur Wohngruppe betrat, herrschte Chaos.

Zwei Pfleger stürmten mit ihren Crocs den Flur entlang, dass es nur so quietschte. „Wir brauchen Benzos!“, rief der eine irgendjemandem zu.

Und aus einem Zimmer schrie eine fordernde Stimme: „Hilft mal jemand beim Fixieren? Der ist ja total außer sich!“

Verdammt, was war da los?

Einige der Bewohner liefen ebenfalls auf das Zimmer zu, Marina gelang es, ein Mädchen am Arm zu packen und aufzuhalten. „Was passiert denn da gerade?“, fragte sie aufgeregt.

„Ben randaliert. Der ist völlig ausgerastet.“

Vor Schreck ließ Marina sie los.

Ben? Und die wollten ihn fixieren und mit einem Beruhigungsmittel in den Griff kriegen?

Marina drängte sich durch die Menschentraube vor der Tür des Behandlungszimmers. Ben war tatsächlich nicht ganz bei Sinnen.

„Nimm deine Dreckspfoten weg“, schrie er den Pfleger an, der ihn festhalten wollte, und schlug wild um sich. In seinen Augen stand das blanke Entsetzen, er musste sich furchtbar ausgeliefert fühlen. Und jetzt kam auch noch einer auf ihn zu mit einer Spritze in der Hand.

„Halt!“, rief Marina laut. „Hört auf damit!“

Die Köpfe der beiden Pfleger fuhren herum.

Marina musste schnell reagieren, sonst war alles zu spät! Man konnte Ben nur helfen, wenn er Vertrauen aufbauen durfte. Wenn er nicht wieder von Menschen enttäuscht wurde. Verstanden die denn nicht, dass er einen sicheren Hafen brauchte und keine Diazepam-Injektion? Und ihn zu fixieren, kam überhaupt nicht infrage!

„Ich bin für ihn verantwortlich!“, stellte sie klar. „Im Rahmen der Studie wurde uns volle Unterstützung zugesagt. Ich kann entscheiden. Er wird definitiv nicht fixiert. Und Spritze gibt es auch keine.“

Sie sah Ben an, konnte aber keine Reaktion erkennen. Dankbar wirkte er jedenfalls nicht, aber das lag an der ganzen Situation, war ja klar.

„Wir haben unsere Anweisungen“, widersprach einer der Pfleger. „In seinem Fall sind die ganz klar!“

„Das mag sein, aber er ist mir unterstellt! Sie können gern Professor Featherstone anrufen und nachfragen. Brauchen Sie seine Telefonnummer?“ Das war natürlich nicht ganz fair, denn er würde bei so einem wichtigen Essen sein Handy ausschalten.

Aber sie hörte noch Garrets dunkle Stimme. „Es ist eine wirkliche Stärke, wie gut du Menschen fühlen kannst“, hatte er erst gestern gesagt. Und er hatte recht, auf ihr Bauchgefühl konnte sie sich immer verlassen.

Erneut betrachtete sie Ben, der in der hintersten Zimmerecke stand, die Schultern hochgezogen, den Blick unruhig umherschweifend und schwer atmend. Dummerweise konnte sie im Moment gar nicht genau fühlen, was in ihm vorging.

Aber sie kannte ihn. Und würde aus ihm rausbekommen, was genau vorgefallen war.

„Das widerspricht all unseren Regeln", beharrte der Mann mit der Spritze und machte einen Schritt auf Ben zu. Der flippte völlig aus, versuchte, dem Mann gegens Knie zu treten und beschimpfte ihn aufs Übelste.

Marina zögerte. Er war wirklich sehr durcheinander. Trotzdem – eine Ladung Valium war garantiert keine Lösung.

„Schluss damit!" Sie machte zwei Schritte auf die Kämpfenden zu und zog den Pfleger weg von Ben. „Das lasse ich nicht zu!"

Sie hörte Gemurmel hinter sich und drehte sich um. Sah, dass vier ihrer Mitstudenten an der Tür standen, die waren offenbar auch schon früher hierhergekommen. Neema war eine davon.

„Sagt dem Personal hier, dass es stimmt! Dass Doctor Fletcher uns Entscheidungsgewalt zugesichert hat!", forderte sie diese auf.

Sie nickten. „Ja, Marina hat recht", bestätigte Neema. „Im Rahmen der Studie muss alles mit uns abgestimmt werden. Also eigentlich natürlich mit Professor Featherstone."

„Der mir aber die Verantwortung für Ben ausdrücklich übertragen hat", behauptete Marina. Stimmte doch. Selbst heute im Kurs hatte er gefordert, man solle sich mit den Patienten unterhalten. Und das konnte niemand besser als sie selbst.

Endlich wirkte es. Der Pfleger machte einen Schritt von Ben weg. Der stand immer noch mit geballten Fäusten in Angriffsstellung. War kein Wunder.

„Was wollen Sie mit ihm machen?", zischte der Pfleger widerwillig.

„Ich nehme ihn mit rüber in sein Zimmer. Und wir werden uns unterhalten. Das stabilisiert ihn sicher mehr als Valium und angegurtete Hände! Komm, Ben."

Ein mulmiges Gefühl war es schon, als sie durch die Menschentraube hindurchging. Alle Blicke durchbohrten sie und nicht viele davon schienen zu billigen, was sie tat. Ihre Hände waren schweißnass, aber egal. Sie musste Ben da herausholen und zur Ruhe bringen. So schwer konnte das nicht sein, sie hatte einen guten Draht zu ihm.

Er schwieg. Sie hörte nur seinen schweren Atem, als sie die Zimmertür öffnete.

„Wo ist Jerry?", wollte sie wissen.

„Zahnarzt", quetschte er heraus, ließ sich aufs Bett fallen und starrte die Wand feindselig an.

„Sag mal, was ist denn passiert?" Marina warf ihre Tasche auf den Tisch und setzte sich auf einen Stuhl.

Er schwieg beharrlich, schaute sie nicht mal an.

„Komm schon, wir müssen reden."

Sein Kopf fuhr herum, er warf ihr einen Blick zu, den sie noch nie bei ihm gesehen hatte. „Gar nichts muss ich! Ich will einfach nur meine Ruhe haben. Es ist doch eh alles total beschissen."

Okay. Ruhig bleiben. Marina krallte ihre Finger in die Sitzfläche des Stuhls. Sie musste sich jetzt durchsetzen bei ihm, sonst hatte sie verloren. „Hey Ben, das geht nicht und du weißt das. Mal ernsthaft – ich hab dich da rausgeholt. Ohne mich würdest du jetzt in der Zwangsjacke stecken. Gib dir einen Ruck und rede mit mir. Ist irgendwas vorgefallen?"

Keine Reaktion. Was könnte ihn nur so aufgeregt haben? Ihr fiel nur eine Sache ein.

„Ist irgendwas mit einer deiner Schwestern?“, fragte sie leise.

Seine Kiefermuskeln zuckten und er richtete seinen Blick noch starrer als vorher gegen die Wand. Aha, sie lag also richtig. Nur kam sie da im Moment nicht weiter. Vielleicht wäre eine kleine Pause recht.

„Okay. Was hältst du davon, wenn ich uns einen Eimer voll Strawberry Cheesecake Eis hole, wir löffeln das und wenn dir danach ist, erzählst du mir, was los ist?“ Angespannt sah sie ihn an.

Ganz langsam drehte sich sein Kopf. Seine Augen wirkten stumpf. Und der ganze Ausdruck war nicht so, als würde er sich über etwas Süßes freuen. Marinas Puls raste, aber nach einer halben Ewigkeit hörte sie ihn sagen: „Gut. So machen wir es.“

Auch wenn Bens Stimme völlig anders klang als sonst, das war ein Anfang! Er hatte zugestimmt, sich mit ihr zu unterhalten. Und das war gut. Sie war auf dem richtigen Weg.

„Warte hier. Ich bin gleich wieder da.“

Als sie das Zimmer verließ, lungerten Neema und die anderen davor herum. Sie erzählte ihnen, dass sie kurz zum Tesco laufen wollte.

„Ihr müsst was für mich tun. Haltet das Personal von Bens Zimmer fern. Fragt sie irgendwas, beschäftigt sie, keine Ahnung. Aber er braucht seine Ruhe, bis ich wieder zurück bin.“

Die Begeisterung hielt sich in Grenzen. Selbst Neema wirkte nicht überzeugt. „Bist du dir wirklich sicher, dass du das Richtige tust?“, fragte die Inderin besorgt.

„Ja. Und ich habe das Okay vom Professor!“ Stimmte doch. Er hatte ihr ein gutes Gespür für Patienten bescheinigt und traute ihr so etwas zu. Das war also nicht gelogen.

„Wenn das so ist, dann ab mit dir. Wir lassen uns von den Kerlen mal genau erklären, wie das mit dem Fixieren geht. Dann sind die abgelenkt."

„Gut!" Die Aussicht, die hübsche Neema auf einer Pritsche festzuzurren, würde den beiden Pflegern bestimmt gefallen. Und es verschaffte ihr die notwendige Zeit.

Marina jagte die Treppen hinunter, sagte dem Pförtner im Vorbeihetzen, dass sie gleich wieder da sei, und betrat den Supermarkt. Das Eis war schnell gefunden, aber an den Kassen standen lange Schlangen. Musste denn jeder ausgerechnet jetzt seinen Snack zum Lunch kaufen? Konnten die sich nicht zu Hause ein Butterbrot schmieren? Endlich war sie dran, zahlte und lief wieder zurück. Außer Atem kam sie in der Wohngruppe an, der Flur war leer und es war ruhig.

Puh. Erleichtert atmete sie erst einmal durch. Anschließend holte sie aus der Teeküche zwei Löffel und betrat sein Zimmer. Es war leer.

Marinas Nacken kribbelte eiskalt.

„Ben?", rief sie in Richtung des kleinen Badezimmers.

Keine Reaktion.

Sie drückte die Tür auf, doch auch dieser Raum war leer. Verdammt!

Also raus auf den Flur. „Hat jemand Ben gesehen?", rief sie laut. Neema und die anderen kamen heraus, die Pfleger auch.

„Was soll das heißen?", fragte einer davon.

„Er ist weg!" Ihr wurde heiß und ihr Hals schien zu verkleben. Was hatte sie nur getan?

„Wie bitte?", rief jemand ungläubig, aber Marina hörte es kaum.

„Wir müssen ihn suchen!“ Ihre Stimme überschlug sich. „Den Pförtner fragen, alle Zimmer abklappern, er muss doch irgendwo sein!“

Türen wurden aufgerissen, Bewohner befragt, Neema rief an der Pforte an.

Keine Spur von Ben.

„Das ist nicht möglich, er kann nicht einfach verschwunden sein!“ Marina zitterte. „Und man kann doch nicht einfach so in die anderen Stationen rein.“

„Was ist mit den Fenstern?“, warf Neema ein. „Kann man die öffnen?“

Marina stürmte in Bens Zimmer, direkt ans Fenster. Das war vergittert, hier kam man nicht raus. Doch als sie hinausschaute, sah sie unten ein paar Leute stehen. Die wirkten entsetzt und deuteten nach oben. Über sie hinaus.

Sie fuhr herum. „Um Gottes Willen, er ist auf dem Dach“, schrie sie verzweifelt.

Um Marinas Kehle legte sich ein Seil. Das Blut rauschte in ihren Ohren. Ein akut psychisch kranker Jugendlicher flüchtete sich aufs Gebäudedach. Was das bedeutete, wollte sie sich nicht ausmalen, bekam die Bilder aber trotzdem nicht aus dem Kopf.

„Ich rufe die Polizei.“ Der ältere der Pfleger hielt ein Telefon in der Hand. „Dave, du gehst rauf.“

Dave eilte los, drückte die Tür zum Treppenhaus auf, Marina folgte ihm. Gemeinsam stürmten sie nach oben.

„Wie viele Stockwerke hat das Gebäude?“, fragte sie nach den ersten Treppen.

„Dreizehn“, antwortete Dave schnaufend.

Sie hätte es wissen müssen. Marinas Hände zitterten, aber ihre

Beine liefen weiter, immer weiter die Stufen hinauf.

Eine schwere Metalltür. Der Pfleger drückte sie auf.

Regen peitschte ihnen ins Gesicht. Das Dach war riesig, sie mussten erst einmal um die Mauern des Treppenhauses herumlaufen. Es war umrandet von einer steinernen Brüstung, die nach außen hin einen kleinen Mauervorsprung hatte. Und genau auf diesem Dachgesims stand Ben, hielt sich rückwärts mit den Händen an der Brüstung fest und starrte in die Tiefe.

Marinas Herz setzte einen Schlag aus, als sie ihn sah. Was hatte sie sich nur gedacht? Sie hätte das verhindern können. Und nun – würde er womöglich springen!

„Ben", rief sie vorsichtig. „Mach keinen Unsinn."

Sein Kopf fuhr herum. „Keinen Schritt näher!", schrie er. „Lasst mich in Ruhe."

Ganz langsam ging sie zur Seite, spähte über den Rand des Gebäudes. Unten hatte sich eine Menschenmenge gebildet. Ein Polizeiwagen fuhr heran, hinter ihm erkannte sie einen schwarzen Van mit dem Logo eines Fernsehsenders. Das durfte nicht wahr sein, da kam tatsächlich ein Kamerateam?

Dave sah sie fragend an. Der dachte wohl, sie wisse, was nun zu tun sei. Tat sie aber nicht! Sie hatte keine Ahnung, wie sie mit Ben und der ganzen Situation umgehen sollte, es war einfach alles nur schrecklich.

„Lass uns reden", startete sie einen verzweifelten Versuch, ihm zu helfen.

„Nein!", schrie er. „Ich hab keinen Bock mehr auf den ganzen Scheiß!"

Zur Bekräftigung löste er einen Arm vom Geländer.

Marina keuchte. „Tu das nicht!", rief sie.

„Warum nicht?", schrie er ihr zu. „Ich fehle doch sowieso

keinem. Meine Schwestern werde ich eh nie wiedersehen und sonst gibts doch niemanden in meinem Leben. Sie ist abgehauen, verstehen Sie? Und ich kann mir genau denken warum. Aber man lässt mich nicht zu ihr! Dabei bin ich der einzige Schutz, den sie hat auf dieser Welt. Aber ich stecke in dieser beschissenen Anstalt fest wie in einem Gefängnis. Ich pack das nicht mehr."

Oh Gott, sie konnte ihn so gut verstehen! Und das mit seiner Schwester hatte sie nicht gewusst. Gar nichts hatte sie gewusst, das war ja das Problem. Nur irgendeinen Unsinn hatte sie sich zusammen gereimt in ihrer Arroganz.

„Ben, hör mir zu. Bitte. Hör mir einfach nur eine Minute zu", bat sie ihn. Obwohl sie nicht die geringste Ahnung hatte, was sie ihm sagen sollte.

„Lenken Sie ihn ab", flüsterte ihr plötzlich eine Stimme zu. Das war nicht Dave. Sie drehte sich um, hinter dem Pfleger krochen zwei Polizisten heran. „Reden Sie irgendwas mit ihm, damit wir unbemerkt an ihn herankommen."

Marina bebte am ganzen Körper. Verflucht, sie wusste nicht, wie sie Ben hinhalten sollte! Ihr fiel kein einziger Satz ein, nicht mal ein Wort. Sie war eine Versagerin und schuld, wenn ihm etwas passierte.

„Machen Sie schon!", drängte der Polizist, doch ihr Hirn war völlig leer. Das Bauchgefühl hatte sich schon längst verabschiedet, sie hatte nicht die geringste Vorstellung, was Ben dachte oder empfand.

„Welche deiner Schwestern ist denn abgehauen", rief sie schließlich. „Sue oder …?" An den Namen der zweiten erinnerte sie sich nicht. Verdammt, warum fiel ihr der Name nicht ein? Ihr Mund war staubtrocken.

„Kann Ihnen doch egal sein“, fauchte er.

Der Polizist robbte im Schutz der Brüstung näher heran, gefolgt von seinem Kollegen.

Schnell, sie musste etwas sagen, ihn irgendwie noch ein paar Sekunden in dieser Welt halten!

„Es ist mir aber nicht egal“, erwiderte sie. Sah ihm aber an, dass sie damit nicht zu ihm durchdrang. Noch nie im Leben hatte sie sich so hilflos gefühlt.

„Aber Ben, irgendwann werdet ihr euch wiedersehen und dann …“

„Was soll das?“ Er hatte sich umgedreht, sah den linken Polizisten. „Ihr verdammten Scheißkerle“, schrie er, wich instinktiv nach hinten aus – und trat ins Leere. Marina hörte ihren eigenen Schrei, das Bröckeln von Steinen, sah Ben mit den Armen rudern und für einen Moment sein angstverzerrtes Gesicht …

Dann schloss sie die Augen. Sie konnte nicht hinsehen.

Sie hatte einen Menschen getötet.

24. TV-Star

Garrett

Das Essen in *The Trout Inn* war wie immer hervorragend gewesen. Garrett tupfte sich den Mundwinkel mit der Serviette ab. Aufgrund des regnerischen Wetters konnten sie nicht draußen sitzen, aber der gemütliche Schankraum entschädigte.

Er stieß mit Doctor Fletcher und Lord Branson auf das gute Gespräch an.

„Ihre Studie klingt in der Tat unterstützenswert", sagte der Lord und strich sich über seinen üppigen Bauch. „Ich halte normalerweise nicht viel von Psychologie, muss ich zugeben. Ist mir alles zu sehr wischi-waschi, wenn Sie wissen, was ich meine. Patienten sind unberechenbar, Behandlungen auch. Bei Ihnen jedoch klingt es sachlich."

„Genau das ist mein Anliegen", erklärte Garrett erneut. „Sicherzustellen, dass es keine bösen Überraschungen gibt, sondern alles geregelt und strukturiert ist."

„Gut. Ich mag es, wenn Dinge eine klare Ordnung haben."

Er rief den Ober herbei und fragte nach den Desserts. Kurze Zeit später servierte der ihm eine *melting golden chocolate bomb.* Fasziniert betrachtete Garrett den Teller, auf dem eine Kugel aus Schokolade von der Größe eines Tennisballes lag und golden glitzerte. Der Ober hatte eine Sauciere in der Hand, aus der goss er warme Karamellsoße auf die Kugel, sie schmolz und offenbarte in ihrem Innenleben Vanille-Eis.

Garrett fand es schrecklich unmännlich, sich so etwas zu bestellen, wenngleich der Geruch ihm verlockend in die Nase stieg. Der Vanilleduft erinnerte ihn an Marinas Haare. Er musste sie unbedingt mal hierher ausführen, das Pub am Fluss würde ihr mit Sicherheit zusagen. Und dann durfte natürlich dieses Dessert nicht fehlen, er sah ihr verzücktes Gesicht förmlich vor sich.

Als Branson das Eis verdrückt hatte, zahlten sie und verabschiedeten sich. Der Lord hatte seinen Fahrer draußen warten lassen, Garrett und Doctor Fletcher stiegen in sein Auto.

„Das ist richtig gut gelaufen", stellte er fest und fuhr aus dem Parkplatz, während sie ihr Handy aus der Tasche nahm und einschaltete. Stirnrunzelnd starrte sie darauf.

„Was ist denn hier los?", kommentierte sie die Anzeige. „Ich habe reihenweise Anrufe. Wir waren doch nur eine Stunde beim Essen." Sie wählte eine Nummer, meldete sich und hörte zu. Wurde blass.

„Du redest von Ben?", hörte er sie mit rauer Stimme fragen. „Auf dem Dach? Was soll das heißen, das Fernsehen berichtet?"

Ihr entsetzter Blick verhieß nichts Gutes.

„Was ist los? Es geht doch hoffentlich nicht um diesen Benjamin aus meiner Studie?"

Statt einer Antwort deutete sie auf den Bildschirm in seinem Armaturenbrett. „Können wir über den Bordcomputer TV empfangen?"

Sein Nacken verspannte sich. „Ja, ich kopple mein Handy an."

Auch er hatte jede Menge Nachrichten, als er sein Gerät einschaltete, rief aber als erstes den von ihr angegebenen Sender auf.

Was er dann sah, ließ ihn das Lenkrad verreißen. Im letzten Moment zog er es noch herum.

„Mein Gott, das ist ja wirklich unsere Klinik!“, rief Doctor Fletcher. „Ben ist da oben, schauen Sie nur!“

In verschwommenen Bildern sah man einen jungen Mann auf dem Dachsims stehen, nur einen Schritt vom sicheren Tod entfernt. Ein ganzes Stück weiter rechts von ihm tauchte ein Kopf auf, eine Frau blickte über das Geländer nach unten.

Marina.

Was zum Teufel tat sie da oben? Garrett drückte das Gaspedal durch, Geschwindigkeitsbegrenzungen waren ihm egal, er musste dorthin!

Die Stimme eines TV-Reporters erklang: „Berichten des Personals zufolge ist der junge Mann ein Teilnehmer an einer Studie des bekannten Professors Garret Featherstone vom St. Ambrose College. Man hatte ihn wohl wegen einer akuten Krise unter Medikamente setzen wollen, aber eine Mitarbeiterin des Professors hat das verweigert.“

Verdammt, redete der Typ von Marina? Garrett konnte nicht glauben, was er hörte. Hatte sie tatsächlich eine Behandlung, die dringend notwendig gewesen war, vereitelt?

Der Reporter sprach weiter: „Scheint wohl die falsche Entscheidung gewesen zu sein. Ich bin kein Arzt, aber der Mann dort oben scheint auf jeden Fall medizinische Unterstützung zu benötigen. Auf dem Dach spielen sich dramatische Szenen ab, wie wir gemeldet bekommen.“

Die Kamera schwenkte auf Ben, der unschlüssig dort oben stand.

„Was ist mit ihm?“ Garrett sah Doctor Fletcher an.

„Er neigt zu Gefühlsausbrüchen“, erwiderte sie. „Depressive

Tendenzen, Neigung zu Gewalt, auch gegen sich selbst, möglicherweise bipolar. Er hängt sehr an seiner Schwester und ich habe am Rande mitbekommen, dass sie Ärger in der Pflegefamilie hatte. Aber wir halten ihn von jedem Kontakt fern."

„Offenbar nicht erfolgreich. Sieht aus, als hat er mitbekommen, was bei ihr los ist." Er drückte auf die Hupe. Warum schlich dieses Taxi vor ihm nur so?

„Schon möglich", musste sie zugeben. „Die Teenies schaffen es immer mal, sich Handys zu besorgen."

„Dann bekam er also die Nachricht, dass etwas schief läuft mit seiner Schwester, und ist ausgetickt?" Er überholte den Wagen mit Vollgas. Es war nicht mehr weit bis zu Klinik.

„Ich vermute, so war es. Und genau deshalb gibt es die Anweisung, ihn zu sedieren, weil er zu selbstzerstörerischem Verhalten neigt. Ich verstehe nicht, warum das nicht geschehen ist."

Weil Marina ihren verfluchten Kopf hatte durchsetzen müssen! Sie war für ihn zuständig und es passte ins Bild. Mit Medikamenten stand sie auf Kriegsfuß, denn ihr wundersames Bauchgefühl konnte ja alles heilen. Sein Puls raste. Mit quietschenden Reifen bog er um die Ecke. An der Straßensperre musste er bremsen. Ein Polizist kam heran, Garrett fuhr die Scheibe herunter.

„Lassen Sie mich durch, wir gehören zur Klinik."

Er nannte seinen Namen und den von Doctor Fletcher, sie stiegen aus, Garrett drängte sich zwischen den Polizisten hindurch. Legte den Kopf in den Nacken. Ben stand immer noch an der Kante. Schien sich Marina zuzuwenden. Doch dann – eine hektische Bewegung, irgendetwas passierte!

Ein Schatten stürmte auf ihn zu, offenbar ein Polizist, Ben wich zurück. Steine bröckelten herunter, Garrett erstarrte völlig, konnte den Blick nicht von der schrecklichen Szene lösen.

Ein Schrei, Ben taumelte – doch in letzter Sekunde sprang der Polizist nach vorne und bekam ihn zu fassen, zog ihn zurück aufs Dach. In Sicherheit.

Keuchend atmete Garrett aus.

„Sie sind Professor Featherstone, nicht wahr?“, hörte er eine Stimme neben sich. Eine Frau mit spitzer Nase hielt ihm ein Mikrofon vor das Gesicht.

„Das ist richtig und ich muss jetzt da hinein.“ Er versuchte, sich den Weg freizukämpfen. Doch die Reporterin ließ nicht locker.

„Da geht ja wohl einiges schief in Ihrer Studie. Wenn eine Studentin sich das Recht herausnimmt, Behandlungen zu verhindern. Warum lassen Sie solche Freiheiten zu?“

„Kein Kommentar“, fuhr er die Frau an.

Wut kochte in ihm hoch, viel heißer als die Karamellsoße über Lord Bransons Schokokugel. Warum wollte Marina wieder ihr eigenes Ding durchziehen? Sie hatte ihm doch zugesichert, sich an seine Anweisungen zu halten! Aber was waren Versprechen schon wert. Noch dazu von Frauen. Seine Mum hatte ihm als Kind hundert mal versprochen, ihn mal zu *Lizzy Licker`s Lollipop Paradise* in Chinatown mitzunehmen, weil ihm die Werbung mit den roten Lippen so gefallen hatte. Aber nie eingehalten.

„Was sagen Sie zu den Behauptungen, dass diese Marina eine Affäre mit Ihnen hat? Ist das der Grund, warum Sie ihr freie Hand gelassen haben?“, bohrte sich die Stimme dieser impertinenten Reporterin in sein Ohr.

Er zuckte zusammen. Fuhr zu ihr herum. „Was haben Sie da gesagt?"

Marina hatte doch versprochen, nichts zu verraten! Wieder eine ihrer Beteuerungen, die nichts wert waren. Sein Brustkorb krampfte sich zusammen. Wusste denn das gesamte College Bescheid?

„Sie geben also zu, dass Sie Ihre Gespielin ist und Sonderrechte genießt? Und offenbar pflegten Sie ja auch in der Vergangenheit Kontakte zu Studentinnen. Das wurde uns zugetragen."

Garrett ließ die Frau stehen, pflügte durch die Meute, traf am Eingang zur Klinik auf Fletcher. Die war noch blasser als vorher im Auto. Sie hielt ihr Handy erst ans Ohr, dann das Mikrofon zu.

„Ich habe Lord Branson am Apparat", erklärte sie. „Er sagt, es gefällt ihm nicht, was da gerade passiert, und er hat seine Meinung bezüglich der Studie geändert. Auf seine Unterstützung können wir nicht mehr hoffen."

Garrett schnaubte nur. Er drückte die Tür auf und stürmte nach oben. Fletcher folgte ihm, wie er hörte. Ein Pfleger kam ihnen entgegen, setzte sie ins Bild. Fletcher eilte zu Ben, der gerade von Sanitätern versorgt wurde.

„Wo ist Marina?", fragte er den Pfleger, nachdem er die Eckpunkte gehört hatte. Der Junge war jetzt sediert und außer Gefahr.

„Ich glaube, in Bens Zimmer. Da habe ich sie reingehen sehen."

Er machte sich auf den Weg dorthin, aber sie kam ihm bereits im Flur entgegen. Mit zerzaustem Haar und verschwollenen

Augen, aber das war ihm egal. Er brauchte Klarheit!

Also packte er sie am Arm und zerrte sie in das nächstbeste Zimmer. Es war eine Putzkammer, wie sich herausstellte, aber egal. Mit einem heftigen Ruck zog Garrett die Tür zu.

„Stimmt es, dass du das Diazepam verhindert hast?“

Sie nickte, ohne ihn anzusehen. Ihr Blick war starr auf den Boden gerichtet.

„Bist du völlig verrückt geworden?“, fuhr er sie an. „Wir hatten es doch abgesprochen. Was ist mit deinen Beteuerungen, dass du mir helfen willst? Dass du alles so machst, wie ich es sage? Nur leere Worte, sonst nichts.“ Ein Gurt legte sich um seine Brust, als wollte ihn ein unsichtbarer Pfleger fixieren, so wie es bei Ben richtig gewesen wäre. Es schnürte ihn so fest ein, dass er fast keine Luft bekam.

„Ich habe geglaubt, ich hätte alles im Griff.“ Ihre Stimme klang belegt.

„Ja, glauben. Und dein verdammtes Bauchgefühl. Verflucht, Marina, hast du mir überhaupt zugehört bei irgendetwas?“ War ihr denn überhaupt nicht wichtig, dass für ihn so viel auf dem Spiel stand?

„Es tut mir so leid…“

Das half ihm jetzt auch nicht viel. Er musste mit aller Macht gegen dieses Band um seine Lunge atmen, um überhaupt Sauerstoff zu bekommen.

„Und dann musstest du auch noch die Trumpfkarte ausspielen und herumposaunen, dass wir was miteinander haben“, zischte er.

Ihr Kopf schoss nach oben. „Das habe ich nicht getan!“

Ja klar. Jetzt log sie ihn auch noch an. Er war mit einem mal müde. Unendlich erschöpft, als hätte er einen zwanzig-

Stunden-Tag hinter sich. Dabei war erst früher Nachmittag „Ach vergiss es, ich glaube dir kein Wort mehr. Geh mir aus den Augen und komm nie wieder zurück. Ich will dich nicht mehr sehen."

„Garrett!" Sie machte einen halben Schritt auf ihn zu, Entsetzen im Blick. Ihre Tasche rutschte ihr von der Schulter, irgendetwas fiel hinunter, er beachtete es nicht.

Ohne sich umzudrehen verließ er die Kammer. Seine Schritte hallten durch den leeren Gang. Mit jedem Meter, den er sich von ihr fortbewegte, kehrten die Nackenschmerzen mehr zurück, krampften sich die Muskel zusammen und schickten stechende Schmerzen in seinen Kopf. War kein Wunder.

Sein Ruf als Wissenschaftler war ruiniert. Alles nur, weil er einer Frau vertraut hatte. Das würde ihm garantiert nie wieder passieren. Lieber blieb er für den Rest seines Lebens ein einsamer Wolf, mit oder ohne Mondschein. Einsam zu sein kannte er gut, darin hatte er fast vierzig Jahre Erfahrung. Und als Wissenschaftler wusste er, dass Menschen immer gut damit fuhren, sich auf das Altbekannte zu besinnen. Genau das würde er tun.

25. An der Isis

Marina

Mit einem dumpfen Geräusch fiel die Tür ins Schloss. Garrett war weg. War nur noch ein leises Echo, der trübe Nachhall von Schritten, die sich entfernten. Jetzt war da nur noch Stille.

Eine Träne lief über Marinas Wange, sie machte sich nicht die Mühe, sie wegzuwischen.

Alles war verloren. Ein stummes Schluchzen kam über sie, presste sie zusammen und machte, dass sie sich krümmen musste, weil alles mit einem Mal so leer war. Diese Kammer, der Flur, ihr Leben.

Natürlich gab es keine Chance mehr für Garrett und sie. Das hatte sie endgültig verspielt mit ihrer Dummheit und ihrer Arroganz. Wie schrecklich musste er sich fühlen! Hintergangen und betrogen.

Was er damit gemeint hatte, dass sie über die Beziehung mit ihm geplaudert hatte, wusste sie nicht. Konnte auch nicht darüber nachdenken, ihr Kopf bestand nur aus Schmerz. Willie oder Neema hatten sicher dichtgehalten, aber es war sowieso egal. Alles war egal jetzt.

Nein, nicht alles.

Es gab eine Sache, um die sie sich kümmern musste.

Notdürftig klaubte sie die Dinge vom Boden auf, die aus ihrer Tasche gefallen waren. Wischte sich nun doch die Tränen weg. Holte tief Luft und drückte die Tür auf. Sie musste zu Ben. Nachsehen, wie es ihm ging. Ob man ihn in die Klinikabteilung brachte.

Auf wackeligen Beinen ging sie zum Behandlungsraum. Doctor Fletcher kam ihr entgegen und zog die Augenbrauen zusammen. „Mit Ihnen muss ich noch reden!“, fauchte sie.

„Ich weiß.“ Marina presste die Nägel in die Handflächen. „Aber erst würde ich gerne wissen, wie es Ben geht!“

„Wir haben ihn stabilisiert. Sie werden aber keinesfalls in seine Nähe kommen, dass das klar ist! Ich muss mich um einige Dinge kümmern, Sie treten morgen um acht Uhr bei mir an. Und jetzt raus hier, Sie haben schon genug Schaden angerichtet!“

Marina senkte den Kopf. Die Ärztin ging mit festen Schritten an ihr vorbei und verschwand.

Dafür kam eine andere Gestalt aus dem Zimmer, in dem Ben behandelt wurde. Jerry. Er sah sie, funkelte sie an und spuckte vor ihr auf den Boden.

„Sind Sie noch zu retten? Ben hat mitbekommen, dass seine Schwester verdroschen wurde von diesem Pflegevater. Und Sie kennen doch Ben, der flippt bei so was völlig aus. Er wäre um ein Haar hops gegangen! Warum haben Sie ihm kein Valium verpasst? Was sind Sie denn eigentlich für eine beschissene Psychologin?“

Er baute sich vor ihr auf, wollte eine Antwort. Aber es gab keine.

„Du hast recht“, sagte Marina leise. „Ich bin eine Versagerin. Geht es ihm besser?“

„Wie soll`s ihm schon gehen“, schleuderte er ihr entgegen. „Er ist vollgepumpt mit bunten Pillen. Ach, hauen Sie doch einfach ab.“

Genau das tat sie.

Ging die Treppe hinunter und hoffte, niemandem mehr über

den Weg zu laufen. Vom College würde sie jetzt sowieso fliegen. Vielleicht wäre es besser, gleich mal zu packen.

Sie betrat das Wohngebäude durch einen seitlichen Eingang, doch im Treppenhaus kamen ihr zwei Leute aus ihrem Kurs entgegen. Sie gingen an ihr vorbei, ohne sie eines Blickes zu würdigen. Aber Marina hörte, wie sie sich über sie unterhielten.

„Die hat uns da alle mitreingeritten“, sagte einer. „Überschätzt sich immer selbst und hält sich für unfehlbar, eine richtige Besserwisserin. Jetzt sieht sie mal, wo das hinführen kann.“

Sie hatten Recht.

Mit letzter Kraft schleppte sich Marina in ihr Zimmer. Nahm die Klamotten aus dem Schrank und warf sie in den Koffer. Sie musste weg, bevor Willie kam. Irgendwohin. Sie konnte nicht noch mal mit irgendjemandem reden. Erst recht nicht mit Menschen, die Garrett wiedersehen würden.

Sie schleppte den Koffer nach unten, zog ihn zur Bushaltestelle. Stieg ein und fuhr in die Nähe des Bahnhofs. Dort gab es eine Jugendherberge, in die checkte sie ein.

Hier bestand keine Gefahr, ihm über den Weg zu laufen. Sie würde es nicht ertragen, noch einmal diese Verachtung in seinem Blick zu sehen, wenn er sie anschaute. Oder noch schlimmer – die Enttäuschung. Nein, sie wollte es weder ihr selbst noch ihm antun, dass sie sich erneut begegneten.

Sicher konnte sie den Auszug aus dem College und die Rückreise auch telefonisch regeln. Sie nahm das Handy heraus, wollte nach Flügen zurück in die Heimat suchen, doch ihre Hände zitterten zu stark.

Es ging nicht. Sie warf das Telefon auf die Pritsche, auf der sie saß. Alles in ihrem Inneren war wund. Aufgeschürft, als wäre ihr Herz über einen Kiesweg geschlittert. Sie wagte es nicht, sich zu bewegen, und noch weniger wagte sie, zu denken. An die Szene auf dem Dach nicht, an Ben ebenso wenig und erst recht nicht an das Gespräch mit Garrett in der Putzkammer, wo sie seinen Duft doch so stark gerochen hatte, seine Nähe gespürt, sich nach seinen Händen gesehnt.

Aber es war vorbei.

Alles.

Ihr ganzes Leben irgendwie. Denn ihr Bauchgefühl hatte versagt. Ja, mehr noch, sie konnte Menschen überhaupt nicht helfen, sie brachte sie in Gefahr! Sie war kein Segen für die Menschheit, keine Heilerin, wie sie gehofft hatte. Sondern ein Albtraum.

Sie verletzte Leute statt ihnen Unterstützung zu bieten. Und wenn sie sich auf ihre Empathie – ihr wichtigstes Gut nicht mehr verlassen konnte, was blieb dann übrig?

Gar nichts. Sie war komplett wertlos.

Und obwohl sie diese Bilder von Garrett doch nicht mehr sehen wollte, drängten sie sich mehr und mehr in ihren Kopf. Hörte sie sein Lachen. Fühlte seine Berührungen.

Niemals im Leben hatte Marina sich so sehr nach einer Familienpackung Haschkekse gesehnt.

*

Vier Tage später hing sie immer noch in Oxford herum. Hatte sich von Doctor Fletcher zusammenstauchen lassen, versuchte, den ganzen Verwaltungskram in den Griff zu bekommen und kaufte immer wieder neue Vorräte an Taschentüchern. Der nächste bezahlbare Flug nach Deutschland startete erst am

Wochenende und sie wusste noch nicht mal, was sie zu Hause tun sollte.

Oft hielt sie es in diesem kleinen Zimmer des Hostels nicht mehr aus und ging spazieren. Heute zog es sie wieder einmal über die große Wiese hinter dem Christchurch College und hinunter zur Isis, wo sie eine versteckte Bank fand. Es regnete, das Holz der Bank war feucht, aber Marina spürte es kaum.

Sie sah den Trauerweiden zu, deren Blätter an den herabhängenden Ästen sich bewegten, wenn Tropfen darauf fielen. Wie niedergeschlagen die Bäume heute dastanden. Kraftlos und dumpf wirkten sie, Marina konnte das so gut nachempfinden.

Die Themse ruhte in sich, wie es Flüsse nun mal tun. Immer neues Wasser floss in ihr hinunter, machte sich keine Gedanken, ob man es hier Isis nannte, ob man Boote darauf setzte oder es in Schleusen staute, es würde nie aufhören, würde immer und immer weiterfließen, voll Vertrauen und ohne Schmerz.

Marina schlang ihre Regenjacke enger um ihren Körper. Sie fror, konnte sich aber nicht überwinden, von der klammen Bank aufzustehen.

Nicht mal ihre Mutter hatte sie anrufen können.

Natürlich wäre es das Naheliegendste, wieder in der Physio-Praxis einzusteigen. Aber das war ihr nicht möglich. Auch da würde es wieder darum gehen, Menschen zu helfen.

Doch dafür fehlte ihr jetzt jedes Werkzeug. Sie kam sich vor wie ein Musiker, der plötzlich taub geworden war. Ihr gesamtes Leben hatte sie auf ihre Empathie aufgebaut! Alles, was sie tat, was sie anstrebte. Ihre ganze Zukunft.

Das war doch immer ihre Stärke gewesen! Hatte sie gedacht.

Aber es stimmte nicht. Garrett hatte Recht, diese ganze Sache mit dem ach so verlässlichen Bauchgefühl war Illusion. Mehr noch, man schadete Menschen damit.

Nein, sie war nicht gemacht für einen sozialen Beruf, überhaupt nicht. Vielleicht war sie für dieses ganze Leben nicht gemacht.

Mit einem Mal konnte sie Sabine verstehen und auch Ben. Die sich all diesen Problemen nicht mehr hatten stellen wollen und einen Ausweg gesucht hatten.

Ihr Blick glitt über den trägen Fluss. Ein Ruderboot kam aus der Richtung der Bootshäuser angefahren, nur ein Mann saß darin. Mit grimmigen Schlägen trieb er es voran, zog die Ruder durchs Wasser, als wäre er auf der Flucht. Doch da war niemand hinter ihm.

Als würde er für die olympische Ruderstrecke trainieren, bewegte er sich immer energischer. Wie lange konnte man so eine Anstrengung durchhalten? Marina konnte die Augen nicht von dem Sportler nehmen. Sein Boot kam immer näher, sie sah seine Umrisse genauer. Groß war er, und nicht mehr ganz jung, er hatte ein Basecap auf gegen den Regen, sein Shirt war aber dunkel von der Nässe.

Jetzt hob er die Ruder, beließ sie in der Luft, während das Boot durch den Schwung noch weiter entlangglitt. Er jedoch war offensichtlich völlig erschöpft, beugte den Oberkörper nach vorne, um Luft zu holen.

Garrett!

Marina zuckte zusammen, als sie ihn erkannte. Es gelang ihr nicht, den Blick abzuwenden, sie musste ihn einfach anschauen, wie er schwer keuchte, sich total verausgabt hatte.

Er fasste sich an den Nacken, massierte diesen mit der freien

Hand. Bewegte den Kopf hin und her, presste anschließend die Hand an die rechte Schläfe.

Auch ihm hatte sie nicht helfen können. Der Regen lief in Marinas Kragen, weil auch sie sich zusammenkrümmte, sich niederdrücken ließ wie die Weidenäste vom Gewicht des Regens. Nur dass es bei ihr nicht der Regen war, sondern die Erkenntnis, auch ihm nichts bieten zu können.

Alles waren Trugbilder gewesen. Ihm mehr Leichtigkeit zu schenken, ihm Entspannung beizubringen – nur Illusionen. Marina musste es sich endgültig eingestehen. Sie hatte keinen Einfluss auf Menschen, nicht den geringsten. Er war verkrampfter als je zuvor, das sah sie an den hochgezogenen Schultern, er hatte Kopfschmerzen und ruderte wie ein Getriebener auf dem Fluss herum. Weil sie auch ihm alles kaputtgemacht hatte, seine Studie, seine Karriere, sein Vertrauen zu einem anderen Menschen.

Marina stand langsam von der Bank auf.

Er sah sie nicht, nahm die Ruder wieder in die Hand und tauchte sie mit kräftigen Zügen ins Wasser. Einen Moment lang schaute sie ihm noch zu. Betrachtete die kraftvollen Arme, die sich gleichmäßig bewegten. Und die auch sie schon umschlossen hatten, so wundervoll stark und warm. Sah seine Brust, die sich durch den Atem hob und senkte. Und wusste, wie es sich anfühlte, auf ihr zu liegen, seine Stimme darin dunkel vibrieren zu hören, von seinen gleichmäßigen Atemzügen in den Schlaf gewiegt zu werden. Meinte, sein Gesicht zu sehen, verzerrt von der Anstrengung. Dieses Gesicht, das sie doch so liebte, die Augen, denen sie ein Strahlen entlocken konnte und seinen sanften Mund, der sie mit seinen Küssen in eine andere Welt gehoben hatte.

Es würde nie mehr so sein. Vanessa würde ihn wieder für sich haben oder irgendeine andere College-Schönheit. Mit ihm harten Sex haben, sich an seinem Intellekt erfreuen.

Vielleicht würde er sogar irgendwann wieder sein Herz für eine Frau öffnen. Sie wünschte es ihm sogar. Eine, die besser passte. Die ihm keine Scheinwelt vorspielte und ihn dann enttäuschte.

Sie drehte sich um. Ging weg. Ihre Tränen durften jetzt laufen, es war egal, sie vermischten sich sowieso mit dem Regen.

Marina wusste, dies war das letzte Mal, dass sie Garrett gesehen hatte. Sie hatte alles zerstört.

Und das Schlimmste war: Sie besaß nicht mal eine Plüschgans, die sie wie einen Schatz hüten und in Nächten, die besonders dunkel und einsam sind, hervorziehen konnte, weil die Gans ein klein wenig nach ihm roch.

26. Nächtlicher Ausflug

Garrett

Als er vom Rudern heimkam, stieg er erst einmal unter die heiße Dusche. Vielleicht half das seinen völlig verspannten Schultern ein wenig, auch wenn er nicht viel Hoffnung hatte. Die Stunde auf dem Fluss hätte er sich schenken können. Er hatte gedacht, es würde ihm helfen, seinen Kopf freizubekommen. Aber ganz im Gegenteil. Wahrscheinlich lag es an diesen verdammten Erinnerungen an diesen Bootsausflug mit Marina, denn sie war immer mehr in seinen Gedanken, je länger er auf der Isis herumpaddelte. Und das war das Letzte, was er wollte.

Er drehte den Wasserstrahl noch heißer. Das war wenigstens mal ein anderer Schmerz als der, den er seit Tagen mit sich herumtrug. Als er irgendwann herausstieg, läutete das Telefon. Garrett tastete nach seiner Brille, fand sie auf der Ablage, setzte sie auf. Sie war so beschlagen, dass er die Nummer des Anrufers nicht erkannte.

Er meldete sich, hörte die Stimme in der Leitung und verfluchte seine Angst, seine Augen einer Laser-OP zu unterziehen.

„Hallo Dad", sagte er und wusste, was jetzt kommen würde. Er hatte die Anrufe seiner Familie seit Tagen ignoriert, aber jetzt kam er nicht mehr davon.

„Ich wusste von Anfang an, dass du wieder versagen würdest", begrüßte ihn sein Erzeuger. Na, das war doch immer wieder nett.

„Also, ich verstehe deine Aufregung nicht, Dad. Du wolltest doch immer, dass mein Name in allen Zeitungen steht. Das tut er jetzt, sogar der lokale Fernsehsender hat mir eine Interviewanfrage gestellt, bist du denn jetzt nicht zufrieden?"

Sein alter Herr musste Luft holen und das machte Garrett fast schon stolz. Hatte er noch nicht oft im Leben hinbekommen. Schade eigentlich.

„Was bildest du dir ein!", krächzte der. „Spar dir deinen Zynismus! Du solltest dich stattdessen schämen! Die Studie wird nun im Sande verlaufen, nehme ich an."

„Das weiß ich nicht. Ich habe morgen ein Gespräch mit dem Dekan." Garrett schlang sich ein Handtuch um die Hüfte.

„Ach, was soll das schon bringen. Wirst du es denn schaffen, den Namen Featherstone wieder reinzuwaschen?"

Garrett seufzte. Als hätte es in der Familiengeschichte nicht schon ganz andere Verfehlungen gegeben!

„Ich tue natürlich mein Bestes dafür", bekräftigte er und rubbelte sich den Hintern trocken.

„Das will ich hoffen. Ein Skandal, das Ganze! Und melde dich morgen bei deiner Mutter wegen der Vorbereitungen für Gregorys Hochzeit. Vielleicht schaffst du es, wenigstens dort eine gute Figur abzugeben."

„Ich werde mein Allermöglichstes tun, um den edlen Bräutigam nicht mit Schande zu bekleckern", erwiderte er.

„Garrett!" Jetzt wurde sein Vater richtig laut.

Er warf sich das Handtuch über die Schultern und seufzte. „Ist in Ordnung, ich melde mich bei Mum. Versprochen."

Ob er es gleich morgen tat, wusste er noch nicht. Aber er würde wohl nicht auf ewig ausweichen können. Auch wenn ihm die Aussicht, seinen wunderbaren Bruder zum Traualtar stolzieren zu sehen, ungefähr so gut gefiel wie ein eingewachsener Zehennagel. Auch dieser Tag würde irgendwie vorbeigehen.

*

Mit sehr gemischten Gefühlen klopfte Garrett am nächsten Nachmittag an die Bürotür von Dekan Strathan. Nicht mal in seiner Schuljungenzeit war er sich vorgekommen wie ein Schuljunge, der zum Direktor bestellt wurde. Falls der mit ihm gesprochen hatte, dann nur, um ihn wegen seiner herausragenden Leistungen zu loben. Er vermutete jedoch, dass Strathan heute nicht unbedingt Lorbeerblätter vor ihm verstreuen würde.

„Kommen Sie rein, Garrett“, sagte der kurz darauf und bot ihm einen Platz in einem dieser wuchtigen Angeberstühle an, die vor seinem historischen Schreibtisch standen.

„Ich kann mich nur erneut für das Verhalten meiner Studentin entschuldigen.“ Garrett hasste es, um den heißen Brei herumzuschleichen. Unangenehme Dinge brachte er gern schnell hinter sich. „Und mir ist natürlich klar, dass dies das Ende für die Wellspring-Studie bedeutet.“

„Nicht so voreilig, mein Junge.“ Der Dekan hob beschwichtigend die Hände. „Wir hatten viel Presse aufgrund des Vorfalls, aber das muss nicht unbedingt etwas Schlechtes sein.“

„Nicht?“ Garrett verstand beim besten Willen nicht, was gut daran sein konnte, wenn alle Zeitungen einen Probanden beim Suizidversuch zeigten.

„Nein.“ Strathan fuhr sich über den Bart. „Publicity ist im

Grunde immer von Nutzen. Den Fehler kann man ausbügeln, es wäre nicht die erste Studie mit kleinen Startschwierigkeiten. Aber dass die Bevölkerung Ihren Namen jetzt kennt, ist ein unschätzbarer Vorteil. Auch für das College."

Moment mal. Führte der Dekan ernsthaft das miese Motto des Showbusiness an, dass es keine schlechte Presse gäbe? Dass auch Negativ-Schlagzeilen erstrebenswert wären? Also bitte, das St. Ambrose College war immerhin eine wissenschaftliche Einrichtung und keine Varieté-Show mit schleppenden Besucherzahlen!

„Sie schätzen es als positiv ein, dass mein Gesicht und der Name der Studie auf der Titelseite waren?", hakte er nach.

„Selbstverständlich! Es wird die Jury in unserem Sinne beeinflussen. Ihnen ist doch hoffentlich klar, wie der Wissenschaftsbetrieb läuft? Kein Komitté dieser Welt kann entscheiden, welche Studie den Preis am besten verdient hat. Da zählen ganz andere Faktoren."

„Andere Faktoren?" Kaum hatte er es ausgesprochen, kam sich Garrett dumm vor. Seit wann benahm er sich wie ein Papagei? Ein unwissender noch dazu.

„Garrett, ich bitte Sie! Es geht um Beziehungen, um wirtschaftliche Interessen und um eigenes Prestige. Eine Studie, die schon die Aufmerksamkeit der Menschen hatte, macht sich gut als Preisträgerin. Und Sie selbst als junger, aufstrebender Dozent, der der Wissenschaft ein attraktives Gesicht verleiht, haben ebenfalls gute Karten."

Er starrte den Dekan an. Selbstredend war er nicht naiv wie eine Milchbauerntochter aus dem schottischen Hochland, aber das machte ihn nun doch fassungslos.

„Wollen Sie andeuten, die Inhalte sind völlig unwichtig?"

„Natürlich nicht. Aber es gibt Bestrebungen, uns Theoretiker ein wenig aus der angestaubten Ecke zu holen. Schauen Sie, Unternehmensbosse werden wie Popstars gefeiert, Zuckerberg oder Steve Jobs, die konnten die Massen begeistern. Selbst Politiker werden vorzeigbar, ich sage nur Macron oder dieser junge Österreicher. Wir als Wissenschaftler hingegen sind nicht sexy. Das soll sich ändern."

Garrett schnaubte. „Soll ich ein paar Interviews für psychologische Fachblätter geben und dabei mein Hemd bis zum Nabel aufknöpfen?", schlug er vor. „Ein hellblaues wäre sicher ratsam, damit es meine Augen betont, wäre das in Ihrem Sinne? Ich könnte mir auch einen Dreitagebart wachsen lassen, wenn sich dann mehr Studenten für unser College interessieren, was tut man nicht alles im Sinne von *Corporate Identity*, wie Mister Zuckerberg das sicher nennen würde."

Es kotzte ihn wirklich an, wie dieser Wissenschaftsbetrieb ablief!

Die Lippen des Dekans wurden schmal. „Sie sollten sich etwas mehr in Demut üben, Garrett. Hatten wir nicht vereinbart, dass Sie keine Studentinnen mehr treffen? Aber stattdessen gehen Sie eine Beziehung mit dieser Marina Thalhammer ein. Und haben nicht mal den Anstand, das Ganze geheim zu halten. Also wirklich, musste das im gesamten College bekannt sein? Konnten Sie nicht dafür sorgen, dass es einfach eine diskrete Affäre bleibt?"

Garretts Backenzähne mahlten. „Es war durchaus geheim", zischte er. „Ich habe allerdings einen Verdacht, wer dahinter gekommen ist."

Strathan machte eine abweisende Geste. „Ersparen Sie mir die Details. Ich erwarte von Ihnen, dass Sie die Studie mit vollem

Einsatz weiter vorantreiben – und selbstverständlich künftig völlig skandalfrei. Kann ich mich darauf verlassen?“

„Das können Sie.“

Er stand auf, verabschiedete sich und verließ das Büro des Dekans.

Das war Vanessas Werk, keine Frage. Sie hatte ihm mehrmals auf den Anrufbeantworter gesprochen, teils mit wüsten Beschimpfungen. Und der Vorfall in der Klinik war natürlich ein gefundenes Fressen für sie gewesen. Sie musste irgendwie Wind davon bekommen haben und vor Ort gewesen sein. Indem sie der Presse von seiner Beziehung mitgeteilt hatte, konnte sie ihnen doppelt eins auswischen. Sowohl Marina als auch ihm selbst. Dieses verdammte Miststück!

Er würde dafür sorgen, dass sie keinen Job bekam, wenn sie mit dem Studium fertig war, so weit reichten seine Kontakte, selbst wenn er niemals mit einem wissenschaftlichen Preis ausgezeichnet werden würde. Nein, sie würde keinen Fuß in die Tür irgendeiner Klinik des Landes bekommen oder eine Zulassung als Therapeutin!

Zu Hause in seinem Wohnzimmer wartete seine einzige treue Begleiterin auf ihn – die Whiskyflasche. Er schenkte sich großzügig daraus ein. Womöglich sollte er sich einen Freund suchen, manche Leute hatten so etwas. Er jedoch war nie gut darin gewesen, enge Beziehungen zu anderen Menschen aufzubauen.

Ein Hund wäre vielleicht eine Alternative. Aber den konnte er ja kaum den ganzen Tag alleine lassen oder zum Rudern mitnehmen. Und eine flauschige Katze, wie sie alle alleinstehenden Professorinnen hatten, kam selbstredend nicht infrage. So tief würde er niemals sinken, da ging er ja noch lieber aushilfsweise mit diesem wandelnden Karamellklops von Mrs. Spencer spazieren.

Er trank den Whisky aus und hoffte, dass endlich die Wirkung einsetzte. Dass alles betäubt wurde, das Gespräch mit Strathan, der Ärger wegen Ben, seine quälenden Schulterschmerzen. Aber heute schien der Alkohol zu versagen. Garretts Gedanken wurden ein wenig schwerfälliger, aber sein Nacken brachte ihn fast um.

Er legte sich ins Bett. Suchte nach einer bequemen Schlafposition, fand keine.

Wann immer er die Augen schloss, sah er Marina vor sich. Hier in diesem Raum, Kerzenschein auf der Haut und ein Lächeln für ihn auf den Lippen. Jeder einzelne Muskel seines Körpers sehnte sich nach ihren Berührungen.

Aber das war nicht alles, nein, das war nicht mal das Entscheidende. Er sehnte sich danach, ihr von seinem Tag zu erzählen. Und zu hören, wie ihrer gewesen war. Er sehnte sich nach ihrem Lachen, ihrem durchdringenden Blick, wenn sie in ihm las wie in einem Buch. Nach dem Vanillegeruch ihrer Haare.

Er hätte sie jetzt so gerne hier. Auch ohne Sex. Sogar ohne Massage. Einfach neben sich, um ihr von Francesca zu berichten oder über irgendwelche anderen Dinge, die er noch nie einer Frau erzählt hatte. Und um alles von ihr zu erfahren, was ihn bisher noch nie an einer interessiert hatte. Über ihre Familie, den orgelspielenden Onkel, über ihre Träume und Wünsche.

Wollte sie zum Beispiel mal eine Familie? Mochte sie lieber die Beatles oder die Stones? Er wusste nicht einmal, ob sie

Zucker in ihren so geliebten Kaffee tat oder nicht. Warum eigentlich?

Garrett wälzte sich auf die andere Seite. Er hätte wetten können, dass Marina genau darüber Auskunft geben konnte, wie viel Milch er in seinen Tee goss und wie oft er umrührte. Sie achtete auf solche Dinge. Und er? Kreiste wie immer nur um sich selbst.

Er hielt es nicht mehr aus im Bett. Überhaupt in der Wohnung.

Garrett zog sich irgendetwas an, was herumlag. Er brauchte frische Luft. Nachdem er sich einen Mantel umgeworfen hatte und in Schuhe geschlüpft war, ging er nach draußen. Die Nacht war sternenlos. Wolken verbargen die Aussicht auf den Mond. War sicherlich besser so. Da kam man erst gar nicht auf so lächerliche romantische Gedanken.

Ziellos wanderte er in den Straßen von Oxford umher. Nahm gar nicht wahr, was die Shops in ihren Auslagen offerierten oder aus welchen Pubs Live-Musik dröhnte. Irgendwann wurden die Gassen ruhiger, es war so gut wie menschenleer.

Als er aufsah, stand er vor einem bekannten Gebäude. Der Klinik.

Wie in Trance ging er auf die Eingangstür zu. Der Pförtner erkannte ihn offenbar, er drückte auf den Türöffner, ließ ihn herein.

„Herr Professor, so spät in der Nacht noch unterwegs?“, fragte der Mann, doch Garrett antwortete ihm nicht. Stattdessen ging er mit gleichmäßigen Schritten die Treppe hoch.

Er wusste nicht, was er dort wollte. Konnte seine Beine aber auch nicht davon abbringen, eine Stufe nach der anderen zu nehmen. Den Schlüssel für die Tür zur Wohngruppe hatte er noch in der Manteltasche. Er schloss auf, betrat den gähnend leeren Flur.

Ging an der Putzkammer vorbei und hielt inne. Drehte sich zur Seite der Tür.

Dort hatte er Marina zum letzten Mal gesehen. Probeweise legte er die Hand auf die Klinke – die Tür war nicht verschlossen. Er ging hinein und zog sie hinter sich zu. Das Licht einer kalten Neonröhre flackerte.

Garrett atmete tief ein, suchte insgeheim nach einem letzten Hauch von ihr. Doch statt nach zarter Vanille hing der Geruch eines scharfen Zitronenreinigers in der Luft. Er atmete trotzdem tief ein.

Wie nah sie ihm hier gewesen war. Er hätte nur die Hand auszustrecken brauchen, um sie zu berühren. Um sie an sich zu ziehen, ihr ins Haar zu flüstern, dass alles gut werden würde. Aber er hatte es nicht getan.

Und nun war sie weg. Zurück in Deutschland.

Er war an ihrem Zimmer vorbeigegangen, neulich im College. An der Tür hing ein Zettel, dass ein Bett frei sei. Und die Verwaltung hatte ihm offiziell mitgeteilt, dass die Studentin Marina Thalhammer aus seinem Kurs ausgeschieden war.

Erneut holte er tief Luft, machte noch einen Schritt in die Kammer hinein. Aber natürlich würde er sie auch hier nicht riechen, das war Unfug.

Sein Fuß stieß gegen irgendetwas. Wahrscheinlich war da ein Putzeimer oder so etwas. Garrett bückte sich und hob einen dicken Schreibblock auf. Er schlug ihn auf und stockte im nächsten Moment mitten in der Bewegung.

Das war Marinas Handschrift, er erkannte sie sofort.

Wie kam der Block …? Ah, genau! Als sie sich hier in der Putzkammer unterhalten hatten, war ihr die Tasche von der Schulter gerutscht. Und der Block offenbar unter dem Regal gelandet, sodass sie ihn übersehen hatte.

„Jerry – ein unsicherer junger Mann, der sich hinter seiner Clownmaske versteckt“, stand über einer der Seiten und war unterringelt.

Er nahm den Block an sich. Verließ die Kammer und fand einen Sessel im leeren Aufenthaltsraum. Da setzte er sich hinein und las. Die ganze Nacht.

Als die Frühschicht kam, um nach den Jugendlichen zu sehen, stand er schwerfällig auf und räumte den Platz.

Zum Lesen hatte er nicht so lange gebraucht, aber zum Denken. Und er musste eine Entscheidung treffen. Womöglich die schwerste in seinem Leben.

27. Regentropfenduett

Marina

Endlich war der Samstagnachmittag da, an dem Marina Abschied nehmen konnte von Oxford. Auch wenn es ihr schwerfiel, dieser wunderschönen alten Stadt mit ihren Efeuranken und Türmchen den Rücken zu kehren, und wenn sie das Glockengeläut und die Ruhe am Fluss vermissen würde. Es war besser so. Schmerzfreier.

Ihren Koffer hatte sie gepackt und saß jetzt im Eingangsbereich des Hostels, weil sie nicht mehr in ihr Zimmer konnte und noch eine Stunde überbrücken musste, bis ihr Zug fuhr. Der würde sie nach Heathrow bringen und von dort ein Flugzeug zurück nach Deutschland. Wo der Herbst schon viel weiter war, die Bäume kahl, die Morgenstunden neblig und die Nächte kalt. Und einsam.

Von Angus hatte sie sich schon vor ein paar Tagen verabschiedet und ihm Grüße an Mrs. Spencer aufgetragen. Er hatte sie sogar kurz umarmt, als einziger von all den Menschen, denen sie hier in der Stadt begegnet war. Anschließend war sie schnell davonmarschiert, raus aus dem Park, damit er nicht sah, wie sehr sie das bewegt hatte. Vorbei an der Grinsekatze, die nun wieder aufrecht auf ihrem Sockel saß und breit vor sich hinschmunzelte, als wäre nie etwas geschehen.

Nur noch etwas mehr als sechzig Minuten, dann würde sie selbst aus Oxford verschwunden sein und alles konnte wieder so sein, als wäre sie nie hiergewesen. Garrett hatte sowieso keine Mühe, sie zu ersetzen, da war sie sich sicher.

Sie starrte aus dem Fenster. Draußen hatte es zu regnen begonnen und sie verfolgte den Weg der Tropfen an der Fensterscheibe. Unermüdlich liefen die daran herab, manchmal sogar in munterem Zickzacklauf. Einige davon holten sich unterwegs Verstärkung von einem Tropfenkollegen, vereinigten sich mit ihm und führten ihren Weg ab diesem Moment gemeinsam fort.

Marina seufzte. Sie war einer der anderen Tropfen, einer von denen, die alleine die Scheibe hinunterglitten, immer weiter nach unten, bis sie irgendwann verschwanden. Sich einfach auflösten in einem Rinnsal, das in irgendeinen Gully floss und von niemandem beachtet wurde.

Dem bunten Farbklecks in ihrem Augenwinkel schenkte sie keine Beachtung, weil sie so damit beschäftigt war, in trübsinniger Melancholie zu versinken, doch unverschämterweise kam er näher. Und sprach sie an.

„Also da hockst du rum! Endlich haben wir dich gefunden." Marina sah auf und blickte auf alle Farben des Regenbogens. Verwundert stellte sie fest, dass die sich anhörten wie Willie. Die Freundin erschien dann auch tatsächlich hinter dem bunten Schirm, den sie gerade zusammenklappte, ebenso bunt sogar. Ihre brave Collegegirl-Phase hatte sie ganz offensichtlich überwunden, sie trug eine knallgelbe Regenjacke, quietschrote Gummistiefel und war in Blautönen geschminkt, die mit ihren saphirfarbenen Glitzerglasohrringen harmonierten.

Hinter ihr tauchte – in deutlich dezenterem Outfit, aber ebenfalls mit dramatischem Make-up – Neema auf.

„Warum verkriechst du dich hier?", fragte die Inderin. „Und was soll der Koffer?"

Marina setzte sich aufrecht hin. „Kommt schon, ihr wisst

genau, warum. Erzählt mir nicht, ihr hättet nicht mitbekommen, dass ich mich vom College abgemeldet habe. Doctor Fletcher hatte mir das sowieso nahe gelegt."

So ganz stimmte das nicht, die Ärztin hatte ihr das nicht direkt geraten. Aber auch nicht widersprochen, als Marina von ihren Abreiseplänen erzählt hatte.

„Schon klar." Willie ließ sich auf einen freien Sessel plumpsen. „Aber wir wollten es aus deinem Mund hören. Weil wir es uns nämlich nicht vorstellen können."

„Du hast einen Fehler gemacht, okay", sekundierte Neema. „Aber man kann sich entschuldigen. Bis zum nächsten Semester haben das doch alle vergessen, da gibt es längst neue Skandale am College."

„Es geht nicht nur ums College." Marina musste schlucken. „Auch um ihn." Und auch darum, dass ein Studium für sie völlig nutzlos war, weil sie sowieso nur Schaden anrichten würde. Aber am schrecklichsten war die Vorstellung, ihm noch einmal zu begegnen und seine Verachtung zu sehen.

„Um Garrett?"

Sie nickte stumm. Überlegte, ob sie fragen sollte. Entschied sich dagegen, aber ihr Mund war schneller. „Wie geht es ihm?" Mist. Nun war es raus. Am liebsten hätte sie all ihre Fragen herausgesprudelt. Ob es ihn recht mitnahm, ob er sich mit Vanessa traf, wie seine Augen aussahen und was seine Kopfschmerzen machten. Aber natürlich behielt sie das für sich.

„Er wirkt wie immer", gab Willie zu, nachdem sie eine Zeit lang nachgedacht hatte. „Unnahbar und respekteinflößend. Hat keinerlei Regung gezeigt, als die neue Studentin kam und sich auf deinen Platz hinhockte. Hat mich ein bisschen gewundert, dass er nicht das Gesicht verzogen hat oder so."

Sie war also schon ersetzt worden. Marinas Hände zitterten, sie schob sie schnell in die Ärmel ihres Strickpullis, damit es niemand sah.

„Er hat sich eben gut im Griff, wie immer", schwächte Neema ab. „Aber Marina, echt jetzt. Komm wenigstens heute noch mit zur Gala! Du weißt doch, der Ball ist das Highlight des Semesters."

„Mein Flug geht in fünf Stunden." Der Nachtflug war billig gewesen und da sie sowieso nicht schlafen konnte, störte sie die Uhrzeit nicht.

„Cormac hat ein Auto, der kann dich direkt zum Airport fahren. Aber vorher kommst du mit uns mit zum Feiern, wenigstens für ein Stündchen. Um allen *Goodbye* zu sagen. Wir sind schon aufgebrezelt! Nur die Klamotten fehlen noch. Es ist überhaupt nicht lustig ohne dich, also gib dir einen Ruck."

Sie schüttelte den Kopf. „Ich bin doch zu nichts gut. Das habe ich inzwischen kapiert. Ich kann überhaupt nichts tun für euch!"

Willie starrte sie an, als hätte sie Chinesisch gesprochen. „Was meinst du damit?"

War das so schwer zu verstehen?

„Na, ich hab in dieser Illusion gelebt, dass ich Menschen helfen kann. Stimmt aber nicht. Ich habe weder besondere Fähigkeiten noch irgendein Gespür. Feiert lieber ohne mich, dann seid ihr besser dran." Marina nestelte an dem Schloss ihres Koffers herum, der neben ihr stand. Die beiden sollten jetzt besser verschwinden. Es war ihr alles zu viel.

„Sag mal, hast du einen totalen Vogel?" Willie machte nicht den Eindruck, verduften zu wollen, sondern schnellte vom

Stuhl hoch, sodass ihre Ohrringe entsetzt herumklimperten. „Du glaubst doch wohl nicht ernsthaft, wir wollen nur mit dir zusammen sein, weil du unsere College-Mutter-Teresa bist?"

„Naja, das ist meine wichtigste Eigenschaft!", stellte Marina klar.

„Das ist Bullshit", konterte Willie und übertönte sie locker.

Neema sah wie ein Schiedsrichter beim Tennis von einer zur anderen, wandte sich schließlich Marina zu. „Du kannst nicht ernsthaft annehmen, wir sind nur mit dir befreundet, weil du uns mal vom Einkaufen Waffeln mitbringst oder nächtelang zuhörst, wenn jemand ein Ohr zum Ausheulen sucht?"

Sie sagte das so ernst, dass es Marina aus dem Konzept warf. Verwirrt strich sie sich eine Strähne aus der Stirn.

„Ja aber warum denn dann?", entfuhr ihr. Das war doch immer ihr Ding gewesen, von klein auf! Sie tat Menschen etwas Gutes und die mochten sie dafür. So war ihr gesamtes Leben aufgebaut.

Willie riss verwundert die Augen auf. „Marina, du brauchst wirklich einen Psychiater! Und ich meine nicht Professor Superbrain. Ob du uns hilfst oder nicht, ist doch scheißegal! Ich mag dich, weil du witzig bist und wir Spaß miteinander haben, weil du das gute Herz eines Teddybären hast, du mir oft genug in den Hintern trittst und ich mich immer auf dich verlassen kann. Ohne dich ist es total einsam im Zimmer, ich vermisse dich einfach. Deine verrückten Ideen und deine Neugier aufs Leben und alles."

„Ja, und dass du in allen Menschen was Gutes siehst", warf Neema ein. „Sogar in mir. Die meisten finden mich einfach nur arrogant und eine Streberin. Und es gibt wenige Leute, die mich zum Lachen bringen. Du schon, bei dir fühl ich mich wohl. Das ist wirklich selten."

Das war … Marina schaute jetzt selbst von einer zur anderen, eher im Ping-Pong-Tempo als bei einem behäbigen Wimbledon-Match. Das war unfassbar!

Ihre grauen Zellen taten ihr Bestes, die Aussagen der Freundinnen zu verarbeiten, aber sie liefen heiß.

„Ich … ich weiß jetzt gar nicht …", begann sie, brach aber ab. In ihrem Kopf kreiste alles.

Willie kam näher, ging vor ihr in die Hocke, legte ihr eine Hand aufs Knie und sah ihr in die Augen. Mit einem butterweichen Blick, den sie sonst nie draufhatte. Nicht mal bei Cormac.

„Weißt du, ich glaube, du unterschätzt dich total. Du hast dich selbst immer auf diesen Heilerinnen-Komplex reduziert, aber du bist viel mehr. Und ich bin mir sicher, das sieht auch Garrett so."

„Oh nein, garantiert nicht! Ich habe mit ihm geredet. Er hat klargestellt, dass er mich nie mehr sehen will."

„Ja, das war vielleicht im Eifer des Gefechts, doch jetzt hat er sich doch bestimmt beruhigt! Du musst wirklich mal üben, dich selbst mehr wertzuschätzen, wir können dir noch andere Leute holen, die dir sagen, warum sie dich …", fuhr Willie fort, doch Neema kam neben sie und zog sie hoch."

„Lass es gut sein, Willie. Marina muss das für sich entscheiden. Sie braucht jetzt ein wenig Ruhe."

Widerwillig stand Willie auf. Mochte den Blick offenbar gar nicht von Marina nehmen, die immer noch völlig überfordert war. Die beiden brachten sie total durcheinander!

Neema warf Willie den Schirm zu. „Komm, wir gehen." Dann wandte sie sich Marina zu. „Du weißt, dass wir uns freuen würden, wenn du auch zur Gala kommst und mit uns abfeierst. Falls nicht, wünsche ich dir alles Gute."

Willie starrte die Inderin an, aber die wirkte sehr entschlossen. Das sah sie schließlich ein, schüttelte ihren Regenschirm aus und ließ sich zur Tür zerren. „Stimmt", sagte sie mit belegter Stimme. „Denk drüber nach. Wir telefonieren!"

Marina sah zu, wie der Regenbogenschirm den Gehweg entlangschwebte und schließlich um die Ecke verschwand. Zurück blieben Pfützen, nasser Asphalt und seltsame Gedanken in ihrem Kopf.

Menschen mochten sie also, auch wenn sie ihnen gar nicht half?

Das widersprach allen Glaubenssätzen, die sie sich selbst in den letzten zwanzig Jahren eingetrichtert hatte.

Willie fand es sogar gut, wenn sie ihr in den Hintern trat?

Marina stand auf, machte ein paar Schritte hin und her in dem schmucklosen Aufenthaltsraum des Hostels. Dass ein paar Rucksack-Touristen sie seltsam ansahen, war ihr egal. Sie musste nachdenken.

Hatte sie für Neema eigentlich irgendwann mal etwas getan?

Okay, ihr beim Einkaufen Klopapier besorgt und ihr mal ein Buch geliehen, aber das zählte nicht. Trotzdem waren sie befreundet. Sogar so, dass die Inderin sich bei diesem Wetter durch halb Oxford quälte, nur um sie zu suchen. Und das, obwohl sie schon für den Abend zurechtgemacht war. Erst jetzt fiel Marina auf, dass Neema eine elaborierte Hochsteckfrisur getragen hatte, der der Regen sicher nicht guttat.

Und Willie? Die war radikal ehrlich. Trieb nie Spielchen und sagte Leuten immer ins Gesicht, was sie von ihnen hielt. Sie würde niemals lügen oder ihr etwas vormachen.

Fünf Runden hatte sie schon gedreht, ihren Koffer mehrmals zur Seite geschoben und sich einen vorwurfsvollen Blick des unfreundlichen Typens an der Rezeption eingefangen. Sich jedoch noch nicht erlaubt, über Garrett nachzudenken. Doch sie konnte es nicht länger hinausschieben, er drängte sich immer mehr in ihren Kopf.

Hasste er sie womöglich gar nicht so sehr, wie sie vermutete?

Gut, sie hatte ihn maßlos enttäuscht und er würde natürlich nicht mehr mit ihr zusammensein wollen. Dass sie seine Anweisungen so grob missachtet hatte, würde er nie vergessen, das war klar. Aber es gab eine Sache, die ihr sehr im Magen lag. Er ging davon aus, dass sie überall von ihrer Beziehung erzählt hatte. Womöglich sogar, dass sie damit angab, den berühmten Professor schon ohne Designeranzug gesehen zu haben.

Sie blieb stehen, weil ein ganz schrecklicher Gedanke daherkam. Glaubte er am Ende, sie hätte sogar die ganz vertraulichen Dinge weitergegeben? Vorfälle aus seiner Kindheit, die er ihr erzählt hatte, an andere verraten?

Diese Vorstellung war unerträglich. Er durfte nicht so von ihr denken! Als Versagerin in Studiendingen konnte er sie sehen, das war nicht so schlimm. Doch er durfte niemals daran zweifeln, dass er ihr in privater Hinsicht völlig vertrauen konnte!

Sie wollte sich nicht ausmalen, dass er auf den Fluss sah, an die gemeinsame Bootsfahrt dachte, und all ihre Gefühle für erlogen hielt. Dass er den Mond anstarrte und davon ausging, Marina hätte ihm alles vorgespielt. Nein, er musste ohne Schmerz an sie zurückdenken, auch wenn es vorbei war!

Es gab nur einen Weg, dafür zu sorgen.

Entschlossen ging sie zur Rezeption. Dort meldete sich gerade eine Gruppe von Jugendlichen an, doch Marina schob sich dazwischen.

„Kann ich meinen Koffer für eine Stunde hier unterstellen? Ich muss ganz dringend noch mal weg.“

„Schieb ihn dort hinten zu den anderen.“ Der Typ deutete auf einen Nebenraum.

Sie verstaute ihn und lief auf die Straße. Es war schon fast dunkel, aber der Regen ließ ein bisschen nach. Als sie ein Taxi sah, winkte sie mit großen Bewegungen. Der Wagen hielt an.

„Wo soll`s hingehen?“, fragte der Fahrer.

„St. Ambrose College.“ Sie lehnte den Kopf an den kühlen Sitz. Fühlte sich fast so an wie die Ledercouch in Garretts Wohnzimmer. Was sollte sie ihm sagen? Früher hätte sie sich auf ihre Intuition verlassen, wäre sicher gewesen, dass ihr die richtigen Worte einfallen würden. Aber jetzt?

Sie musste sich dringend etwas überlegen. „Mir ist klar, dass du mich nicht mehr sehen willst“, murmelte sie probeweise vor sich hin. „Das ist völlig nachvollziehbar. Aber es gibt eine Sache, die ich gerne klarstellen möchte.“

Das war gut. Nüchtern, sachlich, auf Fakten bezogen. So würde sie es bei ihm machen und so würde sie es auch ihr restliches Leben durchziehen.

„Mir ist bewusst, dass im College bekannt wurde, dass wir uns näher kennen.“

Nein, das war blöd. So redete niemand. Sie musste das umformulieren. Aber ohne das Wort Beziehung zu verwenden.

„Offenbar sprach sich herum, dass wir uns auch außerhalb der College-Räumlichkeiten getroffen haben. Das hat sicherlich zu Unannehmlichkeiten für dich geführt. Deshalb möchte ich nun betonen, dass ich keinesfalls …"

„Wir sind da", unterbrach der Fahrer ihre Generalprobe.

Mist, das ging viel zu schnell.

Sie bezahlte ihn und stieg aus. Das College war festlich beleuchtet und sah unwirklicher aus als je zuvor. Und das wollte etwas heißen.

Obwohl es im Taxi warm gewesen war, fror Marina jetzt. Ihre Schritte wurden immer langsamer, als sie auf das Gebäude zuging. Der Pförtner erkannte sie und ließ sie passieren. Sie überquerte den Innenhof, der menschenleer war. Sogar der Efeu hielt seine Blätter ruhig, kein Vogel sang, nur ihre Schritte hallten seltsam hohl durch den Hof.

An den Steinstufen, die in das Hauptgebäude führten, blieb sie stehen. Zögerte. Es sah alles so groß aus, viel größer und gewichtiger als sie selbst. Das College, die Menschen, all diese Bücher, von denen sie nichts verstand. Wahrscheinlich war es Garrett doch völlig egal, was sie erzählt hatte oder nicht. Und er würde sie sofort wegschicken, gar nicht auf die Idee kommen, sich mit ihr zu unterhalten. War doch auch verständlich.

Und doch. Sie war jetzt hier. Und sie würde mit ihm sprechen, das war sie ihm und sich selbst schuldig.

Marina gab sich einen Ruck und drückte die schwere Tür auf. Die Flure waren ebenso leer wie der Innenhof, offenbar war die Veranstaltung schon voll im Gange. Sie hatte im Vorfeld natürlich mitbekommen, dass die Gala anstand. Willie war seit drei Wochen mit Überzeugungsarbeit beschäftigt gewesen, sie wollte Cormac nämlich in einen Anzug stecken, um mit ihm tanzen zu können. Er hatte stets die Arme vor der Brust verschränkt und klargestellt, dass er weder Michael Flatley noch ein Tanzkobold sei und sie keinesfalls über irgendein Parkett wirbeln würde. Unwillkürlich musste Marina schmunzeln, als ihr diese Szene einfiel. Vor dem Tanz, für den sich das gesamte College inklusive der Studenten herausgeputzt hatte, warteten wohl noch diverse Ansprachen, denn sie hörte keine Musik.

Vorsichtig öffnete sie die Tür zur großen Halle. Der Anblick war überwältigend. Sämtliche Kronleuchter funkelten über den Köpfen der Studenten, die den Saal komplett ausfüllten. Die langen Tafeln waren festlich gedeckt, es roch nach Parfum und Aftershave, eine erwartungsvolle Stille lag über dem Raum. Am Rednerpult stand Dekan Strathan und erzählte irgendetwas, wofür Marina keinen Nerv hatte. Sie stellte sich auf die Zehenspitzen, um besser Ausschau halten zu können. Dort vorne an den Seiten saßen die Professoren, doch sie konnte Garrett nirgends entdecken.

Wo war er nur? Sie versteckte sich hinter einer Säule, damit sie unauffällig die Sitzreihen durchforsten konnte, bis sie ihn sah.

„Ich glaube es nicht", flüsterte eine Stimme neben ihr.

Marina fuhr herum. Willie war herangekommen und starrte sie an, als wäre sie ein Schlossgespenst. Okay, sie passte mit ihrer Jeans und dem alten Pulli natürlich nicht hierher, wo sich sogar Willie in ein langes Abendkleid mit Corsage-Oberteil und Perlenstickerei geworfen hatte, aber wie Hui Buh sah sie auch nicht gerade aus.

„Du bist ja wirklich da!"

„Nein, das ist nur mein Geist. Dein Kleid ist so eng geschnürt, dass dir die Luft abgeschnitten wird und du halluzinierst."

Völlig undamenhaft rammte Willie ihr den Ellbogen in die Seite. „Jaja, lach du ruhig. Ich bin total froh, dass wir zusammen feiern! Pass auf, ich leih dir einen Rock und ein Glitzertop, komm mit, hab ich beides auf dem Zimmer."

Sie wollte den Saal verlassen, doch Marina hielt sie am Arm fest.

„Nein, ich bleibe nicht. Ich muss nur mit Garrett reden. Wo steckt der denn?"

„Featherstone?" Überrascht sah Willie sie an. „Keine Ahnung, den hab ich noch gar nicht gesehen. Willst du dich bei ihm entschuldigen?"

Marina nickte. „Ich …", stammelte sie, „ich muss ihm ein paar Dinge sagen." Mit einem Mal sah sie ihn wieder vor sich, dort in der Putzkammer, seine Augen, die so verändert waren. Die harten Züge und den Schmerz. Wie gerne hätte sie all das wiedergutgemacht! Sie musste sich auf die Unterlippe beißen, weil die Gefühle sie überrollten. Es war so schön gewesen, ihm nahe zu sein. In jeder Hinsicht. Sein verhaltenes Stöhnen zu hören, wenn sie seine Muskeln lockerte. Seinen Arm um ihre Schulter zu spüren. Wie geborgen hatte sie sich da gefühlt, so beschützt, als könnte nichts auf der Welt ihr etwas anhaben. Und wie gerne hätte sie auch ihm dieses Vertrauen geschenkt, damit er sich ihr noch weiter öffnete, endlich mal richtig loslassen durfte und sich angenommen fühlte. Zum ersten Mal im Leben.

„Ich wünschte so sehr, ich hätte ihn nicht verletzt", flüsterte sie. Mehr zu sich selbst, aber Willie schien es zu hören, fasste nach ihrer Hand und drückte sie. Marina versuchte zu lächeln, aber es misslang.

Würde er jemals wieder einer Frau vertrauen? Einer anderen

die Geschichte von Tarantella, der blauen Gans, erzählen oder davon, dass er beim Jagen versagt hatte. Oder dass er es manchmal sogar mochte, nach dem Höhepunkt die Frau ganz fest an sich zu ziehen, so fest, dass die Atemzüge sich anpassten und der Herzschlag auch, weil man zu einer einzigen Person wurde, nicht mehr wusste, wo man selbst aufhörte und der andere begann, und das auch völlig egal war, weil man einfach verschmelzen wollte auf alle Ewigkeit und nie wieder alleine sein.

„Du weinst, Marina", hörte sie Willie ganz sanft sagen.

Schnell wischte sie die Tränen weg. „Vielleicht ist es doch besser, ich rede nicht mit ihm, sondern gehe wieder", sagte sie, doch Willie hielt den Zeigefinger an die Lippen.

„Hör mal zu", sagte sie und schaute interessiert nach vorne.

Der Dekan sprach gerade über die Studie, wie Marina feststellte.

„... dem Forschungsprojekt für den Wellspring-Preis gab es eine kleine Irritation, wie Sie sicher wissen, aber das ist inzwischen alles geklärt. Wenn man mit Menschen arbeitet, insbesondere in der Psychiatrie, kann es zu Überraschungen kommen. Und genau deshalb ist es so wichtig, einen standardisierten Analysebogen zu entwickeln. Ich bin überzeugt davon, dass die Jury den Einsatz von Professor Featherstone am Ende belohnen wird. Das College freut sich übrigens sehr, dass seine Mutter die Schirmherrschaft für den heutigen Abend übernommen hat und unsere Gala sogar mit einer großzügigen Spende unterstützt. Ein kräftiger Applaus bitte für Catherine Featherstone und ihren Mann."

Seine Eltern waren hier? Marina sank unwillkürlich in sich zusammen. Dann konnte sie natürlich nicht einfach zu ihm gehen und mit ihm reden.

„Mrs. Featherstone, wollen Sie ein paar Worte an uns richten?“ Der Dekan machte das Pult frei und bot einer eleganten, schmalen Frau mit strenger Frisur und starkem Make-Up die Hand an. Sie nickte nach allen Seiten und bog sich mit geübtem Griff das Mikrofon zurecht.

„Ich bin hier auf eigenen Wunsch“, begann sie ihre Rede und Marinas Magen zog sich zusammen, so kalt klang ihre Stimme. Nein, das war mit Sicherheit keine Mutter, die ihrem Kind abends ein Gutenacht-Lied vorsang. „Denn meinem Sohn ist es nicht recht, dass ich mich um die Schirmherrschaft bemüht habe. Aber was tut man nicht alles für den künftigen Gewinner eines so renommierten Preises, nicht wahr?“

Wie erwartet gab es kleinere Lacher im Publikum. Marinas Nackenhaare stellten sich auf bei dieser Frau, die so unnahbar und steril wirkte. Leider konnte sie keinen Blick auf ihren Mann erhaschen, die Featherstones saßen offenbar in der allerersten Reihe und so weit nach vorne sah sie nicht.

„Garrett hat hart für seine Karriere gearbeitet, von klein auf. Ich hege keinerlei Zweifel, dass er den Wellspring-Preis gewinnen und viele Menschen von seiner Studie überzeugen wird, denn er ist …“

Weiter kam sie nicht. Ein Mann stand auf und ging auf sie zu. Er musste sich nicht erst umdrehen, damit Marina der Atem stockte.

Es war unverkennbar Garrett.

Seine Mutter wich überrascht zur Seite, denn er machte Anstalten, selbst ans Rednerpult zu treten.

„Ich muss dich da leider enttäuschen, Mutter“, sprach er ins Mikrofon. „Vielleicht ist es besser, du setzt dich wieder hin.“

Seine dunkle Stimme durchdrang Marina wie Wasser einen ausgetrockneten Schwamm.

Seine Augen – selbst auf diese Entfernung konnte sie erkennen, wie sie blitzten. Sie hatte sie immer geliebt seine Augen, sein ganzes Gesicht. Das so abweisend sein konnte, aber sich dann doch für sie geöffnet hatte, ganz weich und verletzlich gewesen war. Jetzt allerdings war es völlig undurchdringlich. Doch Marina spürte mit jeder Faser ihres Körpers, dass irgendetwas passierte. Sie konnte ihn immer noch fühlen, da war jede Menge Anspannung und da war noch etwas, das fremd war, das sie nicht greifen konnte.

Mit erbostem Blick verließ seine Mum den Platz. Garrett legte ein Buch oder einen schmalen Ordner vor sich aufs Pult, so genau konnte Marina das nicht erkennen.

Der gesamte Saal schien die Luft anzuhalten, als er weitersprach.

„Reginald, es tut mir wirklich leid“, wandte er sich an den Dekan, „aber meine Studie wird nicht am Wellspring-Preis teilnehmen.“

Ein entsetztes Raunen ging durch die Reihen.

„Wie bitte?“, entfuhr Willie, die immer noch neben ihr hinter der Säule stand.

Marina starrte stumm nach vorne. Was geschah dort?

„Ich werde dieses Forschungsprojekt zwar fortführen, aber in völlig anderer Form. Und das Ganze wird außerhalb des Colleges passieren, denn ich lege meine Professur nieder.“

„Featherstone!“, hörte man den Dekan rufen, der von seinem Stuhl hochsprang. Auch ein Mann mit grauen Haaren und in einem feinen Anzug stand auf und machte einen Schritt auf ihn zu. War das sein Vater?

Im Saal redeten alle durcheinander, nur Garrett war die Ruhe selbst.

„Gerne will ich es erklären. Bitte setzen Sie sich alle wieder hin“, forderte er mit seiner üblichen Autorität die Menschen um ihn herum auf. Alle gehorchten, sogar sein Dad, wenngleich als Letzter.

„Was hier vor mir liegt, hat mich mehr gelehrt als alle Fachbücher, die ich je studiert habe. Und ich kann Ihnen versichern, das waren viele.“ Er hielt etwas hoch, das aussah wie ein ganz normaler Collegeblock, wie ihn jeder zweite Student hier hatte, auch sie.

„Eine meiner Studentinnen hat sich darin Notizen gemacht“, fuhr er fort. „Mein Auftrag war, ausschließlich sachlich an die Befragungen heranzugehen. Das hat sie befolgt und die Analysebogen vorschriftsmäßig ausgefüllt. Aber sie ist jemand, der ein so feines Gespür für Menschen hat, dass ihr noch unendlich viele Dinge aufgefallen sind.“

Marina musste sich an der Säule festklammern. Er hatte doch wohl nicht …? Nein, das konnte nicht sein. Ihr Block war doch in ihrer Tasche. Oder nicht? War er ihr irgendwo herausgerutscht?

„Ich lese Ihnen ein kleines Beispiel vor. Das hier hat sie über einen Probanden geschrieben, den wir als völlig unproblematisch angesehen hätten.“ Er schlug eine Seite auf. *„J. hat sich in die Rolle als Clown eingelebt, ist beliebt, weil er andere aufheitert, lustig ist, nie etwas übel nimmt. Da ist aber viel Traurigkeit, man sieht es in den Augen, wenn er unbeobachtet ist. Das Eis ist total dünn, es fehlt nicht viel, damit es bricht. Deshalb muss er ja immer der Fröhliche sein, darf nicht stehenbleiben, muss immer weiter übers Eis gleiten, um nicht in die Leere zu rutschen. Depressiv vielleicht? Enge*

Bindung zu seinem Freund B., der darf sein wahres Ich sehen. Braucht ihn, beschützt ihn, das gibt ihm Daseinsberechtigung. Tiefe Sehnsucht, er hört heimlich James Blunt. Ist im Grunde völlig anders als der Clown, den die Klinikärzte in ihm sehen. Und er liebt Erdnusseis mit Schokolade.“

„Marina, das ist dein Block!“ Willie drehte sich zu ihr. „Er liest aus deinen Notizen vor, ich fasse es nicht.“

Wie in Trance schaute Marina weiterhin nach vorne. Der Saal war völlig ausgeblendet, sie sah nur Garrett, hörte nichts anderes als seine Worte.

„Bemerken Sie den Unterschied?“, fragte er ins Publikum. „Sie setzt da an, wo jeder Arzt versagt. Sie erkennt Dinge, die bei meinem Analysebogen und sogar bei den Gesprächen mit Klinik-Psychiatern völlig außen vor bleiben. Und alles nur, weil sie hinspürt. Genau das möchte ich auch lernen.“

„Garrett, was reden Sie da?“, mischte Dekan Strathan sich ein. „Das widerspricht allem, was Sie bisher unterrichtet haben!“

„Ja, das tut es. Ich war auf dem Holzweg, das wurde mir bewusst. Wissen ist wichtig, keine Frage, aber man kann Menschen nicht mit reiner Sachlichkeit behandeln. Man kann nicht mal das Leben wahrnehmen, wenn man es nur mit dem Kopf angeht. Auch das habe ich gelernt.“ Er fuhr sich durch die Haare. Hielt einen Moment inne, bevor er fortfuhr. „Ja, es ist ein großer Schritt für mich. Sicher der wichtigste in meinem Leben. Und ich muss ihn gehen, das wurde mir in der letzten Nacht klar. An der Klinik braucht man immer Verstärkung, da werde ich erst einmal arbeiten. Und noch viel lernen, über Menschen und über vieles andere, vermute ich. Am Ende werde ich ein viel besserer Psychologe sein. Denn es stimmt nicht, dass die Psychologie reine Kopfsache ist. Und man kann sie nicht nur durch Wissen erlernen. Das hat mir meine Professorin des Herzens beigebracht. Ich verdanke ihr sehr viel. Und …“, er schluckte, musste sich einen Moment sammeln. „… ich wünschte, sie wäre hier.“

„Das ist sie“, rief Willie mit lauter Stimme. Bevor Marina protestieren konnte, schob sie sie aus dem Versteck hinter der Säule hervor, sodass alle sie sehen konnten.

Garrett erstarrte.

Alle Köpfe im Saal fuhren herum, Gespräche begannen, jemand rief ihren Namen. Doch Marina sah nur ihn. Sah, wie langsam Bewegung in ihn kam und er ein paar Schritte auf sie zumachte.

„Los, geh ihm entgegen“, raunte Willie ihr zu und schob sie nach vorn, als sei sie ein schüchternes Kind, dass sich nicht zum Nikolaus vortraut.

Plötzlich stand er vor ihr, so nah, dass sie ihn riechen konnte.

„Es tut mir so leid, Garrett“, sagte sie mit brüchiger Stimme. „Aber ich habe dich nicht verraten. Nicht bei der Studie und auch nicht unsere heimliche Beziehung. Ich wollte doch eigentlich nur alles richtig machen.“

„Ich weiß“, hörte sie ihn sagen, so dunkelsamtig, dass sich ihr Brustkorb zusammenkrampfte. „Es ist alles gut.“

Und dann sagte er nichts mehr, sondern zog sie einfach nur an sich.

Zog sie an seine Brust und mitten hinein in seine Wärme, die jeden Zweifel in ihrem Herz schmolz. Umfing sie mit seinen Armen, als würde nichts auf der Welt ihr mehr schaden können. Fand ihren Mund und küsste sie, sodass ihr schwindlig wurde und sie sich vollends hineinfallen ließ in dieses wundersame Glücksgefühl voller Mondlicht und Flussgeräuschen und Lavendelöl.

„Ich bin so froh, dass du nicht heimgefahren bist“, flüsterte er. „Ich konnte an nichts anderes mehr denken als an dich.“

„Dann bist du mir nicht böse?“, musste sie trotzdem fragen.

Zärtlich strich er ihr über die Wange. „Natürlich bin ich das. Und zwar, weil du dich fast davongemacht hast. Du kannst es aber wiedergutmachen, indem du mir alles über Empathie beibringst.“

Sein Lächeln. Gott, wie hätte sie nur weiterleben sollen ohne dieses Lächeln?

„Ich denke darüber nach“, sagte sie und streichelte seinen Nacken. Sah, wie er für einen winzigen Moment genießerisch die Augen schloss. Und wusste, sie würde diesen Mann nie wieder aus ihren Armen entlassen.

„Bist du vollkommen wahnsinnig geworden?“, dröhnte plötzlich eine raue Stimme neben ihnen los, als wäre man auf dem Kasernenhof.

Garrett fuhr herum, ließ Marina jedoch nicht ganz frei.

Sie starrte den Mann an, der sich neben ihnen aufbaute. Er war kleiner als Garrett, hatte breite Schultern, aber keinen sichtbaren Hals, eine pochende Ader an der Stirn und ganz offensichtlich nicht die allerbeste Laune.

„Ich verbiete dir, deinen Posten am College niederzulegen!“, bellte er seinen Sohn an. „Du beschmutzt unseren Namen und ich werde nicht zulassen, dass das passiert. Keinesfalls wirst du irgendeinen Hilfsjob in einer Klinik annehmen und dich mit unwissenschaftlichen Aufgaben herumschlagen. Das gehört sich nicht für einen Garrett Featherstone!“

„Du hast völlig recht, Dad“, sagte Garrett ungerührt. „Aber

ehrlich gesagt, interessiert mich mein Name einen Scheiß. Wer weiß, vielleicht ändere ich ihn bald. Was hältst du von Garrett Thalhammer?“

Seinem Vater blieb die Luft weg. Marina vermutete, dass er zum ersten Mal in seinem Leben sprachlos war. Diese Zeit nutzte Garrett, um sie an ihm vorbeizubugsieren und mit ihr zusammen die große Halle zu verlassen.

„Er wird dich hassen“, sagte sie leise und wagte nicht, sich umzudrehen.

„Macht mir nichts aus. So lange du mich liebst, ist mir alles andere egal.“ Er sah sie an, fragend, mit so viel Unsicherheit und Zärtlichkeit im Blick, dass sie ihn küssen musste. Lange.

„Das tue ich. Sehr sogar. Ich schwöre es bei einer blauen Gans namens Tarantella.“

Er nahm ihre Hand, führte Marina weg aus dem College und hinein in eine Nacht, in der sie ihm nicht erst beibringen musste, wie man sich richtig fallen ließ. Denn das hatte der berühmte Professor Garrett Featherstone inzwischen bei einer kleinen Studentin gelernt.

28. Picknick

Marina

„Hier auf der Wiese ist doch ein schöner Platz, was meinen Sie, Kindchen?“ Mrs. Spencer deutete auf die Grasfläche, während Toffee Grashalme mit seinem Duft markierte, um seine Alleinherrschaft zu unterstreichen. Die Grinsekatze hätte sicher laut aufgelacht, wenn sie ihn beobachtet hätte. Aber sie thronte natürlich immer noch am Eingang zum Park und nicht hier innen an den bunten Frühlingsbeeten.

Marina nickte und schwenkte ihren Picknickkorb munter umher. „Ja, da breiten wir unsere Decken aus. Aber ruhig noch ein wenig nach rechts. Da können wir dann die herrlichen Narzissen bewundern, die gewisse Straftäter im letzten Herbst gepflanzt haben.“

Ein missmutiges Schnauben neben ihr verriet ihr, dass Garrett seine Reihe ebenfalls erkannt hatte. Nämlich an der windschiefen Linie, die die gelben Blumenköpfe bildeten. Und auch wenn er sich seit einigen Monaten tapfer bemühte, auf seinen wohlbemuskelten Bauch zu hören statt auf seinen Kopf – seinen Perfektionismus konnte er natürlich nicht einfach so ablegen.

Angus half mit, die Decken aufs Gras zu legen, setzte sich dann aber auf einen Baumstumpf in der Nähe. Das war typisch für ihn, er wollte nie im Mittelpunkt der Aufmerksamkeit sein. Doch spätestens wenn sie ihm ein Stück ihrer Geburtstagstorte anbot, gesellte er sich bestimmt zu den anderen.

„Wann singen wir denn das Ständchen?“, fragte Jerry und

schob sich die Basecap nach hinten. „Ben und ich haben wochenlang geübt." Er grinste breit.

„So lange ihr mir keine Kekse gebacken habt, soll mir das recht sein." Marina öffnete den Korb, verteilte Teller und Plastiktassen.

Toffee lief Slalom zwischen den Tulpen und bellte fröhlich, Willie stritt wie üblich mit Cormac über die Frage, ob der Marmite-Brotaufstrich in Deutschland als Suppenwürfel verkauft wurde, und Neema strich sich seltsam verträumt über ihr glänzendes Schwarzhaar.

Mit königlicher Anmut ließ sich Mrs. Spencer auf der karierten Decke nieder und klopfte neben sich auf den Boden. „Setzt euch zu mir, Jungs. Dann erzähle ich euch, wie eure Kekse unseren Garrett verändert haben! Ihr habt da wirklich ein gutes Werk getan. Ohne euch würden die beiden immer noch um sich herumschleichen und so tun, als könnten sie sich nicht leiden."

„Ja, für gute Werke sind wir bekannt." Ben lächelte die alte Frau an. Er hatte eine Ausbildung als Kinderpfleger begonnen, was ihm guttat. Natürlich machte er noch eine Therapie, aber er war deutlich stabiler.

Marina hatte alle Hebel in Bewegung gesetzt – selbstverständlich mit Unterstützung von Garrett – dass seine Schwestern in Familien kamen, die hier im Umkreis lebten. War nicht einfach gewesen, aber Sue und Stacy fühlten sich wohl. Und Ben war wie verändert, seit er sie regelmäßig traf.

„Wollen Sie das Rezept?" Jerry hatte offenbar seinen großzügigen Tag. „Ich kann es Ihnen aufschreiben, null Problem. Und auch alles besorgen. Wäre sicher mal nett für eine Teestunde mit Ihren Freundinnen." Er kicherte und schenkte Mrs. Spencer aus der Thermoskanne ein.

„Quatsch nicht rum, lass die Lady erzählen, wie das gelaufen ist, als Marina und Garrett unsere Kekse gefuttert haben“, mahnte ihn Ben. „Das ist bestimmt spannend.“

Jerry hatte noch keinen Job gefunden, der ihm zusagte. War auch nicht leicht bei seinen Anforderungen. 3.000 Pfund Gehalt monatlich stellte er sich vor, dazu späten Bürobeginn und frühen Feierabend, natürlich selbstbestimmtes Arbeiten und eine Sekretärin mit dem Aussehen von Beyonce. Marina hatte ihn zum Arbeitsamt geschickt und gesagt, er solle das dort mal angeben, die würden sicher etwas für ihn finden. Wäre bestimmt nur eine Frage der Zeit.

„Gibt`s jetzt endlich den Kuchen?“ Willie tauchte neben ihr auf, neuerdings in Platinblond, was irgendwie nicht recht mit dem karottenfarbenen Jumpsuit harmonierte, in dem sie wie ein Frühlingshäschen herumhüpfte. Wenn sie wie in diesem Moment vor Mrs. Spencer stand, die von Rock bis zu Hutfeder in Lindgrün gekleidet war, kam man sich vor wie in einem Werbespot für Ostern. Nur die bunten Eier fehlten noch.

„Klar doch. Garrett, schneidest du ihn an?“, fragte Marina ihn.

Natürlich tat er so, als sei das unter seiner Würde. Sie musste heimlich schmunzeln. Garrett hatte es sich garantiert leichter vorgestellt, diese ominöse Sache mit der Empathie zu lernen. Noch immer suchte er nach einer genauen Anleitung, wie das funktionierte. Aber er machte Fortschritte.

Marina sah ihn an, als er die Verpackung der Torte aufklappte, die sie bisher noch nicht hatte sehen dürfen. Entspannt sah er aus, sogar ein Lächeln stand auf seinen Lippen. Natürlich wusste sie, dass nicht alles einfach war für ihn. Dass er es um jeden Preis vermied, die Straße zu befahren, in der das St. Ambrose College lag. Einmal hatte sie ihn heimlich dabei beobachtet, wie er zärtlich über die Einbände von einigen Fachbüchern in seinem Regal gestrichen hatte. Da war sie schnell zu ihm gegangen und hatte ihn umarmt. „Ich bereue es nicht, keine Angst", hatte er gesagt und sie fest an sich gedrückt. „Doch ein wenig Wehmut sei mir erlaubt. Auch wenn ich weiß, den richtigen Weg gewählt zu haben und am Ende ein viel besserer Dozent sein werde."

Daran bestand kein Zweifel. Er würde in ein paar Jahren eine großartige Studie einreichen und die Colleges würden sich um ihn reißen. Allerdings gab es bis dahin noch einiges zu lernen. Zum Beispiel, wie man die Verpackung einer Torte öffnete.

„Du musst erst diese Lasche herausziehen", assistierte Willie und hob endlich den Deckel der Schachtel mit dem Logo von *The Cake Shop*. Garrett hatte das Ding besorgt und ein Geheimnis daraus gemacht, als wäre es das sagenumwobene Tagebuch von Sigmund Freud.

Als Marina hineinsah, musste sie laut lachen. Von dem Oberteil der Torte strahlte ihr eine Grinsekatze aus Fondant entgegen.

Selbst Angus, der herangekommen war, schmunzelte. „Alle Achtung, Kumpel." Er schlug Garrett mit der Pranke auf die Schulter, dass es nur so krachte. Das war bei irgendeinem Highland Clan sicher die höchste aller Auszeichnungen. Quasi der Nobelpreis von Inverness für Sympathie oder so was in der Art.

Nur Neema legte den Kopf mit kritischem Blick zur Seite, als Garrett in höchster Konzentration den Kuchen anschnitt und exakt gleiche Stücke auf die Teller verteilte.

„Also ich weiß nicht recht. Als er noch total unnahbar und selbstverliebter Mister Brain war, hatte er mehr Sex-Appeal."

Marina zuckte mit den Schultern. „Och, ich kann nicht klagen. Den Besserwisser und Perfektionisten kehrt er noch oft genug raus. Hast du nicht gesehen, dass er ständig auf diese eine Tulpe in seinem Beet starrt, die ein Stück neben der Reihe wächst? So etwas macht ihn wahnsinnig. Und über zu wenig Sex kann ich mich auch nicht beschweren." Sie grinste. „Außerdem gibt es ja jetzt diesen neuen Professor, den du immer so anschmachtest, wenn du denkst, es sieht dich keiner."

Prompt lief Neema knallrot an. „Unsinn", sagte sie viel zu schnell. „Ich finde nur die Kurse spannend, die er leitet." Sie nestelte an einer Strähne herum und fand es urplötzlich wahnsinnig interessant, ihr Kuchenstück genau zu betrachten.

„Klar. Was denn sonst." Marina lachte. Dass Neema den Neuen unfassbar faszinierend fand, hatte sie gleich am Anfang gespürt. Auch wenn sie weiterhin die Schulbank im College drückte und sich nun von einem anderen Professor als Garrett die Theorie eintrichtern ließ, war ihr ihr Bauchgefühl immer noch eine große Stütze. Nur verstand sie inzwischen, dass man beide Seiten brauchte. Nur mit Kopf plus Herz konnte man Patienten wirklich heilen.

„Jetzt wird gesungen!", drohte Jerry und begann, in schrecklich schrägen Tönen ein *Happy Birthday* anzustimmen. Alle jaulten mit, nur Toffee bellte entsetzt und versteckte sich hinter einer Robinie.

Nach dem Essen nahm Garrett Marina beiseite. „Kannst du mir einen Gefallen tun?", fragte er. „Ich weiß, es ist dein Geburtstag, aber es gibt etwas, dass ich einfach erledigen muss!

Weil es mich schon die ganze Zeit stört. Würdest du dich so hinstellen, dass mich keiner dabei beobachten kann?“

Sie wusste genau, was er meinte. „Okay. Was willst du dazu verwenden? Hast du ein Mordwerkzeug dabei oder nimmst du die bloßen Hände?“

„Marina, du klingst, als würde ich meinem Vater den Garaus machen. Das ist aber nicht mehr nötig.“

Das stimmte, er hatte keinen Kontakt mehr zu seiner Familie. Statt auf die Hochzeit von Gregory und Juliette zu gehen, hatten sie beide einen Ausflug nach London unternommen und sich in der Orangerie des Kensington Palace einen Afternoon Tea samt Champagner, traumhaften Törtchen und Gurken-Lachs-Sandwiches gegönnt, der seinesgleichen suchte.

„Den Regenschirm“, raunte er ihr verschwörerisch zu und auch jetzt noch, nach einem halben Jahr mit ihm, kroch ihr seine dunkle Stimme tief unter die Haut.

Wie alle britischen Ladys trug Mrs. Spencer außerhalb der Monate Juli und August grundsätzlich einen Stockschirm mit sich herum. Marina fragte, ob sie sich das Teil kurz ausleihen konnte, und ging mit Garrett zum künftigen Tatort. Dort stellte sie sich so hin, dass etwaige Spaziergänger ihn nicht bei seinem Verbrechen beobachten konnten. Insbesondere natürlich Angus, denn wenn der das mitbekam, würden sie wahrscheinlich erneut Sozialstunden aufgebrummt bekommen.

„Sie ist sowieso schon halb verblüht“, versuchte Garrett eine lahme Rechtfertigung seines Tuns. Anschließend stellte er sich in Golf-Position, holte mit dem Regenschirm-Schläger aus und säbelte der verrutschten Tulpe den roten Kopf ab, sodass der mitten ins Beet hineinflog.

„Geht es dir jetzt besser?", fragte Marina lachend und schaute sich die Reihe an, die nun tatsächlich akkurater aussah.

„Viel besser." Er nickte zufrieden. Suchte dann ihren Blick. „Aber da wir schon mal etwas außer Hörweite stehen – ich hätte noch ein kleines Geschenk für dich."

Erstaunt beobachtete sie, wie er in seiner Jackentasche herumkramte.

„Wir hatten doch vereinbart, auf diese lästige Schenkerei zu verzichten", begann sie, doch er kam näher auf sie zu und legte seinen Zeigefinger auf ihren Mund.

„Ist nur eine Kleinigkeit", sagte er leise und holte diese hervor.

Es war ein Kästchen, das auf seine Handfläche passte, und es war eingewickelt in ein Papier mit bunten Tulpen.

Marina schmunzelte. Er schaffte es immer wieder, sie zu überraschen.

„Pack es aus", sagte er ernst und nahm den Blick nicht von ihr.

Sie riss das Geschenkpapier auf und hielt den Atem an. Es war eines dieser samtenen Kästchen, die man beim Juwelier bekam. Mit zitternden Händen klappte sie den Deckel hoch – und fand einen feinen Goldring, auf dessen höchster Stelle ein glasklarer Edelstein funkelte.

Das war doch wohl kein …? Nein, sicher nicht, wieso sollte Garrett ihr einen Diamanten schenken. Sie war dumm, bestimmt handelte es sich um Zirkonia oder irgendeinen anderen Halbedelstein, den man eben einer Frau zum Geburtstag schenkte.

„Ich finde es albern, auf die Knie zu gehen", hörte sie Garrett sagen und seine Stimme klang seltsam ehrfürchtig. „Und ich muss ja wohl nicht aussprechen, was der Ring bedeutet. Das ist leicht abzuleiten."

Er sah sie an, als erwarte er eine Antwort.

Aber auf welche Frage? Da war gar keine, es war doch nur ein Geschenk und überhaupt. Sie starrte mit hämmerndem Herzen auf den Ring.

„Ich weiß nicht genau, was du meinst", gab sie zu.

„Der Kontext ist also nicht klar?" Für einen Moment sah er fast aus wie der strenge Professor am Anfang des Semesters, der eine unwissende Studentin rügte. Doch dann erkannte sie die Unsicherheit in seinen Augen. Hatte er Angst, eine klare Frage zu stellen.

„Also gut, Marina." Er räusperte sich. „Ich sollte mir nicht den Anschein von Feigheit geben. Erweist du mir die Ehre, meine Frau zu werden?"

Sie schnappte nach Luft. „Ja!", rief sie dann, bevor überhaupt der Denkprozess eingesetzt hatte. „Natürlich will ich das. Ich könnte mir nichts Schöneres vorstellen."

Der Kuss, den er ihr jetzt auf den Mund drückte, brachte sie an diesem Frühlingstag hochsommerlich ins Schwitzen.

„Eines muss ich noch klarstellen", sagte er, als sie sich irgendwann atemlos von ihm trennte. „Ich würde durchaus gerne den Namen Featherstone behalten und nicht künftig als Garrett Thalhammer durchs Leben gehen."

„Kein Problem. Wenn du dich zur Hochzeitsnacht in einen Arbeitsanzug wirfst und Staub auf der Haut hast, denn darauf stehen doch die angeheirateten Frauen eurer Familie."

Garrett warf den Kopf in den Nacken und lachte. Lachte so unbeschwert und frei, dass die Tulpen dazu ihre Köpfe wiegten, die Schmetterlinge Polka tanzten und Marinas Herz alles daran setzte, aus ihrem Brustkorb zu hüpfen und ebenfalls über die Wiese zu flattern.

Sie war glücklich wie nie in ihrem Leben. Er nahm sie an der Hand, sein Lachen immer noch um ihn herum wie eine Wolke aus Zuckerwatte, und steckte ihr den Ring an den Finger. Ein Kuckuck rief dazu seinen Segen und im Hintergrund hörte man ein volltönendes Klingen, das zaghaft begann und in das dann vielfach eingestimmt wurde, bis ein Teppich aus Tönen über allem schwebte. Wie seit vielen Jahren schlugen sie von den unzähligen Türmen, überzogen die alten Mauern mit ihrem Gesang, ließen das Wasser der Isis vibrieren und schenkten den Menschen ruhige Zuversicht – die uralten und unvergänglichen Glocken von Oxford.

ENDE

*

Rezepte

Mrs. Spencer`s favourite Scones

300 g Mehl
2 gehäufte TL Backpulver
80 g kalte Butter
30 g Zucker
1 Prise Salz
(nach Belieben in Milch eingeweichte Rosinen)
100-150 ml Milch

Alle Zutaten verrühren, der Teig sollte nicht kleben.
3 cm Zentimer dick ausrollen und Kreise ausstechen.
Auf ein Backblech geben und 10 min bei 200 Grad backen.

Statt clotted Cream nehme ich Joghurt, dazu Marmelade. Noch warm ein Genuss!
Ein kleiner Sherry dazu schadet auch nicht, hat mir Mrs. Spencer verraten. Aber das bleibt natürlich unter uns, gell?

Applecrumble – wenn es schnell gehen soll

Äpfel (oder anderes Obst) mit Zitronensaft übergießen und in eine feuerfeste Form geben.

Einen Streuselteig herstellen aus

150 g Mehl

100 g flüssiger Butter

100g Zucker

Nach Belieben etwas Zimt

Dazu die trockenen Zutaten mischen und die Butter einfach mit der Gabel hineinrühren.

Darüber geben und bei 180 Grad für rund 20 min backen.

Mit Vanilleis ein Traum, der nicht nur Garrett dahinschmelzen lässt, das verspreche ich euch!

Enjoy!

Leseempfehlung

Wer bei meinen Love Lessons auf den Geschmack gekommen ist, hat sicher Spaß an

Lässig in Love von Greta Schneider

Sie braucht ihn, um ein Dach über dem Kopf zu haben.

Er braucht sie, um die Tochter seines Chefs zu erobern.

Sie haben einen Deal. Und der führt direkt ins Chaos …

Elina sitzt plötzlich auf der Straße. Allein, ohne Geld, ohne Job. Henry, der beste Freund ihres Bruders, hat ein Zimmer frei – aber er bittet um eine ungewöhnliche Gegenleistung: Wenn sie Henry darin unterweist, seine Traumfrau zu erobern, lässt er Elina kostenfrei bei sich wohnen.

Doch das Training verursacht eine Reihe von Pleiten, Pech und Pannen, an deren Ende beide ihr Herz verlieren … haben sie sich verzockt?

***

Oder Lust auf ein bisschen Action und Humor rund um einen Rockstar undercover?

Undercover Rock von Karin Koenicke

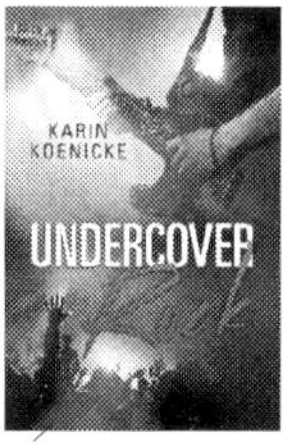

Verliebe dich nie in deinen Hauptverdächtigen!

Privatdetektivin Tess erhält einen Ermittlungsauftrag, der sie zu einer Rockband führt. Einen Verdächtigen macht sie schnell ausfindig : Joaquin, der heiße Frontman der Band, hat etwas zu verbergen, das verrät ihr ihre Spürnase deutlich. Nur dumm, dass sie den sexy Sänger so verdammt anziehend findet!

Doch Joaquin ist viel mehr als nur Musiker – nämlich ein tougher Cop im Undercovereinsatz. Der Einzelgänger hat mit dem Thema Liebe überhaupt nichts am Hut und konzentriert sich lieber auf seine gefährliche Mission. Außerdem wäre eine kleine Schnüfflerin die Allerletzte, auf die er sich einlassen würde. Doch Tess kommt ihm nicht nur beruflich in die Quere, sondern auch seinem Herzen viel zu nah …

***

Oder ein Milliardär von Nancy Salchow? **Die Millionensünde**

Sie will ihn mindestens genauso sehr wie er sie – wäre da nicht der demütigende Deal, den sie mit seinem Bruder abgeschlossen hat.

Vincent: Als ältester Sohn eines milliardenschweren Verlegers ist Vincent das genaue Gegenteil seines Bruders Christopher. Während Vincent sich so viel Bodenständigkeit wie möglich bewahrt und eine eigene Autowerkstatt führt, genießt Christopher den Reichtum und seine Führungsposition im Verlag des Vaters.Als Vincent zufällig mitbekommt, dass Christopher einen Deal für sehr viel Geld mit der verzweifelten Darleen abgeschlossen hat, die jeden Abend halbnackt vor ihm tanzt, wird ihm schnell klar, dass sie keine professionelle Tänzerin, sondern eine verzweifelte Frau ist. Sofort setzt er alles daran, sie aus der entwürdigenden Vereinbarung zu befreien. Doch genau das will Darleen mit aller Kraft verhindern. Was hat die geheimnisvolle Schönheit zu verbergen, die ihn vom ersten Moment an in ihren Bann zieht? Und warum zum Teufel lässt sie sich nicht helfen?

Darleen:Als sich Darleen auf einen heiklen Deal mit dem reichen Christopher einlässt, wirft sie alle Hemmungen über Bord, denn das Geld ist gewissermaßen überlebenswichtig für sie – bis sich ausgerechnet Christophers älterer Bruder Vincent einmischt, um sie aus der demütigenden Vereinbarung zu befreien. Und auch wenn der selbstlose Vincent so völlig anders als sein skrupelloser Bruder ist und ihr vom ersten Moment an den Atem raubt, kommt er mehr als ungelegen. Schließlich braucht Darleen den Deal mehr als alles andere – und dafür würde sie fast alles tun …

Eine Geschichte über Leidenschaft, Sehnsucht und den Kampf um das, was falsch und doch richtig ist.

Über die Autorin

Besucht mich auf meiner Seite www.karinkoenicke.com und meldet euch für den Newsletter an, damit ihr nichts verpasst!

Ihr mögt Figuren, die gern aus der Reihe tanzen? Die sprechende Papageien besitzen, mit Blumen reden oder einen Blog für „richtige Männer“ betreiben?
Dann seid ihr bei mir richtig.

Schaut doch mal rein in meine anderen Veröffentlichungen bei Amazon und über Tolino bei Thalia, Weltbild etc.

Domina aus Versehen
Einen Cowboy küsst man nicht
Warum Engel nie Mundharmonika spielen
Sweet Temptation – ein Milliardär zum Anbeißen
Pretty Womanizer – ein Gigolo zum Vernaschen
Sweet Surprise – der Mann aus dem Koffer
Millionaire`s Rock – sein geheimes Leben
Undercover Rock
New York Princess – Drei Nüsse für Nelly

Schöne Lesestunden wünscht euch
Karin Koenicke

Printed in Germany
by Amazon Distribution
GmbH, Leipzig

25713015R00215